乃南アサ短編傑作選

岬にて◎目次

乃南アサ短編傑作選

岬にて

岬にて

1

ワインの酔いが回ってきたのか、わずかに頬を上気させて、心持ち眠たげな目つきになった奈帆《なほ》が「ねえ」とこちらを見た。

「ママに一つ、聞きたいこと、あるんだ」

社会人になって、ずい分落ち着いた雰囲気を身につけるようになった長女は、今日は淡いピンク色のフレアスカートにグレーのジャケットを合わせている。インナーには襟ぐりを小粒のパールビーズが縁取っている黒いニットを選んでいた。派手すぎない程度に染めている髪は、毛先を軽くカールさせて肩先で揺れている。こうして眺めていても、なかなか好ましい。ついこの間まで、時としてどこで探してきたのかと呆《あき》れるほど奇抜な服を着て親を驚かせていた娘とは思えないくらいだと微笑《ほほえ》ましく感じながら、杉子《すぎこ》は「なあに」と応えた。

「うーんとね」

実は明日は午前九時までに羽田に行かなければならないことになっている。そこから松山に飛ぶのだ。松山空港には、クライアント自ら迎えに来てくれることになっているると聞いている。

つまり、車だろうけど、時間はどれくらいかかるのかしら。ちゃんと先方に確認してあるんでしょうね。

久しぶりに過ごす長女とのひとときでも、気がつけば頭の片隅では仕事の段取りを考えている。それが以前からの枕子だった。子どもたちがまだ幼くて、どれだけでも傍にいたいと思い、だから家事に専念しよう、家族のことに集中しなければと思いながらも、どうしても仕事をやめる気にはならなかった。出産前後こそそれぞれ短い産休はとったものの、専業主婦になる自分の姿など、ただの一度も思い浮かべたことはなかった。それが結局は、夫との間に隙間《すきま》を生んだ最初の理由だと分かっていながら、修正することのないまま今日まで来ている。それでも、家事や育児に協力的とは言えなかったばかりか、ことあるごとに不満そうな顔を見せ、最近ではほとんど「いえ」というものに無関心にさえ見えるようになった夫とは対照的に、二人の娘は幼い頃から文句一つ言ったこともなく、むしろ働く母に協力的で、実にいい子たちに育ってくれた。

「何て言ったらいいかなあ」

「ほら、早く言ってよ」

「じゃあ、聞くけどね――ママって――パパとつきあう前にも、誰かつきあってた人って、いる？」

「――なあに、やぶから棒に」

こちらも多少は酔っているらしい。頬の辺りがぽっぽと熱くなってきたのは、そのせいだ。枕子はワイングラスの横に置かれたミネラルウォーターのグラスに手を伸ばした。

「いいじゃない、教えてくれたって。いないわけ、ない、よね？」

「そりゃあ――そうよ」

ふうん、と一人で頷《うなず》いて、行儀悪くテーブルに肘《ひじ》をつき、長女は横を向いて何か考える表情になっている。

「ママが私を産んだのが二十七のとき、だっけ？　結婚したのが二十五だよね。パパと知り合ったのはいくつの時？」

「変なこと聞くのね。二十三だか四だったか――忘れちゃった、そんなこと、もう」

最近、娘たちとのやり取りはもっぱらＬＩＮＥに頼っている。この春に就職したばかりの奈帆は、横浜の自宅から通勤するには少しばかり無理があるという理由で会社の社員寮に入ったし、次女の映水《えみ》はそれより早く二年前に、地方の大学に進学している。映水が家を離れたのに続いて奈帆までいなくなったときには、さすがにこたえた。家はいよいよ広くなり、静寂が恐ろしいほどだった。

夫はもともと何年も前から夕食までに帰宅することなどなくなっていたし、週末は必ずと言ってよいほどゴルフだったから、枕子も以前より積極的に地方出張などを引き受けるようになって、家事の一切は手抜きになった。娘たちが帰ってくるときだけ大急ぎで掃除機をかけ、布団《ふとん》を干し、冷蔵庫の中も充実させるが、それ以外のときの普段のあの家ときたら、文字通り寝に帰るためだけのものになってしまった。

「そこでさあ、聞きたいんだけど」

「なあに、まだあるの」

ＬＩＮＥでは、夫も交えて家族全員で会話をやり取り出来るグループも作っている。だが、夫はＬＩＮＥそのものが嫌いだと言い切り、いつまでたっても「既読」の数が揃《そろ》うことはなかった。ほぼ母子家庭状態でやり取りしている他は、娘一人一人との会話もしていて、そのどちらもが意外なほど頻繁だ。

彼女たちは、むしろ一緒に生活していたときよりも、よほど事細かに日々の出来事を報告したり、簡単な料理の作り方を尋ねてきたりする。特段、用がなくてもスタンプと呼ばれる様々な絵柄でそのときの気分を表すものなどを寄越すし、自撮り写真から夕食の出来映え、友だちとの様子まで、実に細々としたものを送ってくるから、枚子にしてみれば一緒に暮らしていた頃よりもむしろ、娘たちの心に触れている気分になった。夫だって「あんなもの」と毛嫌いせずに、一度、見てみればいいのだ。そうすれば、離れて暮らす娘たちが、それぞれにパパを慕っていることだって分かるのに。自分からは歩み寄ろうとしないくせに、枚子にばかり文句を言う。二人の娘がパパを好きだから、枚子も離婚などは考えない、そんなことを考えてはならないと思っているというのに。

「その、パパと知り合う前につきあってた人だけど」

「だから何よ。早く言って」

長女のこういうところは、見事に父親譲りだ。決断が遅いというのか、こうして食事も終わろうという頃になって、何やらぐずぐずと煮え切らない話をし出す。そんなに直に話しにくいことならばLINEで尋ねてくればいいではないか、お互いに明日も仕事なのだからと言いかけたとき、ようやく奈帆はこちらを見た。

「今、どうしてるか知ってる？」

つい、息を呑《の》んだ。

何をいきなり、と言いかけて、枕子は改めて長女の顔を見つめた。確かに眠たげな目つきにはなっている。だがその瞳の奥に、普段にはない揺らぎのようなものがあった。よく見れば「彼からもらった」と大喜びして、肌身離さずつけていたプチペンダントを今日はしていない。奈帆は懸命に自分の考えをまとめようとしているらしく「ああ、そうじゃなくて」と小さく首を振っている。

「最近のことじゃなくてね、わかれたばっかりの頃。そういう頃に、その人のことを『今どうしてるかな』とか、思うことなんて、あったかなって」

奈帆が数年前から同じ大学の一年先輩と交際していることは、枕子もよく承知していた。今のところまだ紹介してもらっていないけれど、これまで大きな喧嘩《けんか》をしたなどという話も聞いたことはなかったし、さほど波風が立つこともなく順調に交際が続いている様子だったから、時が来たら二人はこのまま一緒になるのだろうかと、漠然と思っていた。

「奈帆、あんた、叶野《かの》くんと――いつ？」

「――先月」

「そんなこと、ちっとも言わなかったじゃない」

奈帆は、笑いたいのか怒りたいのか分からない、幼い頃、悪戯《いたずら》や失敗を見つかってしまったときと同じ顔つきになって小首を傾《かし》げたまま、自分でも信じられなかったのだと呟《つぶや》いた。短めにカットしている前髪が微《かす》かに揺れる。その艶《つや》やかさが、逆に痛々しい。

「本当にわかれちゃったのかなあと思ってる間に、気がついたら一カ月過ぎたっていう感じ」

「理由は？　何かあった？」

「——分からないんだよね、それが」

ただ気がつけば、久しぶりに逢《あ》えたときでも、さほど嬉《うれ》しいと思わなくなった。それどころか、どうして無理をしてまでお互いの都合をつけて逢わなければならないのかと思うようになった。これから先ずっとこの人と生きていく姿が想像出来なくなった——そんなことを考えるようになった矢先に、向こうから「もういいや」と言われたのだと、奈帆はうなだれたまま呟いた。

「もういいや？　案外な言い方してくれるわねえ、叶野くんも」

「でも、お互い様だもん。このままつきあって、そのうち結婚して、この人の子どもを産むなんて想像がつかないっていうか——それが私の幸せだって、思えない気がして」

　要するに気持ちが離れたのだ。学生の頃とは周囲の環境も変わって。お互いに。

「――そういうことなら、早く気がついてよかったのかも知れないわね。手遅れになる前に」

　枕子と夫との関係を見て育った奈帆の口元に、諦《あきら》めたような微かな笑みが生まれる。

「それなのに、つい、思うんだよね。思うっていうか、考えてることに後から気がついて、はっとするっていうか。『今どうしてるかな』とか『今ごろは誰と一緒かな』とか」

「それは、無理もないと思うわ。だって、何年になる？　学生の頃からずっとつきあってきたんだもの。この季節にはどこに行って、何を見たって、いちいち思い出すに決まってる」

「だから、ママに聞いてみたかったんだ」

　奈帆の表情は落ち着いていた。おそらく、いちばん心が乱れていたときには、こんなことは口にも出来なかったのだろう。ましてや母親を相手に恋愛の話など、そうそう出来るものではない。

「ママは、こんなこと、あったかなって」

「どうだったかなあ」

枕子も思わずため息をついてグラスに残ったワインを見つめた。

「あったとは、思うけど――覚えてない」

「本当？　覚えてないの？」

「今ちょっと思い出そうとしてるんだけど、本当に――どうだっただろう。もう、それも忘れちゃった。日にち薬だわね」

奈帆は残りのワインをまた少し飲んで、「ねえ」と表情を変えた。

「自棄になってパパとつきあったとか、そういうわけじゃない？」

枕子は、今度は「まさか」と笑って見せた。

「いくら何でも、それじゃあパパに失礼じゃない」

言いながら、本当に失礼かも知れないと思っている。勿論《もちろん》、結婚した当初はそんなつもりは毛頭なかった。だが正直なところ、年月がたつにつれ同じ疑問を枕子自身が抱くようになっていた。知り合って、「好きだ」と言われて、それから先は周囲も驚くほど短い交際期間で結婚を決めたのは、本当は彼を失ったからではなかったのか。そんなはずはないと何度も自分に言い聞かせてこれまで来たけれど、娘に言われてひやりとするということは、やはり心のどこかに引っかかるものがあるからではないのか。

　奈帆は天を見上げるようにして切なげに「日にち薬かあ」とため息をついている。こんな頼りなげな様子を目《ま》の当たりにしたら、すぐに言い寄ってくる新たな男が現れるのではないかと、枚子は気が気でない思いがした。もともと、娘の人生に口出しはしないという主義で来たが、これは口出しや干渉ではなく、年長者、経験者からのアドバイスだ。

「逆戻りなんて考えないことだわ——まあ、早く立ち直りたいと思うんなら、今は仕事に集中することね。社会人になったたって言ったって、やっと半年でしょう？　まだまだ半人前なんだから、一生懸命に働いて、時間が出来たら友だちと会うとかして、とにかく一日一日をぼんやりしないで過ごすことよ」

　これぱっかりは、たとえ母親でも代わってやることは出来ない。ちらちらと時計を見ながら「帰ろう」と言い出すタイミングを計っている間に、長女は「一人旅にでも出ようかな」とつまらなそうに呟いた。

2

翌日、予定通りに午前九時に羽田で若いスタッフと待ち合わせをし、枕子は松山に向けて飛び立った。旅に出たいと言いながら、別れ際《ぎわ》には、当分はまとまった休みなど取れそうにないとぼやいていた長女の淋《さび》しげな後ろ姿を思い出して、昨晩はあまりよく眠れなかった。夫とは寝室も別だから、どれほど寝返りを打ったところで誰に文句を言われる心配もなかったが、それでも奈帆が可哀想《かわいそう》に思えたり、奇妙に胸がざわめいたりして、やっと少しうとうととしたと思ったら、もう起きる時間だった。羽田に向かう電車で居眠りはしたのだが、こうして飛行機が離陸した後も、頭の芯《しん》がぼんやりしている。

「宇和島って、島じゃないんですね」

いつもチームを組むことの多い三沢《みさわ》ちゃんという女の子が隣の席から話しかけてきた。とうに三十は過ぎているのだが、化粧気もないうえに真っ直《す》ぐ切り揃えた前髪の下に大きな黒縁眼鏡をかけていて、妙に幼く見える。その上、彼女は時々、おそろしく無知な発言をして周囲を驚かせることがあった。しかも、臆面《おくめん》もなくそうした発言を繰り返しては、周囲を驚き呆れさせているという自覚や反省といったものが彼女には欠落しているらしい。他の同僚が「ああいうの、蛙《かえる》の面《つら》にナントカって言うんでしょ」と陰口をたたいているのを聞いたこともある。彼女のそういう面に触れる度、つい「親の顔が見たい」と思い、そのまま反面教師として、自分の娘たちは大丈夫だろうかと心配にもなったりする。

それでも枚子自身は、実はそれほど三沢ちゃんが嫌いというわけではなかった。とにかく、気をつかわずに済む。何事にも文句や愚痴を言うことが少ない。素《す》っ頓狂《とんきょう》なことを言う代わりに変に理屈っぽいところがないのが好ましい。察しは悪くないし、何事もありのままに受け容《い》れる懐《ふところ》の深さのようなものを感じさせる部分もある。こういう子の方が一緒に旅するにしても楽なのだ。少しくらい妙なことを口走っても、そういう場合は年上の自分がカバーすればよいだけのことだった。

「私、今度初めて発見しちゃいました。四国って、四つの県があるんですね。だから四国なんですかね。五県あったら、五国になったのかなあ」

松山までの飛行時間は一時間半あまり。その間に改めて目を通しておかなければならない資料がある。枚子はバッグからリーディンググラスを取り出すことで、それ以上の会話を拒絶する姿勢を示した。三沢ちゃんは、そういう合図はちゃんと気づく子だった。

「お飲み物ご用意しておりますが」

客室乗務員が笑顔で横に立った。枚子は素早く眼鏡を外して客室乗務員を見上げ、コーヒーを頼んだ。この、かけたり外したりも面倒なら、置き忘れることもしばしばで、老眼鏡というのは本当に煩《わずら》わしい。若い頃から視力の良さだけは自慢だったのに、ついにこんなもののお世話になることになったとは。

次はどこにどんな現象が出てくるのやら。

運ばれてきたコーヒーをすすりながら、とにかく三沢ちゃんがまとめてくれた資料の束を読みすすめることにする。

愛媛県南部の、いわゆる南予地方に位置する宇和島市は、二〇一五年には「伊達《だて》四百年祭」という催しを半年以上かけて大々的に行ってきた。仙台藩主・伊達政宗《まさむね》の庶長子であった秀宗が、大坂冬の陣直後に徳川幕府の直轄領《ちょっかつりょう》であった宇和郡十万石を賜り、藩祖となってからちょうど四百年になるのを記念しての催しだった。これを一つの節目と位置づけて、宇和島を歴史・文化的な観点から見つめ直すと共に、あらたな経済振興策を模索し、観光収益の向上を図ろうとするものだった。その成果がどの程度のものだったのかは、資料には具体的に記されていない。

国内に数多く存在する地方都市と同様、宇和島市も高齢化と人口減少に悩んでいる。

市の中心部にある最大の商店街「きさいやロード」もご多分に漏れずシャッターを下ろしたままの店が増えてきているということだ。そこで、伊達四百年祭が幕を閉じる前に、地域の人と街とを元気づける、新たな展開を模索したいという相談が寄せられた。

枕子は、いわゆる「町おこし」や「各地の話題作り」の企画運営をする会社に勤めている。大学を出た直後は広告代理店に就職したのだが、その後、当時まだ三十を過ぎたばかりくらいだった仕事を通じての知り合いから、起業するのを機に声をかけられた。その頃、枕子は既に奈帆を出産した後だったから、「主婦としての生活も犠牲にしないで続けられるように最大限配慮する」という条件付きで、転職を決心した。最初の頃はまだ本当に小さな事務所で、もちろん給料も下がったが、それでも以前の職場に比べたら、今でいう様々なハラスメントなどもなく、風通しが良くて清々《すがすが》しかったものだ。

その事務所がここまで長続きして、現在はそれなりに規模も大きくなり、総務省をはじめとする関係省庁や金融機関、大手メーカーなどの協賛を得たり、NPO法人や同業他社とも協力し合いながらプロジェクトを組む機会などにも恵まれるところまでやってきた。全国各地でフォーラムを開いたり、様々なイベントや空き店舗の利用法などを提案し、簡単なものならカフェやギャラリーの展開、講演会の開催などから、もう少し大きな規模となるとフェスタの開催や演劇・ミュージカル公演などの招致まで、最近では本当に幅広く活動している。

現在の枚子は、会社のウェブページや開催したフォーラムなどを通して相談申し込みのあった各地の商工会や青年会議所、NPO法人、会社経営者などの要請に応じて、まず現地を訪ねて実情を視察し、相手の要望や考えを聞き、可能なら地元の人々が気づいていない魅力までも探ってみるという、いわば一番とっかかりの部分を担当するチームのリーダーの地位にいる。枚子たちの報告によって、会社としてさらに本格的なリサーチ、マーケティングなどを行うか否かが決まる。超高齢化社会に向かう現在、限界集落は増える一方で、地方都市は立ち直りのきっかけすら摑《つか》めないまま、声にならない悲鳴を上げている。その声に、いかに耳を傾け、こちらの仕事としても成り立つようにすくい取るかが大切なポイントだった。

宇和島市はこの二十年の間に人口がおよそ二十パーセント減少している。具体的には、十万人ほどだったものが現在では八万人ほどになってしまった。これは激減といって差し支えないだろう。中でも十四歳以下の年少者の人口減少が著しいことに目が留まる。二十年前には一万六千人あまりいたその世代が、現在は八千人程度になってしまっている。半減だ。

しようがないんだ。出ていくより他に。

ふいに、そんな言葉が甦《よみがえ》った。

急に落ち着かない気分になって、枚子は思わず眼鏡を外し、窓の外の景色をぼんやりと眺めた。

宇和島――宇和島だった？　本当に？

羽田を発《た》ったときには灰色の雲が広がっていたが、いつの間にか白い雲が遠くにぽっかりと浮かぶ程度になって、柔らかな秋の陽射《ひざ》しを浴びる日本列島の、どこかの町や村を眺めることが出来た。こうして飛行機の窓から陸地を眺める度に、いつも思う。たとえば深い山間に、ひっそりと出来た集落にも、いくつもの異なる人生が詰まっている。なぜ、その場所で生きていくことになったのか、好きで選んだわけではないと叫びたい人も、きっといるに違いない。だが、それらのどれ一つとして枚子には知る手立てがない。同様に、今、彼らの頭上を飛んでいる枚子の人生もまた、あそこに暮らす人々の誰にも知られることはない。この飛行機を見上げることはあっても、その窓から自分たちを眺めている女がいることなど、想像すらしないだろう。

見えていても、触れ合えない人生もある。その距離が、たとえどれほど近かったとしても。
隣の席の三沢ちゃんは、さっきまでヘッドホンをいじったり機内誌を眺めたりして落ち着きがなかったが、今はもう白河夜船だ。枕子は気を取り直して、再び資料に眼を戻した。

宇和島は城下町で、中心部は三方を山に囲まれており、西側だけが宇和海に向かって開けている。複雑なリアス式の海岸線を持ち、長く伸びる岬のほか小島も点在しており、真珠やハマチ、マダイなどの養殖が盛んな一方、平地が少ないことから農業には不向き。土壌的にも米の生産には適していない。一方、傾斜地で育てている「愛媛みかん」は、ポンジュースと共に知名度も安定している。

伝統的行事としては闘牛や牛鬼祭りなどがあり、郷土の味はじゃこ天、鯛飯《たいめし》、ふくめんなど。

一度出たら、もう戻れない土地っていうのかなあ。

睡魔が襲ってきたと思った瞬間、ため息交じりに呟く声から、コーヒーカップを持つ手の表情までが、あまりに鮮やかに甦ってきた。枕子は、はっと目を見開いて、つい、その場で立ち上がろうとしてしまった。シートベルトが固く身体を押さえつけるのを感じて、ようやく我に返ったくらいだ。

「お客さま。コーヒーのおかわりをお持ちいたしましょうか」

枕子の動きが目に留まったのか、笑顔の客室乗務員がまた近づいてきた。

「ああ――ありがとうございます」

何を動揺しているのだ。ちらりと隣を見て、三沢ちゃんが熟睡していることを確かめ、新しいコーヒーが注がれるのを待つ間、枕子は密《ひそ》かに深呼吸を繰り返した。

――今、どうしてるか知ってる？

分かっている。昨日、奈帆があんなことを言ったからだ。あの瞬間からもう、気持ちがざわめいていた。長い間、心の奥深くに沈めて、その上に新しい想《おも》い出をどんどんと積み上げ、決して触れまいとしてきた記憶の扉が、とうとう動かされてしまった。

それにしても、どうしてこんなことまで忘れていたのだろう。宇和島に行って欲しいと言われたときでさえ、まるで想い出と結びつかなかった。ただ、どこかで聞いたことのある土地だなと思った程度だった。だからこそ気軽に承知したのだ。我ながら嫌になる。いくら何もかも忘れると自分に言い聞かせてきたからとはいえ、これほど見事に記憶の糸が切れていたとは。

そうだった。宇和島は、あの人の故郷だった。

今どうしているか。

あの当時、自分はそんなことを思って過ごすことがあっただろうか。去っていった人に対して、そんな思いを抱いた日々があっただろうか。いくら考えても思い出せなかった。いや、そればかりでなく彼と別れた当時のこと全体が、あまりにもぼやけていた。

3

雲一つない青空の広がる松山空港まで迎えに来てくれていたクライアントは四十前後のずんぐりむっくりした男性だった。差し出された名刺には、工務店の副社長という肩書きと共に「兵藤寅二《ひょうどうとらじ》」という、いささか古くさい名前が刷り込まれている。社長は父親で、古くから大工の家なのだという。仲間からは「寅さん」と呼ばれているそうだ。

「じゃあ、私たちも『寅さん』とお呼びしても？」

枕子が笑顔で尋ねると、寅さんは「どうぞ」と言いながら、心持ち胸を反らした。隣で三沢ちゃんがクスクス笑ったが、この場では変なことは言わずにいてくれた。

「陽射しが全然、違うんですね。何だか夏休みみたいだわ」

車を停めてあるところまで歩く途中で、誰にともなく枚子が言うと、隣の三沢ちゃんが「夏休みかあ」と太陽を見上げるようにして声を上げた。

「ほんと、そんな気分になりますね。何だか嬉しくなっちゃうなあ」

少し前を歩く寅さんが振り返った。

「東京は、もう寒いですか」

「もうすっかり秋ですよぉ。寒いくらい。ああ、よかったあ、これだけでもう、得した気分になっちゃいますよ」

三沢ちゃんなりにこの夏が忙しかったことは、枚子もよく承知していた。それから車が高速道路に乗る頃まで、寅さんは当たり障《さわ》りのない天気や気候、四国の自然の話などをしていたが、やがて宇和島の話になるなり堰《せき》を切ったように、日々自分たちが直面している現実や、感じている問題点などについて語り始めた。

「そうなんですね。そうなんですか」

飛行機の中でたっぷり睡眠を取ったらしい三沢ちゃんが、早くもノートを取り出しペンを動かしながら、こまめに相づちを打っているのがありがたい。この子はそういうところがいいのだ。そのお蔭《かげ》で、枚子は少しの間ぼんやりと周囲の景色を眺めて過ごすことが出来た。松山から宇和島までは、車でも列車を使ってもおよそ一時間半程度の距離だという。

彼が過ごした土地。

彼が後にした土地。

今さら感傷的になろうとは思わない。それでも彼が、どんな景色の中で育ち、そこでどんな思いを育《はぐく》んでいったのか、その一端でも知りたいと思った。わかれた頃に、そんなことを考えたかどうかは覚えていない。ただ昨日、奈帆からあんな質問を受けて、今こうして偶然にしろ宇和島を目指しているから、自然そう思うのも無理もない。久しぶりに昔を思い出すのも悪くないと、枚子は自分に言い聞かせていた。

それにしても四国の山は姿が違う。本州の、それも関東周辺の山に比べるとずっと「こんもり」した印象があって緑も濃く、しかも一つの「こんもり」した稜線《りょうせん》が収束する前に次の稜線へと続いていく。山同士が身を寄せ合っているような隙間の、わずかばかりの空間に小さな集落があった。高速道路は見事なほど空《す》いていたから、かなりの速度で走る車窓の外を、いくつも集落が飛び去っていった。やがて秋とは感じられない青々とした緑の中に、点々と黄色く輝くみかんが目につき始めた。

昔話の絵本に出てくるみたいな景色。

なんと長閑《のどか》で優しく、また暖かい風景だろう。だがその「昔ながら」とは、裏を返せば不便この上もないということであり、多くの高齢者が取り残されている土地かも知れないということだ。横浜生まれの横浜育ちで、結婚後もそのまま横浜に住み続けている杦子などが「暮らしてみたい」と甘いことを夢見る景色ほど、実際に暮らしている人にとっては苛酷《かこく》なものだということは、仕事を通してもう十分に学んできている。日常生活。交通。通信。医療。危機管理。行政や若者の支えがなかったら、何一つとして満足に出来ていない場合が多い。いくらデジタルだインターネットだと言ったところで、それらの便利さを享受《きょうじゅ》することそのものが、多くの高齢者には無理なのだ。

宇和島に着くと、すぐに昼食を取りながらのミーティングに入った。寅さんがリーダーを務める地元の若手経営者グループとしては、要するに「きさいやロード」と名付けられたアーケード街の中に点在する空き店舗や、その周辺にある空き家などを再利用して、新たな展開を模索したいということだった。観光客のためというよりは、むしろ地元の人々が喜び、便利に感じたり、また楽しみに思えるようなものを考えたいという。試みとして、高齢者向けのパソコン教室などは、もう始めているそうだ。

「何しろ民間でやることですから、行政がやるような大がかりなことは無理ですしね。それに、いくら観光客を呼ぼうと思ってあれこれ工夫しても、結局のところは一時的なものなんですよ。現実問題として、今すぐ新しい観光の目玉や基幹産業が育つなんていうことも考えられない。本州からも遠い。つまり、いきなり人口が増加に転じる可能性はありません。だったら、ずっとここに暮らしてきたお年寄りや、今もここで頑張ってる若者に『宇和島で暮らしててよかったんだ』と思ってもらえるような、そういう方向にもっていきたいと思うんです。いわゆるQOLっていうのかな」

昼食にふるまわれたのは「さつま」という、いわゆるぶっかけめしのようなものだった。白身魚の身を焼きほぐし、味噌《みそ》仕立てのだしと合わせて、ご飯にかけて食べる。具材として細かく刻んだこんにゃくも入っていた。薬味はネギ、みかんの皮など。もともとは漁師の食べものだったそうだが、見た目の荒っぽさとは裏腹に、新鮮な魚だからこその優しいうま味がよく出ていた。

「どうして『さつま』と言うんですか？」

枚子が尋ねると、寅さんは「どうしてかな」と首を傾げる。

「『さつま』っていったら、熊本でしたよね」

三沢ちゃんが本領を発揮した。枚子が「熊本は肥後。さつまは鹿児島」と軽くにらむ真似《まね》をして見せても、相変わらずの彼女は「そうでしたっけ」と笑っているばかりだ。

「こちらはじゃこ天も有名ですよね。同じような食べ物が鹿児島では薩摩揚げと呼ばれています。そのこととあわせて考えると、このお料理の呼び方にも何か関係があるのかと想像したりするんですが」

寅さんは、考えたこともなかったと驚いたような顔になっている。よくあることだ。旅人の目線で抱く素朴な疑問が、地元の人には新鮮な刺激となる。

食後は早速「きさいやロード」を歩いた。「きさいや」とは宇和島の方言で「お越しください」という意味だそうだ。だが一体、誰が招いてくれているのかと少しばかり皮肉な思いにとらわれるほど、予想していた通りにシャッターを下ろしている店が多く、アーケードは閑散としていた。道幅が広い上に緩い傾斜がついていることもあって、ずっと向こうまで見渡せるから、余計に淋しさが感じられるのだ。ほとんど自転車駐輪場と化したような通りに人影はまばらで、ただ一台、小さな客車を自転車の後ろに取り付けた「自転車タクシー」が、ゆっくり、ゆっくりと進んでいくのが目についた。中国や東南アジアの観光地ではよく見かけるが、日本でこういう乗り物を使っている土地を見たのは初めてだ。

「ああいうものは、たくさんあるんですか?」

面白いと思って尋ねたのだが、寅さんの答えは「あれだけです」という、実に素っ気ないものだった。市に予算がないために、最初は意気込んでいたものの、すぐに削減されてしまったのだそうだ。自転車は何とかなっても、働く人の給料が支払えない。利用者が少ない。従って、続けていても意味がない、と。

「最近は郊外型の、外から資本の入っているショッピングセンターとか、そっちに行っちゃいますからねえ」

結局、昔ながらの店を利用するのは自分でハンドルを握らない、したがって郊外型大規模店舗には行きようのない高齢者が中心になってしまう。これもまた、宇和島に限ったことではない。

それでも開いている店には新鮮な「すくいちりめん」などの地元の海産物を扱う店や、城下町らしい和菓子店などがあった。宇和島の伝統名菓は「大番《おおばん》」といって、それぞれの店ごとに違う味わいを楽しめるという。宝石店のウィンドウには「宇和島パール」が飾られていたし、呉服店も多い。比較的新しく見える手作りパンの店の喫茶コーナーでは、高齢女性たちが楽しげにお喋《しゃべ》りに興じていた。

「淋しくなったのは、特にこの十年くらいかしら。でもね、下手に人口が増える必要もないんじゃないかと思うのよ。だって、これから人が増えるとしたら、それだけ悪い人も入ってくる心配があるっていうことになるでしょう？　ここではまだ戸締まりせずに出かけられるくらい、安全がありますから」

途中の店先で何気なく話しかけた女性は八十代だということだったが、今でも自分で店を切り盛りしているそうで、話し方もしっかりしており、「これはこれでいいのよ」と笑っていた。そういう考え方の人が多いのなら余計に、地元の人たちのＱＯＬを上げていくべきだという寅さんの提案は一理あると思った。

アーケードを抜けると、日焼けが心配になるほど強い陽射しを受けて、すぐそばの小山の上にそびえる宇和島城が美しく見えた。それでもさすがに秋だ。すぐ傍の、大きく育った銀杏《いちょう》の木にはぎんなんが鈴なりについている。

観光地としての知名度を上げることを目的とするなら、たとえば城下町らしい街並みの整備などが上げられるが、かつて見番があったという界隈《かいわい》を歩いてみても、他の住宅に混ざって古い紅殻格子《べんがらごうし》の家がぽつぽつと残っている程度で、さして望めそうにない。かつての町名を示す石柱が立てられているのを見かけても、旅行者が散策したいと思うまでの情緒や雰囲気は、歩いてみた限りでは感じられないようだ。

彼は、何か言っていただろうか。城の見える風景のことを。

歩きながら時折、そんな思いが頭を過《よ》ぎった。結局、日が暮れるまで街中を歩き回り、途中でじゃこ天を買い食いし、また少し離れた山の上にある闘牛場などへは車で案内されて、夕食には鯛飯や地の魚などを出す店に案内された。ことに鯛飯は宇和島独特のもので、もともとは「海賊飯」「漁師飯」とも言われたらしいが、ご飯の上に鯛の刺身をのせ、そこに生卵の黄身を加えただし汁をかけて食べるというものだ。鯛だけでも贅沢《ぜいたく》だと思うのに、それを刺身で豪快に食べるのだから、その一杯で、この土地の海の豊かさを十分に感じさせるものと言って良かった。

「甘い！　何これ！　これが自然の甘みってヤツですよっ」

一つ口にする度に感動の声をあげ、表情豊かに反応する三沢ちゃんに、寅さんはすっかりご機嫌になり、次から次へと珍しい料理を注文してくれた。

食後も街を歩いた。まだ夜更《よふ》けというほどの時間でもないのに、街は車も人の通りも絶え、闇《やみ》は深く、そして静かだった。「しーん」という静寂が、鼓膜を圧迫するほどだ。ようやくホテルに戻って窓辺に立つと、やはり城が見えた。

どんどん、どんどん遠くなるんだよな。

しばらくはベッドに腰掛けたままぼんやりしていた。今日、目にしたものや聞いた話と、過去の想い出とが混ざり合って、頭の中で錯綜《さくそう》している。ふと気がついて、やっとのことで腰を上げ、メールとＬＩＮＥをチェックした。メールは仕事に関係のあるものが数本と、それ以外は余計なものばかり。ＬＩＮＥにも仕事関係がいくつか。

そして家族のグループには、奈帆が「ママ、昨日はありがとう！」と書き込み、それに妹の映水が「えっ、昨日一緒だったの⁉」と返していて、二人でしばらくやり取りをしている。枚子は、さっき夕食の際に撮った鯛飯の写真をアップしてやった。「宇和島のおさかなは天下一品！」と、わざと娘たちを羨《うらや》ましがらせることを書き、続けて「一日中、歩き回ってもうフラフラ。ママ、ダウン！」と入れた。

ベッドに戻って、また寝転がる。何しろよく歩いた。身体は心地良さを通り越すくらいに疲れている。化粧を落とすのも億劫《おっくう》なほどだ。それなのに、頭だけは懸命に働いて、どうにかして記憶の糸をたぐり寄せようとしていた。

あのとき彼は、どうしてあんなことを言ったのだろう。その他に何か語っていたことがあったろうか。故郷について。この、宇和島のことを。それよりも、あれはいつ聞いたひと言だったのかしら。もしかしたら、別れを切り出された、そのときだったのではないだろうか。

十一月だというのに本当に暖かい夜だった。エアコンを入れるほどではないものの、少しくらい風が欲しいと思って窓を開けると、まったくの静寂の中に、遠くからか近くからか、若者の歌声が聞こえてきた。最初は酔っ払いが路上で歌っているのかと思ったが、枚子がシャワーを浴びて寝る支度を済ませた後になっても、まだ歌い続けている。今日、歩いた限りは気づかなかったけれど、夜になればネオンが瞬《またた》く一角もあるのに違いない。カラオケスナックもあるのだろう。人口減少に悩み、高齢化が進んでいるこの街でも、金曜の夜ともなれば、こうして夜更けまで歌い続ける若者がいる。その歌声が睡眠の邪魔をすると同時に、過去を思い出させる後押しもしてくれたようだ。

ずっと自宅から通ってるっていうこと自体、俺なんかの感覚じゃ、まずそこからして分からないもんな。

最初、枕子は彼の言葉を、すっかり馬鹿《ばか》にされているように受け取った記憶がある。あれは、知り合ってどれくらいたった頃だろうか。

それの、何が悪いの？

悪いなんて言ってないよ。ただ、信じられないって言ってるだけ。

だから、何が信じられないの？

あのとき、彼は何と答えたのだったろう。いいや、確か、黙って笑っていた。それで、枕子はさらに突っかかった。どうして笑うの、と。

言っても分からないだろうと思うよ。

あの言葉は何度か聞いた。

言っても分からないだろうと思う。そう言われてしまうと、枕子は手も足も出ない気分になって、最初の頃はふくれっ面になったり拗《す》ねたりしていたが、やがて「どうせそうよ」とそっぽを向くようになった。そんな記憶がある。

それでも彼とは、ほとんど喧嘩《けんか》したことはなかった。いや、喧嘩にならなかったのだ。枕子がいくら突っかかっていっても、駄々をこねても、彼は「わかったわかった」と笑うばかりで、いつもするりとかわされた。三歳という年齢差もあっただろうか。それに彼は、喧嘩などしている暇もないくらいに、本当にいつでも時間に追われていた。一緒にいる間も、何度も時計に目をやることが多かったから、そのたびに枕子は苛立《いらだ》ち、ときには離れたくないと聞き分けのないことを言ったものだ。そういうときだけは、彼は心の底から困った顔をして「頼むから」と言った。頼むから、俺を怒らせないでくれと。

奨学金だけじゃとてもやっていかれないから、こうして働いてるんだ。やっと卒業っていうところまでこぎ着けたのに、そんなときに俺を破滅させる気？

破滅という言葉は、当時の枕子にはあまりにも恐ろしく聞こえた。少しくらいアルバイトに遅刻する、そんな程度のことが、この人にとっては破滅につながる、未来も何もかもが木《こ》っ端微塵《ぱみじん》になるのかと思うと、身震いするほどだった。もともと彼と知り合ったのもアルバイトがきっかけだったが、互いの働いている理由があまりにかけ離れていることに、枕子は最初から衝撃を受けていた。

当時、枕子の方は、付属の中高からエスカレーター式で入った地元のミッション系女子大の一年生だった。喫茶店でアルバイトを始めたきっかけは、その店の制服が可《か》愛《わい》かったのと、「働く」ということへの憧《あこが》れと、それで少しくらいお小遣い稼ぎが出来れば好きな服を買えるというくらいの、実に単純なものだった。その喫茶店に、問屋の配送係として、彼はいつも重い台車を押してやってきた。

「あの人、ああ見えて横国《よここく》の学生なんだって」

「聞いた聞いた！　週に何日かは、塾の講師も掛け持ちしてるんだって」

他のアルバイトの子から、そんな噂《うわさ》は聞いていた。だが、彼はいつも目深《まぶか》にキャップをかぶっていたから、まともに顔を見たこともなかった。チーフや他のスタッフの真似《まね》をして、姿を見れば「ご苦労様です」と声をかける程度だった。それが、夏休みに少し集中してアルバイトの日程を詰め込んでいたあるとき、前々から気味悪く感じていた常連客に待ち伏せをされて、勤務時間が終わって店の裏口を出た辺りで声をかけられた。腕まで引っ張られて、泣きそうになっていたところを、たまたま配達に来た彼が見つけて助けてくれた。それが最初のきっかけだ。

大丈夫？　何もされなかった？　怪我《けが》は？　あれ、そういえば君――。

初めて私服の姿を見られ、また一方、彼の方も初めて帽子をとってまともに顔を見せた。その顔を見て、枕子は瞬間的に「この人だ」と思ったのだ。何が「この人」なのかも分からないまま、ただそう思った。彼という存在そのものを信じた。今から思うと、まるで遠い日に見たドラマのシーンのようだ。

若者が歌っている声は、いつまでも止《や》みそうにない。起き上がって窓辺に近づくと、おぼろ月が宇和島城の上にあった。

私は今、宇和島にいる。

じゃあ、あの人は？

今、どこにいるんだろう。

まったく、奈帆は素晴らしいことを言ってくれたものだ。こんなタイミングで何十年も前の、文字通り青春だった時代を振り返ることになろうとは。

目が覚めたときには若者の歌声は消えていた。昨晩に続いて、眠れたのか眠れなかったのかよく分からないまま朝を迎えて、もう一度、熱いシャワーを浴びた。改めてメールを確認してみると、昨晩のかなり遅い時間に夫から「帰ってみたらいなかった。明日は帰るのでしょうか」という短いものが入っていた。そういえば宇和島出張のことを言ってこなかったことに、初めて気がついた。

一人で朝食を済ませて、集合時間までにまた少し街を歩いてみることにする。昨日から気づいていたことだが、この街の商店や公共機関などは必ずといって良いほど、入口か店内のどこかしらに「牛鬼」を飾っている。一見するとなまはげにも似て見える荒神は、宇和島の守り神として人々の生活に密着し、実に愛されているようだ。魔《ま》除《よ》けにもなり、無病息災、夫婦円満、身体健全、とにかく牛鬼さまだ。

駅まで行ってみると、目の前のプラットホームにちょうど、アンパンマンの絵がたくさん描かれた車両が停まっていた。奈帆たちが小さな頃に大好きだったことを思い出し、スマホで写真を送ってやろうと、枕子は入場券を買って構内まで入ってみることにした。

もう改札は始まっているのに、ホームを往《ゆ》き来《き》する人の姿はまったくない。座席の半分までも満たないと思われる利用者は、既に乗り込んだ後らしい。途中、一両の半分だけがグリーン車になっている車両をのぞくと、シートから壁までがアンパンマンのキャラクターで埋め尽くされていた。

子どもたちが小さな頃だったら、どうしても乗りたいと言って、さぞ騒いだことだろう。枕子は微笑《ほほえ》ましい気持ちになりながらスマートホンで何枚か列車の写真を撮り、改めて周囲を眺めた。そして、この駅の見晴らしが良いのはホームをつなぐ跨線橋《こせんきょう》がないためだと気がついた。つまり、向こうのホームまで行こうと思うなら、ホームの端から回り込むことになる。

実際に、端まで歩いてみた。そして、そのときにようやく気がついた。地続きのまま向こうのホームまで回り込めるということは、線路がここで終わっているからだ。宇和島は、予讃線《よさんせん》の始発駅であると共に終着駅だった。

彼はここから列車に乗った。出ていくしかないから。

発車のベルが鳴った。賑《にぎ》やかな絵を描かれたアンパンマン列車が次第に遠ざかっていくのを、枚子は一人で見送った。

約束の時間に「昨日はどうも」と言いながら迎えに来てくれた寅さんに、枚子はまず質問した。昨晩、思い出したことがあったのだ。

「戦後間もない頃くらいに、ねずみが大繁殖したことがあるって、聞いたことがあるんですが」

すると寅さんは「ねずみですか」と、わずかに眉根《まゆね》を寄せて、いかにも不快そうな表情になる。

「知らないなあ、そんな話」

「確か、宇和島だと思うんです。ご存じの方はいらっしゃらないでしょうか。どなたか、聞いてみていただけませんか」

「いいですけど、それって、あんまりいい印象の話じゃないですよね」

「昔のことです。それに、色々な側面を知っておきたいと思うんです。どういう形で対処したか、とか」

寅さんは「一応、聞いてはみますけど」と、いかにも気乗りのしない表情でスマホを取り出し、少し離れたところで誰かと話し始めた。今日はこれから寅さんの事務所に行って、彼の仲間たちと会い、ヒヤリングを行うことになっている。帰りの飛行機は、たしか三時近くだったと思うから、昼過ぎにはここを出なければならないだろう。

てっぺんまでずっと段々畑のある山が結構あって、その一番上に墓があるんだ。そうだなあ、今から思えば、ちょっと不思議な風景だよ。

目の前に見える島もそんなだったけど、すげえねずみが湧《わ》いたことがあって、ねずみは畑のものを全部食い尽くして食う物がなくなったら、ある日、大群で海を泳いできたんだってさ。遠くからでも海が黒く盛り上がって見えるくらいだったって。祖父《じい》ちゃんから聞いた話だから、俺が生まれるずっと前だろうけど。

今だったら、どれほど興味深くそれらの話を聞いただろうかと思う。だが、当時の枕子は、まだ本当に子どもだった。聞いているようで聞いていなかった。理解しているようで、何一つ分かっていなかった。あれほど好きだった彼が、どんな生い立ちでどんな想い出を抱え、内にどんなものを秘めていたかなど、何一つとして考えてもいなかったのだろうと思う。しかも、枕子が就職した頃は世の中全体がバブル景気で浮かれていた。広告代理店などという派手な業界に就職して、お祭り騒ぎのような毎日の中で浮き足立って過ごしていたら、ある日、彼は行ってしまった。

最後に交わした言葉は何だったろう。

それから私は、泣いただろうか。どれくらい？　奈帆のように彼を思っただろうか。

覚えていなかった。本当に。

考えても考えても、出逢った頃や、心弾ませて彼を待った日々のことばかりが浮かんできて仕方がない。無事に大学を卒業してサラリーマンになったときの、照れくさそうな笑顔。スーツの腕に捕まったときの感触。学生時代にずっと続けていたアルバイト先の口利《くちき》きもあって、彼が就職したのは大手の食品商社だった。そこで彼は北洋水産関係の部署に配属され、入社間もない頃から、北海道やアラスカや、まだソ連だった頃のナホトカなどに出張するようになった。長いときは半月以上も戻らなくて、まだ学生だった枕子は、彼がどんどん遠くなりそうな不安を抱えながら、首を長くして彼の帰りを待ちわびたものだ。そういえば、あの頃はまだ電子メールさえなかった。

「確かに、そういうことがあったそうです」

やがて、スマホを片手に寅さんが戻ってきた。さっき浮かべていた不機嫌な表情から、今度は半ば驚いたような顔つきに変わっている。枕子の胸が、とん、と一つ跳ねた。

「それは、どこで」

「最初は戸島《とじま》だったそうですよ。そこで大繁殖して、もう何年もかけて駆除しようとしたんだけど、ねずみが増える方が早くて、追いつかなくて、最後に食い物がなくなったねずみが、海を泳いでこっちまで渡って来たんだそうです」

「戸島っていうのは？」

「島ですよ。ここから見ると、ええと――あっちの方角になるのかな。三浦半島の、ちょっと先にある」

「えっ、宇和島にも三浦半島ってあるんですか」

何とか平静を保とうとしていたとき、それまでスマホをいじっていた三沢ちゃんが、ふいに驚いた声を上げた。

「神奈川県だけだと思ってた。そこも、宇和島市になるんですか？」

「そうです。ここからだと一時間、いや、一時間半くらいかなあ。僕も行ったことないですが」

「市内なのに？」

「用がなかったら行かないですよ、そんなところまで。東京の人だって、東京中ぜんぶ知ってるわけじゃないでしょう」

「あ、そうですね、確かに！」

あっははは、と笑う三沢ちゃんと寅さんのやり取りを聞きながら、枚子は、持て余すほどの気持ちのざわめきに、自分自身で戸惑っていた。どうしても、その島を見てみたいと思った。

4

視界の先に海が見えたかと思うとすぐに消え、またしばらく走ると姿を現す。その都度、枚子が見慣れている横浜の海とは異なる色をして、いくつもの小島が浮かんで見える海は、確実に近づいてきているようだった。

久しぶりに握るハンドルだし、何しろレンタカーだから、乗り心地も違えば操作も家の車とは違っている。しかも、ナビの案内があるとはいえ、たった一人で見知らぬ道を行く不安もあった。自然、安全運転にならざるを得ないというのに、地元の人が運転する車は意外なほどのスピードで、それも信号のない交差点からいきなり飛び出してきたりするから、枚子は幾度となく肝を冷やさなければならなかった。

昼食を取り終えたところで、まだ少し寄ってみたいところがあるからと言うと、三沢ちゃんはあっさりと頷《うなず》いた。こういうところが彼女はありがたい。余計な詮索《せんさく》もせずに、実に素直に寅さんの車に乗せられて「そんじゃまた月曜に！」と手を振って帰っていった。

その後、枚子はまずホテルに戻ってもう一泊分の部屋を取り、そこからレンタカー店を紹介してもらって車を借り、店員に地図で大凡《おおよそ》の道順を教わった上にカーナビにも「遊子《ゆす》」という地名をを入れてもらって走り始めたのだった。遊子は三浦半島の真ん中あたりにある集落で、そこで道を聞けば分かるだろうからということだった。

学校までは、歩くと結構遠かったんだよなあ。だから船で送ってもらったりしてさ。途中ですごい小さな運河を通るんだ。あの運河、日本一小さいのが自慢だって聞いたなあ。

先祖は多分、海賊だったんだ。だから、海へ、海へと出て行きたくなるのは、もしかすると海賊の遺伝子かも知れないな。

台風が行った後は、浜に真珠が打ち上げられて、それを拾って遊んでたんだ。真珠なんて、当たり前にあるんだと思ってた。

昨日に引き続き、晩秋とも思えないほど目映《まばゆ》い陽射しの日になった。こんなことならサングラスを持ってくるんだったと悔やみながら、ちらちらとカーナビの地図を見ては幾つかの交差点を過ぎ、やがて緩やかな坂にさしかかる。市街地を抜けると途端に建物が少なくなって、そのうちに葬儀場やホテルがぽつぽつと点在する辺りを過ぎたところで、右手に海が現れた。

彼が眺めてきた景色。

目の前に見えている海に浮かぶ島のようなものが、ずっと通ってきた道と地続きの岬なのか、それとも本当に島なのか、または他の岬なのかも分からない。それほど道は曲がりくねっており、走っているうちに方向感覚はすっかり失われて、ただただハンドル操作に集中するより他になくなった。なるほど、自分は今確かにリアス式の海岸線を走っているのだなと実感するばかりだ。

それにしても、海の碧《あお》さの違うこと。

午後の陽射しを受けて、どこまでも碧い海が、見事に輝いている。入り江にさしかかると家の連なりが見え始め、小さな集落となって、その前の港には船小屋らしいものが並んでいた。少し沖に見える養殖いかだは、何を養殖しているものだろう。海流が変わったとか言ってたかな。それまではイワシがものすごく捕れたときもあったらしいけど。

長いトンネルを、いくつかくぐった。それからナビに従って、突き当たりを右に曲がる。ずっと右手に見えていた海が左手に転じ、次のトンネルを通り抜けると、また右手に見えてくる。その都度、海の碧さはますます鮮やかさを増し、豊かな水はまるで陽の光と戯《たわむ》れているようだ。

曲がりくねりながら上り下りを折り返しつつ、右手の海にばかり気をとられていたが、ふと気づくと左手に段々畑が見える箇所があった。小さなものだが、石垣を積まれたものだ。

段々畑。

彼は、段々畑の話をよくしていたなと思っていたら、ふいにナビが「右方向です」と言った分かれ道に「段々畑」という看板が見えた。枕子は車を停めて、じっくりとその看板を見上げた。

「耕して天に至る　段々畑　水ヶ浦」

ナビは、この右側の道を下っていけと示している。そちらに目をやると、はるか先の方に、まるで住宅造成地のように、まったく草木のない斜面が広がっている山の連なりが見えた。山裾《やますそ》の、海に面している部分には集落が出来ていて、突堤もあり、入り江には養殖いかだが浮かんでいる。よくよく眺めていると、その地肌がむき出しになったように見える斜面こそが、すべて段々畑なのだった。遠目にも、山の天辺に並んでいるのが墓石群だと分かる。

親父《おやじ》が砕り
童も運び
爺は築く
昼餉《ひるげ》の芋に
母の温《ぬく》もり

看板の下には石碑があった。
枕子は、とにかく坂の下まで行ってみることにした。
「昔はこの辺り一帯の山は、どこもかしこも段々畑で、珍しくもなかったんですが、

「これだけ残ってるのは、今はここだけなんです」

船着き場の近くで、たまたま通りかかった六十代くらいに見える女性に声をかけると、その人は特に警戒する様子も見せずに話してくれた。この地域は台風の通り道にもなっているため、昔から地滑りや土砂崩れなどの被害が多い。もともと農地が不足していたこともあって、土砂災害を防ぐためにも、四百年ほど前からこうして段々畑を作るようになったのだそうだ。

「四百年ですか」

「そう、聞いてますけどねえ。江戸の、宇和島藩の頃に、貧しくて貧しくてって」

山裾から順に畑を拓《ひら》き始めて、力のない貧しい家ほど、上り下りに難儀する山頂近くの畑しか手に入れられなかったのだという。それでも砕いた石を運び上げて積んで行く作業は地域が総出で行った。畑を耕すのは女たちと、海での作業が無理になった年寄りだったという。今でも、少し手入れを怠っただけでも石垣の隙間《すきま》から雑草が生え、そこから簡単に石が崩れて、瞬く間に段々畑は崩れ去ってしまうのだそうだ。耕す人のいなくなった段々畑は、石垣も崩れ、やがて雑木林へと戻っていく。

「ここでは何を作っているんですか?」

「ジャガイモです」

今は収穫も終えて淋《さび》しく見えるが、作付けの後は緑が整列してとてもきれいに見えるのだそうだ。ただし、その美しさを満喫するためには、山のてっぺんまで登らなければならない。

「大変でしょう、これだけ急な斜面を上り下りするのは」

すると、その女性は「だからこんなに腰が曲がってしまうんです」と笑った。けれど、この風景こそが、祖先が拓いてきた証《あかし》だ。だから、自分たちが元気な間は守っていきたいし、今では保存活動も始まっているという。

時折、船が出入りするばかりの、実に静かな入り江だった。週末だというのに、釣り人の姿も見えない。

しばらくの間、じっと段々畑を見上げていると、確かに、ところどころに人の姿が小さく見えてきた。その人の姿があることで、畑の一段一段が意外なほど高く、傾斜も急だということがよく分かる。収穫を終えた今の季節でも、すべきことはあるのに違いない。

「さっき、遊子小学校の前を通りましたが、あそこが岬のいちばん先の学校ですか?」

「ええ?　いえいえ、まだまだ先がありますよ」

「まだまだ？　この先にもまだ小学校があります？」

「あります、あります。蔣淵《こもぶち》にね」

「こもぶち？」

「あんた、蔣淵まで行きなさるの？」

「あ、ええ」

「それはそれは、気をつけてね」

立ち去っていく女性の後ろ姿に「ありがとうございました」と声をかけ、枕子は再び車に戻った。

こもぶち。

まずはスマホのグーグルマップで見てみる。自分が今どこにいて、どの方向へ向かっているのか。こんな場所でも確かめられる時代になったのだから大したものだ。

老眼鏡を取り出して、小さな画面を眺めてみると、愛媛県の三浦半島は少しばかりタツノオトシゴにも似ていると思わせる、実に複雑な姿をしている。先端部分が大きく折れ曲がっていて、その折れ曲がった部分が、さっきの女性が言っていた「こもぶち」という地域のようだ。「こもぶち」は「蔣淵」と書き、確かにその西側に、戸島があった。

関東よりも日暮れの時間が遅いとはいえ、それでも陽は徐々に傾きつつあった。これだけ複雑に曲がりくねった道を、真っ暗になってから走るには、正直なところ相当な勇気が必要だ。出来ることなら早く着いて、そうして明るいうちに市街地まで戻りたい。

カーブに次ぐカーブ。こんなところに対向車などいないと思うと、思わぬところで車と行き違う。カーブミラーを注視したいが、角度が違ってしまっていたりもする。地元の人たちは軽快に飛ばしていくが、枚子は一つ一つのカーブの手前で相当にスピードを緩めて、慎重すぎるほど慎重にハンドルを握った。しばらく行くと、ようやく小さな橋のようなものを渡った。

昔は吊《つ》り橋だったんだってさ。あれが完成したときは大騒ぎだったらしい。

こんな気分になるのが久しぶりすぎて、自分でもどう言い表せばいいのかが分からなかった。嬉しいのかも楽しいのかも、ワクワクしているのかどうかすら分からない。ただ、全身に震えが広がっていくような、何とも言えない感覚が湧き上がってきていた。それにしても、何と遠くまで来たことだろう。奈帆たちに「今ここよ」と知らせたら、どんな反応が返ってくることだろうか。

坂道を下っていくと、やがて左側に大きく湾曲している道に沿って集落が出来ているのが見えた。地図で確かめた岬の先端の、折れ曲がっている辺りまでやって来たのだと分かる。広がっている海は、さっきまで右手に見えていた海とは、また表情が違うようだ。とろりとして、穏やかで優しい。そして、道が大きく右にカーブしたと思ったところに、突如として白い建物が現れた。塀に「蔣淵小学校」とプレートがはめ込まれているのを確かめて、枚子は学校の前に車を停めた。

それにしても白くてきれいな校舎だった。三階建てだろうか。どうみても新しい。半ば拍子抜けしたような気持ちで、枚子はおずおずと校門に続いてすぐの、アーチ状の校舎をくぐった。

「関係者の方ですか？」

どこを向けばいいものかと戸惑っている間に、先方の方で枚子を見つけてくれたらしい。振り向くと、髪の長い女性が笑顔で立っていた。下駄箱が並んでいるから、どうやらそこが校舎の玄関のようだ。

「ご用件をうかがいますが」

そこまで言われて、自分の中に何の言葉も用意してこなかったことに気づいた。枚子は思わず「あの」と口ごもった。通りすがりのものです、ではさすがにおかしい。

「卒業生の方でいらっしゃいますか？」

「あ——卒業生の、知り合い、なんですが」

女性は小首を傾《かし》げたままの笑顔で「そうですか」と頷いた。

「何年の卒業でいらっしゃいます？　お調べいたしましょうか？」

「はい——あ、いいえ——あの、ずい分きれいな校舎だと思って、驚いてしまって」

すると、その女性は「こちらへ」と自分が立っている方へ手招きをする。白く清潔そうな校舎に一歩、足を踏み入れると、下駄箱の上の壁に額がかかっていた。

「これが、前の校舎なんです。建っていた場所も、今とは反対に校庭のあちら側の、山の方に建っていました」

それは、木造校舎を描いた油絵だった。

「ああ、これなら——」

これなら分かると思った。枕子が幼いころには横浜界隈《かいわい》にも、まだ木造校舎の学校がずい分とあった。それと同じ雰囲気だ。

「そのお知り合いの方は、当校の話をされていたんですか？」

今度はどう応《こた》えようかと迷っていたとき、五十代くらいの男性が姿を現した。

「お入りになりませんか」

「いいえ、ありがとうございます。あの、二、三うかがってもよろしいでしょうか」

男性が頷くのと同時に、さっきまで話していた女性が遠慮がちに後ろに下がった。

「ここの小学校を出た子たちは、どこの中学に行くんでしょう？」

「市内の城南中学です」

「城南って、宇和島市街の、ですか？」

もしかすると校長先生かも知れないと思われる男性は、昔はもっと近くに中学があったのだが、統廃合でなくなったのだと教えてくれた。

「そんな遠くにまで通うんですか」

「寮があるんです。通って通えないこともないでしょうが、大半の子どもが寮暮らしになります」

胸を衝《つ》かれた思いがした。

出ていくしかない。

他に選択肢はない。

「どなたか、お知り合いでも？」

「あ――ええ、多分、この学校のことだと思うんですが。あの、ここから戸島は見えますか？」

応対してくれている二人は互いに顔を見合わせるようにして、それから女性の方が

「ここからは見えません」と言った。

「ここまで来る途中に小さな運河がありましたでしょう？　この学校の前からも見えますが、あそこを渡るすぐ手前に、脇《わき》に入っていく道があるんです。そこをずっと行った先に、矢ケ浜というところがあって、そこからでしたら、目の前に見えます」

「目の前に、ですか」

「本当に、すぐ目の前です。戸島の向こうにあるのが日振島《ひぶりじま》って言いましてね、藤原純友が乱を起こしたところなんですねえ」

「藤原純友――そんなところなんですか！」

海賊のＤＮＡだったんだ。

「まあ、平家の落人《おちうど》伝説とか、色々なものが残っているところですよ、この辺りは」

男性はそう言って笑っている。

「その、矢ケ浜の子どもたちも、小学校はここですか？」

「そうです。今現在は、通ってきている子はいませんが」

それだけ言って、男性は「じゃあ」と立ち去っていった。女性の方は「他にご用件は」と辛抱強く笑っている。枚子はふと思いついて、今この小学校の生徒数はどれくらいかと尋ねた。

「八人です」

その八人の子どもたちも、やがてこの土地を後にして、中学からは街に出るのだ。たった十二歳かそこいらで、親離れしなければならない。それが、この土地に生まれた子たちの現実なのだった。かつての彼がそうだったように。

改めて額に入れられた木造校舎の絵を眺め、そして校庭を見渡してみた。すると、やはり突き当たりの斜面に段々畑が残っているのが分かった。上から徐々に林に戻ってしまっていて、今は下に残る数段しか見えていないが、ここもかつては山全体が段々畑だったのかも知れない。

校舎の外に出れば、道路一本隔てたところはいきなり海だった。護岸整備をした結果なのだろう。

ここまで来たからには、矢ケ浜まで行くしかない。ところが、教えられた道は舗装こそされているものの両側から背の高い草が生い茂っていて、本当にこんな先に集落などあるのだろうかと心細くなるほどの道だった。下手なところに突っ込んではUターンも出来ないと思いながら、とにかく行かれるところまで行ってみようとそろそろと車を走らせるうち、ようやく道が平坦《へいたん》になってきて、右手に海が現れた。そのまま進むと集落が現れる。そしてついに、「矢ケ浜集会所」と書かれた看板を掛けた建物を見つけた。

こんな所まで来た。

船着き場の近くに適当に車を停めてエンジンを切り、ハンドルに両手をかけたまま、枚子はしばらくの間、目の前に広がる風景を、ほとんど呆《ほう》けたように眺めていた。

島がある。

目の前に。

緑の生い茂る島だ。

あれが、戸島だろうか。

だが、よく見るとその右手にも小さな島が見えていた。ひょっとすると、あの小さな島の方なのだろうか。分からない。それにしても本当にここが彼の生まれ故郷なのだろうか。これほどまで遠いところから、横浜まで来たとは。

様々な思いが頭を過ぎった。これまでに甦《よみがえ》ってきた言葉の数々や、彼の横顔、立ち去っていく後ろ姿、返答に困ったときの表情などが、まるで粉々に砕けた破片のように、枚子の中に散らばっていた。混乱している。なぜ自分はこんなところまで来てしまったのかと、今さらながらに当惑もしていた。

じゃあ、帰る？

このまま？

ここまで来ておいて？

とにかく、車を降りてみようと思った。

何度も大きく深呼吸をして、それからようやくドアのレバーに指をかける。

暑くも寒くもない、不思議なほど穏やかな午後だった。道行く人の姿はどこにもない。自動販売機がぽつんと一つ。船着き場には何艘《なんそう》かの船が停泊していて、突堤の先には、釣りをしている人の姿が一人だけ、見えていた。

誰かに「戸島はどれですか」と尋ねたかった。だが、しばらくの間辺りを歩き回ってみても、誰とも行き合わない。それならと、海辺から離れて細い坂道を上っていくと、古い木造の家屋が多く、中からテレビの音が聞こえてくる家もあるにはあったが、やはり人の気配は感じられない。それによく見れば、多くが空き家のようだった。集落全体が、今、静かに何かに向かっている。それを終息と呼ぶにはあまりに残酷だが、今のままなら、そう遠くない将来、そうなっていく可能性が高いだろう。他の小さな集落と同様に。

こんな都会で生まれて育ってたら、町っていうものは大きくなる一方だって思い込むのも無理はないよ。時とともにだんだん寂れて、小さくなっていくなんて、想像もつかないんじゃないか。

彼はことあるごとに「言っても分からないだろうと思うよ」と言っていた。その言葉に、どれほどの悲しみが込められているかなど、当時の枚子には想像すらつかなかった。ことに社会人になってからは派手に過ごすことが多くなり、気がつけば自分の話ばかりするようになっていたと思う。やれ芸能人に会った、メーカーの内覧会に呼ばれた、ブランドのバッグを割引にしてもらえるなどなどと。未来は大きく開けており、その先に控えているはずの彼との結婚も、輝かしいものになると信じていた。国立大学を出て一流の商社に勤めている彼は、両親の眼鏡にもかなうに違いなかった。

彼の方は、そんなものは何一つとして見ていなかったかも知れないのに。

車で来て分かった。矢ケ浜から蔣淵小学校まで、歩くとしたら相当な距離だ。それでもこの景色を見て育った子どもは、あの絵に描かれていた木造校舎まで毎日通い、やがて、この土地を離れなければならなかった。市街地の中学に進んで寮生活に入れば、それだけでも周囲の環境が違うことに驚いたことだろう。それからさらに高校に進学し、本州に渡って横浜の大学まで来たのだ。おそらく、あの駅から列車に乗って。

十二歳で故郷を出た彼は、そこから先は故郷から遠ざかるばかりだったのだ。帰りたくても帰れないと言っていた言葉の意味が、初めて分かった。

だけど、いつか虚《むな》しくなるんじゃないかとも思ってる。俺は一体何を追いかけて、こんなにも外へ、外へと出ていこうとしてたんだって、そう思うときが来るような気がしてるんだ。

段々畑は姿を消したかも知れないが、島の形や山の稜線《りようせん》は百年も千年も、変わっていないに違いない。この海は、藤原純友が戦の狼煙《のろし》をあげて仕立てた船が行き、また、落ちのびる平家の武者たちの船が行き、その他にも多くの船が行き交った海だ。そして目の前の島から、ねずみが黒々と盛り上がるように渡ってきたこともある。今の碧さも、僅《わず》かしかない砂地の色さえ、この海は、杦子が知っている横浜の海とはまるで違う。まったくの別世界だと思った。

それにしても戸島はどっちなんだろう。

ここまで来て確かめられないのは残念でたまらなかった。だが、見知らぬ家の戸を叩《たた》いてまで尋ねることもはばかられる。仕方なく海辺まで戻ると、やはり突堤に立つ釣り人だけがぽつんと見えた。仕方がない、あの人のところまで行って尋ねてみようかと近づきかけたとき、どくん、と大きく胸が鳴った。

まさか。

帽子を目深にかぶっているし、だぶだぶの服装をしているから、判然とはしない。

むしろ、気のせいだろうと思う。それでも一瞬見えた横顔が、枕子の全身を凍りつかせた。耳の奥でごうごうと鳴る音がする。

まさか。

そんな。

だけど。

もしも。

もしも。

喉《のど》の奥がはりつきそうだった。身動き出来ないまま、どれくらいの間そうしていただろう。突然バッグの中でＬＩＮＥの着信音が鳴った。その小さな音で魔法が解けたように、小さく身体が弾んだ。震えそうになる手でスマホを取り出すと、いつの間にか十個近いメッセージが届いている。枕子は、大きく一つ息を吐きながらアプリを開いた。すべて家族で作っているグループからだ。

真っ先に、見慣れない奇妙なスタンプが目に飛び込んできた。アイコンは人のシルエットだけのものだ。それから、奈帆と映水の興奮したメッセージとスタンプが嵐《あらし》のように続いている。

〈ママ、すごい、パパ登場！〉

〈やった！　パパいらっしゃい～！〉

興奮している娘たちのメッセージに混ざって、几帳面《きちょうめん》にフルネームの夫のコメントが挟まっていた。

〈これ以上、のけものになると困るから、降参します〉

娘たちがスタンプを使って笑っている。枕子はのっぺらぼうのアイコンと、その横に出ている夫の名前を見つめた。

〈ところでママはいつ帰りますか。どこに行ったんだ？　私はいつまで留守番すればいいんでしょうか〉

〈あ、ママ！　行き先も教えてあげなかったの？〉

〈ほら、ママ！〉

〈パパが悲鳴上げてるよ～～〉

最後に夫から、へんてこりんな困り顔のスタンプまでが届いていた。思わずくすりと笑いそうになったとき、視界の隅で突堤の釣り人が、くるりと向きを変えてこちらを見た。互いに距離はあったが、スマホを持ったままで、枕子は、その人を見た。

そんなに、すっかり日に焼けて。

生きる世界が違うんだ。

そのときはっきりと思い出した。彼が切り出した最後の言葉だ。

俺はきっといつかまた、あの海に帰りたいと思ってる。その海は、君が知ってるような海じゃない。あそこでは、君みたいな人は生きられないよ。

思い出した。

君には横浜がよく似合う。

あの頃と今と、枚子はそんなに変わっただろうか。少しの間、いぶかしげにこちらを見ていたその人は、何一つ表情を変えることのないまま、今度は突堤の逆向きに釣り糸を垂れている。あの横顔。あの背中。

しばらくその釣り人を見つめ続けていて、ようやく震える息が長く吐き出された。枚子は呼吸を整えながら、手にしていたスマホに向かった。

〈あ、パパ！〉

胸の奥底から、熱い塊がこみ上げて来そうだ。私には、そう呼ぶ人がいる。ずっとともに暮らしてきた人が。その人が、私を待っている。子どもたちも。みんなが。

〈パパ、心配かけてごめんなさい！〉

何度も何度もこみ上げてくるものを飲み下すようにしながら、枚子はスマホの上で指先を滑らせた。

〈今は四国の宇和島に来ています。明日、出来るだけ早い飛行機で帰ります！　お土産、期待してて！〉

陽射《ひざ》しが弱まってきていた。風も少し出てきたようだ。

帰ろう。

帰らなきゃ。

ここは、自分の居場所じゃない。

ここにいてはいけない。

自分にそう言い聞かせ、逃げるように車に戻ってエンジンをかけ、車を切り返して来た道を戻ろうとしたとき、バックミラーに写った釣り人は、確かにこちらを見ていた。棒立ちのようになっていた。

坂道を上って日本一小さいという運河のところまで戻り、そこからもしばらくの間、ひたすら何も考えずにハンドルを操作した。来るときに立ち寄った遊子を通り越して、いくつかのトンネルを通り抜け、それまで左手に見えていた海が右手に見えた辺りで、枚子はようやく車を停め、全身の力が抜けたように、がっくりと座席にもたれた。陽が大分翳《かげ》ってきている。

気がつくと、涙が頬を伝っていた。

自分は泣いているのか。まだ、こんな風に泣ける部分が残っていたのかと思った。こんなにほろ苦い、やるせない涙を流すことがあろうとは。

本当に彼だったろうか。

そうだと、いい。そう思った。故郷に戻り、故郷の海を眺めながら生きていてくれるなら、それが一番だ。思えばあの頃、彼は常にさまよい人のように、どことなく居場所の定まらない心細さを滲《にじ》ませているようなところがあった。そう感じていたからこそ、枕子は彼を無理矢理にでも自分の傍に引き留めようとしたし、そんな枕子から、彼は逃れようとした。枕子は、彼の居場所ではなかったのだ。

スマホがＬＩＮＥの着信を知らせている。

読まなくても分かっていた。

夫と娘たちが呼んでいるのだ。早く帰ってこいと。横浜の、あの家に。

帰ろう。

自分を待つ人のところへ。

早く市街地まで戻らなければ、本当に日が暮れてしまう。手の甲で涙を拭い、枕子はシフトレバーをドライブに入れた。

今夜も笑ってる

1

夏の虫が、じい、じい、と鳴いている。

家は小高い丘の中腹にあって、風が絶えず吹いていたから、夜は窓を開け放っていればエアコンの必要はなかった。

「やっぱり、冷房よりも天然の風の方が気持ちがいいわね」

母は遅く帰って来た父のために、簡単なつまみを用意しながら、隣から母の手元を覗《のぞ》き込んでいる紗子《さえこ》に微笑《ほほえ》みかけた。紗子は胡瓜《きゅうり》の漬物の尻尾《しっぽ》を口に入れてもらいながら、こっくりと頷《うなず》いた。弟の真吾《しんご》はもう寝ている。真吾が起きている間は、紗子はお姉ちゃんでいなければならなかったけれど、この時間は紗子は一人っ子の気分になることが出来た。

風のよく通る茶の間で、父は母にビールを注がれながら機嫌の良い笑顔を紗子に向ける。

「プールは、どうだい」

「紗子ね、プールの横の長さだけ泳げるようになったよ」

「ちゃんと目を開けてるか」

建設会社に勤めている父は、いつも帰りが遅くて、なかなか紗子達と遊んでくれる暇がない。けれど、こうして時々一人っ子に戻った気分で父を独り占め出来るから、紗子は淋《さび》しいと思わなかった。

「あ、さえちゃん、それはパパのよ」

紗子は、父の脇《わき》からそっと手を伸ばしては、母が用意した料理をちょこちょことつまんだ。母が微《かす》かに眉《まゆ》をひそめても、父はにこにこしていてくれたし、母も本気で叱《しか》ったりしない。不思議で素敵な大人の時間だった。

「あら、ねえねえ」

突然、母が話を中断して窓の方を見た。

「まただわ」

父も紗子も、母に合わせて窓の方を見た。網戸を通して、よその家の明かりが所々に見える。一際《ひときわ》オレンジ色に見える四角い窓は、紗子の幼なじみの歩美《あゆみ》ちゃんの家のトイレの窓だと知っている。

その時、どこからかけたたましい笑い声が聞こえてきた。闇《やみ》の中に響く、人間の声とも思えないくらいに気持ちの悪い声。だが、よくよく耳を澄ませてみれば、それは大人の、女の人の声らしかった。優しい風の吹き抜ける丘の住宅地に、笑い声は時折中断されながらも、ずっと続いている。

「ほんとに、品がないわね」

気持ちが悪いねと言おうとすると母が先に口を開いた。

「いいじゃないか、楽しそうで」

父がビールのグラスを傾けながら答える。

「何がそんなに面白いのか知らないけど、ちょっといきすぎって感じ。こんなに離れていながら聞こえるんだもの」

「周りが静かだからだろう」

紗子は、両親のやり取りを聞きながら、闇の彼方《かなた》から聞こえる笑い声に耳を澄ませていた。

「誰が笑ってるの」

母を見上げると、母は片手で頬杖《ほおづえ》をつきながら、自分も父のために用意した料理をつまんでいるところだった。

「神田《かんだ》さん」

紗子は小首を傾《かし》げて母を見た。

「神田さんって？」

「坂道の途中の、白いお家《うち》」

「あのお家は、田代《たしろ》さんのお家だよ」

「お名前が変わったのよ」

母は、少し困った顔でちらりと父を見た。

「再婚したんだったよな」

「お葬式が済んでから、ちょうど半年でよ。たいしたもんだわ」

「紗子、田代さんのおばちゃんなら、知ってる」

田代さんというのは、紗子の家からそう離れていない、坂道の途中に立つ綺麗《きれい》な白い家だった。そこのおばちゃんは、昔は幼稚園の先生だったという話で、紗子が小さい頃から、会うたびににっこりと微笑んでくれる、素敵な人だった。

「あのおばちゃんが、今は神田さんっていうお名前になったの」

母は少し面倒臭そうに言った。紗子は、その意味がよく分からなかったが、「ふうん」と返事をした。

風に乗って、笑い声は絶え間なく聞こえてくる。紗子は、あの優しい田代さんのおばちゃんと、今聞こえている甲高い笑い声とが頭の中で一緒にならなくて、不思議な気持ちになった。

「前のご主人の時は、仲がいいご夫婦なんだなと思ってたけど、相手が変わったって同じなんだもの。何だか裏切られた気分だわ」

「同じようにふるまえる相手だから再婚する気になったんだろうよ」

「最近見ていて思うけど、あの人には男の人を誘い込む、不思議な魔力みたいなものがあるんじゃないかしらね」

「魔力？」

「男の人には分からないのよ、あの人の蛇みたいな感じが」

テレビには、大相撲ダイジェストが映っている。早口でしゃべるアナウンサーの声と観客の声援は、しかし、外から聞こえる笑い声を完全に消しはしない。そのうち、笑い声の後に、苦しそうにはあ、はあ、と息をつく声までが聞こえてきた。

母は一層顔をしかめて紗子を見る。

「第一、下品だわ。あんな笑い方をする女と、よく一緒にいられると思う」

紗子には、下品というのがどういうことかは分からなかったが、闇から聞こえる声は薄気味悪かった。

「お前も負けずに大声で笑ったら」

父が言うと、母は「まさか」と答えた。

「私があんな女だったらいいと思うの？」

「そんなことはないけどさ」

「安っぽい、娼婦《しょうふ》みたいな声じゃない」

大人になると笑い声にも気をつけなければならないのかと、紗子は母のしかめ面《つら》を見ながら考えた。紗子達は、元気に大きなお声を出しましょうと言われるのに、大きくなると、笑う時にもひそひそと笑わなければならなくなるのだろうか。大人になるのは大変だと思いながら、紗子は大きなあくびをした。

2

ある朝、紗子は救急車のサイレンの音で目覚めた。まだ眠い目を擦《こす》りながらリビングに行くと、先に起きたらしい真吾がヨーグルトジュースを飲んでいる。少しの間ぼんやりとしていると、もう一度大きくピーポーの音が聞こえて、台所の窓の外を赤く点滅するものが通っていった。

外に出ていたらしい母がエプロンをしたまま戻ってきた。紗子に気付いて「起きたの」と言ったが、目はよそを向いていた。まだ、六時を回ったばかりだった。

「神田さんのおじちゃんが、倒れたみたいよ」

その瞬間、紗子は顎《あご》にひげを生やした大きな男の人を思い浮べた。神田さんのおじちゃんは、紗子が幼稚園の頃に読んだ絵本に出てくる、大きなきこりのおじさんに似ていた。田代さんのおばちゃんが神田さんという名前に変わったのは、あのおじちゃんと一緒に暮らすことになったかららしい。おじちゃんは、本当は絵描きさんなのだが、どこかの学校で先生もしているという話を母から聞いたことがある。

「昨日の夜は夫婦であんなに笑ってたのに」

母はため息混じりにそう言うと、ジュースをこぼしている真吾に気付いて、せかせかとした手つきで真吾の口元を拭《ふ》いた。

それから三日ほど過ぎて、神田さんの家の前にはたくさんの花輪が並んだ。母は「暑くて嫌だわ」と言いながら、黒くて何も飾りのない服を着て、それから紗子の方を向いた。

「神田さんのおじちゃんが亡《な》くなったから、お手伝いに行かなきゃならないの。真ちゃんと、仲良くお留守番していてね」

紗子は、「なくなった」という意味がよく分からなかった。

「いなくなっちゃったの？」

「死んじゃったのよ」

母はドレッサーに向かって、いつもとは違う色の口紅をつけながら答えた。

「やっぱり、魔物なのよ」

おじちゃんは、紗子の父よりも一回り大きくて、腕にも指にも毛が生えていた。あんなに大きな、立派な人が、なぜ急にいなくなったのかが、よく分からなかった。

もう夜の笑い声は聞こえなくなった。

それ以来、学校の帰りなどに神田さんのおばちゃんに会っても、紗子は前のようにきちんと挨拶《あいさつ》が出来なくなった。おじちゃんが死んでしまったのは可哀相《かわいそう》だけれど、このおばちゃんは魔物かもしれないのだと思うと、恐《こわ》くてまともに顔を見ることも出来なくなった。大体、このおばちゃんは夜になると違う人みたいになることを、紗子はあの笑い声から学んでいた。このおばちゃんには、色々な顔がある。だから、今紗子に微笑んでくれていたとしても、心の中では泣いているかもしれないし、逆に怒っているかもしれない。

だから、紗子は神田さんのおばちゃんに会っても、俯《うつむ》いてしまって気付かないふりをするようになった。急に知らん顔をするようになった紗子を、おばちゃんは不思議に思っているかも知れない、腹をたてているかも知れないと思ったが、神田さんのおばちゃんも、俯いている紗子に声をかけることはなかった。

3

紗子が四年生になったある日、神田さんのおばちゃんが紗子の家にやってきて、母としばらくおしゃべりをした後、今度は父がいる時にもやってきて、ずいぶん長い間おしゃべりをしていった。

「他に知り合いもいないし、心細かったんでしょう。これからのことを考えたら、アパートに建て替えた方がいいだろうってことになったのよ」

紗子は、父の勤める会社が工事を請け負って、神田さんの白いお家を、新しく鉄筋のアパートに建て替えることになったのだと聞かされた。それから、神田さんのおばちゃんは毎日のように家に来るようになった。紗子は、父が仕事をしているところを見たことがなかったから、珍しい気持ちで難しそうな書類や、やがて図面なども広げるようになってよそのおばちゃんと笑って話している父を見ていた。母は、以前は神田さんのおばちゃんを嫌っていたと思ったのに、今では昔からの友達のように親しそうに話すようになった。

「これも、何かの縁なのよ。パパの会社だって儲《もう》かるんだし、今時ご近所で助け合えるなんて、少ないことかも知れないんだもの。女の人が一人で生きていかなきゃならないのって、本当に大変なのよ」

　母はそう言って、にっこりと笑った。

　紗子には、神田さんのおじちゃんが死んだのを境にして、きちんと挨拶できなくなってしまった気まずさが残っているから、神田さんのおばちゃんが家に来る度に、申し訳ないような、恥ずかしいような気分になった。けれどおばちゃんは、時々紗子と顔があっても、穏やかな表情をしているだけで、特に何も言おうとはしなかった。

「さすがに、今度はそう簡単に結婚相手も見つからないんでしょうね。段々年もとるんだし」

　ある日の夕食の時、母は、嫌がる真吾の口にニンジンを押し込みながらそう言った。真吾はもう幼稚園のくせに、いつまでたっても赤ちゃんみたいで、本当はニンジンだって食べられるくせに、わざと母が口に運ぶのを待っている。けれど、紗子は最近ではもうそれを羨《うらや》ましいとは思わなくなっていた。何しろ、紗子はもう四年生だったし、母も大人を相手にするみたいに話してくれる。父はやはり帰りが遅かった。

「じゃあ、もう結婚はしないのかな」

「それは分からないだろうけど。先行きを考えたら不安だったんでしょうね」

母とそんな話をする時、紗子は自分が一人前になったように感じた。

「あ!」

その時、真吾がへたくそな持ち方で握っていた箸《はし》を宙に浮かせたままで大きな声を出した。紗子と母が驚いて会話を止《や》めると、闇の中から笑い声が聞こえてきた。

「誰かが、笑ってるぅ、おっきなお声」

真吾が面白そうな顔でにっこりと笑った。ずいぶん長い間聞こえなかったが、それは間違いなく神田さんのおばちゃんの声だった。

紗子は母と顔を見合わせ、顔をしかめた。母も驚いた顔になり、それから少しがっかりした顔になった。

「いいじゃない、人それぞれなんだから」

紗子は、神田さんのおばちゃんは、もう誰とも結婚しなければ良いのにと思っていた。結婚しなければ、あんな下品な——紗子はもう下品という意味が分かった——声を出すこともないに違いないと考えていた。

「また結婚するんじゃないの？　やっぱり、工事はしませんっていうことにならないかな」

「そんなことはないわよ。もう契約も済ませたんだし」

「誰が笑ってるの？」

真吾が無邪気な顔で紗子と母を見比べる。母が口を開く前に、紗子は怒った声で「神田さん」と答えた。

「うっそだぁ。オニババみたいな声じゃないか」

真吾がきょとんとした顔で言ったので、紗子は声を出して笑ってしまった。こんな小さな真吾でさえ、そう思う笑い声なのだ。日中はおとなしそうで、髪もショート・カットにして全体にすっきりした雰囲気なのに、まさかあの神田さんがこんな声を出すなんて、誰だって想像出来ないに違いない。

「夜になると、変身するのかも知れないよね」

紗子の言葉に、母は深々とため息をついて、黙って顎を動かしていた。

4

父が帰ってきたら、ぜひともあの声を聞かせたいと思ったのに、神田さんのおばちゃんの笑い声が響く時には、決って父は帰りが遅かった。秋にはいよいよ工事が始まることになったというが、父があの声を聞いたら、せっかく安く仕事をしてあげているのに、さぞかしがっかりするだろうと紗子は考えた。神田さんのおばちゃんの笑い声は、二日か三日に一度ずつ、必ず聞こえてきた。母は、最近はもう何も言わなくなっていた。

「よくも、あれだけ笑うことがあるね」

紗子が眉をひそめて言っても母は黙っていた。昔と変わらない笑い声だとは思うが、最近の紗子には、それがとても淫靡《いんび》でいやらしいものに聞こえていた。普通に会話していて出てくる笑い声ではないだろうということが、何となく分かった。

「よっぽど恥知らずなのね」

「恥知らずって？」

真吾がきょとんとした顔で紗子と母を見る。

「あんな声は、よそに聞かせる必要はないっていうことよ」

紗子が説明しても、真吾はぽかんとしている。母が目でたしなめるのに気付いて、紗子はそれ以上のことを言うのをやめた。

それからしばらくして、紗子は神田さんのおばちゃんが笑えば笑うほど、母が笑わなくなったことに気付いた。せっかく仲良しになったおばちゃんに、母は裏切られた気分なのだろうと思った。笑い声が響く程、母は黙りこんで何かを考える顔になった。食事中に聞こえる時には、箸を宙に止めてしまうこともあったし、もっと夜更《よふ》けになってから聞こえる時にも、黙って何か考える顔になっていった。紗子は、アイロンの前でぼんやりとしている母の背中を見ながら、今が冬ならば良かったのにと思った。冬で、どこも戸締りをしている季節ならば、いくら笑っても声は聞こえなかっただろう。あんな人に親切にしたことを、きっと母は後悔しているに違いないと思うと、母も、直接仕事をしてやっている父も気の毒になった。

その晩は、十時を過ぎた頃から笑い声が聞こえ始めた。やはり父は帰っていなくて、真吾はとっくに眠っていた。夏休みの間だけは少しの夜更《よふか》しを許されていたけれど、それでもそろそろ眠くなって来た時に笑い声が聞こえ始めて、紗子はテレビから目を離して母を見た。

「さえちゃん、ちょっとお留守番、してて」

いつもより真っ白に見える顔の母が、ほとんど口を動かさずに呟《つぶや》いた。

「どこ行くの」と聞こうとする間もなく、母はさっとエプロンを取ると、サンダルをつっかけて出て行った。窓は開いていたはずなのに、玄関が開くと急に家の中の空気が動いて、虫の声が入ってきた。ぱたぱたとサンダルの音が遠ざかっていく。紗子は、何故《なぜ》だか奇妙にどきどきしながら、母のサンダルの音を聞いていた。

母は、神田さんに文句を言いに行ったのだ。あの、人を苛々《いらいら》させる笑い声を何とかしろと、文句を言いに行ったのに違いなかった。もしかしたら、母が怒っている声が聞こえてくるかも知れないと思って、紗子はテレビのボリュームを落として耳を澄ませていた。

三分たち、五分が過ぎた。今夜は風がほとんど入って来ないのに、時折二階に釣り下げたガラスの風鈴はちん、ちん、と鳴っている。じっと息をひそめていると、額や首筋が汗ばんで来る。耳の奥で心臓がとっとっと動いている音がする。

母は、あのおばちゃんと喧嘩《けんか》をしているのだろうか。もしも、父が帰ってきたら、すぐに止めに行ってもらおう。大体、こんな時間に一人でいたことなど紗子は初めての経験だった。

誰かの話し声がしたような気がして、必死で耳を澄ますと、次にガチャン、と何かの割れる音がして、紗子の心臓はとん、と跳ね上がった。首筋を汗が伝って落ちた。いてもたってもいられない気分で窓辺に寄ると、やがて再び笑い声が聞こえてきた。

それは、神田さんのおばちゃんのものとは、明らかに違う声だった。いったい誰が笑っているのだろう、あの、何かが割れたような音は何だったのだろうと思っていると、男の人の怒鳴る声が聞こえた。ああ、父はまだ帰らない。母は、何をしているのだろう。笑っている、あれは誰なのだろう。神田さんのおばちゃん以上に、ひきつれたような、悲鳴に近い笑い声。あんなにひどい笑い声は聞いたことがない。母は、どうしてしまったのだろう。

「早く、帰ってきてよ……」

思わず口に出して言いながら、紗子は網戸に手をかけていた。耳を澄ませていると、ひきつれた笑い声は、徐々に泣き声に変わっていった。何故だか背筋をぞくぞくするものが這《は》い上がってきて、涙が出そうになる。

「早く帰って来て……」

遠くからサイレンの音が聞こえてきた。いつまでたっても、父も母も帰って来なかった。

ママは何でも知っている

1

コーヒー・カップから立ち昇る湯気が、柔らかな午後の陽射《ひざ》しに溶けていく。レースのカーテンをかけた大きな窓の外の、何十という種類の若葉の緑が、時折風に揺らいで、きらきらと光を散らしていた。

俺は、緊張しながら食った割りには、すっかり満足してしまっている腹を抱えて、半分眠くなりかかっていた。店内には、耳を澄ませば聞こえる程度の音量でピアノの曲が流れている。加奈《かな》の白くて小さな手が、銀の細いスプーンを操るたびに、小鳥と花の模様の描かれた磁器のカップは微《かす》かな、透明な音をたてた。

「いかが？　ここのお料理は、お気に召したかしら」

加奈の正面に座っているおふくろさんが、柔らかい笑顔と共に、その笑顔にぴったりの軽やかな声で言った。五十を一つか二つ過ぎているという話だが、白髪の一本も見当らない、豊かな髪をきれいにセットした彼女は、とても結婚を控えた娘がいるようには見えない。

「ええ、おいしかった。満腹です」

　正直に応《こた》えると、おふくろさんは目を細めて、微笑《ほほえ》んで見せる。俺は、その笑顔がなんとかいう名前の、かつてのお姫さま女優によく似ていることを発見した。まさしく智恵子《ちえこ》という名にふさわしい、軽やかで気品のある笑顔だと思った。

「パパの、お気に入りのお店なの。もちろん、私たちも大好きなのよ。特に、ここから見える景色がいいわねえ」

　時間は、ゆっくりと流れていた。俺は、暑くも寒くもない空気に身を浸しながら、つくづく自分の育った家庭との違いを感じていた。俺のおふくろは、めったに外食をしなかったし、ましてやフランス料理など、食ったこともないに違いない。ナイフ・フォークなどが出てきたら、それだけで緊張してしまうだろう。

「ところで、さっきの話だがね。来週にも、どうだろう」

　ゆっくりとコーヒーを味わっていたらしい親父《おやじ》さんが口を開いた。

「そうなさいな。その方が、優次《ゆうじ》さんだって、作品の制作に打ち込めるでしょう？」

　横からおふくろさんも口をはさむ。

「でも、学校の方が――」

俺は、ちらりと加奈を見ながら一応遠慮をしてみせた。本当は、今日からだって、片時も加奈から離れたくないのだから、親父さんの申し出は、まさに渡りに舟だった。けれど、ようやくここまでこぎつけて、いまさらそう意地汚くも見られたくなかった。

「パパも、ママも、そう言ってるんですもの。あのアパートじゃ何かと不自由だわ。だから、ね、家に来て」

加奈が、ほんの少しだけ顔を突き出して、黒目勝ちの瞳《ひとみ》に哀願する表情を浮かべて俺を見た。切り揃《そろ》えた前髪の間から、俺の大好きな白くて丸い額がのぞいている。

「校長には、私の方から話しておくさ。なあに、お互いに顔は知ってるんだし、加奈の採用にあたっても、便宜を図ってくれた男だ。夏休みには式を挙げるんだし、二人だけで暮らすわけじゃないんだから、反対する理由はないだろう」

親父さんは、それだけでスピーチに聞こえるような、朗々と響く声でゆっくりと話す。俺は、気持ちとは裏腹に決心がつきかねるという顔をして、曖昧《あいまい》にコーヒー・カップに目を落とした。

「改築したばかりの部屋があるのよ。あそこをアトリエにすればいいわね」

「いや、お義母《かあ》さん、それじゃあ、あんまり図々《ずうずう》しいですよ。僕は今迄《いままで》どおり、学校の美術室を使いますから」

俺はあわてて手を振ってみせた。

「何が図々しいものですか。優次さんは、もう私たちの息子も同じなのよ。ふふ、何だか、優次さんを迎えるためにあの部屋を用意していたみたいな気がするわ、ねえ、パパ？」

「ママったら、はしゃいじゃって。優次さんは私の旦那《だんな》さまなのよ」

加奈が、ほんのりピンクに染まった頰を心持ち膨らませて見せる。それを見て、親父さんはゆったりとした声で笑った。

逆玉という言葉は聞いたことがあるが、そんなのは俺にはなから縁のない話だと思っていた。加奈と付き合うようになってからもしばらくは、加奈が学校経営者の一人娘だとは知らなかった。

俺は別に教師になりたくてなったというわけではない。彫刻だけで食っていかれるとは思えなかったし、最低の生活の基盤だけは作っておかなければまずいという気持ちがあったから、半ば仕方なく教師になった。だから、教師としての自分に何の希望も、理想も課したりはしなかった。

そして、今の中学に奉職して五年間というもの、俺は自分が思い描いた通り、恋愛一つしなかったし、ドラマチックな出来事の一つも起こりはしなかった。毎日小生意気で喧《やかま》しいガキどもに囲まれて、少しずつ、だが確実に老《ふ》けこんで行く気分だった。そこへ、今年の春になって、加奈が現れたのだ。

日頃から、俺は職員室には滅多におらず、美術室にこもっていることが多かった。その隣の理科室から、糊《のり》のきいた白衣を着た加奈が出てくるのを心待ちにするようになるまで、新学期から一週間もかからなかったに違いない。長いつややかな髪を一つにまとめ、透き通るほど白い肌と澄んだ瞳を持った彼女は、新任の教師らしく、いつも緊張して歩いていた。その緊張した面持ちが、痛々しいくらいに美しかった。そして、にっこりと微笑んだ時の美しさは、それ以上だった。

加奈に気持ちを打ち明けた時に、俺は早くも加奈と一緒になれるなら、どんなことでも犠牲に出来ると思っていた。それが、婿《むこ》養子になること、加奈の両親と同居することになろうとは、その時は考えてもいなかったのだが、結果的には俺は最善の選択をしたことになる。もともと次男の俺は、加奈の両親から見てもいい条件を備えていたらしい。

「引っ越しは業者に頼むからね、優次くんは別に何をすることもない」

加奈の親父さん、漆原《うるしばら》学園校長、漆原栄三郎《えいざぶろう》も婿養子だという。代々が女系家族なのかもしれないが、俺が見た限りでは、漆原家の長は明らかに栄三郎氏で、おふくろさんは見事に夫に仕えている賢夫人だった。家庭はしごく円満で、何をするにも栄三郎氏を中心にして、まとまっている。優雅で繊細、しかもアカデミックな雰囲気が家族の誰からも漂っていて、さすがに普通のサラリーマンの家庭とは、どこか違うと感じさせる。

「優次さん、そうして。ね？」

加奈が、また切なくなるくらいに愛くるしい表情で俺の顔を覗《のぞ》き込む。

「加奈ちゃんも、こう言っていますから」

「ご迷惑じゃなかったら――じゃあ、お言葉に甘えさせてもらいます」

俺は、漆原家の三人にそこまで言わせてから、ようやくうなずいた。折り目正しい教育者の家族になるのだから、多少なりともきちんとしたところを見せておく必要があるだろうという計算もあった。

休日には、たまにこうして外食を楽しむ家族。父は詩吟が好きで、母はアート・フラワーとポプリ作りが趣味。そして、一人娘の加奈は、格言好きの親父さんの言葉を借りれば、「老蚌《ろうぼう》珠《たま》を生ず」ということになるらしいが、まさに両親のいいところだけを受け継いで生まれてきたような娘だった。

初めて加奈の家を訪ねた時、手入れの行き届いた芝生の庭を、ポメラニアンが元気に走り回っているのを見て、俺はまるでドラマみたいだと思った。サンルームを兼ねた応接間には、真鍮《しんちゆう》の鳥籠《とりかご》の中で水色のインコがさえずっていた。三人で暮らすには、広すぎるほどのゆったりとした邸宅だった。

俺は、その家を見ただけで、これは釣り合いが取れないと思ってしまった。何しろ、俺の家は、田舎だから広さだけはあったが、加奈の家の空気とはあまりにも違うのだ。文化と教養の香りあふれるという表現がぴったりの加奈の家に比べて、俺の家には生活の匂《にお》い以外に感じられるものなどほとんどありはしなかった。おふくろは、いつも動きやすいからと、ウエストにゴムの入ったズボンで、エプロンを外していたことも、化粧をしていたことも滅多にない。親父は、特に年をとってからは、髭《ひげ》も剃《そ》らない日があって、日焼けした顔に白くなった髭が粒々と光っていることも珍しくはなかった。定年までは役所に勤めていたが、今はのんびりと小さな畑を耕したり、たまにパチンコに行ったりして暮らしている老人だ。

そんな家で育った俺が、漆原学園の後継者である加奈に交際を申し込んだところで、一笑に付されて追い返されるのが落ちかも知れないと思った。教師とはいっても、教育者という意識など、ほとんどない。しょせんは売れない彫刻家ふぜい、芸術家くずれと言われるのを覚悟していた。ところが、加奈の両親、栄三郎氏と智恵子とは全く逆の反応を見せた。理科系出身の加奈には、俺くらいのんびりしていて、情操面の発達した男が似合うとまで言ってくれたのだ。

それからは、自分でも驚くくらいに、何もかもがとんとん拍子だった。おまけに加奈と婚約することによって、俺は漆原学園の次期校長という、頭の片隅にもなかった将来の椅子《いす》まで保証された。それに喜んだのは、俺よりもむしろ田舎の両親だった。まさしく「逆」玉の輿《こし》だ。

「ねえ、約束してね。私たちはもう家族なんですから、決して遠慮なんかなさらないで。ああ、それからこれは、どちらかというとお願いになるんだけれど」

「あ、はい」

智恵子は、母親というよりも加奈の姉くらいにしか見えない若々しい表情で、一度ちらりと栄三郎氏を見てから俺の目をまっすぐに見た。

「お義父《とう》さんお義母さん、なんて、何だか自分たちじゃないみたいな感じがしちゃうのよ。加奈ちゃんと同じように、パパ、ママって呼んで下さらないかしら」

「ああ、それがいいね。二人の子どもがそれぞれに違う呼び方をするなんて、不自然だものな。私からも、頼むよ」

栄三郎氏もすぐに賛成する。

「呼び方が堅いと、いつまでも心の垣根を取り払えないものだからね。私たちは、もう家族なんだから」

「あ、はあ――パパ、ママ、ですね」

俺は口の中でもぞもぞと発音した。おふくろさんが、嬉《うれ》しそうに笑った。親父さんのロマンス・グレーの髪が陽の光に輝いて見える。たしかに、加奈の両親は「パパ、ママ」という雰囲気にふさわしいと、その時俺は思った。田舎の両親は、やはりどう見ても「父さん母さん」以外の何者でもない。そして、俺には父さん母さんに加えてパパママが出来ることになる。

「優次さん、うんと我がまま言って、甘えちゃいましょうね」

加奈が嬉しそうに頬を輝かせて俺を見る。パパ、ママ、か――。俺は、たった今発音した言葉の余韻を口の中で転がしながら、確実に新しい世界に踏み込むのだと感じていた。

2

親父さん、いやパパが差し向けてくれた運送屋は「梱包《こんぽう》からお掃除まで、お客さまは座ったままでご指示下さい」がモットーの業者だったから、実際俺はほとんど何もすることがなかった。ジーパンを穿《は》いた加奈が手伝いに来てくれたが、俺は加奈が持とうとする荷物を片っ端から横取りして、絶対に重い物を持たせまいとした。

「それくらい、大丈夫なのに」

加奈がはっきりとした輪郭の、ピンクというよりもバラ色に近い唇を尖《とが》らせるたび、俺は運送屋の目を盗んでは素早くその唇にキスをした。その度に加奈は長いまつげをぱちぱちとさせて、半分驚いたような、半分嬉しそうな顔をした。こんな美しい生き物を創造したというだけで、俺は十分に神を信じられる気がしていた。そして、今日からは、その最高の創造物が俺のものになる。俺は、運送屋にまで笑われるくらいに有頂天になっていた。

少し動いただけでも汗ばむ陽気になっていた。五月に入り、日も長くなっている。俺と加奈は、結局引っ越しの方はすっかり業者に任せてしまって、途中から買い物を兼ねた散歩に出た。

「大抵のものはあるんだから、優次さんが必要だと思うものだけ買って」

どこで生徒に見られるか分からないから、俺たちは外を歩く時には、手もつなげなければ、腕も組めない。俺のすぐ横にある、加奈の小さな肩を抱きたくて、俺はその思いを堪《こら》えるのにずいぶん苦労した。今日からは、寝ても覚めても加奈に触れることが出来るのだからと自分に言い聞かせたが、それが逆効果になったみたいで、俺はいよいよ早く二人だけになりたくてたまらなくなっていた。

「まあまあ、お買い物に時間がかかったの？」

とっぷりと陽が暮れた頃、結局ペアのパジャマとスリッパを買っただけで、ようやく家に着くと、ママが笑顔で待っていた。

「今日はお祝いよ。パパもお待ちかね」

荷物は、もうすっかり片付いていた。まるで、今日引っ越しがあったことなど嘘《うそ》のように、家の中は普段の落ちつきを失なうこともなく、俺一人が増えたところで、その空間が狭まることなどもなかった。

俺たちの新しい寝室は、それまで加奈が使っていた部屋だった。あいている隣の部屋に机や本棚などを移してしまって、八畳の洋間は大きなダブルベッドにサイドボード、壁際《かべぎわ》のラブ・チェアーとチェストだけの、スウィート・ルームになっていた。廊下を隔てて向かいにパパたちの寝室があるのが、ほんの少し気にかかったが、それも大したことではなかった。何しろ、その廊下の幅にしても広くてゆったりしているし、家の作りそのものがしっかりしているのだ。

「私たちの新しい息子に、乾杯！」

家族だけの祝いの席につくと、まずパパがビアグラスを高く掲げて言った。ママと加奈が、それに合わせて「乾杯」と言った。今日からは俺は、この家の息子になる。それは、婿と言われるよりも何倍も嬉しいことだった。ビールを飲み干してグラスをテーブルに戻す時、ママが大きなげっぷをした。

「そうそう、優次さんにプレゼントを用意してあるの」

パパが二杯めのビールを充《み》たしている間にママはぱたぱたとダイニングを出て行き、それからまたぱたぱたと戻ってきた。その腕には、大小取り混ぜて五、六個の箱が抱えられている。

「ママはプレゼント魔なのよ。好きな人にはプレゼントをしなきゃいられないの」

加奈がくすくすと笑う。

「開けてご覧になって」

ハンカチ、ワイシャツ、バスローブに、システム手帳、ライター。箱を開く度に、俺はいちいち驚かなければならなかった。何しろその一つ一つに俺のイニシャルがはいっているのだ。ハンカチやワイシャツには刺繍《ししゅう》で、ことにバスローブの胸には、薔《ば》薇《ら》の花の絡《から》んでいる飾り文字の刺繍が入っていた。革製のシステム手帳には金の文字が入り、ライターには刻印が入っている。

「優次さんの場合は、結婚してからもイニシャルが変わらないんだもの、よかったわ。今日からでも使ってね」

驚いている俺の前で、ママはひたすらにこにこと笑っている。上田優次が漆原優次に変わってもイニシャルは同じだということに、俺はその時初めて気付いた。

「すごいな。何だか偉くなったみたいな気分だ」

俺が正直な感想を言うと、家族の間に和やかな笑い声が満ちた。

「優次さんは、自分のことには無頓着《むとんちゃく》だから、格好を気にしたことなんかないのよね」

「男の人は、その方がいいのよ。特に若い頃はね。男の人が外でどう見られるかっていうのを気遣うのが、妻の務めなんですから」

ママの言葉に加奈は素直にうなずく。これが、漆原校長を支えている妻の考えというものかと、俺は感心してママの言葉を聞いていた。

「いくら飾っても、本物にふさわしくない人もいるものだから。あれこれと下手な理屈をこねるような人は駄目ね。無頓着なようでも、ごく自然に身についてしまう人っていうのが、本物なの。後は妻のセンスを信じればいいんですものね」

「加奈は、センスはいいですよ」

俺は、目を細めて加奈を見た。

「芸術家に言われるんだから、本当だ」

パパが伸びやかな声で笑う。

「何しろ、うちの学校で芸術家が校長になるのは、優次くんが初めてなんだからね。その時代には、漆原学園にも、きっと新しい風が吹くだろう。まあ、しばらくの間はあたしが頑張らせてもらうがね」

「ずっと頑張ってください」

「あたしに引退させないつもりかな？」

「パパが惚《ぼ》けてしまわないように、息子が気を使ってくれているんですわ」

ママの言葉に食卓には再び和やかな笑いが起こった。何を話していても、ゆったりとして優雅な雰囲気が満ちている。俺は、この家の婿に迎えられることを誇りに思った。なるべく早く、この家の雰囲気に馴染《なじ》みたいと願った。

食後は、場所をリビングルームに移して、パパと俺はコニャックを、ママと加奈は紅茶を飲んだ。本当は、早く加奈と二人だけになりたくて仕方がなかったのだが、家族で過ごすひとときも、それはそれで良いものだった。ガキの頃はともかく、ある程度大きくなってからは、俺は食事が済んだらすぐに部屋に閉じこもってしまっていた。食後のひとときを家族で過ごすなど、考えたこともなかった。それが、この家では当然のことになっている。そして、それこそが美しい家族の姿だという気がした。

俺は、家族のアルバムを見せてもらい、その一枚一枚を説明してもらった。親戚《しんせき》が集まっている写真も多く、どの写真を見ても、家族は和やかな笑顔を浮かべている。そして、年を追うごとに、愛くるしい赤ん坊だった加奈がすくすくと美しく育っていくのを見るのは、何よりも楽しかった。加奈は俺のものになるために、こういう時代を経てきたのだと思うと、感慨深いものさえあった。

「そろそろお風呂《ふろ》に入って、休んだら?」

十時を回った頃、ママが言った。

「加奈は、一緒に入るんだろう?」

パパがグラスをゆっくりと揺すりながら加奈を見る。俺は、一瞬どきりとして、酒のせいで赤くなっていた顔が一層赤くなるのを感じた。

「ええ、入るわ」

けれど、加奈は悪怯《わるび》れた様子もなく、素直に応《こた》えている。俺は急に心臓が早く脈打ち始めるのを感じ、誰の顔もまともに見られなくなった。

「じゃあ、早くお入りなさい。明日は普通に学校があるんだから」

ママは笑顔で俺と加奈を見る。加奈は立ち上がって俺の手を取った。電気でも流されたような衝撃が俺の全身を貫いた。両親に庇護《ひご》されながら、俺たちは初夜を迎えるのだということが、急に実感になって迫ってきた。

「じゃあ、パパ、ママ、おやすみなさい」

加奈が軽く手を振って挨拶《あいさつ》をする。

「優次さん、加奈ちゃんに優しくしてあげてね」

ママは俺を見上げて微笑《ほほえ》んだ。俺は真っ赤になった顔のままで、声も出せずにうなずいた。

3

まどろみの中で腕を伸ばすと、加奈の滑らかな肌が手に触れる。俺は、半分寝呆《ねぼ》けたままで腕を伸ばし、裸のままの加奈を抱き寄せた。加奈の口から、小さな声が洩《も》れる。ああ、これが俺の女房の肌、俺の女房の声だと思ったとたん、顔に光が当たった。

「お早う」

慌《あわ》てて首だけを起こすと、ママが窓際に立っていた。俺は眠気も吹き飛んで、呆気《あっけ》に取られてママを見た。

「あ――」

「もう少し、そうしていらっしゃいな。お紅茶を運んであげるわね」

だがママはいつもと変わらない笑顔でそう言うと、足音をたてずに出ていった。カーペットの上をスリッパで歩いているのだから、足音のするはずがなかった。隣では加奈が再び寝息をたてている。黒い髪は枕《まくら》に散って、白い顔は一層白く見えた。俺は、思わず昨日の夜のことを思い出していた。もう一度抱きしめたいと思う。けれど、ママが紅茶を運ぶと言っていたから、それは出来ない。

そしてママは銀のトレーに紅茶と朝刊を載せて、再び笑顔で現れた。

「今日は学校があるのよ。あまり新婚気分に浸っている暇はないんですからね」

ママはそう言うと、ベッドの上に半身を起こした俺の膝《ひざ》の上にトレーを置き、それからぐるりとベッドを回って加奈の傍に行った。

「加奈ちゃん、起きなさい。学校よ」

「ううん――もう少し――」

「いけません。優次さんに笑われるわよ。起きなさい」

ママは加奈の髪を撫《な》でながら声をかける。

「あ、大丈夫です。俺が起こします」

俺は焼けるように熱いレモン・ティーを唇に当てただけですぐに離し、ママに言った。すると、ママはにっこりと笑い、再びベッドをぐるりと回ると俺の傍に来た。

「済んで、眠る時には、ちゃんとお寝巻を着た方がいいわ。風邪をひきますよ」

「あ――はい」

「じゃあ、加奈ちゃんを起こしてね。三十分でお食事よ」

ママはそう言うと、さっさと部屋を出て行った。俺は、熱いティー・カップを宙に浮かせたまま、ぼんやりとしていた。

「おはよう」

その時、下から白い腕が俺の胸にのびてきた。寝呆けた顔の加奈が、俺の脇腹《わきばら》に顔を押し付けてくる。俺は、膝の上にトレーを載せているから、身動きが取れない。

「おふくろさんに、裸で抱き合ってるところ見られちゃったぜ」

「――うん」

「済んだら寝巻を着なさいってさ」

「――うん」

「やっぱいよなあ」

「――どうして？」

「だってさあ」

「親子なんだもの、いいじゃない」

加奈は赤ん坊のように、俺に顔を押し付けたまま、くぐもった声で応える。そう言われてしまうと、俺には何を言い返すことも出来ない。

「――紅茶が来てるよ」

俺は片手で加奈の髪を撫でながら、ようやく飲めるようになったレモン・ティーをすすった。

「ルーム・サーヴィスみたいなおふくろさんだな」

俺が言うと、加奈は毛布の中でくすくすと笑った。

加奈を急《せ》かして、一緒に朝食に下りると、パパはもうテーブルについて新聞を読んでいた。何となく気恥ずかしい気分で挨拶をすると、ママが温かい味噌汁《みそしる》を出してくれる。

「裸のままで眠ったって？」

ふいにパパが新聞から目を離して言ったので、俺はびっくりしてママを見た。ママはにこにこと笑っている。

「あ、——ええと」

「ははは、あたしがね、それでママに風邪をひかせたことがあるんだよ。あれは、やっぱり新婚当時だったかな」

もうネクタイを締めている校長のパパが、笑いながら言う。

「やだ、それであんなことを言ったのね」

加奈が笑いながら言い返した。

「新婚当時だけでもなかったわね。何しろパパはくたくたになるまで寝かせてくれないんだから」

俺は、一応こういうことは、夫婦のひめごとだという感覚を持っていたから、この会話にはいささか驚いた。俺の両親は、そんな話を子どもたちの前でしたことはなかったし、兄貴が結婚した時も、そんな話は出なかった。

「優次さんったらね、ママはルーム・サーヴィスみたいだって」

加奈の言葉に、食卓に明るい笑い声が満ちた。パパが笑いすぎて咳《せ》き込んで、大きな声を出して痰《たん》を吐き出した。俺は急に食欲をなくして、口元が歪《ゆが》みそうになるのをこらえながら、庭を眺めていた。

「あら、もう食べないの？」

　箸《はし》を置こうとするとママが怪訝《けげん》そうな顔で俺を見る。

「ほら、風邪をひいたんじゃないでしょうね」

「違いますよ。何となく」

「でも、せめて一杯くらいはきちんと食べなければ駄目よ。スタミナが一番なんですから」

　そう言うと、ママは素早く俺のご飯茶碗《ちゃわん》に味噌汁をかけた。昔よく言った、イヌ飯という奴《やつ》だ。

「ほら、こうすれば、掻《か》き込めるわ。とにかく、食べておしまいなさい」

　優雅にナイフ・フォークを操るママが、人の飯に味噌汁をぶっかけるとは思ってもいなかった。俺は、イヌ飯を掻き込み始めた。パパが、もう一度痰を吐いた。

「加奈ちゃん。残り少ない教員生活なんですからね、きちんと勤め上げるんですよ。よそ様に、陰口を叩《たた》かれたりしないように」

「はい」

　せっかく教師になったというのに、たった一学期だけで退職してしまうことを、加奈はそれほど残念とは思っていないようだった。中途で退職することについては、パパが万事引き受けてくれたらしく、俺たちは、祝福の言葉を浴びただけで、非難めいたことの一つも言われずに済んだ。

「優次さんと知り合えただけで、かけがえのない教員生活になったのよ。これからは、毎日お料理をして、お洗濯をして、才能のある彫刻家で、その上、立派な教育者の奥さんとして生きるの」

俺が、一度勿体《もったい》なくはないのかと聞いたときに、加奈は笑顔でそう答えてくれた。

それから夏休みまで、俺と加奈は毎朝ママに起こされ、二人で家を出て、二人で帰宅した。学校では相変わらずきびきびとした表情を見せている加奈は、家に戻って寝室に入ると、途端に表情を変えて俺にしがみついてくる。俺たちは、まるで子どものように互いの服を脱がせあい、ママが食事に呼ぶまで、ダブルベッドの上で抱き合って過ごした。

「また、甘えていたの？」

食事に下りると、ママが言う。

「だって、学校にいる間じゅう、ずっと我慢してたんだもの。特に生徒に勘付かれたらいけないから、すごく緊張しているのよ」

加奈が答えると、ママは「あらあら」と言って笑う。母と娘の会話というものが、こんなにあけすけなものかと、俺は最初のうちは戸惑っていた。

実際、ママは見た感じと全然違って、あけっぴろげな性格らしかった。

「今夜はママもパパに甘えようっと。ねえ、パパ」

そして、パパも立派な教育者であると同時に、愛妻家だった。

「優次くんと比較されるんじゃ、あたしも大変だな」

これが、夕食の時の会話だった。

やがて、期末試験も終わり、夏休みに入った。俺たちは八月に入ってすぐの大安の日、パパの古くからの友人の、国会議員の媒酌で正式に挙式した。

田舎から来た俺の両親は、俺がすっかり漆原の家族と馴染んでいるのを見て安心し、パパとママに何度も頭を下げていた。パパに比べて確かに貧相で垢抜《あかぬ》けないが、食事中に痰を吐いたことなど一度もない親父《おやじ》は、俺の手を力強く握って、そのくせ瞳《ひとみ》の奥には、どことなく気弱なものを見せながら「頑張れ」とつぶやいた。

「親孝行をして、可愛《かわい》がってもらいなさいよ」

おふくろは、涙を浮かべながらそう言った。年齢からすれば、ママと五歳と開いていないはずのおふくろは、ママよりも一回りは老《ふ》けて見えた。けれど、これが年齢《とし》相応の「母さん」の姿なんだと、俺は何となく感じていた。

4

秋に向けて、俺は公募展に出品する予定の作品の制作の追い込みに入っていた。フローリングの二十畳ほどの部屋は、ママが言っていたとおり、俺のアトリエにはぴったりだった。窓は天井まで届く大きなものだったし、壁は一面作り付けの本棚になっている。そして、広々とした空間には、注文で作らせたらしい、大きな台が一つ置かれていた。

「いったい、何にするつもりで、こんな部屋を作ったんだい」

ある時俺が聞くと、加奈はにっこりと笑って小首を傾《かし》げただけだった。俺は、ひょっとしたら、加奈が俺のためにパパとママにせがんで作らせたのではないかと考えた。部屋にはまだ新しい木の香が十分に残っていた。窓からは、広い庭の一角に作られた日本庭園が見える。池の鯉《こい》が時折水音をたてて跳ねた。

「すすんでいる？」

開け放ったドアからは、時々加奈が顔を出した。加奈だけでなく、パパもママも、時々顔を出して、短い時間話をしていった。

「優次さんの場合は、秘密主義じゃないから、いいわ。こうして制作の途中を見せてもらえるんですものね」

ママは小さな椅子《いす》に腰を下ろして、黙って俺の仕事を眺めていたかと思うと、そんなことを言うことがあった。

「やっぱり、男は仕事に打ち込む姿が一番だな」

食事の折りなど、パパも嬉《うれ》しそうに俺を見て言うことがあった。

「なかなか、思うようにはいかないんですけどね」

「泰山《たいざん》は土壌を譲らず。何事も積み重ねだよ。それでも鶴《つる》の恩返しじゃあるまいし、こそこそするような男はやはり、いかん」

パパは自信に満ちた声で言った。

「鶴の、恩返しですか？」

ごくたまにだが、俺は暗に誰かと比較されているのではないかと思うことがあった。

初めてそれを感じたのは、いつのことだっただろう。

「家族の間でこそこそするのは、嫌なものですものね」

「我が家は昔からそういう家なんだよ」

パパとママの言葉を聞いていて、だが俺は自分の考えを改めた。何事につけてもオープンなこの家で、誰かと俺が比較されているなどと感じるのは、俺の思い過しに違いなかった。

ママは一日に一度か二度は「いいじゃない、家族なんですもの」と言う。対外的にはけじめを重んじる漆原家の特長は、とにかく家にいる時には思い切りリラックスし、オープンであることらしかった。

ある朝のことだった。

顔を洗いに洗面所に下りると、パパが一足先に洗面所を使っていた。

「ああ、いいよ。一緒に使おう」

パパは歯を磨きながら、機嫌の良い声を出した。

「すみません、じゃあ」

そう挨拶をして、歯を磨こうとしてから、俺ははっとなった。パパが使っているのが、俺の歯ブラシなのだ。

「あ、歯ブラシ――」

俺は、申し訳ない気持ちになってパパを見た。自分のせいではないにしろ、パパに失礼なことをしてしまったと思ったのだ。

「ああ、どれでも好きなのを使いなさい」

ところがパパは歯ブラシをくわえたままで、そう言った。

「えっ。でも、パパが使ってるのが――」

「これが気に入ってるのかい？　じゃあ、ちょっと待って」

パパは素早く洗面台に歯磨きの泡を吐き出し、ついでに痰を吐き、それから歯ブラシを水ですすいだ。

「はい、お待ち遠さま」

俺は自分の歯ブラシを手渡されたまま、洗面台に残っている、血の混ざっている歯磨きの泡を見下ろしていた。

「パパの、歯ブラシはどれなんですか？」

俺はなんとかその場を取り繕おうとしてパパを見た。今度は髭《ひげ》を剃《そ》ろうとしていたパパは、心持ち眉《まゆ》を上げて、柔らかい笑顔を見せた。

「別に。決まっていないよ」

「決まって、いないんですか」

「誰がどの歯ブラシを使ったって、同じだろう？」

カゾクナンダカラ――。

俺はガキの頃から、自分の歯ブラシは決まっていた。人の歯ブラシを使う家族はいなかった。パパが出ていった後の洗面所で、俺は鏡の向こうで歯ブラシを持ったまま立ち尽くしている、自分の間抜け面《づら》を見ていた。

「——俺の家族だって、別に仲は悪くなかったよな——」

しばらくの間考えたが、とうとう、パパと同じ歯ブラシを使う勇気は出てこなかった。六月から今日まで、俺は何も知らずに誰かと歯ブラシを共有していたのかと思うと、胃のあたりから突き上げるものがあった。

「二世帯同居ったって、最近は風呂からトイレまで別々だっていうじゃないですか」

その日の昼休みに、去年入ってきた、とっちゃん坊やのような社会科の教師が、俺の新婚生活の感想を求めてきて、そう言った。

「いや、うちは全部一緒だよ。昔ながらの同居だな」

「ひゃあ、じゃあ、大変でしょう。結構チクチクといびられたり、嫌味言われたり、するんじゃないですか」

「いや、大事にされてるよ。始めから本当の家族だったみたいにさ」

「漆原先生の親父さんって、厳格な教育者なんでしょう？　窮屈にならないですか」

「家にいるときは、普通の親父だよ」

言っていることに嘘はない。その通り、俺はアトリエまで用意してもらって、息子として大切に扱われている。

「でも、プライバシーがなくなりそうな気がするなあ。もともとは赤の他人なんだしさあ、摩擦もあると思うんですけどねえ、その辺は、大丈夫ですか？」

妙につるりとした顔をした、撫肩《なでがた》の社会科教師は、興味津々《しんしん》の表情で俺を見上げた。

「家族なんだから、取り立てて隠すことなんか何もないだろう？」

「家族かあ、ふうん――よっぽどウマが合うんですね」

僕だったら、無理だなと彼がつぶやいた時に、チャイムが鳴った。

帰りに自分用の歯ブラシを買って帰ろうかどうしようか迷いながら、俺は、スモックのポケットに手を突っ込んだまま、美術室に向かった。

5

九月の下旬、俺は今年の出品作が所属している美術団体の優秀賞を受賞し、あわせて会員に推薦されることになったという連絡を受けた。

加奈と両親は、俺の受賞と会員推薦を、自分たちのことのように喜んでくれた。パパは、俺の受賞作を漆原学園の正面ロビーに飾りたいと言ってくれた。

「優次くんの作品には、まずその人柄がにじみ出てるんだな。まさしく、清きこと玉《ぎょ》壺《つこ》の氷の如《ごと》しとでも言うかな。それが現れてるよ」

「やっぱり、こうでなきゃいけないわ。何だかわけの分からない研究か何かするよりも、はっきりと形に現れて結果の見えるお仕事がいいわねえ。立派な芸術だもの」

ママも笑顔でそう言った。

「皆さんのお陰です。新しいアトリエで、落ち着いて制作することが出来たから」

中でも加奈は一番嬉しそうで、涙ぐんでさえいた。俺は、三つの笑顔に頭を下げた。これで少しは肩身の狭い思いをせずに済む。特別に遠慮して暮らしているつもりもなかったが、そんな思いがよぎった。

そして展覧会が始まった最初の土曜日、俺は学校の帰りに上野の美術館に寄り、審査員の一人に誘われて酒を飲んだ。酒を飲んで帰ったのは、久しぶりだった。

「あらあら、ご機嫌ねえ。いいお酒だったみたいね」

迎えに出てくれたママが、いつもの笑顔で俺を見る。俺は、上機嫌になっていた。

「加奈は？」

「お風呂よ」

ママが揃《そろ》えてくれたスリッパを履き、そのまま居間に行って、良い気分で勢いよくソファーに尻《しり》をおろした時だった。風呂場から、パパが出てきた。

「おや、お帰り」

「あ——ただ今」

俺は何となくぼんやりとパパを見上げていた。すると、後から加奈が長い髪をタオルで拭《ふ》きながら出てきた。

「優次さん、帰ってたの？」

加奈は嬉しそうに俺を見た。

「ああ——たった今——戻ったとこ」

「じゃあ、もうちょっと待ってれば良かったな。そうしたら、優次さんとお風呂に入れたのに」

「ははは、パパと一緒で気の毒だったね」

俺は頭が痺《しび》れるような感じのままで、ぽかんとして笑顔の親子を見比べていた。加奈が、俺以外の男に裸を見せることがあるなどと、考えたこともなかったのだ。これは、俺がおかしいのか？　親父さんなんだから、相手は父親なんだから、一緒に風呂にでも入るのが、普通か？

「優次さんも、入ってしまったら？」

俺のために水を汲《く》んできてくれたママが言う。

「――ああ――そうします」

俺は、酔っているのかも知れない。普通に考えることが出来ないのかも知れない。何しろ、今日ははしゃいだものな。君は才能があるのだからと言ってもらえた。何にこだわる必要もないんだ。俺は、この家族に見守られて、作品に取り組むことが出来たんだから。

「――入ってきます」

「着替えは持って行くわ。そのまま入ってしまったら？」

加奈が愛らしい表情で、新妻らしいことを言ってくれる。俺の愛妻。俺の女房。俺は、気合いを入れてソファーから立ち上がった。

湯槽《ゆぶね》に浸《つ》かって、何度も顔に湯をかけているうち、だいぶ酔いが覚めてきた。一度脱衣所のドアが開いて、加奈が着替えを置いて行ってくれた。

「――へんなの」

顎《あご》まで湯槽につかりながらつぶやいた。

湯槽から出ようとしたその時、風呂場の扉が開いた。加奈かと思って顔を上げると、湯気の向こうに立っていたのは笑顔のママだった。俺は、慌てて湯槽に身を沈めた。

「こっちも、親子で入りましょう」

ママの声にエコーがかかって聞こえる。

「え、あ――」

「さあ、背中を流してあげるわ」

ママは、タイルの上に片膝をついてしゃがみ、俺を見ている。俺は、一度さめかかった酔いが、再び急激に回って来たような気分だった。

「はは、何だか、酔っ払っちゃって」

俺は、妙に上擦った声で、意味のない弁解をした。何を言おうとしているのか、自分でも分からなくなっていた。

「じゃあ、早く上がった方がいいわ」

カゾクナンダカラ。

俺は、くらくらする頭で考えた。見たいと思ったことさえ一度もないママの裸が湯気の向こうで揺れている。

「どうしたの？　さあ」

俺は半ば自棄《やけ》になって浴槽から上がると、ママに言われるままに壁に向かって腰掛けた。そんなつもりもないのに、下腹部に力が入りそうになる。

「優次さんは、筋肉質ね。加奈が着痩《きや》せするタイプだって言ってたけど、本当ねえ」

ママの声が耳元で聞こえる。

「やっぱり、男の人は骨組みががっちりしていた方がいいわ。男で華奢《きやしや》だと、見るからに貧相で神経質に見えるもの」

俺は、息苦しさに耐えながら「ああ」とか「はあ」とか答えるのがやっとだった。耳の後ろから尻の近くまで洗ってもらって、このまま前を向けと言われたらどうしようかと思ったが、ママはシャワーで泡を落とすと、ぴたぴたときれいになった背中を叩いて、自分は浴槽に入ってしまった。

「ああ、気持ちいいわねえ。これから寒くなるとお風呂が一番嬉しいわ」

ママは屈託のない声で話し掛けてくる。俺は早くも二日酔いみたいな気分になりながら、黙々とタオルに泡をたて続けていた。

「さあ、交替してちょうだい。あ、それともママの背中も流してくれる？」

俺が体の前半分を洗い終えると、ママは浴槽から勢いよく立ち上がった。湯の音が、混乱した俺の頭の中にまで弾《はじ》ける湯を飛ばして来そうだった。

その夜、俺は夢を見た。夢の中で、俺は加奈を抱いていた。ところがいつの間にか、加奈はママに変わっていた。

「家族なんですもの、いいでしょう?」

俺の腕の中で、裸のママはにっこりと微笑んだ。カゾクナンダカラ——。俺は、びっしょりと汗をかいて飛び起きた。隣には、いつもの通り加奈がすやすやと健康な寝息をたてている。俺は、いたたまれない気分になって、思わず眠っている加奈にしがみついた。

「優次さん——? なあに、どうしたの」

加奈は、急に起こされて擦《かす》れた声を出した。

「加奈、愛してるよ、加奈」

俺は、必死に加奈を抱き締めながら、決して口には出せない言葉の代わりに「愛してる」を連発した。加奈、君の家族は、すこしおかしい。二人だけになりたいよ——。

「私もよ。愛してるわ」

加奈の甘ったるく優しい声が聞こえる。加奈の香りを嗅《か》ぎ、加奈の背中をさすりながら、俺は、もしかしたら、今日はパパがこの背中を洗ってくれたのかもしれないのだと思っていた。

6

初夏を思わせる日曜日に、笑顔で迎えられてこの家に引っ越してから半年近くが経《た》ち、家族はすっかり普段の顔を俺に見せるようになっていた。

時々、風呂に入ろうとして何かを取りに戻ってきたママが下着姿で居間を通ることもある。

「あら、やだ、ママったら。それ、私のじゃない」

ある日、加奈がふいに大きな声を出したので、テレビを見ていた俺は、ついついつられてママを見てしまった。ママは、加奈の可愛らしいピンクの下着をつけていた。

「いいじゃない、同じサイズなんだから」

俺は慌てて目をそらした。ママは再びすたすたと脱衣所に消えていった。

「ママったら、可愛いものが好きなのよね、子どもみたい」

加奈がくすくす笑いながらつぶやく。俺は、自分のパンツもパパに穿《は》かれているのかも知れないと思った。歯ブラシも下着も、この家ではすべてが共有。下手をしたら、俺がママの下着を着たって、誰も不思議がらないのかも知れない。

ああ、いかん。早く馴染《なじ》むことだ。何しろ、俺は、どんなことでも耐えてみせると誓ったのだから。

「さあ、起きなさい。二人して、お寝坊よ」

朝はいつもママの声で目覚める。こっそりと、自分用に用意した歯ブラシを、パジャマのポケットにひそませて洗面所に行き、誰ともかちあわないうちに手早く洗面を済ませる。パパの痰を吐く音を聞きながら、ママが用意した飯を食い、加奈とママに見送られて、駅までパパと一緒に歩いていく。夜は加奈とママが作った飯を食い、家族の誰かと二人で風呂に入り、背中を流しっこし、時には誘われて家族のビデオを見たり、パパを訪ねてきた客の相手に呼ばれたりもする。

そうしてみると、俺には一人で過ごす時間というものが極端に少なくなっていることが分かる。アトリエにいても、ひっきりなしに誰かが顔を出す。結局、俺は便所にいる時だけ、安心して一人の時間を楽しむことになった。

「優次くん、下痢でもしてるのか」

だが、俺の唯一《ゆいいつ》の楽しみも、家族には心配のタネになるらしい。ある日の朝飯の途中でパパが言い出した。

「それとも、便秘してるの?」

ママがやはり同じように聞く。

「そんなことないですよ。普通ですけど」

「それなら、いいの。最近トイレが長いみたいだからね、気になったの」

「早飯早糞《はやぐそ》、芸の内っていうからな。とにかく人は快眠快便が一番なんだぞ」

「優次さんの場合は、そういう点は大丈夫だと思うけど、ねえ？」

「ママ、今夜はカレーにしない？」

　俺は、腹の底から突き上げてくる苛立《いらだ》ちを、必死になって抑えた。

「優次さん、カレーは好き？」

「ふふ、優次さんね、カレーは大好きよ。私、優次さんのアパートに行って作ってあげたことがあったもの」

「ああ、そういえば、そんなことを言っていたわね」

「そうなの。ねえ、優次さん、カレーは大好物よね？」

「パパは、カレーは、どうもなあ」

「たまにはいいじゃない？　パパはご飯を減らして――」

　確かにカレーは好きだった。だけど、今夜のカレーはあまり食えないかも知れない。

　俺は、情けない気持ちのままで、黙々と箸《はし》を動かした。

有識者階級における良妻賢母の育成をモットーとする漆原学園は、去年の段階で、偏差値七一という高水準を保っている。過去からのデータを見れば、自立して第一線で活躍する女性よりも、財界、実業界などのエリート夫人としての幸福を勝ち得て生きるタイプの女性を輩出し続けていることが分かる。

7

日曜日の午後だった。

俺は、普段はあまり使われていない二階の和室でぼんやりと過ごしていた。鴨居《かもい》には、歴代の校長の写真がずらりと並んでいる。同じ写真が応接間にもある。おそらくは、漆原学園の校長室にも掲げられていることだろう。そして、ゆくゆくはこの写真の末席に俺の顔が並ぶことになる。

今朝、可愛がっていたポメラニアンが死んだ。メリーという名の、ふさふさの毛を持った小さな犬は、昨日の夜から急に元気がなくなったかと思ったら、あっけなく死んでしまった。俺には最初のうちは吠《ほ》えていたが、最近は戯《じゃ》れついてくるようになっていた。

ママは、軍手をはめてメリーを抱き上げると、ポリ容器の中の黒いビニール袋に入れた。そして、メリーの小さな骸《むくろ》の上には、いつもと変わらない生ゴミが捨てられた。

「お墓か何か、作ってやらないんですか」

俺は呆気に取られてママを見た。

「そんなことをしていたら、キリがないわ」

ママは表情を変えずにそう言った。

「どうせ燃やすんだから、同じことなのよ。それよりも、お食事にしましょう、すっかり遅くなっちゃったわね」

ママの唇がゆっくりと動くのを、俺はぼんやりと眺めていた。そして、今、パパと加奈は、新しいペットを求めて、二人でペットショップに行っている。

「優次さん、ここにいたの」

音もなく障子が開けられて、ママが入ってきた。俺は腕枕をして寝転んでいる姿勢から急いで起き上がった。

「ちょっと、お話ししたいことがあったのよ」

「はあ」

「今日ね、おつとめをして欲しいの」

「――おつとめ――？」

ママは俺の前に正座すると、小首を傾げて俺の顔を覗《のぞ》き込んだ。

「夫婦のおつとめよ。昨日の今日で、大変かも知れないけど、若いんだから、大丈夫でしょう?」

俺は、急に耳鳴りがして、思わず顔を背けてしまった。

「今日、加奈ちゃんは排卵日のはずなの。今日か明日なんだけど。日曜日だったら、優次さんも疲れていないから、ゆっくりと出来るでしょう?」

ママは俺をまっすぐに見つめてゆっくりと話す。俺は、どんな顔をしていたらいいか分からなくて、ずっとうつむいていた。

「いつも、慌ただしくて可哀相《かわいそう》だと思っていたの。たまたま、日曜日と排卵日が重なるって、少ないことだし」

俺はメリーの走る姿を思い浮かべていた。可愛いメリーは、ご主人さまに一生懸命尻尾《しっぽ》を振り、愛敬《あいきょう》をふりまいていた。ママは、あのゴミ袋の口を縛ると、さっさと裏口の前に置いてきてしまった。明日になれば、メリーはゴミと一緒に塵芥車《じんかいしゃ》に詰め込まれて、どこか知らないところに運ばれる。そんなことを考えながら、排卵日だという理由だけで加奈を抱くことが出来るだろうか。

「子どもは——授かりものだと思ってますから」

「あら、駄目よ。いけないわ。漆原の家を継ぐ子どもですよ。ね、今夜はちょうどいいのよ。そうすれば、生まれるのも夏でしょう？　寒い時に生まれると母親が大変だし、早生れの子どもにはしたくないの」

怒りよりも、悲しみが込み上げて来た。

「もしも、昨日の疲れが残っているようならば、ゆっくりお昼寝でもなさいね。まあ、優次さんの場合は大丈夫だと思うけれど」

ママはそう言うと、俺の肩を軽く叩いてから部屋を出て行った。俺は、静寂の中に取り残されて、再び寝転ぶ気力さえなくなっていた。

遠くでカーポートの扉の音がする。加奈とパパが戻ってきたのだろう。今日から家族になるのは、どんなペットだろう。俺は、泥沼に引き込まれるような、ひんやりと冷たい圧迫感を覚えながら、秋の陽射《ひざ》しのこぼれる部屋で、そのまましばらくの間ぼんやりしていた。

お茶に呼ばれて居間に下りると、加奈の膝の上には、毛糸玉のような子猫がのっていた。

「見て見て、可愛いでしょう！」

加奈はにっこりと笑って俺を見上げる。思わずこちらも笑顔を返したくなってしまうくらいに美しい笑顔。俺だけの天使、俺だけの女神の笑顔だ。この笑顔のためには、俺はどんなことも犠牲にしようと誓ったではないか。どんなことも我慢しようと心に決めたのだ。

毛糸玉みたいな子猫は、大人の指程度の細い小さな前足をのばして、加奈の膝の上で一人前のポーズであくびをしている。

「名前を考えなきゃ。ねえ、優次さん、考えて。メスだから、可愛い名前がいいわ」

加奈は子猫と同じくらいに無邪気だった。今朝死んだばかりのメリーのことなど、もうすっかり忘れて、新しい玩具《おもちゃ》に夢中になっている。俺は、温かいココアを飲みながら、愛妻と子猫と、女房の両親に囲まれている。秋の陽は悲しいくらいに透明で煌《きら》めいている。

――優次さんの場合は大丈夫よね――

なぜだか分からないが、ふとママの言葉が蘇《よみがえ》った。何度か聞かされた言葉だった。

俺の場合は大丈夫。

「毛が長いから、ちゃんと世話をしてあげないと、すぐに汚くなっちゃうんですって。お尻にウンチをつけたままになったりするらしいの」

加奈は子猫に夢中だった。

「ベッドに入ってきて、お尻にウンチがついてたら困るもの。いつもきれいにしてあげなきゃ」

「加奈ちゃん、今夜は駄目よ」

「あ、そうか」

「何が駄目なんだい？」

「加奈ちゃん、今日は排卵日なのよ」

「ああ、そうか。じゃあ、子猫どころじゃないな」

パパの笑顔が陽射しの中で輝いている。子猫が、小さな声でミャアと哭《な》いた。泣きたいのは、俺の方だぞと心の中で呟《つぶや》きながら、俺は加奈から受け取った毛糸玉を抱きしめた。俺もこいつも、たどる運命には違いがないような、そんな気がした。あの、メリーみたいに。

「——こんなこと、言いたくないけどさ」

俺はその夜、加奈の肩を抱きながら、天井を見上げたままで口を開いた。

「済んでから、お話しするんじゃ駄目？」

可愛い加奈は、俺の胸の上に手をおいて、当然これから始まるはずの儀式を待っている。左手の薬指には、誓いの指輪が光っていた。部屋の片隅に置かれたラブ・チェアーの上では、結局まだ名前が決まっていない毛糸玉が丸まって、小さな腹を微《かす》かに上下させていた。

「加奈は、僕らの夫婦生活のことも報告してるの」

俺の声は自分でもまずかったかと思うくらいに重苦しく響いた。

「聞かれるから、正直に言うだけよ。隠すことでもないでしょう?」

「——家族だものな」

「ママは色々とアドバイスしてくれるわ。妻として、女性として先輩なんだもの。私、優次さんと結婚してから、ママを見なおしたくらいよ」

俺は深々とため息をついた。胸にのっていた加奈の小さな手が、ゆっくりと上下に動いた。

「優次さん——」

加奈が不意に顔を上げた。長い髪が顔にかかって、片方の頬が隠れて見える。

「ママが、嫌いなの? それとも、パパ?」

「違うよ。違うけどさ——」

俺はかきあげた髪の奥からのぞいた加奈のひたむきな眼差《まなざ》しに耐えきれずに、視線を外してしまった。

「パパもママも、優次さんが大好きよ。本当に、自分たちの息子だと思ってるわ」

「僕だって、パパもママも好きさ。僕を大切にしてくれてることもよく分かってる」

俺の言葉に加奈は安心したように小さく息を吐き、再び俺の胸の上に顔をのせた。

俺は少しの間耳をすまして扉の外をうかがった。ひょっとしたら加奈との寝室のやりとりを聞かれているのではないかという思いがあった。

「でも、夫婦の間の細かいことまで、あれこれと言われるのは――」

「あれこれって？」

「つまりさ、いつが君の排卵日だとか」

「あれは、早く孫を見たいから心配してくれてるのよ」

再び首をもたげた加奈は、今度は珍しく気色ばんだ様子で俺を見る。

「でもさ、昨日のことも知ってたんだぜ。毎晩で大変かも知れないけど、若いから大丈夫でしょうって言われたんだ」

「私が話したもの」

「そんなことまで、親に話さなきゃいけないのか？　いつやった、いつやらなかったって、そこまで親に言われなきゃいけないのか？」

「だって、か――」

「家族だって、普通は夫婦の性生活のことまで口出しなんかしないぜ。おまけに飯の時の話題になんか、普通はしないよ」

俺はついつい語気が荒くなっていた。半年近くの間、たまりにたまっていたものが爆発しかかっている。

「他のことは、我慢するさ。それぞれの家にそれぞれの習慣があるんだから。大抵のことは我慢しようって、決心したんだ」

「優次さん、そんなに我慢しなきゃならないことがたくさんあったの？　私たちと暮らすことが、そんなに苦痛なの？」

「そんなこと言ってないじゃないか」

普通の母親は娘の下着なんかつけない。おまけに、下着一枚で歩き回ったりするものか。いくら婿《むこ》だからって、男同士ならともかく、姑《しゅうとめ》が一緒に風呂《ふろ》に入ろうとなんかしない。歯ブラシは個人で決まってるものだろう？　飯の途中で痰を吐いたり、平気でげっぷをしたりするか、糞の話をするか？　親父が自分の夫婦生活のことまで披露するか？　恥はないのか？　おまけに、長年可愛がってきたはずのペットの遺体を、生ゴミと一緒に出すか？　メリーの温《ぬく》もりが残っている家に、すぐに新しいペットを買い込んでくるか？　平気なのか？　神経があるのか？

俺は、喉元《のどもと》まで出掛かっている言葉を必死になって呑《の》み込んだ。その代わりに果てしなく大きなため息が出た。

「——小さいことにこだわるつもりはないんだ。ただささ、最低限のルールだけは、わきまえて欲しいんだ」

俺は、加奈の哀《かな》しげな顔を見ると、それだけしか言えなかった。

「でも、優次さんならば大丈夫だって、パパもママも」

「じゃあ、誰なら大丈夫じゃないんだい」

加奈の手がぴくりと動いた。

「大丈夫じゃなかった奴《やつ》でも、いるみたいじゃないか」

長い沈黙があった。やがて、加奈の肩が小刻みに震え、泣いているのが分かった。俺は、大慌《おおあわ》てで加奈を抱きしめ、必死になって謝った。加奈を泣かせたのは、それが初めてだった。メリーが死んでも泣かなかった加奈が泣いているということが、俺にはかなりの衝撃だった。

結局、その晩は加奈をなだめるために、俺はずっと加奈の髪を撫《な》でてやり、やがて加奈が泣き疲れて眠ってくれたので「おつとめ」はせずに済んだ。俺は、加奈の頭の下からそっと自分の腕を外しながら、それほどひどい言葉を発しただろうかと考えた。

これで、今月の「ご懐妊」はないだろうと思うと、心のどこかでほっとしている自分がいた。

8

街に何度か木枯らしが吹き、気が付けば、あちこちにクリスマスのイルミネーションが飾られる季節になっていた。職員室のそこここには、期末試験のプリントが山積みにされ始め、生徒の入室は禁止された。

まだ師走《しわす》の声を聞く前から、漆原の家にもクリスマスのデコレーションがあふれ始めた。加奈は、いつの間に買ったのか、俺とお揃いのクリスマス用のパジャマをタンスにしのばせていた。一年に一度しか着られない、赤とグリーンの色違いのパジャマを偶然見付けた時、俺は不覚にも涙が出そうになった。

加奈が妊娠していないと分かった時、パパとママはあからさまにがっかりした表情を見せた。俺が泣かせてしまった晩のことを、加奈は初めてママたちに嘘《うそ》をついたと言った。俺がきちんと「おつとめ」を果たしたと言ったのだ。けれど、それが幸か不幸か、パパとママに一つの疑念を抱かせることになってしまった。

「どこにも、問題はないんでしょうね？」

つまり、俺に子種があるかどうかということだ。俺は、その発想にうんざりし、不《ふ》貞腐《てくさ》れた表情を見せるより他になかった。

ちょうどそんな時に、実家のおふくろが蜜柑《みかん》を送ってきた。ところが、蜜柑箱にしのばせてあった俺あての手紙を、ママは勝手に開封して読んでしまった。それまでにも、手紙が開封されることは、ままあったが、その度に俺はなるべくやんわりと不満の意を表明してきたつもりだった。ママは、ダイレクト・メールの類《たぐい》から、個人的に郵送されてきたものまで、見境なく開封した。

「あら、見られて困るものでも、おあり？　上田のお母さまと、秘密のやりとりでもなさってるの？」

さすがにその時ばかりは、俺ははっきりと怒りを表した。

「いくら家族だって、お互いにプライバシーっていうものがあるじゃないですか。僕にとっては屈辱です。馬鹿《ばか》にしています」

「優次さんは、そういうことにこだわらないと思ってたんだけど、近ごろの若い人は、皆そうなのかしら。個人主義っていうか、秘密主義っていうか。嫌だわ、私たちは家族なのに」

「いくら家族だって、そこまですることはないんじゃないですか」

俺はふるえる拳《こぶし》を隠そうともせずに、歯の隙間《すきま》から声を絞りだした。けれどもママは、俺のそんな様子に動じることもなく、しごく落ち着いた声で言ったものだ。

「情けないわね。一つ屋根の下に住んでいながら、あれこれと気を遣わなきゃならないなんて。そのうち、優次さんも部屋に鍵《かぎ》をつけたいなんて言い出すんじゃないでしょうね」

俺の頭の中では、おふくろからの手紙の文面がぐるぐると回っていた。

――何かのもめごとがあった場合には、必ず優次がいけないのです。尊敬を忘れず、何事も感謝して、可愛《かわい》がっていただけるように努力してください――

けれど、「おつとめ」事件と、その時の衝突をきっかけに、俺の中で必死で保ち続けてきた何かがギイギイと軋《きし》み始めた。家族で揃っている時ほど、強い孤独感が俺を包んだ。

おふくろからの手紙の通り、俺はママに謝った。ママは快く許してくれた。そして、毎日は過ぎていく。生活そのものは、以前と変わりがないのだが、ママの「家族なんだから」という言葉は、もはや俺を脅迫しているようにしか聞こえなかった。便所以外のすべての場所にプライバシーがないということが、実は俺を監視するためなのではないだろうかとさえ、思えるようになってしまった。

「優次さん、少し痩せたんじゃなくて？」

風呂で背中を流されながら耳元でママの声を聞く時、俺はママの手からタオルをひったくり、「出ていけ、糞ばばあ！」と言いたい衝動を必死でこらえた。

「優次くん、知り合いにハブの粉をもらったんだけど、飲まないか」

「優次さん、窮屈な下着はよくないそうよ」

「優次くん、髪は長い方が感受性が豊かになるっていうのは本当かね」

「優次さん、あら、どうしたの、お家《うち》の広告なんか見て」

「優次くん、三年生の卒業制作は順調らしいじゃないか」

いつの間にかパパは、ついに学校でのことまでも持ち出して来るようになった。放っておいてくれ、俺に構うなと言いたいのに、加奈の笑顔がすぐ隣にあると思うと、俺は何も言えなかった。

こんなくだらないことで、夫婦の間がまずくなるなんて、それこそが馬鹿馬鹿しい。こんなことに敗《ま》けるものか。俺は、加奈を選んだんだ。加奈と一緒に生きていくと決心したんだ。

「パパ、優次さんってね、パパと同じところに黒子《ほくろ》があるのよ」

それなのに、加奈までがそんなことを言い出すと、俺はもう、どうすることも出来なかった。俺の黒子というのは、ちょうど盲腸の下のあたりにあった。

孤独な俺の足元では、悪戯《いたずら》盛りの、ビビと命名された子猫が、人間には見えない何かに向かって戯れついている。遊んでいるか眠っているかの毛糸玉。小さな腹を脹《ふく》らませると、すぐにすやすやと眠ってしまう子猫が、俺は羨《うらや》ましくて仕方がなかった。

「俺も猫になりたいよ――」

ある晩、ベッドの中でつぶやくと、加奈はくすくすと笑った。

「優次さんも、そんなことを言うの？」

「俺も――って？」

俺が聞くと、加奈は一瞬遠くを見る目になって、かすかなため息をついた。

「――前にもいたの。そんなことを言っていた人が」

「猫になりたいって言ったのか？」

「その人はね、犬になりたいって言ったわ」

「犬に？」

「どうせ、尻尾《しっぽ》を振らなきゃならないんなら、犬くらいにひたむきになれた方が幸せだって」

「――それ、加奈とどういう関係だった人なんだ」

俺は、犬になりたいと言った奴に会ってみたいと思った。犬と猫の違いはあるが、そいつと俺とは、似たような境遇にあるのかも知れない。

「昔の知り合いよ。学生の頃の」

「俺と、気が合うかも知れないなあ」

「無理よ。犬と猫だもの」

加奈は事もなげに言うと、小さなあくびをした。俺は加奈の額にキスをしてやり、肩まで毛布を引き上げてやった。可愛い加奈。俺の宝物。それこそ子猫のように、無邪気に気ままに生きているのは加奈の方だ。

加奈が眠りに落ちるのを待って、俺はベッドから抜け出した。この頃では、家族の全員が寝静まった頃を待って、一人で下で酒を飲むのが唯一の楽しみになっていた。音をたてずに部屋を出ようとすると、ビビが気付いて、小さな体を躍らせながら、俺の後についてくる。居間に下り、一番小さな電気をつけて、腐るほどある貰《もら》い物《もの》の酒を出す。時には小さな音量で深夜テレビを眺めながら、俺はぼんやりとするのが好きだった。そうしていると、ようやく肺の隅々まで酸素が送り込まれたような気分になり、仕方がないさと口の中でつぶやくことも出来るのだ。

その晩、ビビは相変らず俺のパジャマのズボンや、ありとあらゆるものに戯れていたが、そのうち調子に乗ってテーブルにまで躍り上がり、俺のグラスをまたぎそこねて引っ繰り返した。

「おい、まずいよ。駄目じゃないか」

俺は慌てて立ち上がり、キッチンから雑巾《ぞうきん》を取ってきた。雑巾は、ママと加奈が暇に飽かて古いタオルを色とりどりの糸で縫ったものだった。

「ああ、ああ、これ、シミにならないかな」

おろしたてらしい雑巾は、まだタオルの感触も柔らかく、手に心地よい。

「ここ、なめるなよ。酔っ払っちゃうぞ」

自分で引っ繰り返しておきながら、その音に驚いて部屋の隅に逃げ込んでしまったビビに話し掛けながら、カーペットの床を雑巾で叩《たた》き、おおよその酒を吸い取って、台所に戻す。酒の匂《にお》いが残っていてはまずいと思って、簡単に水ですすいだ時、ふと雑巾に柄があるのに気付いた。

いや、それは、柄というよりも、一ケ所だけの刺繍《ししゅう》だった。「T・U」という、薔《ば》薇《ら》の飾り模様の入った刺繍が、真っ白い雑巾の端っこに入っていた。

俺の頭は素早く回転し始めた。

漆原栄三郎、漆原智恵子、漆原加奈、そして漆原優次――。Tとつく名の家族は、誰もいなかった。

9

イブの晩、俺は一人でソファーに腰掛け、ぼんやりと愉《たの》しいパーティーの始まりを待っていた。キッチンでは加奈とママがあれこれと相談しあいながら、料理を盛り付けている声がする。パパは、午後から何かの会合に呼ばれていたが、ついさっき駅から電話があった。もう十分もすれば玄関にたどり着くだろう。

暇つぶしにということで、ちょうど去年のクリスマスの時の様子をおさめたビデオを加奈がセットしてくれた。

画面の中では、今年とほとんど変わらないパパとママと加奈の笑顔がこぼれている。カメラを見て手を振り、笑い、シャンパンをかける真似《まね》をする。家族で三角の帽子をかぶり、クラッカーを鳴らし、加奈が弾くピアノに合わせて歌を歌う姿は、気味が悪いくらいに仲が良い。これこそが「聖家族」というにふさわしいと俺は思った。

玄関でチャイムが鳴った。ぱたぱたとスリッパの音、やがて外の冷たい空気をまとったパパが鼻の頭を赤くして入ってきた。

「おや、懐《なつ》かしいな、いつのかな」

「去年の、だそうです」

「ああ、そうだね。この服は去年のだ」

パパは後ろで着替えを手伝うために立っているママに背広を手渡しながら、懐かしそうに笑う。

「今年のサンタさんは、優次さんにお願いしましょうよ」

「サンタ?」

「サンタの服を用意してあるのよ。それから、プレゼントも。お食事が済んで一段落したら、物置に行ってサンタさんに変身して、ここの出窓から登場する役目なの」

ママはシックなワンピースを着て、まるで昔のアメリカ映画に出てくる母親みたいにモダンだった。加奈も、髪をポニーテールにして、まるで学生みたいに初々《ういうい》しい。

やがて、テーブルにはご馳走《ちそう》が並び、パパがシャンパンを抜いて、パーティーは始まった。

「優次さん、ビデオを撮ってくださらない？」

　ママが華やいだ笑顔で俺を見る。俺は、気軽に立って、三人に向けてカメラを回し始めた。ファインダーからは、微笑《ほほえ》ましい家族の笑顔が見える。カメラを向けるごとに、パパが、ママが、そして加奈が、カメラに向かって、俺に向かって笑顔を投げ掛ける。チキンのモモを差し出す、シャンパンをかけようとする。そう。去年のビデオと同じように──。

「──去年は、誰がビデオを撮ったんです？」

　俺はカメラを回したまま話した。

　ファインダーの向こうで、三人が虚を衝《つ》かれた形で一瞬黙り、それからお互いに顔を見合わせた。

「親戚《しんせき》の子さ。たまたま来ていてね」

「後から見たら、本人が全然映っていないんで、可哀相なことをしちゃったねって話していたの」

「ああ、守《まもる》くんかな。それとも、康之《やすゆき》くんですか？　ははは、まさか、真太郎《しんたろう》くんじゃないですよね、まだ四つだもんな」

　俺は、一人一人の顔を順番にアップでなめながら、口を動かし続けた。

「僕はてっきりTの字のつく人かと思ってました。ほら、いたでしょう？　ママが僕にくれたのと同じバスローブをもらった奴ですよ」

本当は加奈の反応を見たかった。だが、正面から見るのが恐《こわ》かったから、俺はその代わりにママのアップを撮り続けた。ママは眉間《みけん》に皺《しわ》を寄せ、あからさまに不快そうな顔をした。

「優次さん、酔っ払ってるの？　皆の楽しいところを撮ってちょうだいって言ってるのに、こんなに私のアップばかりじゃ、詰まらないわ」

「ははは、皺が目立ちますか？　大丈夫ですよ、ママは十分にきれいだ。僕が保証します。何たって、ママの素肌は嫌と言うほど拝見してますからね」

俺は調子に乗って喋《しゃべ》り続けた。オートリバースのカセットデッキが、クリスマス・ソングをA面からもう一度流し始めた。鈴の音がして、トナカイの引くソリが、雪の上を滑ってくる様が目に浮かぶ。頬に冷たい風さえ当たるようだ。

俺は夢中になって、ママの表情を追い続けた。頭の中ではソリの音が響き続けている。それ以外は何も聞こえなかった。

「Tさんは、犬になりたかったんだ。俺は猫になりたい。ここに暮らす男は、皆変身したくなるものなんでしょうかね」

ママの横で、加奈が小さな悲鳴を上げた。ファインダーが一瞬ぐらついたが、俺はそれでも加奈を見る勇気はなかった。

「Tさんは、どこに行ったのかな。まさか、自分のために刺繍までされたバスローブが、雑巾になってるなんて、知らないんでしょうね」

言った瞬間、後頭部に強い衝撃があった。クリスマス・ツリーのライトが明滅する部屋、柔らかいオレンジ色の光が満ちた空間で、俺の加奈が両手で口元をおさえているのが斜めに見えた。そして、最後に見えたのは、俺のアトリエの前にある池のまわりにめぐらしてある、大きな石を持って、仁王立ちになっているパパの、逆さまの姿だった。

それから俺は、約束どおり、サンタクロースの格好に着替えさせられた。パパとママと加奈と、三人がかりでサンタに変身させられた俺は、足を引きずられて玄関を出、毛布に乗せられて芝生の上を滑り、やがて薄い氷の張っている池に放り込まれた。池の水を通して、冬のりんとした月が揺れて見えたと思う。

「好きだったのに」

加奈の震える声がする。

「あきらめなさい。それにしても、どうして加奈ちゃんはこんなにも男運が悪いのかしらねえ、誰に似たのかしら」

「前は、学生結婚だったから、若かったから仕方がないとも思ったがねえ。青白い学者の次は芸術家、それでも駄目となると」

「大丈夫よ。今度こそ、きっといい人に巡り会えますよ」

「今年も、あのパジャマが着れないわ」

ああ、可愛い加奈が涙声を出している。俺は、薄れていく意識の中で、加奈の名を呼んだ。

「やだ、まだ生きてるわよ、パパ」

「そろそろ、外に出そう。縛って置いておけば、自然に冷たくなるから」

やがて俺は池から引き上げられ、ずぶ濡《ぬ》れのままで、日本庭園の片隅に放置された。

「こんなことじゃあ、漆原学園の将来が心配だな」

パパが、つぶやいた。

「おお、寒い。早く中へ入りましょう」

ママが声を震わせた。

三つの足音が遠ざかって行った。

10

僕の荷物の大半は、書斎に収まる本や資料で、それに関しては手を付けずにいてくれと前から加奈にも義母にも言ってあった。引っ越しの前後は丁度忙しい時だったから、アパートを引き払うのも、すべて加奈と加奈の両親に任せっぱなしになってしまったが、僕を実の息子のように思ってくれている加奈の両親は、常に笑顔を絶やさず、さすがは教育者の家族らしく、実にテキパキとすべての処理をしてくれた。

僕は法律事務所の仲間からも羨まれるほどの、いい縁談に恵まれたのだ。三十になって、そろそろ落ち着きたいと考えていた僕の前に加奈が現れた時の感激を、僕は今も忘れない。両親の愛情を十分に受けて育った加奈は、若く、美しく、まさしく僕の理想の女性だった。

「すみません、雑巾ありますか」

漆原家に引っ越して最初の休日、僕は自分の手で梱包《こんぽう》を解き、二十畳はあろうかという、僕の新しい書斎を整理することにした。作りつけの本棚は大きく、僕の山のような蔵書も難なく収納してしまう。

「あ、待ってて。今ちょうど新しいのを縫っているところなの」

居間に顔を出すと、陽だまりの中で加奈と義母が仲良く縫い物をしているところだった。

「へえ、雑巾は自分で縫うんですか」

何不自由ない生活をしているこの家族が、昔ながらに手縫いで雑巾を作るとは、僕は考えてもいなかった。けれどもそれは、嬉《うれ》しい驚きだ。加奈の膝《ひざ》の上には、真っ白いタオルが載っている。

「でも新しいタオルみたいだね」

「バスローブだったのよ。袖《そで》と襟がいたんできたから、丁度いいの」

加奈の隣で義母が言う。

「せっかく新しい書斎になるんですもの。お掃除をするものも、新しい方がいいでしょう？」

僕は、義母のそんな心遣いに感謝した。人は婿養子というけれど、こんなに居心地の良いところはないだろう。

「はい、出来たわ」

やがて、可愛らしく、赤や緑の糸で縫い上げた雑巾を、僕の新妻は嬉しそうな顔で差し出した。

「私にも、お手伝いさせて」

「ああ、ありがとう」

陽射しの中で、真っ白い雑巾が輝いて見える。一番隅のところに、小さく刺繍が出ていた。何の柄かは分からないが、バスローブだと言っていたから、多分僕が義母から貰ったのと同じようなイニシャルだったのだろう。

「青年弁護士の書斎らしくしてちょうだいね」

背後から、ママと呼んでと頼まれている義母の、軽やかで明るい声がした。

「今年のクリスマスなんだけど――」

加奈が僕の手を握りながら、甘える声を出す。

「分かってるよ、家族でパーティーをするんだね」

母の家出

1

空の色、吹き抜ける風が、もう秋だった。陽射《ひざ》しだけは夏の名残をとどめているが、それも雲に遮られてしまえば、急に涼しく感じられる。道端の栗《くり》や柿《かき》の木に、青い実がつき始めているのが目に止まった。

彼女は、緩やかな坂道をゆっくり上っていた。辺りから虫の音が聞こえてくる。振り返れば、霞《かすみ》がかかって薄ぼんやりとした富士山が見える。上九一色《かみくいしき》村は南北に細長い村で、ことに富士《ふじ》ヶ嶺《ね》と呼ばれる南部の一帯は、その名の通り、富士の裾《すそ》野につながる広々とした高原だった。

幻のような印象の富士を少しの間眺め、彼女は再び歩き始める。人間の背丈よりも長く伸びたススキからは、青々とした穂が顔を出し始めていた。やがて、畑や牧草地に囲まれた坂道を上り下りするうち、一つの集落が目の前に開けた。

「あら――どうしたの」

人に道を尋ねながら、やっとの思いでたどり着いた小さな家の玄関先で、母は目を丸くした。

「もう――どうしたのじゃないわよ。お母さんこそ」

化粧気もなく、しばらく会わないうちに、少しばかり陽に焼けて見える顔で、ぽかんとしている母を一目見るなり、どっと疲れが出た気がした。

「どれだけ探したと思ってるの。何、やってるのよ、こんなところで」

ため息混じりに言ったときだった。狭い通りを隔てた隣の家から一人の男が出てきた。小脇《こわき》に何かを抱えて、いそいそとこちらに向かって歩きかけ、それから初めて彼女に気がついたらしく、ぎょっとしたように立ち止まる。七十前後というところか。ラフな服装をしているが、白髪の髪はきちんと整えられている。母が「あら」と言った。彼女は素早く母と男とを見比べた。

「娘が」

母の短いひと言に、男は、我に返ったような表情で彼女と母とを見比べると、軽く会釈《えしゃく》を寄越した。

「じゃあ、また後で」

男はそれだけ言って、再びそそくさと戻っていく。その後ろ姿を眺めながら、彼女の内には、得も言われぬ不快感が広がり始めていた。何なのだ、あの男は。母は一体、ここで何をしているというのだ。堪《こら》えていた苛立《いらだ》ちが、一気に膨れ上がってくる。改めて見ると、まるで悪戯《いたずら》を見つかった子どものような顔で、母は小さく笑った。

「とにかく、お入りなさいな」

悪びれる様子も、慌《あわ》てた様子もなく彼女を招き入れる母の後ろ姿を眺めて、彼女は初めて、母がズボン姿なのに気づいた。たとえば庭の草むしりをするときでも、どんなに寒い季節でも、決してズボンをはかなかった母が、当たり前のようにズボンをはいていた。

——そんなこだわりも、必要なくなったの。

外観からも質素な造りであることは察せられたが、家具調度の類《たぐい》もほとんどない家の中は、片づいているというよりも、むしろ殺風景といって良かった。畳も焼けていれば、柱にも傷がつき、古い釘穴《くぎあな》などが残っている。カーテンだって申し訳程度のぺらぺらとしたものではないか。

——こんな場所で。

情けなさに言葉も出ない。薄暗くて狭い台所で湯を沸かす母の後ろ姿を眺めながら、彼女は、ため息しか出ない自分を感じていた。もう少しドラマチックな再会になるはずだったのに、肩透かしを食った気分だった。

2

　母が家を出たと知ったのは、三カ月ほど前のことだ。父は、世間体を考えてか、途方に暮れたせいか、二週間あまりも母の家出について誰にも言えずにいたらしい。母の置き手紙には、自由に生きてみたい、勝手を許して欲しいという意味のことだけしか書かれていなかった。

「別に、特にこれっていう理由があったわけでもないのよ」

　彼女にとっては馴染《なじ》みのない部屋で、母とこうして向き合うのは不思議なものだった。日本茶にうるさい母が淹《い》れてくれた茶は、ごく普通のほうじ茶だ。家財道具の少なさが、仮住まいらしい気配を留めている。

「ただね、何ていうか――」

「さっきの人、あれ、誰」

　母の言葉を遮って、彼女は単刀直入に聞いた。母は、「あれ、なんて」とたしなめる表情になる。

「この家の、家主さん」

「――それだけ？」

「いい方、なのよ」

それから母は、すっと顔を上げた。

「あなた、元気そうね」

「――私はね。でも、お父さんは――」

「子どもたちは、元気にしてる？」

今度は母が彼女の言葉を遮って、彼女の夫や子どもたち、また、彼女の二人の妹たちの様子などを尋ねた。彼女は、自分も含めた三人姉妹は、それぞれの家庭で平和に暮らしていることを伝えた。母は「そう」と満足そうに頷《うなず》き、穏やかな表情で茶を飲む。彼女は『そう』じゃないわ」と母を睨《にら》んだ。

「皆、平和に暮らしてたの。それなのに、お母さんが家出なんかするから」

「迷惑、かけた？」

「当たり前じゃないっ！　第一、お父さんだって可哀想《かわいそう》よ。七十過ぎになって、急に取り残されて」

母は、小さくため息をついて再び「そう」と呟《つぶや》く。そして、しばらくの沈黙の後、改めてこちらを見た。

「お母さんだってね、可哀想だったのよ」

母の言葉の意味が、すぐには理解できなかった。彼女は、ただ母を見つめていた。

「自分で自分が、可哀想になっちゃったの」

母が可哀想？　彼女は混乱した。母は、静かな表情のまま、またため息をついた。

「ある時ね、急に、誰のための人生だったのかなあって考えちゃって。そうしたら、何だか涙が出てきて、止まらない時があったのね」

手元の湯飲み茶碗《ぢやわん》を見つめながら淡々と話す母を見ていて、彼女は信じられない気持ちになった。母が泣いているところなど、見たことがない。彼女が幼い頃から、母はいつも気丈な人だった。

「子どものため、夫のため。それは、それでいいのよ。そういう時期があってね。でも、残された時間くらい、自分のために使っちゃいけないかなあって」

「だからって、何も家出なんかしなくても」

彼女は、自分の方が泣きたい気分になっていた。

——捨てられる。

今、自分は母から捨てられようとしているのだということが、この時になって急に実感となって迫ってきた。彼女はにわかに焦《あせ》りを感じ始めた。

「ねえ、家にいたって、自分のために生きられるんじゃないの？　お母さんの好きなようにすれば、いいじゃない。お父さんだって、お母さんが何かするのに反対するような人じゃないでしょう」

母は、「お父さんねえ」と呟いただけだった。そして、また口を噤《つぐ》む。

「ねえ、お父さんは心当たりがないって言ってるけど、お母さんには、あるの？　何か許せないことでもあった？」

母は、ゆっくりと首を振った。

「なぁんにも」

「何もないんなら――」

「なぁんにもないから、なのよ。お父さんは、私になんか興味はないの。私が何をしようと、何を考えていようとね」

母は、今度は諦《あきら》めたような、淋《さび》しげな表情で口元に無理な笑みを浮かべた。

「あの人は、口に出して文句を言ったりはしないけど、それは優しさからじゃないのよ。見えてないの。だから、お母さん、自分が透明人間になったみたいな気分になるの。もう何年も、何十年も前からね。お父さんの傍にいると、何もかも、からっぽになっていっちゃうの」

分からなかった。彼女は、ただ母を見つめているより他になかった。再び長い沈黙が訪れた。彼女は焦り、懸命に考えを巡らした。やっとの思いで母を見つけ出したのだ。ここは何としてでも、母の気持ちを変えさせて、父の待つ家に連れて帰りたい。

母に捨てられたくない。第一、四十年以上も寄り添ってきた夫婦ではないか。

「夫婦なんて、そんなものなんじゃないの？　お互いに空気みたいな存在になって、傍にいるのが当たり前になって。うちだって――」

「お父さんとは、喧嘩《けんか》さえしたことがないのよ。あなたたちが小さかった頃は、それこそ何とかして心をぶつけ合ったり、通わせたりしたいと思って色々やってもみたけれどねえ、結局、無駄だった」

確かに、彼女は両親が言い争ったりする場面を、かつて見たことがない。その一方で、笑い合っているところも、やはり見たことがない気がする。

「せめて、額縁の絵か、風景の一つくらいにでも思ってくれたらって何度も思ったわ。でも、お父さんにとってのお母さんはね、そんなものでさえない。たとえて言うなら、ガラス窓みたいなものなのよ。透明で、雨風をしのぐ程度に必要でね、よそ様から見たら、家庭の中を覗《のぞ》かせる入り口にもなって」

だから母は、生身の人間に戻って、残された人生を生きたくなったのだと言った。それには、父の傍では駄目なのだと。

「――でも、勝手じゃない？　私たちは、どうなるの？　お父さんだって心配してるし、困ってるのよ。本当なんだから」

母は、すっと背筋を伸ばして、今さら、父が変わるとも思えないし、母自身、あんな虚《むな》しさの中には戻ることは出来ないと言った。

「必要なら、あなたたちが助けてあげて。何なら、家政婦さんを頼んでもいいじゃない。どっちにしても、あの人には同じこと」

「さっきの人は、お父さんとは違うの？」

彼女は覚悟を決めて母を見つめた。母はまるで慌てる様子もなく、むしろ微笑《ほほえ》みながら、「あなたが思うような関係じゃないのよ」と言った。

「今さら、男女の、どうのって、そんなことは考えてもいない。あの人は、お母さんにとってはこの村から見える風景の一つ。いい方だし、色々とお世話にもなってるけどね」

容易に納得できる話ではない気がした。第一、たった一人でこんな村で暮らしていて、何故《なぜ》、母はこんなに瑞々《みずみず》しく、元気そうで、溌剌《はつらつ》と見えるのか、その理由が分からないではないか。長年、抱き続けてきた服装や食べ物へのこだわりも捨てて、穏やかでいられるのは、母を支える、父以上の存在がいると考える方が普通ではないかと思わざるをえない気がする。

「こういう村で暮らしていたら、助け合いが必要になるでしょう。年代も近いし、お互いに一人暮らしだから、話し相手になったりして、助け合っているだけのことよ」

「それだけなんて、とても――」

「どう思われようとね、それだけなの」

母は、きっぱりと言った。彼女は、ますます混乱していた。好きな人が出来たと聞けば、それはそれで穏やかでいられないのは確かだが、掴《つか》み所のない母の説明も、彼女を不安にすることに変わりはなかった。

3

母が、この上九一色村を知るきっかけになったのは、二年ほど前、都心のどこかで開かれていた産地直送フェアに出向いたことだという。オウム真理教やサリンなどという言葉と一緒に聞き覚えた村の名が、たくさんの野菜や牛乳などの積み上げられた会場に見えたことが、奇妙に印象に残った。そして、上九一色村の野菜と牛乳とを買って帰った。それから母は、一連のオウム報道で揺れた経験を持つ村を、自分の目で見てみたいと思うようになったのだそうだ。

「だって、さほど遠いわけでもないでしょう？　ちょっとドライブがてらに、すぐに来られる場所よ。だから、お父さんに何回か、連れていってって頼んだこともあったの。でも、全然駄目。サティアンが見たいのかとか、野次馬根性も好《い》い加減にしろとかって、相手にもしてもらえなかった」

だから母は、電車とタクシーを乗り継いで、一人で上九を訪れた。最初、河口湖からタクシーに乗ったときには、軽装の一人旅ということもあって、青木ヶ原で自殺する人と間違われたという。

「その時、初めて思ったの。ああ、私は自殺しそうなほど、不幸そうに見えるのかしらって」

南に富士山、西に本栖《もとす》湖、中央には精進《しょうじ》湖、東には青木ヶ原の樹海を抱えているこの村は、オウム報道で騒がれる以前は、確かに自殺の名所とうたわれたことがある。それだけに、女性の一人旅の場合、地域の人たちは特に注意を払っているのだそうだ。

「だから、その日はタクシーを借り切ることにしてね、帰りまで方々を回ってもらったくらいよ」

母は、楽しそうにころころと笑った。その笑い声からは、かつて自殺志願者と間違われるほどに暗い表情をしていたらしい母など、想像することも難しい。だが実際、母のそんな笑い声を、彼女はずい分、聞いたことがなかったことにも気がついた。母は、いつも物静かだった。そういう人だと思っていた。

「でも、分からないでもないわ。せめて最期《さいご》は、こういう空気の綺麗《きれい》な場所でって、そう思う人が多いんでしょうね」

その言葉に、彼女は自分でも意外なほど、どきりとなった。母の行方が分からなかった間、どれほど打ち消そうとしても、母は死んでしまっているのではないかと思い続けてきたのだ。もしかすると本当に、母にはそんな気持ちも働いていたのではないだろうか。

初めて訪れた上九一色村は、昔の母の故郷とも似て感じられ、母はすっかり気に入った。だから、二度目に来たときは高原にホテルをとり、一泊することにした。そうして二度、三度と訪ねるうちに、さっきの男性とも知り合い、やがて、東京での父との暮らしが、いかに無意味で、何ももたらさないかを感じてしまったのだという。

「もともと、この辺りは入植者が開拓した地域なんですって。だから、意外に閉鎖的じゃないし、来るものは拒まずっていう雰囲気があるのね。若い頃なら、退屈でつまらないと思ったかも知れないけど、今のお母さんにとっては、ここはとても大切な場所なのよ」

通ってくるうちに顔見知りも増えた。やがて、上九には「行く」のではなく、「帰る」ような気分になり、一方では父のいる東京の家に「行きたくない」と思うようになったのだという。

「ここにいて、景色を眺めて、それだけで幸せだと思えたの。他には何もいらないって。ちょうど、さっきの方が、空き家を持っていらっしゃるっていうんでね、じゃあ、貸していただけませんかって、お願いして」

そして母は、少しずつ身の回りの荷物を運び続け、三カ月前のある日、置き手紙だけを残して家を出た。夏場は、大学生が合宿などにも訪れ、湖も高原も観光シーズンを迎えるから、母は人から頼まれて、地元の主婦たちと共に、食堂の手伝いをしていたという。

「――お母さんが？　観光客相手に？」

「意外に楽しかったわ。お母さんの味つけを喜んでくれる人も多かったしね、若い子たちに、『おばちゃん』なんて呼ばれて。ご近所から見れば、経歴も素性も分からないけど、何だか気の毒に見えたんじゃない？　でも、そのお陰で、初めてパート代もいただけたし、身体《からだ》を動かすから健康になって、おまけに、余計なことを考えずにこられたの」

　気に入ったから、来てしまった。ちょうど空き家があったから引っ越してきた。ついでに、食堂の「おばちゃん」をしていたとは。少なくとも彼女の知っている母は、そんな人ではなかったはずだ。第一、母は、結婚後は一度も外で働いたことはないはずだった。常に父の背後にいて、何事にも注意深く、完璧《かんぺき》なまでに家庭を守り続けてきた人のはずだ。

「そりゃあ、お父さんやあなたたちのためと思えば、そんなに軽はずみなことも出来ないでしょう。責任があるもの。でも、もうそろそろ、世間体とか責任とか、そういうものに縛られなくてもいいんじゃないかって」

　頭では理解できる。だが、母の言葉は、彼女の胸には、すんなりと染《し》み込んではこなかった。母がどんどん遠くなると思うばかりだった。気がつくと辺りには夕暮れの気配が迫り始めていた。

「泊まっていったらって言いたいけど、お布団《ふとん》、一組しかないのよ。ああ、お隣から借りてくる？」

「やめてよ。ホテルをとってあるから、そっちに帰るわ」

実際、すぐに母が見つかるかどうか分からない不安もあって、ホテルを予約しておいたのは正解だった。

夕食の間、母は、この村での生活を語った。その楽しげな笑顔を見ると、確かに母は今、充実した日々を送っているのに違いないことが分かる。だが、だからといって、これまで築いてきたすべてを捨てても良いということにはならないはずだ。

――でも、どうやって説得する？　また、もとのガラス窓に戻れって言える？

母の話を聞きながらも、彼女は自問自答を繰り返していた。苛立ちや焦り、戸惑いや怒りが渦巻いていることも確かだ。だが、それにも増して、自分は母の心情など何一つ理解してはいなかった、この母に、してあげられることの一つもないのだという無力感の方が勝っていた。

4

その夜、ホテルのベッドに横になってからも、彼女はまるで寝つかれなかった。

――なぁんにも、ないからなのよ。

これまでの、母の人生を思った。娘として、母のことは誰よりも良く知っているつもりだった。だが、一人の女性としての母の人生については、彼女はこれまで一度として考えたことはなかったのかも知れない。

それでも、勝手な話だと思う。あんまりではないかと思う。それが、娘としての我《わ》が儘《まま》なのか、正当な怒りなのか、その辺りが判断できない。確かに、彼女の内には様々な迷いがあるのだ。一人になってしまったら、父はどうなる？　彼女たち姉妹が面倒を見ることになるのか？　離婚するとなったら、夫の実家や親戚《しんせき》には、どう説明をすれば良い？　母が不倫をしているのではないにしても、世間はそれで納得するだろうか——。

何度も寝返りを打ち、ほんの少しまどろんだと思うと、また目が覚める。彼女は苛立ち、ついにスタンドを点《つ》けて起き上がってしまった。一人でホテルに泊まること自体、初めてなのだから仕方がない。冷蔵庫に入っている酒でも飲もうかと考えながら、何気なく窓辺に寄り、引かれていたカーテンを開いた瞬間だった。彼女はぎょっとなって息を呑《の》んだ。

目の前に、くっきりと大きな富士があった。いや、それはあったというよりも、「いた」という表現の方が当たっているようにさえ感じられた。広い裾野から頂上までの稜線《りょうせん》は、昼間見た富士とは比べようもないほどにはっきりとしており、背後には羊雲を従えている。彼女は、息もつけないまま、富士を見つめた。まるで、自らの意思で彼女の前にやって来た、初めて本当の姿を見せた、そんなふうに感じられた。

——まさか。

思わず、夢を見ているのではないかと思った。真夜中ではないか。闇《やみ》に紛れて、すべてが見えなくなる時刻ではないか。彼女はカーテンを開いたまま、半ば呆然《ぼうぜん》とベッドに戻り、スタンドを消した。すると、今度は窓辺の床に、外の光が射《さ》し込んでいることに気づいた。

慌てて身体を起こし、また窓辺に寄る。頭上に半分ほどに欠けた月があった。そして、やはり富士がいる。月明かりの中で、富士は無言のまま、その黒々とした威容を彼女だけに見せに来ているようにさえ感じられる。こんな感覚は、生まれて初めてだった。彼女は、「こわい」と思った。恐怖ではない。人間の力など到底及ばない、だが、何かの意思とエネルギーを持っているに違いないと感じられる存在への、明らかな畏怖《いふ》だった。

窓を開けると、一斉に虫の音が聞こえてきた。微《かす》かな風のそよぎも感じられた。彼女は室内の椅子《いす》を引っ張ってきて、月明かりを受ける位置に置き、そこに腰掛けて、飽きることなく富士を眺め続けた。やがて、空には徐々に雲が広がり始め、月もおぼろになっていった。それでも、富士は相変わらず、そこにいた。途中で寒さを覚え、カーディガンを羽織りながらも、彼女は月が傾き、富士の背後が徐々に白んで、やがて茜色《あかねいろ》が混ざり始めるまで、窓辺から離れることが出来なかった。

「富士山て、夜でも見えるのね」

朝を迎えて、再び母の家を訪ねると、彼女のために朝食を用意してくれていた母に向かって、彼女は早速、昨夜の光景を話した。

「今はもう、見えないのよ。頂上の方が、ほんの少し、薄く見えるだけなのに」

母は、「月も綺麗だったわね」と答えた。

「ああいう光景を見ちゃうと、人間なんて、いかにちっぽけなものかって思うわね」

そして母は、初めて上九一色村に泊まったときにも、やはり深夜に富士を見たのだと言った。

「何だかこわくなってね、自然に手を合わせたくなったの。その感じは、今も同じ。すごい、すごい、すごいって何度も思うわ」

母もまた、彼女と同じ衝撃を受けたのだと知って、彼女は少し嬉《うれ》しくなった。確かに、昨夜のあの富士は、それまで知っていた山とは、まるで違っていた。

「初めて見たときに、お母さん、あの富士山を感じながら、しばらくの間でも、暮らしてみたいと思った。それが、一番のきっかけかも知れないわ」

母は、少し遠い目をして呟くように言った。彼女は母の手料理を口に運びながら、それなら、分からなくはないと思っていた。夜を徹して富士を眺め続けていた経験は、彼女の中に、何か小さな変化をもたらしたに違いないという気がする。それが、どういう変化なのかは、すぐには分からない。取りあえず、生まれて初めて「畏怖」という感覚を学んだだけでも、大きな体験だったと思う。

「初めて夜中に富士山を見たとき、お母さん、無条件に『見守られてるなあ』って感じてね、それが、この上もなく嬉しかった」

自分をガラス窓のように感じていた母が、あの山に認められたということなのだろうか。富士は富士で、ただそこにあるだけに違いないのに。だが昨晩、彼女も確かに感じた。富士は、彼女にその姿を見せに来たのではないか、自分のちっぽけさを自覚し、無力さを知らしめるために、やって来たのではないかと感じたのだ。

——私に左右できることじゃない。

せめて、母の人生は母のものとして、尊重するくらいしか、出来ることなどないのだと、彼女は思い至った。母が富士を見ていたいというのなら、好きなだけ、見せてやれば良いのだ。

「私、今日、帰るけど、必要な物があったら送るから」

出来るだけ、さり気ない口調で言った。

「これから寒くなるんだから、少しは着替えだって、寝具だって必要でしょう」

「あ――あの、じゃあ――」

「その代わり、ちゃんと連絡をしてくれること。それが条件だから、いい？」

母は困惑した表情で小さく頷き、それからふと表情を曇らせて、「お父さんは」と言う。

「お父さんには、言っても分からないと思うのよ。何が富士山だ、馬鹿《ばか》じゃないのかって」

「それならそれで、いいじゃない。取りあえず、私から言っておくから。お母さんは、富士山に一目《ひとめ》惚《ぼ》れしちゃったのよ、初めてちゃんと見つめてもらったのよって」

母は、小さく肩をすくめて、恥ずかしそうに笑った。そして、胸のつかえが下りたように、ふうと大きく深呼吸をした。

「そのうち帰るからって、言っておいてね。皆によろしく」

家を出るとき、母は涙ぐんでいた。だが彼女は、恐らく母はもう父のもとへは戻らないだろうと感じていた。都会へ戻ったら、少しばかり忙しくなりそうだ。富士だけを見つめたい母に代わって、当分の間、彼女は俗世間を右往左往することになるだろう。そうして時を過ごし、いつかまた、今度は母と一緒に夜中の富士を見たいものだと思った。

鈍《にび》色《いろ》の春

1

「この柄を、ですか」

目の前に広げられた図案を一瞥《いちべつ》して、塚原《つかはら》は一瞬眼鏡の奥の目を瞬《しばた》かせた。ちょうど着物の身頃《みごろ》の幅に揃《そろ》えられている白い紙には、黒いサインペンと色鉛筆を使って、丁寧な模様が一面に描かれている。一見すると、少し前ならば斬新《ざんしん》ともいえた、はっきりとした柄だが、塚原が驚いたのは、その細部だった。

ちょっと見には平凡な、比較的大きな菱形《ひしがた》が、大小あられの中に不規則に散っているような印象を与える。そんな図柄は、最近ではそう珍しいものではなかったし、柔らかい色合いにすれば、むしろ可憐《かれん》で若々しい印象を与えることになるだろう。だが、その菊菱《きくびし》にも見える柄は、よく見れば花びらの代わりにバットが、花芯《かしん》にはグローブがかたどられているのだ。

「どう?」

感想を促されて、思わず顔を上げると、正面に座っていた柴田《しばた》有子《ありこ》は、いかにも得意そうな表情で、瞳《ひとみ》を輝かせて塚原を見つめていた。

「はあ——これは、まあ」塚原は老眼鏡を額の上に押し上げて、大きく息を吸い込みながら胸を反らせた。それから、ちらりと有子を見、改めて図案を目の高さに上げて眺め、「ははあ」と唸《うな》り声を出した。

「また、ずいぶん斬新なお柄と申しますか」

塚原の言葉に有子は肩をすくめてくすくすと笑う。そして、「そう言われると思ったわ」と、さも愉快そうに目を細めた。

——またか。

内心で溜息《ためいき》をつきながら、塚原は老眼鏡をかけ直し、もう一度図案を眺める。素人《しろうと》の有子がこれだけ丁寧な図案を描き上げるのには、相当な時間を要したに違いないのだ。野球のバットとグローブを、着物の柄に使おうなどという考えは、とてもプロでは考えつかない。それを思うと、とりあえず丁寧に鑑賞しなければ失礼だという気にもなる。

「そんなに下品にはならないと思うのよ」

「はあ、まあねえ」

「ちょっと見には、分からないでしょう？」

「そうですかねえ」

「でも、どうしても、この柄にしたいのよ、ね？　地色はね、椋実色《むくのみいろ》にして――」

あまり長い間、眺めているものだから、有子の声が少しずつ不安気になってきた。どのみち、塚原が何と言おうと、有子の気持ちが変わるはずもない。それは、これまでの経験から、十分すぎるほどに分かっているから、塚原はいい加減なところで顔を上げた。

「――何ですか、今度のお相手は、野球選手か何かで？」

塚原が見つめると、有子は娘時代と変わらない白い頬をぱっと染めて「いやあね」と笑う。二、三カ月前に、これまで二度ほど染め直してきた着物の練抜《ねりぬき》をしたいのだと言ってきたときの、やつれた顔はもうどこにもなかった。

「選手のはずが、ないじゃないの。私たちの年頃になって、まだ現役の選手なんて、いやしないわ」

「おや、さいですか。お若いお相手ということも、あるかと思いまして」

今度もまた、と言おうとして、塚原はそのひと言だけは呑《の》み込んだ。そんなことを言えば、有子の機嫌を損ねることは目に見えている。現に、その練抜をしたいと持ってきた着物は、一回り以上も年下の恋人のために作った着物のはずだった。そんなことを、塚原が忘れているとでも思っているのだろうか。

「若い人も、ときにはいいかも知れないけどねえ——やめたわ。まるで心の安まるときがないんですもの」

だが、有子は少しばかりはにかんだ表情で正直にそう言った。そして、今度つき合い始めた相手というのは、有子と同年代の、中小企業の社長なのだと打ち明けた。

「お茶会の帰りにね、お天気が良かったものだから、少し多摩川を散歩したのよ。そのときにボールが飛んできて、私、拾ってさしあげたの。それが、ご縁。草野球のチームの監督をね、してる方なの」

それで、こういうデザインになったのかと、塚原はようやく合点がいった。それにしても、飛んできたボールを拾うくらいで、そこから恋が芽生えるというところが、いかにも有子らしい。塚原が今年で五十になるのだから、かれこれ五十三にもなろうとしているはずの彼女が、今もって、そんな瑞々《みずみず》しい部分を保ち続けていることが、塚原にはいつもながら驚異だった。

「ねえ、だからね、今度は柄が柄だから、色は反対に甘めの、優しい色にしたいとも、思ってるのよ。地色が椋実色じゃあ、ちょっと渋すぎるのかしら、とか——」

それから有子は夢中になって色と柄の説明を始めた。返事だけは几帳面《きちようめん》に繰り返しながら、塚原は内心では半分くすぐったいような、照れ臭いような気分を味わっていた。染め上がり、仕立て上がった着物を着て、この気まぐれな未亡人は、浮き浮きと新しい恋人に逢《あ》いにいくのだろう。そして、これまでの何人もの男と同じように、彼は彼女の情熱に心打たれ、あるいは気圧《けお》されるに違いない。その時から、静かに男の競争が始まるのだ。有子とではない、有子の、着物に対する欲望との競争だ。

——男のために染めるのか、着物のために男を探すのか。

彼女がこんな表情で現れる度に考えることを、またもや頭に思い浮かべながら、塚原は、それからしばらくの間、有子の相手をしていた。話しているうちに、塚原の中でもこの図案をもっとも魅力的に見せる色合い、有子に似合いそうな柄の配置などについて、徐々に明確なイメージが出来上がっていく。

「そうね、確かに、塚原さんのおっしゃる通りかも知れない。くどくなっちゃ、粋《いき》じゃないわねえ」

塚原の説明を、有子はいつも感心した表情で聞く。そんなときの素直で謙虚な表情が好ましかった。そこは、塚原の工房の片隅にある小さな休憩室だった。古いし狭いし汚いし、およそ客を通せるような空間ではない。だが、かれこれ三十年以上もこの工房に出入りしている有子は、応接間よりも、この休憩室の方に通されることをいつも喜んだ。

「まあ、どのみち、難しいご希望では、ありますがね」

「――そんなに?」

わざとらしく溜息をついて見せると、有子は途端に不安そうな、拗《す》ねたような表情で身を乗り出してくる。そんなときの有子の顔は、彼女がまだ嫁ぐ前の、娘時代とまるで変わらなく見えた。

「実際に、袖《そで》を通されますか」

「そういうものしか、お作りにならないくせに」

有子はころころと喉《のど》の奥で笑いながら、膝《ひざ》の上に置いていた手を小さく振って見せた。確かに、最近の和服は鑑賞用としての意味合いが大分強くなってきた。和服という形を借りた、一つの絵巻物か絵画のようなものも決して珍しくはない昨今だ。和服の需要が減る一方で、これからの和服の生き残る道は、高級化、芸術化しかないと言い切っている職人も少なくはない。だが、それでもやはり、留め袖や訪問着の類《たぐい》ばかりでなく、以前は日常着として皆が着用してきた和服を、あまりにも高いところに押し上げてしまうことには、塚原は抵抗があった。どんなに美しい柄のものでも、着る人がいてこそ生かされる。着て、動いてもらってこそ、本当に美しく見えなければならない。それが着物だと、塚原は信じていた。

「当たり前じゃない。自分の好きな柄を染めていただくのよ。箪笥《たんす》の肥やしになんか、しませんよ。だからこそ、いつも染め替えていただいたり、してるんじゃない?」

有子の言葉に、塚原は目を細めてゆっくりと頷《うなず》いた。今日の彼女は、二、三年前に塚原の工房が染めた、からす瓜《うり》とあけびの柄の入った、深い緋色《ひいろ》の着物を着ている。お茶や踊りの師匠でも、ましてや花柳界の人でもないのに、日常着として和服を選ぶ人は、最近では滅多にいないに違いない。だが、彼女は「洋服が似合わなくなっちゃってるのよ」などと言って、いつも和服で過ごしている。

「苦心惨憺《さんたん》して思いついた柄なのよ。もう少し、褒めていただけるかと思ったのに」

「いや、それはもう、よくお考えになったものだとは、思いますがね」

勿論《もちろん》、塚原の工房で染めるものばかりを着ているわけではないに決まっているが、それでも有子という女性の着物道楽が、普通の着物好き女性のそれとは幾分違っているらしいことは、塚原も十分に心得ている。何棹《さお》も箪笥を増やし続けて、どれほど多くとも、五回も袖を通すことさえなさそうな着物ばかりをため込んでいく、そんな類のことは、彼女にはまずないと言って良いはずだった。子どものいない彼女は、娘や嫁に残すという思いもないせいか、若い頃にずいぶん気に入っていた着物でも、心のどこかで踏ん切りがつくと、あっさりと染め直しに出してしまうのだ。

「ねえ、無理なお願いじゃないはずね？　出来るでしょう？」

「――出来ないことも、ないとは思いますがねえ。しかし、まあ、型彫《かたほり》の職人さんがねえ、何と言いますか」

「あら、そんなに勿体《もったい》をつけないでよ」

「いや、勿体ぶっているつもりは、ございませんよ。何も、柴田さんに向かって、そんなことは、しやしません」

有子は「本当かしら」と言いながら、またころころと笑った。その声はあくまでも若々しく、塚原は、初めて有子がこの工房を訪れた頃のことを、ふと思い出した。彼女は母親につき添われて、いつも好奇心いっぱいの瞳で周囲を見回していた。

――地味でもね、きらりとどこか光るような、そういう柄にしてやりたいのよ。この子の個性がいちばん引き立つような。

有子の母親は、いつでもそんな言い方をしていたと思う。そして、塚原の父親は、いつも楽しげにそんな母娘《おやこ》の相手をしていた。現在の塚原と有子のようなやりとりを繰り返し、当時にしては斬新な図案を考えたり、色の冒険をしたりしていた。

「菊に見えても構わないけど、でも、ちゃんとバットとグローブにも見えなきゃ嫌なの。別に、難しいものじゃないはずよ」

今、有子は当時の彼女の母親以上に落ち着いて、つんと澄ました顔で「そうでしょう？」などと言ってのける。その表情には、やはり年齢相応の風格が備わっており、彼女の上を流れた年月を感じさせた。だが、次の瞬間、彼女は「ね？」と言いながら、途端に甘えた表情に戻るのだ。そんなとき、塚原はつい年甲斐《としがい》もなく、自分も二十歳代の頃に戻った気になってしまう。

「無理を承知でお願いしてるんじゃない？　いつだって、聞いてくださってるじゃないの」

「はあ――まあ」

彼女が、くるくると表情を変えながら、やがては自分の希望を押し通してしまう性質だということは、塚原は百も承知していた。

「白子《しろこ》町の職人さんて、いつも同じ方にお願いしていらっしゃるのかしら」

「まあ、大体は決まっていますが」

小紋を染める場合には、最初の段階でまず型紙の彫刻が必要だ。現在はスクリーンを熱で焼きつけて型紙を作る方法なども少しずつ増えてきてはいるが、基本的には手《て》漉《す》きの和紙を柿渋《かきしぶ》で張り合わせた地紙に、錐《きり》や小刀などで模様を彫る、昔ながらの手作業が中心になっている。数が減る一方の型彫職人は、現在は伊勢の白子町を中心に残っている、五百人程度の人たちがほとんどだった。だから、塚原の工房でも、図案が決まると、白子町に出向いて、その図案を職人と相談した上で、最終的に決めていく。勿論、いつも仕事を依頼する職人は一人きりではなかったが、基本的には長いつき合いの、信頼のおける数人の職人に依頼している。

「ねえ。何だったら、私も一緒に白子町へ行って、ご説明させていただいても構わないから」

有子は、わずかに身を乗り出して、真剣にこちらを見つめてくる。その瞳には、いつものことながら、ある種の凄《すご》みのようなものすら感じられた。だが、今日に限っては、それ以上の何か、ひどく思い詰めたようなものを感じて、塚原は思わず「おや」と密《ひそ》かに首を傾《かし》げた。これまで、もっと無茶な図案を描いてきたときだって、これほどまでに彼女が真剣になったことはないと思う。

――つまり、今度の男は本命というわけかな。

いつの間にか、有子の膝の上できちんと揃えられていた手は、握り拳《こぶし》を作ってハンカチを皺《しわ》くちゃにしていた。

「それには及びません。大丈夫ですよ、何とかなるでしょう」

　結局、塚原はそう答えていた。無論、勿体をつけたつもりなどはないし、有子の依頼を断るつもりなども毛頭ありはしなかった。だが、彼女がこうして新しい図案を持ち込んでくる度に、塚原の中では簡単に彼女を喜ばせたくない気持ちが働いた。そう簡単に、有子の新しい恋を形にしてなるものかという、少しばかり意地の悪い、ささやかな抵抗があったのだ。

「きっと聞いてくださるって分かってるんだけど、でも、そんなに難しい顔をされると、やっぱり心配になっちゃうわ。恩に着ます」

　ほっとした表情で小さく手を合わされて、塚原は慌《あわ》てて「いやいや」と顔の前で手を振った。彼女のためならば、本当はどんな無理でも聞いてやりたいと、結局のところ塚原はいつもそう思っていた。

2

　有子が帰った後、彼女が置いていった図案を抱えながら長い廊下を戻りかけると、途中の部屋から声をかけられた。

「柴田の奥さん、また新しいコレが出来たんじゃないのかね」

今では塚原の工房でいちばんの古株になった職人の沼田《ぬまた》が、仕事の手だけは休めずにこちらを見ていた。塚原の代で五代目になる、この染小紋の工房で、塚原の父親の代から働き続けている沼田は、有子のことをもちろんよく知っている。

「どうも、そうらしい」

塚原は、小脇《こわき》に抱えていた図案を振り上げ、わずかに肩をすくめて見せた。既に六十を過ぎている沼田に、何を隠す必要もありはしない。沼田のみならず、この工房で共に長い年月を過ごしてきた職人たちは、皆、家族も同様だった。

「今度は、バットとグローブだとさ」

塚原の言葉に、しごきと呼ばれる地色染めにとりかかっていた沼田は「へえ」とわざとらしいほどに顎《あご》を引いて見せ、「今度は野球選手かい」と塚原と同じことを言って笑った。

「しかし、正直な人だよなあ。男が替わるたんびに新しい着物を染めてだよ、そいつと何かあるごとに、染め直す。やれ、男が海外から土産を買ってきてくれた、二人で旅行したときの夕日がきれいだった、喧嘩《けんか》したたって。なあ」

沼田の言葉に塚原は思わず苦笑して頷いた。確かに、彼の言う通りなのだ。こちらとしては丹精込めて染め上げた作品を、あっという間に染め直しに出されるのは、とてもではないが、そう嬉《うれ》しいこととは言い難い。だが、有子はそんなことにはお構いなしに、最初に染め上げた反物に、必ず何かの細工を増やしていきたがるか、または何の惜しげもなく、真っ白い布地に戻してしまおうとすることさえある。

「ほら、何年前だったかな、ブルドッグのが、あったろう。あれだって、次に染めたら貝殻でよ、最後には、何だ、あれ、ほら」

「メリーゴーラウンド」

「そうそう、あれの柄だったよなあ」

しごきとは、着物の柄となる部分を型づけされた布の、今度は地の部分を地色糊《じいろのり》を使って染めていく作業をいう。長板に張られて、色糊で絵柄を塗られた布をよく乾かし、その後、板からはがした布に、ローラーを使って地色糊を均等に塗りつけるのだ。地色糊は型づけされた柄を隠し、一瞬、すべてを呑み込んで布を一色にしてしまう。反物は、さらに上から大鋸屑《おがくず》を振りかけられて、糊が他に付着しないようにされた上で、一定の幅に折り曲げながら竿《さお》に取って蒸される。そこで初めて、色糊は布に染まっていく。

「それにしても、よくもまあ、次から次へと新しい相手が現れるもんだよな」

大鋸屑のついている布を均等の幅に折り曲げながら竿に取る作業をしていた沼田は、そう言うと声を出して笑った。ローラーの向こうで地色糊をつける作業をしている職人も、にやにやと笑っている。

「まったく、あの奥さんには苦労させられますよねえ」

有子は、塚原の工房ではいちばんの有名人といって良かった。

「あのブルドッグだって、大変な騒ぎだったのに。その前は、何だった」

「時計だよ。柱時計さ」

塚原が答えると、沼田は「ああ」と何度も頷き、「ありゃあ、この上もなく大胆だったな」と笑った。塚原は、自分も苦笑しながら、地色糊を塗りつけられた反物の上に自動的に大鋸屑が降りかかるようになっている容器に、補充の大鋸屑を入れた。あらゆる意味で、染色業は身体《からだ》の汚れる仕事だが、大量の地色糊を使い、細かい大鋸屑が飛び散るこの作業が、もっとも職人の衣服や身体を汚す。

「しかし、まあ、暇と金があると、ろくなことを考えつかねえっていうのかな。さっさと再婚でもすりゃあ、よかったんだろうに」

沼田がしきりに言うのを背中で聞きながら、塚原はゆっくりとその部屋を出た。

——再婚してたら、ここには来なくなってたかも知れないがな。

二十四歳でかなり年上の資産家に嫁ぎ、子どもに恵まれないままに、三十九のときに未亡人になった柴田有子は、その後は再婚もせずに気ままに暮らしているらしい。夫が相当な財産を遺《のこ》したらしく、生活には一向に困らないからこそ、彼女は現在もこんな生活を続けていられる。

「気ままがいちばん。私って、家庭的じゃないのよね」

再婚の話もあるにはあったが、どれも断り続けてきたという彼女は、あるときそんなことを言っていたことがある。それは、塚原にも分からないではなかった。だが塚原は、本当は有子が常に何かを求め続けているような気がしてならなかった。静かに、ひっそりと、彼女は足掻《あが》き続けているように思える。だからこそ、かれこれ十五年近くもの間、彼女は次々に新しい恋を見つけ、その度に数え切れない程の反物を染めては抜き、抜いては染めてきているのだ。

――彼女の求めるもの。

それは、柱時計でもブルドッグでも、ましてやバットやグローブなどでもないに違いなかった。そんなものに彩《いろど》られた思いでも、それらのものを彼女に見せた男たちでもない。だからこそ、彼女は最後の最後には、幾度も染め直し、男との思い出の記録となっている着物をすべて純白に戻して、ごく平凡な普段着に染めてしまう。だが、では何を彼女が求めているのか、それは塚原には分からなかった。

――まあ、俺には関係のない話だ。

型紙を保存する部屋、色糊を調合する部屋、また型づけをする部屋と、工房は幾つもの部屋に分かれている。それぞれに、ある程度のスペースを必要とするし、昭和三十年代頃までは数十人の職人がいたから、工房は広々としていた。だが今、その広さこそが塚原の両肩に重くのしかかってきていた。都内でこれだけの広さの土地を維持していくだけでも、並大抵なことではない。

――いつまで、この土地であの人の着物を染められるか。

板場の窓から入り込む陽射《ひざ》しは、白い磨《す》りガラスを通して、一日中雪の日の午前中のような印象を与える。外は、そろそろ秋の午後の赤みを含んだ光に満ち始めているはずなのに、やはりここは白々と淋《さび》しげに見えた。塚原は、今日中に終わらせてしまわなければならない型づけの続きを始めた。

江戸小紋の流れをくむ東京染小紋の技法を守り続けている業者は、このところ年々その数を減らしている。出来上がった型紙は、予《あらかじ》め下湯のしをした縮緬《ちりめん》などの白生地《し》を長板に張ったものにあて、染料と糊とを混ぜ合わせた色糊や、そこにだけ染料が染みないようにするための防染糊を置くのに使用する。様々な柄に彫られている型紙の、穴になっている部分だけ色糊が通り、生地の上に乗るという、単純な理屈だが、実際に均等に色糊を置いていく作業は、理屈ほどには簡単にいかない。一カ所に色糊を置くと型紙を外し、その柄を連続させるために、隣に型紙をつなげて置く。勿論、目印はあるのだが、そのときに柄が途切れてはならないし、ぶれてもいけない。ある程度の長さしかない型紙を使って、永遠すら感じさせる流れを作る、その型づけという作業が小紋の生命といっても良い。

——それにしても、バットとグローブを菊菱に見立てるとは。

膝の高さ程度の長板の上に、ほとんど腰を直角に曲げて身を乗り出し、へらを使って真っ白い生地の上に、まず防染糊を置いていく作業を続けながら、塚原はまた有子のことを考えた。今でも、塚原の中には、初めて有子と言葉を交わしたときの印象が鮮明に残っている。

——羨《うらや》ましいわ。私なんか、結局は人任せの人生だもの。ずっとずっと、誰かのお荷物でいなけりゃならないのよ。

確か、有子はそんなことを言った。彼女の母親が何度目かに有子を連れてきた折、工房を見学したいと言い出した彼女を、塚原が案内していたときのことだった。

「それに比べたら、あなたは幸せよ。生まれつき、生き甲斐を与えられる環境にいるっていうことでしょう？」

まだ二十歳になるかならないかという年齢だった塚原に対して、有子は幾分年上ぶったものの言い方をした。当時の塚原は、父親の望む通り家業を継ぐ決心こそしたもののの、来る日も来る日も染料や大鋸屑にまみれ、水浸しにならなければならないこの仕事が、嫌でならなかった。時代遅れも甚《はなは》だしい、手間ばかりがかかって報われることの少ない、こんな仕事をしている家に生まれついたことを、身の不運と考えていたものだ。

「でも、好きこのんで、こんな仕事をしているわけじゃないし。天職っていうか、本当は僕は、そんな仕事を探したかったんだけど」

若かった塚原は、相手が得意客の娘だということも忘れて、ついそんな本音を洩《も》らした。すると、有子は「あら」と言って、ひどく驚いた顔になったものだ。

「これが天職なんじゃないの？」

「親の仕事っていうだけです」

「でも、あなたの身体の中にも、代々染め物をやってきた家の血が流れているんでしょう？　きっと、そのうちに気がつくわよ」

毎日が長くて、憂鬱《ゆううつ》でならなかった塚原は、有子の確信に満ちた表情を、一瞬呆気《あっけ》にとられて眺めていた。後から聞けば、あの当時は既に見合いの話が進んでいたらしい彼女の横顔は、自分のことをお荷物などと言う割には、とても輝いて見えた。その後も何度となく彼女の言葉を思い出して日々を過ごすうち、いつの間にか塚原は、この仕事が自分の天職なのかも知れないと思えるようになっていた。その頃には、彼女は既に嫁いでいて、現在の柴田という姓に変わっていた。

——今度は、主人のお荷物になったわ。

初めて一人でこの工房へ来たとき、彼女はそんな言い方をして、やはりほんのりと笑っていた。持ち主が親から夫へ変わっただけのことで、自分はいつも人の意思で生きているのだと、そんなことも言った。少しずつ、仕事が面白くなり始めていた塚原は、男と女の違いがあるにせよ、そんな人生が面白いものだろうかと思ったものだ。

色糊は、すぐに黴《かび》が生えてしまう。それに、同じ色糊を使うものについては、一日のうちに作業を済ましてしまわなければ、仕上がりの色が、もう微妙に変わってしまうものだった。渋紙で出来ている型紙は、水分の度合いによって収縮するので、これもまた、微妙に柄の大きさが合わなくなる可能性がある。だからこそ、注文の多少にかかわらず、作業は常に手早く進めなければならなかった。

——あの人はもう、誰のお荷物にもなりたくないんだろうな。

型紙の上から防染糊を置く作業を淡々と進めながら、塚原はそんなことを考えた。背後から、今年で三年目になる若い職人が、小さく咳《せ》き込むのが聞こえた。昔は職人の数も多かったから、常に静かなエネルギーに満ちていたはずのこの仕事場も、今は幾枚もの長板を並べられるだけの広さが、かえって淋しく感じられる。その空間に、若い職人の咳がこん、こん、と溶けていく。他に、あと二人の職人が黙々と仕事に励むだけの部屋には、空虚ばかりが広がっていた。

――俺の天職も、結局は時代と人様次第ってことだ。

東京都内にだって、創作着物などにも意欲を見せ、今でもかなりの職人を置いている工場が残っていないというわけではない。だが、塚原のところでは、もう沼田を入れて七人が働くだけになった。それが、現在のいわゆる東京染小紋と呼ばれる伝統工芸の世界の現実だ。

「なあ、聞いてる？　マジでさ、マンションに建て替えるんなら、今がチャンスなんだってば」

その日の夕食のとき、塚原がビールを飲みながら有子の持ってきた図案のことを考えていると、長男に腕を叩《たた》かれた。それまで生返事を繰り返していた塚原は、面倒臭さに顔をしかめながら、来春には大学を卒業する予定の息子を見た。

「その話は、聞き飽きた。だから、マンションに建て替えて、工房はどうする」

「だから、前から言ってるだろう？　上をマンションにしてさ、下は工房のままだって、いいじゃないか」

塚原はついに自分の考えを中断し、大きく息を吐き出した。不景気のせいで思ったような企業に就職する目処《めど》のつかなかった息子は、最近とみにこの土地のことを口にするようになった。

「これだけの土地があれば、銀行だってすぐに融資してくれるはずだろう？　家賃が入るようになれば、借金なんて、すぐに返済出来るんだしさ、その後のことを考えたら、これだけの土地を、無駄ばっかり多い、今の工房のまんまにしておくっていう手はないよ」

ほんの数年前、塚原が一度ならず工房の移転について提案したときには、この息子は猛反対をした。ここが自分の故郷だとか、マンションなど味気ないなどと言っていたくせに、自分が普通のサラリーマンになると決まって以来、そんなことはすっかり忘れ果てたと見える。

「そうなればさ、まず経済的な不安は解消されるわけだろう？　親父《おやじ》だって生活のことを考えないで、のんびりと好きな着物だけ染められるじゃないか。職人っていうよりもさ、芸術家になって」

馬鹿《ばか》を言え、と、鼻で笑いたい気分で、塚原は冷ややかに息子から目を逸《そ》らした。彼が家業を嫌っている、どこか恥じている風さえあるということを、塚原は知っている。だからこそ、職人ではなく芸術家になれと、そう言われている気がした。

「たとえばマンションに建て替えるとして、だ。工事の間は、どうするんだ。いくら仮の工房を探すっていったって、それ相応の広さの土地を確保しなけりゃならん」

「ちょっと地方に行けば、土地なんか幾らだってあるよ」

「マンションを建てるのに借金して、その上、工房の分まで借りるとなったら大ごとになる。それなら、いっそのことこの土地は手放した方がいいんだ」

こんな話はこれまでだって嫌というほど繰り返してきた。そうすぐに結論の出ない問題だと分かっているから、塚原はなるべく考えないように日々を過ごしている。

「駄目だよ、手放すなんて。今、土地を売るなんて損だよ。大損」

伝統工芸と言われつつ、これだけ衰退してきてしまっているこの仕事を、これ以上後の代にまで継がせる自信は、正直なところ塚原にはなかった。だからこそ、長男が普通の大学に行きたいと言い出したときにも反対はしなかったし、出来ることならば、他の生き方を見つけてもらった方が気持ちが楽になるとも思ってきた。

「売る必要なんて、ないって。有効に使おうって言ってるんだよ。俺が跡を継がない以上、遅かれ早かれ、親父の代で、うちの商売も終わるわけだろう？」

「――――」

「どう考えたって、長くて、まあせいぜい、あと二、三十年ももちゃあ、いい方じゃないか」

「――――」

「その先のことを考えるのが、親の義務ってもんだろう？　今みたいに馬鹿広い工房なんて、無駄じゃないか。マンションに入ってるんだったら、親父が仕事をやめるときには、他の用途に使えるような工夫をしてさあ」

だんだん嫌な気分になってくる。まるで、倅《せがれ》に自分の寿命をはかられているような気がして、塚原は空になったビール・グラスをテーブルに戻し、むっつりと黙りこくって腕組みをした。息子は疑わしげな表情で、そんな塚原の顔を覗《のぞ》き込んでくる。

「いつだって、税金だけでも大変だって言ってるじゃないか。だから有効に使おうよ、ねえ。そうすれば、俺だってあくせく働く必要もなくなるんだしさあ」

あくせく働くサラリーマンの道を選んだのは、息子本人だった。高校生になったばかりの頃までは、この倅だって半ば諦《あきら》めた口調で、家業を継ぐようなことを言っていたのだ。なのに、無理に家業を継ぐ必要もないと分かったときから、彼は、この土地で仕事をし、生きてきた塚原の父祖や、江戸小紋のことを忘れてしまった。

「それに、俺が継がないんだったら、わざわざ地方に移り住むのだって無駄だよな。買うにしても借りるにしても、染め物で元は取れないだろう？」

　世の中の流れを止められないことは、塚原にだって良く分かっている。特に、ここ三十年ほどの間に、これほどまでに衰退してしまった着物の文化を、もう一度見直そうといっても、それはごく一部の限られた人間が提唱するばかりで、二度と一般には浸透しないに違いないのだ。

「どんと、だよ。どおんと、でかいマンションを建てたらさ、俺、二世代ローンだって構わないよ。賃貸にすれば家賃収入があるんだし、何しろここは一等地なんだから、簡単に返せるしさ」

　せっかく塚原の代まで受け継がれてきた家業を、長男が積極的に断ち切ろうとするような素振りを見せるとき、塚原は自分が間違った選択をしただろうかと思わざるを得ない。継がせたくないと思うのは、倅の未来を思ってのことだ。だが、父祖に対して申し訳ないという気持ちが簡単に拭《ぬぐ》えるはずもない。

「じゃあ、よそに工房も作らない、ここはマンションにするっていうんだったら、仕事はどうする。工事中は仕事は出来ないことになるんだぞ」

「いいんじゃ、ねえの？　再開する頃には、注文だって来なくなってるかも知れないんだしさ。どうせ時間の問題なんだから。うちが少しくらい早く手を引いたからって大勢に影響はねえよ」

「馬鹿にするなっ！」

つい、怒鳴り声を上げていた。黙ってやりとりを聞いていた女房が「あなた」と眉《まゆ》をひそめる。高校生の長女も怯《おび》えた顔で「やめてよ」と言った。普段、滅多に大声など上げたことのない塚原が急に怒鳴ったことで、息子までがきょとんとした顔になっている。

「おまえが跡を継がないのは、おまえの勝手だ。だが、だったらおまえに、この工房のことについて口出しをする資格はないっ。いくら楽をして生きたいか知らんが、ここをあてにしてもらっては、困るんだぞっ」

一生の仕事というものを、ただ食い扶持《ぶち》を稼ぐための手段としか捉《とら》えていない息子に、染料や大鋸屑でべたべたに汚れながら、黙々と同じ作業を続けていく職人の気持ちなど、分かるはずもなかった。いくら、傍らで見てきているとはいえ、彼はその世界を嫌った人間なのだ。

「俺は、可能な限り続けるからなっ。うちの着物を着たいという人がいて、うちで染めたいという人がいる限り、やめんからなっ！」

ぽかんとしている家族を睨《にら》み回すと、塚原は荒々しく鼻息を吐き出し、黙ってご飯茶碗《ちやわん》を女房に差し出した。女房は、いつもの陰気臭い顔をしかめたまま、黙って茶碗を受け取った。重苦しい雰囲気の中で、食器の触れ合う音だけが響いた。

――俺の天職を、そう簡単に奪われてたまるか。

この思いを、一体誰にぶつければ良いものかと思いながら、塚原の頭の中では、再び有子が残していった図案が回り始めていた。

3

それから約二カ月後、有子は満面の笑みを浮かべて、バットとグローブの柄が細かく飛んでいる反物を持って帰った。そして、年が替わり、春が来る頃には、それは再び塚原の元に戻ってきた。今度は、地色よりも幾分濃い色で、裾《すそ》の部分にだけ数カ所、メガホンの柄を足して欲しいという注文だった。塚原は、一応渋って見せた後、結局彼女の希望をかなえることにした。

「テーマは、野球のまま、ですか」

　これまでは、突拍子もない変更を言われることの方が多かった塚原は、拍子抜けした気分で有子を見た。

「だって、あの人はもう野球に夢中なの。プロでも何でもない、ただの草野球だっていうのに」

　有子はそう言ってくすくすと笑った。休みといっても野球ばかりで、せめて応援にでも行くくらいしか、出来ることもないのだと言う彼女は、やはり言葉とは裏腹に表情を輝かせ、幸福そうに見えた。

　――こういう人がいる限り、俺はこの仕事をやめられない。

　顔では渋った素振りを見せながら、塚原はそんな思いを新たにしていた。そして、彼女に感謝していた。

　ところが、新しい柄の加わった着物を持ち帰ってからというもの、有子はふっつりと姿を見せなくなった。夏が過ぎ、秋が来て、とうとうその年はそのまま終わってしまった。塚原は仕事に追われ、今や娘や女房までが口を揃《そろ》えて建て替えを主張するようになった日々の暮らしの中で、時折彼女のことを思った。こんなに長い間、顔を出さなかったことは、かつて一度もなかった。普段は筆忠実《ふでまめ》なはずなのに、今年はとうとう賀状の返事も届かなかったのだ。

「今度は、なかなかドラマがねえのかな」

東京にも何度か雪が降り、やがて春が来た。

「ほら、柴田の奥さんさ。ここんとこ、とんと姿を見せねえだろう」

ある昼下がり、どこからか舞い飛んでくる桜の花びらを眺めながら、沼田が思い出したように口を開いた。このところ坐骨《ざこつ》神経痛の具合が良くないと嘆いている熟練職人は、短くなるまで煙草《たばこ》を吸いながら、空を眺めている。

「ああいう人がよ、もっといてくれりゃあ、この商売も、もうちったあ面白くなるんだろうがな」

春の風に煙草の煙が流されていく。じっとしていれば、まだ幾分肌寒く感じる空気の中で、塚原は自分もぼんやりと遠くでカラスが鳴くのを聞いていた。

「今の連中は染め直すことさえ知らねえってぇんだからな。ああいう人は、滅多にいやしねえんだろうけど」

「染め直すなんて、洋服にはない知恵なんだがねえ」

塚原も溜息《ためいき》をつきながら頷いた。

「ただでさえ不景気でふうふういってる世の中なんだからさ、バブルの頃に買いあさった反物を染め直そうってぇ有閑マダムが出てきても、良さそうなもんだわな」

「そうだな。展示会を開いたって、前みてぇには売れやしないってぇんだから。新しいのを買えないんなら、染めてくれりゃあ、いいよなあ」

「呉服屋が、そういう知恵を授けねえのかな」

工房の中庭は、ぽかりと広がった日溜《ひだ》まりだった。塚原は沼田と並んで腰を下ろしながら、また溜息をついてしまった。

昨年の春に就職した長男は、この春からは違う職につくことになった。最初に就職した会社は、一カ月後には「自分に向いていない」ことが分かったのだそうだ。そして、半年後には、あっさりと辞めてしまった。塚原は、息子の言いなりになって二世代ローンなど組まなかったことを、正解だったと思った。

「だいたい、あの着付け教室ってぇのが、曲者《くせもの》だよな。何だか知らねえが、とんでもなく手間のかかる着方を教えるんだろう?」

「ちょっと前なら、その辺の婆《ばあ》さんなんか五分もかけずに着てたものをさ、タオルを巻いたり道具を使ったりして、仰々しくやるんだよ。だから、着物は面倒だ、難しいってことになったんだろう」

本当は、あまり悪口も言えないのだ。大手の着付け教室は、必ずといって良いほど大きな呉服屋と提携している。そして、生徒たちに積極的に新しい着物を作らせる。教室に通えば通うほど、生徒は着物に対する欲も出てくるから、結局は借金をしてでも着物を買うようになっているらしいという話を、塚原も聞いている。

「そういう場所があるから、まだ売れてるってぇ現実も、あるにはあるんだがなあ」

「それにしたって、今どきの娘ってえのは皆でかくなっちまって、一反じゃ足りねえっていうのがざらにいるんだから、反物の長さから、仕立てから。そうでなくたって、機械の入れ方から工場の場所からさ、いろんな部分で考え直す時期にゃあ、来てるんだろうよ」

沼田の言葉に、塚原は内心でどきりとしながら隣を見た。穏やかな横顔を見せて、のんびりと煙草の煙の行方を眺めていたらしい熟練職人は、塚原の視線を感じたのか、ちらりとこちらに目を向けると、口元だけでわずかに笑った。諦めたような、静かに疲れた笑顔。

「――考え直す、なあ」

「こっちの先行きに不安さえなけりゃあ、誠くんにだって、ちゃんと跡を継げって言い出せるんだろうにな」

塚原の口から、息子についての何かを聞かせたことは一度もない。だが、ほとんど家族同様に暮らしてきた沼田が、気づかないはずがなかった。あいつの目には、この工房は札束にしか見えてねえみたいだ」

「駄目だろうよ、不安がなくたって。あいつの目には、この工房は札束にしか見えてねえみたいだ」


塚原さえ決心すれば、ここに大きなマンションを建てられる。そうなれば、息子もあくせくと嫌な仕事をせずに済むし、女房や娘もそれを望んでいる。そう考えると、広いばかりの古ぼけた工房など、手放してしまっても構わないのではないかという気にさせられる。

「あら、お揃いでひなたぼっこ？」

ふいに声をかけられて、顔を上げると、生け垣の向こうから女の顔がひょっこりと見えていた。有子だった。もう十年近くも前に塚原の工房で染めた、春あざみと母子《ははこ》草《ぐさ》の柄の、玉虫色とでもいうのか、薄く紫のかかった渋めの緑の地の着物を、彼女は実にきれいに着こなしている。帯の色もよく合っていた。塚原は急いで立ち上がりながら、一瞬にして心の雲間から薄日が射《さ》した気がした。

「噂《うわさ》をすれば、だ」

足元から沼田が小声で囁《ささや》く。塚原は、彼を振り返って、ずいぶん深い皺《しわ》が入るようになってきたその小さな顔に向かって笑った。

「すっかりご無沙汰《ぶさた》しちゃったんだけど、あのね、去年、染めていただいた、あれなんだけど――」

いつもの休憩室に通すと、有子は少しの間雑談をして、それからもじもじと恥ずかしそうに、持ってきた包みを開いた。塚原は、彼女が何と言うのか分かっていながら、黙って彼女の話を聞く姿勢になっていた。

――こうしているだけで、この人の一年が分かる。

塚原の工房で生まれる反物のほとんどは、問屋を通して全国の呉服屋に届けられる。中には問屋を通さずに、直接注文をしてくる呉服屋もあったけれど、それすら特別な方だったから、ましてや個人的にやってくる客などは、数えるほどしかいなかった。その中で、この有子は特別な存在だった。ほんの時折やってくるだけで、塚原は彼女の人生をほとんど把握していると思っていた。

「何ていうのかしら――少し、手を加えていただけたらなあって思って」

毎度のことなのに、有子は妙に神妙な表情で、ひどく言い淀《よど》みながら、やっとのことで口を開いた。塚原は意外な思いでそんな彼女を眺め、ほんの一年ほど見ない間に、彼女の上に訪れた老いが、これまで以上の早さで彼女を変化させていることに、改めて気づいた。わざわざ懐《なつ》かしい着物を着込んで、懸命に若々しく、春らしく見せてはいるが、その表情からは以前のような輝きは失《う》せ、心なしかその瞳《ひとみ》さえ、何かに怯えて震えているように見える。

——終わった、のか？　だが、彼女は「手を加える」と言った。

ちょうど女房が茶を運んできた。元々、あまりそりの合わないタイプらしい二人の女は、これまでにも親しく言葉を交わすということがなかったが、今日、緊張に強《こわ》ばった有子の表情は、よそよそしいという以上の何かを感じさせるものがあった。「どうぞ」と言いながら茶を差し出す方の女房も、いつもの有子と雰囲気が違うことに気づいたのか、塚原に妙な視線をよこす。そして、愛想の一つも言わずに、そそくさと出ていった。

「手を加える、と申されますと——どの程度の」

久しぶりに眺める着物を前にして、塚原は注意深く有子を観察しながら口を開いた。

「それが——そうねえ——」

どうも、いつもと様子が違いすぎる。夫に先立たれたときだって、淋しそうではありながら、それでも薄い笑みなど浮かべて「慣れるわ、じきに」と言っていた彼女が、今回に限って、すっかり途方に暮れた表情で、ただ一点を見つめているのだ。塚原の中で、にわかに不安が広がっていった。三十数年ものつき合いの中で、こんな彼女は見たことがない。

「それが、分からないの」

やがて、有子は決心したように顔を上げた。顔からは血の気が失せて、わずかにほつれているびんの辺りには白髪が目立つ。目元の小皺も、これ程までに深かったかと思うほどだ。

「分からないんです――どんな柄にすれば、いいのか」

繰り返して言った後、彼女はついに唇を噛《か》み、塚原から視線を外してしまった。塚原はますます不安になり、焦《あせ》りを感じた。彼女の、この一年が見えてこない。決して喜ぶべき状況ではないらしいことくらいは、簡単に見て取れる。だが、それでもなお、彼女はこの着物に執着しているのだ。すべてを純白に戻してしまおうというつもりはないのだ。それが何を意味しているのか、塚原には読めなかった。

「――つかぬことをうかがいますが」

しばらく沈黙が続いた後で、塚原はようやく自分から口を開いた。それしか方法が見つからなかった。

「例の、この着物の方、とは――」

有子は、疲れはてた表情を塚原に向け、無理に笑おうとしたらしかった。今にも泣き出されるのではないかと、塚原は冷や冷やした。だが、よく見れば、彼女の瞳の奥には、一種異様な炎が揺れている。

「続いているわ、勿論《もちろん》」

やがて彼女は大きく息を吸い込んだ後で、早口に言った。塚原は、ただ有子を見つめていた。

「だからね、こうして持ってきましたの。染め直しをお願いして――弾みを、つけようかと思って」

「ああ、すると、少し、倦怠期《けんたいき》とでもいいますか、いわゆる、そういう感じに、差し掛かりましたか――」

いつもの有子ならば、倦怠期などという言葉を聞けば、ころころと笑って「まさか」と言ってくれるはずだった。だが、彼女は口を噤《つぐ》んだままだった。

「じゃあ、ですね。まあ、野球からは少し離れて、他の思い出ですとか、または、ええ――」

「切る、弾み」

続きの言葉を探していた塚原は、一瞬、彼女の言葉の意味が分からなかった。だが、潑剌《はつらつ》とした若さを失った代わりに、年月を経た者だけが達し得る落ち着きと風格を備えた有子は、塚原から視線を外すことなく、「切るの」と同じ言葉を繰り返した。

「これまでみたいに、ただ手を振って別れるわけには、いかないのよ。何もなかったことにして、きれいさっぱり忘れましょうって、そういうわけには、今度ばかりは、いかなくなったの」

有子はある決意を秘めた表情で呟《つぶや》いた。

「今までのような素敵な別れ方なんて、到底無理なの。私、あの人を恨んでるのよ。恨んでる、許せないから、まだ続いているの」

塚原の両の腕をぞくぞくとする感覚が駆け上がった。こんな有子は、かつて一度として見たことがない。人知れず生唾《なまつば》を飲み下しながら、塚原は有子の視線を受けとめるだけで精一杯だった。

「あの人は、私の主人が遺していった財産のほとんどと、私のプライドと、ささやかな夢と——何もかも、奪ったわ。それも、どこかの若い女のために。離婚歴があるというのも嘘《うそ》だった、会社を経営しているというのも嘘。全部、全部、嘘。本当は奥さんも子どももいる、ごくごく普通の勤め人だったの」

そこまで言ったとき、初めて有子の表情が大きく歪《ゆが》んだ。塚原は、頭の片隅ではありそうな話だと思いつつ、よりにもよって、この有子がそんな目に遭わなくても良さそうなものだと思わないわけにいかなかった。

「――それは、まあ」

「娘だって言われて、私、馬鹿みたいに、あの人の若い愛人に、母からもらったサファイヤの指輪までプレゼントしたわ。だって、本当に娘さんだとばかり思ったから、好かれたい、仲良しになりたい一心で。私にも、こんな年頃の娘がいたっておかしくなかったんだと思ったからこそ、大切にしようとまで思ったのよ！」

ついに彼女は堰《せき》を切ったように泣き崩れた。塚原は呆気《あっけ》にとられたまま、襟元からのぞく有子のうなじを見つめていた。ふつふつと、腹の底から怒りが湧《わ》き上がってくる。泣き声が聞こえたのか、女房がそっとドアを開けて顔をのぞかせ、有子が泣き崩れているのを認めると、不愉快そうな、疑わしげな顔で塚原を見た。塚原は、野良犬《のらいぬ》を払うように手を振って、その顔を引っ込めさせた。

「――だから、決心したいの」

やがて、しばらく泣いた後で、有子はハンカチで目元を押さえながら顔を上げた。涙声のまま、またもや「切りたいの」と言われて、塚原はただ腕組みをしていた。頭の中では何かが駆け巡ってはいる。だが、それをどうやって彼女に伝えれば良いか、その方法が分からないのだ。

「柄は、塚原さんにお任せします――私、このままじゃ引き下がれない。どうしても。けれど、ずっと引きずりたくもない。どうすればいいのか、分からないんだけど――でも、絶対にこのままじゃあ」

「――分かります」

「せっかく、主人が遺してくれたものを、あんな男と小娘にむざむざとだまし取られた――そんな思いを断ち切るための、何かの励みにしたいんです」

塚原は、有子の涙が乾くのを待った上で、あれこれと考えあぐねた挙げ句、任せて欲しいと言った。彼女は、初めて少しばかり安心した表情になって、「急ぎませんから」とだけ言うと、かつてないほどに丁寧に頭を下げて帰っていった。

その夜から、塚原は遅くまで工房に残って図案を考え始めた。こんなにもあれこれと思いを巡らし、普段の着物の柄を考えるときとはまるで異なる脳を使っている気分になったのは、おそらく生まれて初めてのことだった。

――あの人は、いつも幸福に向かって走っていなければならない人だったのに。

十日以上、ほとんど夜も眠れない状態が続いた。目を瞑《つむ》っても、有子の泣いている姿ばかりが思い浮かぶのだ。早く、新しい柄を染めてやらなければ、早く救ってやらなければと思うと、塚原は夜中にでも布団《ふとん》から跳ね起きた。

「なあ、親父。俺さあ、やっぱり、思うんだけど、今が本当のチャンスだと思うんだ。この低金利の時代にさ、思い切ってマンションに建て替えようよ、なあ」

　女房の話では、再就職した会社も「思っていたのとちがう」と文句を言っているらしい長男は、塚原が食事にも顔を出さないので、わざわざ工房にまで出向いてきて、そんな話をするようになった。

「マンションにしてさ、下にテナントを入れるのはどうかと思うんだ。俺、そうしたら店を持ちたいんだよ。実は、前からさあ、やりたいと思ってたことがあるんだよ。やっぱり俺、会社勤めには向いてないみたいだし、そういう親父の姿を見て育ってないわけだしさあ」

「好きにしろ」

　ある晩、疲れはてた頭にがんがんと話しかけられて、塚原はついにそう答えた。今はとにかく、有子の着物さえ染められれば、そこでこの仕事をやめにしても良いとまで考えるようになっていた。

「本当かよ、ねえ。親父、賛成してくれるんだね？　マジで、決心するんだね？」

　息子は、塚原の返事が急に変わったことを最初は訝《いぶか》り、それから、すっかり有頂天になった表情で塚原の肩を叩いた。塚原は、重い頭をゆっくりと振り、「好きに、しろ」と繰り返した。

「――その代わり、ローンは長くなるんだからな。父さんの続きは、おまえが払っていくんだぞ」

「任せろって。家賃収入だってあるんだから、大丈夫だよ。じゃあ俺、もう会社なんか辞めて、すぐに店を出す準備に入るぜ。後から気が変わったなんて言われても、後戻り出来ないんだからな」

息子は興奮した表情で、半ば脅すような言い方をすると、足早に工房から出ていった。塚原は、息子にどんな返事をしたかをゆっくり吟味する余裕もなく、再び有子の着物へと気持ちを戻した。

翌月、塚原は白子町の型彫職人の元を訪ねた。やはり、数十年来のつき合いになる職人は、塚原の持っていった図案を見るなり、にやりと笑って「また、例の人の着物ですか」と言った。だが、塚原は愛想笑いを返すのが精一杯だった。頭の中ではもう、練抜に出して白生地に戻った着物に型づけするときの手順が駆け巡っていた。

――彼女のために染める。あの人のためだけに染める、これが俺が染める、最後の小紋になる。

思えばこれまでだって、塚原は有子の着物を染めるとき、いつも彼女の顔ばかりを思い浮かべていた。それが、誰に買われることになるか分からない小紋を染めているときとの、いちばんの違いだった。有子を喜ばせたい、彼女に気に入られたい、その一心で、いつも色糊を置いてきたのだ。届かない、報われないと分かっていながら、そうすることが、塚原の思いを伝える唯一《ゆいいつ》の手段だった。

——届いてくれ。今度こそ。

型紙が出来上がって、いよいよ型づけに入ったのは、五月も末に入ってからのことだった。その間、塚原は二度ほど有子に電話をして、いつになく仕上がりに時間がかかっていることを詫《わ》びていた。

「いいんです。今の私は、それだけを楽しみに生きてるようなものだから」

電話口で、有子はそんな答え方をした。静かで穏やかな声だが、決心が鈍っている風は微塵《みじん》もない。その声を聞いただけで、塚原は全身の力を奮い立たせた。

4

夏に入る頃、塚原染色工房は組合や問屋関係に「長期休業」の挨拶《あいさつ》状を出した。晩秋には、長年に亘《わた》って何万枚もの反物を染めてきた工房は、あまりにも簡単に取り壊され、大きな機械が入って土地を掘り返し始めた。

——終わる。俺の天職が。

塚原は、黒々と広がる地面を眺めて、背中から力が抜けていくのを感じた。時の流れは取り戻せない。それを、これほどまでに痛切に感じたことはなかった。父の代までに、少しずつ買い広げていった土地は、先祖の努力と苦労を物語るように、幾分いびつな形に広がっていた。当初は、その形を整える意味でも多少の土地を売って、その金で埼玉の北部に土地を借りて工房を開くつもりだったのだが、借地の目星がついた頃になって、沼田が持病の坐骨《ざこつ》神経痛が悪化したために、とても埼玉までは行かれないと言い出し、他の職人も、東京からは離れたくないと主張した。

「だからさ、マンションが出来上がってから再開すれば、いいじゃないか」

今や、すっかり若社長気取りになっている息子は、することもなくなって、仮住まいのマンションでぼんやりと過ごすしかなくなった塚原に言った。幹線道路とまではいかないが、ある程度賑《にぎ》わっている道路に面している土地だったのが幸いだったらしい。マンションは一、二階にテナントを入れる、五階建てのものになる予定だった。その二階部分を、当分の間は工房として使用する。結局は、最初から息子の考えていた筋書き通りに、すべては運んでしまいそうな気配だった。

——マンションの二階で染める小紋なんて、どんなものになるんだかな。

女房は、工房の手伝いをしていた頃には別段文句を言ったこともなかったのだが、自由になった途端に生き生きとし始め、仕事から離れられたことを喜んだ。

「やっぱり、着物は着るものよねえ。こうして、着て楽しむものだわ」

いつもズボン姿ばかり見慣れてきた塚原の目に、和服を着ていそいそと出かけていく女房の姿は奇異に映った。娘までも、それまでは見向きもしなかったくせに、今から着こなしの練習をしておこうか、などと弾んだ声を出すようになった。

——だから、楽しませるのが、俺の天職だったんだ。

二人の女が、かつてないほどの華やいだ表情を見せるのを、むずがゆい思いで眺めながら、塚原はそんなことを考えた。味気ないマンションに取り残されて、塚原一人が呆然《ぼうぜん》としていた。何だか急に老《ふ》け込んだ気分になって、組合の仲間の誘いも断ることが多くなり、散歩だけを日課にする日々が続いた。

だが、頭から離れないことはあるのだ。

——どうなった。届いたのか、届かなかったか。

有子は、塚原が染めた着物を見たときに一瞬息を呑《の》み、ただ「結構」と呟いただけだった。そして再び現れなくなった。それは、塚原にとっては一つの賭《か》けだった。彼女は永遠に現れないかも知れない。

考えてみれば、有子がいたからこそ、この仕事を続けてこられたのかも知れない。最近の塚原はそんなことばかり考える。染の仕事を塚原の天職だと言ってくれた彼女が来なくなったとき、自分の仕事も終わる。そう思えてならなかった。

――もう、現れないのかも知れない。

老け込むにはまだ早いと分かっていながら、塚原は日々、自分の中から力が抜けていくのを感じ、冬を過ごし、春を迎えた。たまにマンションの工事の具合を見にいくと、自分の人生のはかなさを思い知らされた気がして、不覚にも涙さえこみ上げてきそうだった。

その日も、塚原は散歩の途中で工事現場に行った。これから建つものが見たいのではなく、そこにあった幻を探したかった。

「よかった、塚原さん！」

のろのろと俯《うつむ》きがちに歩いていると、懐かしい声が耳に届いた。塚原は反射的に顔を上げて周囲を見回した。だが、二十メートルほど先にスーツ姿の女性がいるだけで、有子などどこにも見えない。空耳だったのかと視線を戻そうとしたとき、だが、塚原はぎょっとなって再びその女性を見た。生まれて初めて見る、洋服姿の有子が、笑顔で手を振っていた。彼女は塚原の方に小走りで近づいてくると、晴れやかな笑顔で「やっと逢《あ》えたわ！」と言った。塚原は途端に緊張し、半ば信じられない思いのまま、彼女の笑顔の奥にあるものを探ろうとした。

「どうしてもね、お礼を言いたかったの、お願いしたいこともあったし。そうしたら、ほら、取り壊されてるじゃない？　何度か来てみたんだけど、私、すっかり途方に暮れてたのよ」

　そして、彼女は手に提げていた紙袋を差し出して、「これ」と言った。

「おかげさまで、私、こんなに元気になったわ。だから、工房が再開されたらね、普通の小紋に染めてくださいな。自分で持っていたくないから、それまで預かっておいていただきたいの」

　塚原は、早口に話す有子を、夢でも見ている気分で見つめていた。もっと細かい話をしたかった。だが彼女はスーツの袖口《そでぐち》からのぞいていた金の時計を見ながら「時間がないのよ」と眉をひそめた。

「私、仕事を始めたの。働くって、こんなに楽しいと思わなかった。もっと早く決心していれば良かったと思って。ああ、塚原さん、先月の新聞記事なんて、覚えていらっしゃる？　七日なんだけど」

「ええ、ああ――いや」そこで、有子はくすくすと例の笑みを洩《も》らし、「あったら、ご覧になってね」と言った。

「心配なさらないで、仕事のときに和服は着られないっていうだけだから。また、うかがうわね」

それだけ言い残すと、有子は丁寧に頭を下げて、さっさと踵《きびす》を返して行ってしまった。塚原は少しの間、ぼんやりとその後ろ姿を見送った。

帰宅してから、塚原はまず先月の新聞を探し出した。外出の多くなった女房は、古新聞もため込んでいたから、先月の七日の新聞はほどなく見つかった。どこを見ろと言われたのか分からないまま、ぱらぱらと紙面をめくるうち、「会社役員、無理心中」という見出しが目に飛び込んできた。

五十六歳になる会社役員が、二十六歳のＯＬのアパートで首を吊《つ》って死んでいた、アパートの住人であるＯＬは、すぐ傍で首を切られてやはり死亡しており、警察では無理心中の疑いが強いと見ているという内容の、小さな記事だった。

――そう受け取ったか。

俺の気持ちは、届いていた。あの人は、こうしてあの笑顔を取り戻したのか。

塚原は、ほうっと息を吐き出し、しばらくの間、目の前の壁を見つめていた。それから、ゆっくりと有子の持ってきた紙袋に手を伸ばした。中から出てきたのは、塚原が何日も寝ないで考え、有子に自分の思いのすべてを届けたいと祈りながら染めた着物だった。それは、流れるような縄目模様と握り鋏《ばさみ》が図柄として染められた、鈍色《にびいろ》の地の小紋だった。

脱出

気がついたときには、俺は窓ひとつない闇《やみ》の中に転がされていた。咄嗟《とっさ》に、「しまった」と思った。だが、何が「しまった」なのか、分からない。思い出せないのだ。とにかく、自分がただならぬ状況に置かれていることだけが、辛《かろ》うじて認識出来る。

——どこなんだ、ここは。

頭に霞《かすみ》がかかったようで、何一つとしてまとまったことを考えられない。もう少し危機感を抱くべきだとは思ったが、どうもぴんと来ないのだ。とにかく、眠くてならなかった。だるいというのとも異なる、身体《からだ》が重いわけでもない。これは、一服盛られたかな、ということに思いがいったのは、不覚にももう一眠りしてしまい、また目覚めた後のことだった。

——だが、誰に。

困ったことに、それさえも分からない。情けないが、まるで覚えていないのだ。周囲には相変わらずの闇が広がり、古臭い空調か、それともタービンが回るような音が聞こえていた。もしかすると、何かの工場のような場所かも知れなかった。だが、俺には、こんな音の満ちている場所に心当たりはない。俺は孤独と不安を覚え、必死で頭を働かせようとした。

思い出すんだ。どうして、こんな場所に閉じ込められたのか。誰が、俺をこんな目に遭わせたのか。喉《のど》も渇いておらず、空腹も感じていないということは、俺の意識が遠退《とおの》いている間に、何者かが世話をしているということではないだろうか。それは誰なのだろう。

——どうして、こんなに何もかも忘れているんだ。

耳を澄ませて、とにかく何かの手がかりを摑《つか》みたいと思う。だが、ごうごうという音や、どんどんと聞こえる音は絶えることなく単調に続き、俺の脳を揉《も》みほぐして、すぐに眠りへと誘《いざな》い始める。一体、どれくらいの間、こうして過ごしてきたのかさえ、考えようがなかった。眠りへの誘惑は相当に強く、こんな危機的な状況に置かれているることさえも忘れさせようとする。いかん、こんなことではと思いながら、俺はいかにも無力に眠りの世界に引き戻された。その繰り返しだった。

「冗談じゃないわっ！」

ある日、ふいにはっきりとした声が聞こえてきて、俺は目覚めた。

「そんな話、聞いてないわよ」

壁を通して伝わってくる声は、俺の周囲を震わし、同時に、俺の眠っていた五感を呼び覚ました。俺は、にわかに心が騒ぐのを感じた。

「いやよ、そんなところに行くなんて」

聞き覚えのある声だ。多少くぐもっていて、聞き取りにくいが、確かに覚えがある。何というか——懐《なつ》かしく、心に染《し》み込んでくるような声。その一方で、俺の神経を刺激し、忘れかけていた怒りの感情を呼び覚ます声だ。その証拠に、それまで半分寝惚《ねぼ》けたような状態だった俺の意識は急速に覚醒《かくせい》し始め、自ら放棄していたような過去の記憶への執着を取り戻そうとし始めた。思い出せ、あれは誰の声だ。

「だって、約束が違うじゃないのっ。あんた、東京に行こうって言ったじゃない！」

何とも激しい口調だった。俺は、思わず耳を覆《おお》いたい気分になり、反射的に「うるせえ」と呟《つぶや》きそうになった。その時になってようやく、俺は思い出した。何という迂《う》闊《かつ》な。暑さも寒さも感じずに、ただうつらうつらしているうちに、俺は半分惚けてしまったのかも知れない。あれは、紛《まご》うことなき女房の声ではないか。この外に、女房がいるのだ。俺は息を呑《の》んで耳を澄ませた。誰と話しているのだろう。俺がここに閉じこめられていることを、女房は知っているのだろうか。

「あんた、最初からそういうつもりだったの？」

「……、……」

誰かが傍にいる。だが、相も変わらず響いてくるいつもの雑音が、相手の声をかき消していた。

「嘘《うそ》じゃないのね？　信じてもいいの？」

「……、……」

「分かってる。私、どこまでも、あんたと一緒よ」

いくらくぐもって聞こえる、雑音に阻《はば》まれているとはいえ、寝起きを共にしてきた女房の声だ。たとえ見えなくても、その話し方から、どんな顔をしているかまで想像がつく。だが、最初は俺に対するときのように険悪だったその声は、最終的には、かつて俺が聞いたこともないくらいに媚《こ》びを含んだ、甘えたものに変わった。

「信じてるわ」

――男がいたのか。

咄嗟に、そう思った。俺は、息苦しさを覚え、気分が悪くなるのを感じた。目眩《めまい》がする。女房に男がいたとは。そして今、俺が閉じ込められている部屋の前で、相手の男と一緒にいるなんて、どういうことなんだ。

——どういう面《つら》で、そういう声を出しているんだ。相手は誰だ！

俺は、出口が分からないまでも、とにかく壁を叩《たた》こうとした。だが、まだ薬が効いているのだろう、口は思うように動かず、声も出ないことに気付いた。それどころか、手足さえも、思ったように動かせない。

——畜生、どういうつもりで！

それでも俺は、動かせる限り、手足をばたつかせた。部屋は、予想以上に狭いらしい。少し動けばすぐに手足がぶつかる。

「あら！」

女房の驚いた声が聞こえた。

「聞こえたのかしら」

当たり前だ。俺は余計にもがいた。もはや、疑いの余地はなかった。女房が、俺をここに閉じ込めたのだ。俺は怒りに全身が震えそうになり、その一方で、「待てよ」という気分になっていた。全身が心臓になったかのように脈打ち、呼吸が荒くなるほどの怒りの感情、こんな感覚を、俺は確かに以前にも、女房に対して抱いていたことがある。だからこそ、あいつの声を聞いたときに、懐かしさばかりではない、奇妙な感覚に襲われたのだ。

「おとなしくしろよ」

その時、今度は男の声が間近に聞こえた。俺は反射的に動くのをやめ、息をひそめた。恐怖が、俺の全身を支配した。

「いくら暴れてもな、まだまだ出してやるわけには、いかないんだよ」

男の声は、部屋のすぐ外から、壁を伝って聞こえてきた。聞いたことがあるような気がする。誰だ。なぜ、こんなにも思い出せないんだ。

「分かってるのよ。ほら、おとなしくなったじゃない」

「お利口さんだな」

女房の口調は、俺に馴染《なじ》みの深い、いつものものに戻っている。男の声が「やれやれ」と呟くのが聞こえた。どうやら、部屋に入ってくる気配はなさそうだ。俺は、自分が暴れたことで、かえって目覚めていることを気付かせてしまったと思った。眠っているふりさえしていれば、奴等《やつら》は油断して扉を開けるに違いない。やがて、女房は「いってらっしゃい」と言った。そして、元の雑音だけが残る。見張りについているのは、女房ということか。

——とにかく、すぐに殺すようなことは、しないらしい。

それなら、その間に考えるんだ。相手の男は誰なのか。ここはどこなのか。どうやって、俺をここに閉じ込めたのか。最終的には、奴等の目的は何なのか——。何でも良い、どんなことでも良いから思い出したかった。だが、意識を集中させようとすると、またもや睡魔が襲ってくる。どうして、こんなに眠いんだ。俺は、一日に五、六時間の睡眠時間でも平気で過ごせていたはずじゃなかったか。

——そうだよ。そうだ。女房は、よく呆《あき》れた顔で言ってたじゃないか。ろくな仕事もしないくせに、よくもまあ、寝る間も惜しんで麻雀《マージャン》だパチンコだって明け暮れていられるものね。

確かに、よくそう言っていた。俺は、その時の女房の憎々しげな顔を思い出しながら、引きずり込まれるように眠りに落ちていった。

*

俺の眠りは、大抵の場合は女房の声か、新たな雑音によって中断された。女房の相手の男の声も、耳の方が慣れてきたせいか、または意識が明確になりつつあるのか、徐々に明確に聞き取れるようになってきた。

「ねえ、気にならないの？」

ある時、またもや女房の猫なで声が聞こえてきた。俺は目を覚まし、そして耳を澄ませた。

「私、やっぱり気持ちが悪いわ」

「何、言ってんだよ。くだらねえ。さっさと忘れるんだ」

「だって――。ねえ、守ってね。私、怖いのよ」

俺の聞いている横で、女房はいかにもしどけない風の声を出している。その都度、俺は気分が悪くなり、二人に対する憎しみを募らせた。

「任せておけって。警察だって、まるで動いてねえんだ。ほとぼりが冷めたら、いつかはまた帰れるさ」

「私、あんな町に帰りたいわけじゃないのよ。退屈で、何もなくて」

つまり、ここは俺たちの暮らしていた町ではないということだ。奴等はいつ、どうやって、俺をここへ運んできたのだろう。俺は、自分の記憶が完璧《かんぺき》に取り戻せないことに苛立《いらだ》ち、とにかく耳を澄ませ続けた。やがて、もしかすると、ここは船の中ではないかという気がしてきた。時折、波のような音が聞こえることがあるのだ。

――船底か？　奴等、船を使って逃げるところなのか。

そう考えれば、途絶えることなく聞こえてくる機械のような音のことも、時折大きく揺すられるように感じることも説明がつく。女房と相手の男とは、俺をコンテナか何かに押し込んで、そのままどこかに運ぶつもりなのかも知れない。

「時々ねえ、あの人の、あの時の顔が目の前に出てくるの。忘れようと思っても、あのひと言が、耳の底にこびりついてる」

「馬鹿馬鹿《ばかばか》しい。おまえ、言ってただろう？　あいつは、いつだって口ばかりで、何一つとして約束を守ったことはないって。偉そうなことばかり言ってたって、何をする度胸もありゃしないって」

「そうよ。だけど——」

「同じことだって。あいつはもう、二度と、俺たちに何一つとして出来ることも、ありゃしないんだ」

俺がどんな顔をしていたというのだろう。何を言ったんだ。思い出せない悔しさと、俺のいる前で、しゃあしゃあと話し合う二人への腹立ちとで、俺は力任せに壁を蹴《け》り付けた。それでも奴等は笑っていた。そしてある時、俺は思い出した。

——あいつだ。

相手の男は、間違いなく、俺と同じ職場の野郎に違いなかった。一年ほど前に入ってきて、お互いに麻雀好きということで親しく付き合うようになった。確か、俺よりも三、四歳年下だったと思う。俺はチョンガーの野郎のために、家にも何度か呼んで、女房の手料理を食わせたり、時には泊めてやったりもしていた。女房は、俺の麻雀仲間に対しては常に素気なく、愛想《あいそ》のひとつも言わないような女だったから、俺は幾度となく、もう少し愛想良く出来ないものかと文句を言ったものだ。

――俺をだましていやがった。

声の主を思い出すと、あとはするすると記憶の糸がほぐれていきそうなものだった。だが、それを眠りが中断する。とにかく、あの二人が共謀して俺を裏切り、陥《おとしい》れたことだけは、もはや疑いの余地はなかった。これから、どこへ行こうというのだろうか。あいつらは、俺をどうしようというのだろう。考えるまでもなく、俺は二人にとって邪魔者なのだ。こうして世間から切り離し、閉じ込めている以上は、見知らぬ土地へ連れ去って、そこで生命を奪うつもりなのに違いないという気がした。目覚める度に、俺はそのことを思い、恐怖に叫びそうになり、不安に苛《さいな》まれ、そして、二人に対する憎しみを募らせていった。

そんなある時、俺は夢を見た。俺は、自分の家にいたと思う。何かの気配に振り向くと、あの男が立っていた。その手には金属バットが握られている。俺は男の顔とバットとを見比べ、「何だよ」と言った。

「あんたも、物わかりが悪いな」

男が呟いた。俺は、その言葉の意味が分からなくて、ただ呆然《ぼうぜん》としていた。つい数時間前、職場で笑って言葉を交わした相手なのだ。麻雀の貸し借りで、トラブルがあったわけでもない。

「何のことだよ」

だが、奴はかつて見たこともないような形相を無理にひきつらせるようにして笑みを浮かべた。

「こんな真似《まね》はしたくはないがね。他に方法がないんだから、しょうがねえ」

その時、男の背後から女房が現れた。真っ白い顔をして、女房は男の腕にしがみついている。俺は救いを求めて差し伸べようとした腕を止め、信じられない思いで女房を見つめていた。叫ぶようにして女房の名前を呼ぶと、あろう事か、あの女は男に余計にしがみつき、男は女房を庇《かば》うようにして一歩前に進み出た。俺は「そういうことだったのか」と呟いた。

「だから、別れたいって言ってたのか」

「そうよ！　金輪際、あんたの顔なんか見たくない、私は、この人と生きていきたいのっ！」

女房が叫んだ。俺は、安っぽいドラマのような台詞《せりふ》に思わず笑ってしまった。

「結構じゃねえかよ、ええ？　だからよ、金を払えよ。そうすりゃあ、別れてやるって、前から言ってんだろう？」

その時、男がバットを振り上げた。俺は反射的に逃げたが、バットは俺の背中を強打した。俺は息も止まる程の激痛を感じて、その場に倒れた。

「あんたみたいな男に、払う金なんかあるわけねえだろう？　大体、一度払ったって、あんたのことだ。これから一生、付きまとわれたんじゃ、たまらねえからな。だから、こうしてやるんだ！」

相手は本気だ。これは、冗談ではない。俺は凄《すさ》まじい形相を浮かべて俺を見下ろす二人を必死で睨《にら》みつけた。

「そんなことをして、ただで済むと思ってるのか。てめえは、人の女房を寝取っておいて――」

言い終わらないうちだった。「うるせえっ」という声と共に、再びバットが振り下ろされた。俺は咄嗟に身をかわした。すると、俺の目の前に、鬼のような男の顔が大きく迫ってきた。

あまりの恐怖で、俺は目覚めた。心臓が破裂しそうな程に激しく脈打っている。何という恐ろしい夢だろう。男の形相が目に焼き付いていた。その後ろで、真っ白い顔をしていた女房の顔も、天井で揺れていた蛍光灯さえ、実に生々しく記憶に残っている。そう、畳の上に倒れたときの、花茣蓙《はなござ》のい草の匂《にお》いまで、俺ははっきりと覚えていた。俺は、何とか気持ちを落ち着かせようとし、動悸《どうき》が静まるのを待った。だが、意識がはっきりしてくるにつれ、俺は、あることに気付いた。あの夢の続きを知っているると思ったのだ。あの野郎の顔が俺に近付いた後、どんなことが起こったのか、俺はそれを、知っている。新たに全身が震え始めた。

――夢なんかじゃ、ない。あれは現実だったんだ。

そう、女房とあの男は、俺を殺そうとした。脅しでも何でもない、奴等は本気で、俺を殴り殺すつもりだったのだ。

＊

日を追うに従って、俺はいよいよ鮮明に記憶を蘇《よみがえ》らせていった。自分の身体のどこかに、殴られた痕跡《こんせき》が残っているのではないかと思ったが、どこにも痛みらしいものは感じない。

——それだけの月日が流れたっていうことだろうか。

俺は、背中に受けたのに続いて、脇腹《わきばら》に、額に、後頭部にと、幾度となく振り下ろされた金属バットの感触と音、そして痛みとを思い出すことが出来た。一体、何回殴られたことだろう。俺は不様な程に狭い部屋の中を逃げまどい、新しく買ったばかりの花茣蓙の上を転げ回った。身体を丸めて、とにかく頭を守ったような気がする。だからこそ、俺はこうして生き長らえている。最後に一撃を食らった後、ついに遠退いていく意識の中で、俺は言ったはずだ。

「絶対、忘れねえからな」

その言葉に臆《おく》したのだろうか、結局はとどめを刺すに至らなかったらしい奴等は、恐らく、俺の始末に困ったのに違いない。一度萎《な》えた気持ちを立て直すのは難しかったのかも知れないし、かといって、俺が意識を取り戻せば自分たちの身が危ない。それで、町から離れたのだ。それにしても船に乗せるとは、うまいことを考えたものだ。たとえ、俺がこの密室からの脱出に成功しても、それ以上に逃げることは難しい。とにかく、どこかにたどり着くまでは、俺は下手に動かない方が良いということだ。あの二人のどこに、そんな知恵があったのだろう。

女房から別れ話を切り出してきたのは、二、三カ月前のことだ——もちろん、あの夜から考えてということだが。だが、俺は一笑に付して取り合わなかった。子どももおらず、一日中、家でごろごろと過ごしている女房の気まぐれだろうと高をくくっていたのだ。だが、それからも何度か、女房は別れたいと言った。あまりにしつこく言うから、俺は「いい加減にしろ」と怒鳴り、何か理由があるのかと迫った。

「別に——ただ、自由になりたいのよ」

ガキのようなことを言う女房を俺は鼻で笑った。そして、言ってやった。そんなに別れたいのならば慰謝料を寄越せと。こっちには、別れる理由は何もないのだから、どうしても俺から離れたいというのなら、相応の金を払ってもらうぞと。そう言えば、自分一人では何もできない女房のことだ。きっと諦《あきら》めるに違いないと思った。

——男がいたなんて、ひと言も言わなかった。俺をだまし、裏切り、そして陰であざ笑っていたんだ。

思い出せば思い出すほど、怒りがこみ上げてくる。かつては、お互いに惚れ合って、親の反対を押し切ってまで一緒になった女に、こんな目に遭わされるなんて。何ていう愚かしい話なんだ。俺は、腹立ち紛れに壁を蹴り付け、声が出ないままで、呪《のろ》いの言葉を吐き続けた。

「もう、おとなしくしてよ」

その時、また女房の声がした。畜生、そうやって、常に部屋の外で見張りを続けて、俺がこのまま死ぬか、または気でも狂うのを待っているのか。冗談ではない、このままやられてたまるものか。俺は、愚かしいと知りつつ、可能な限り暴れまくった。

「やめてったら！　眠れないじゃない！」

何という偉そうな、威圧的な声だ。俺は、いくら暴れても、びくともしない壁の堅《けん》牢《ろう》さにやがて疲れ果て、出口も分からないまま、力尽きるのが常だった。そして、またもや眠くなる。だが、これまでの無気力な眠りとは違う。この恨みをどういう形で晴らそうか、どうやってあの二人に復讐《ふくしゅう》すれば良いか、それだけを考えながら、俺は英気を養うために眠った。

「最近、あんまり暴れないみたいだな」

ある日、男の声が聞こえてきた。

「その方が、こっちは助かるわ。眠る時間まで邪魔されるんじゃ、たまらないもの」

馬鹿にするな。下手に暴れて体力を消耗するのが、得策ではないと分かったから、俺はおとなしくなっただけだ。

「おまえ、本当に嫌いなんだな」

「だって、二人だけだったら、どんなに自由か分からないのよ。それなのに、何をするにも足枷《あしかせ》になって」

「しょうがねえよ。俺たちの責任なんだから」

俺は片腹痛い気分で、奴等の会話を聞いていた。何が責任だ。そんな言葉が吐けるような真似をしてきたのか。

「ついてないわ。やっとの思いで、一緒になったのに。あんなことまでして——」

「やめろよ。その話は、しない約束だ」

男の声に、微《かす》かな苛立ちのようなものが混ざった。俺は、奴の性格を知っている。元々が、決して度胸のある男ではないのだ。確かに、見た目はそれなりに男前で、威勢も良く見える。だが、実際は小心で、くよくよと悩むタイプだということは、幾度となく麻雀をしていれば、自《おの》ずから分かることだった。

「思い出して、何になるんだよ」

「分かってるってば」

女房の棘《とげ》のある声が響いた。俺の耳には馴染みの深い、聞き慣れた調子の声だ。

「でも最近、私、夢を見るのよ。あの人が、『絶対、忘れねえからな』って言うの。血で真っ赤に汚れた顔で、私を睨み付けて——」

「やめろって！」

俺は、微かにほくそ笑んだ。もう痴話喧嘩《ちわげんか》か。当たり前だ。俺をこんな目に遭わせて、てめえらだけで幸せになれると思うのか。俺は、奴等がもっと罵《のの》しりあい、いがみあえば良いと願った。生命のある限り、俺は奴等が幸福になるのを阻止してやる。

「——俺が平気でいると、思ってんのかよ。あんたは、見てただけじゃないか。だけど俺は、この手のひらに、残ってるんだ。あの時の、バットの重さや、あんたの亭主を殴ったときの感触が」

「やめてっ！」

「そっちが言い出したんだろうっ」

「だって、だって」

それから、女房はすすり泣きを始めた。泣くくらいならば、俺に対してひと言でも詫《わ》びるべきではないか。だが、俺がどれほど壁を蹴り、叩き、暴れても、女房の口からはただの一度も許しを乞《こ》うような、または自分たちのしたことを悔いるような言葉は聞かれなかった。

「なんか、こうしてても、あの人が聞き耳を立ててる気がするのよ」

おかしなことを言うものだ。俺がここにいることを知りながら、何をとぼけたことを言っているのだろう。

「馬鹿なことを言うなって。半年以上もたってるんだぜ。間違いなく、あいつはもう今頃、土の中で、影も形もなくなってるよ！」

俺は、慌《あわ》てて自分の耳に神経を集中させた。半年以上も？　ここは土の中なのか？まさか。第一、俺はここにいるではないか。生きて、こうして、奴等の会話を聞いている。

「あんた——後悔してるの？」

「後悔したって、始まらねえだろう」

「大丈夫よね。私たち、幸せになるわね？」

俺の頭は混乱し、何が何だか分からなくなった。つまり、俺は生き埋めにされたのだろうか。どういうことだ。ここは、どこなんだ。俺はにわかに落ち着かない気分になり、息苦しささえ覚え始めた。もしかしたら、奴等は俺が聞いていると知っていて、わざと芝居を打っているのかも知れないとも思う。何しろ、俺が思っている以上に悪知恵の働く奴等だ。何を企《たくら》んでいるのか、これからどうするつもりなのか、分かったものではない。

——冗談じゃねえ。これ以上、思い通りにされて、たまるものか。

もう、我慢も限界だった。殺されても構わない、とにかく、ここから出てやる。そう思うと、それまで惰眠を貪《むさぼ》ってきた俺は、全身の力を振り絞っていきり立ち、闇雲《やみくも》に突き進もうとし始めた。「あっ」という女房の声が聞こえた。壁が震えた。

「どうしよう。まだ、早すぎるわ」

早いも遅いもあったものではない。俺は、とにかく夢中だった。頭の芯《しん》まで痺《しび》れさせるような苦痛が全身を支配する。耳鳴りがして、外の雑音さえ聞こえなくなった。もしかすると、俺の脱出を阻むために、奴等は空調を止めたのかも知れない。それほどの息苦しさがあった。

——どんなことをしても、抜け出してやる。

ひとたび意識が遠退いても、あまりの息苦しさで、また目が覚める。その都度、俺は、まだ生きていることを確かめ、再び出口に向かった。こんな苦しみも、すべてはあの二人のせいだ。俺は、憎しみを募らせ、そのエネルギーだけで出口を探した。女房のものに違いない悲鳴が聞こえた。

どこを、どう進んだのか分からない。とにかく、ひどく長い時間が過ぎたような気がする。俺は、力尽きかけていた。息が出来ない。全身がねじれていくような感じがして、頭が割れるように痛かった。やはり、駄目なのだろうか、このまま永遠に、俺はここから脱出できないのだろうかと思った矢先、瞼《まぶた》に光を感じた。待ちこがれ、憧《あこが》れていた光の世界が、目の前に開けている！

「見えた！」

誰かの声がした。顔に乾いた風を感じた。ようやく全身が解放されたのを感じたとき、俺は激しく咳《せ》き込んだ。肺の中に新鮮な空気が送り込まれてくる。これこそが外気、俺の待ち望んでいた光と風の世界だ。だが、それらをゆっくりと味わうには、俺は疲れすぎていた。ようやく脱出に成功した安堵《あんど》感《かん》だけで、俺は目を開けることさえ出来ず、ぐったりとなった。

次に気がつくと、俺は白い清潔なシーツの上に横たわっていた。手には何かの針が刺され、テープで留められている。ずっと暗いところにいたせいか、目がかすんでいるが、どうやら病院らしいということだけは分かった。ついに逃げ出した。本当に助かったのだ。それだけで、俺は満足だった。

「大丈夫よ、すぐに出られますからね」

ときどき、誰かが傍に来て声をかけていく。看護師に違いない。頷《うなず》く力さえなかったが、俺は光に包まれ、安心して眠り続けた。ふと、もう何もかも、どうでも良いような気になる。あれこれと考えるのは、あまりにも面倒だった。忘れられるものならば忘れてしまっても良いではないか。俺は俺として、生まれ変わった気になって、まったく違う人生を歩むのも、良いだろうという気になった。

そして、俺は日増しに健康を取り戻していった。自分の身体に力が漲《みなぎ》っていくのが感じられ、点滴の針を邪魔に感じるようになった。それと同時に、何か大切な記憶が薄れていくのを感じた。そうして何日くらいが過ぎただろう。頭はすっかり空っぽになり、たまに目覚めても、感じることといえば空腹ばかりになっていった。そんなある日、俺は誰かに抱き起こされた。「気を付けて」という声が聞こえた。うとうととしていた俺は、目を開けるのも面倒で、黙ってされるままになっていた。

「もう心配いりませんよ」

誰かの声がする。それに答えて、誰かが礼を言っている。聞き覚えのある声だ。

「よかったわねえ、もう淋《さび》しくないわよ。ちょっとだけ、早くお外に出たかったのよねえ」

そして、俺は背中を叩かれた。反射的に、そこに触るな、と言いたくなった。せっかく忘れた何かを思い出しそうになるではないか。

「あら、起きちゃった」

俺はゆっくりと目を開けた。最初は視界がぼやけていて、相手の顔が判然としない。

だが、声だけは聞き覚えがあった。俺は、目を凝らして俺に顔を近付けてくる女の顔を見つめた。笑っている。一瞬、息が止まりそうになった。俺は手足を硬直させ、必死で叫び声を上げた。

「いやだ、どうしたの？」

女房は、俺の身体を揺すりながら、困惑した声を上げた。せっかく忘れようと思っていた記憶が一挙に蘇ってくる。何が、「どうしたの」なのだ。誰のせいで、俺がこんな目に遭っていると思うのだ。俺は女房の手から逃れようとして必死でもがいた。そのとき「どれ」という声がした。そして、今度は目の前に男の顔が近付いた。

「さあ、パパが抱っこしてやろう。なあ、これから仲良くしような」

男は言いながらにやにやと笑っていた。だが俺は知っている。この男がどんな形相になって金属バットを振り上げたか。その手で、何をしたか——。そう、俺は忘れていない。女房のことも、この男のことも、そして、自分自身の心に復讐を誓ったことも。絶対に。

——上等じゃねえか。お前らが、俺のパパとママとはな。

俺は、黙って男の顔を見つめていた。

「ほら、分かるんだ。いい子だなあ、パパが分かるか」

「本当だわ、おとなしくなった」

女房が横から顔を覗《のぞ》かせてきた。俺は、深呼吸をして、ゆっくりと目を閉じた。さて、時間はたっぷりある。これから、どういう方法で、こいつらに復讐してやろうかと考えながら、俺は眠りに落ちていった。

泥《でい》眼《がん》

1

「どこが、いけないんですか」

蟬《せみ》さえ鳴かない暑い夏だった。軒に吊《つる》した風鈴は、そよとも吹かない風に短冊《たんざく》をだらしなく垂れ下げるばかりで、気休め程度の音も鳴らさない。土の乾ききった庭には、小石一つの影までが、くっきりと黒く落ちていた。さっきまで首にかけていた、汗拭《ふ》き用のタオルを膝《ひざ》の上で握りしめて、浅沼《あさぬま》は出来る限り押し殺した声を出した。

「いけないとは、申しておりません。ただ、私の思っているのとは、違うということです」

冷房の効く応接間へと言ったのに、「お構いなく」と涼やかに笑い、窓を開け放っただけの暑苦しい仕事場に入ってきた客は、今も汗一つ浮かべず、感情のこもらない声で淡々と答える。藍色《あいいろ》の絽《ろ》の着物を、ぴちりと襟元を合わせた着こなしで、彼女の表情は実に静かなものだった。

――何様のつもりなんだ。

つい、そんな台詞《せりふ》を叩《たた》きつけたい衝動を辛《かろ》うじて抑え、浅沼は深々と息を吸い込んだ。彼女と浅沼の間には、出来上がったばかりの面《おもて》が、虚《むな》しく宙を見上げている。客は、それを一目見るなり「打ち直してください」と言い放ったのだ。

「――どこが違うのか、仰《おつしや》っていただかないことには、私も納得出来ません。この前のときもそうだった。私は、あれだって、それなりに良い仕上がりのつもりだったんです」

「それは、存じております。ただ、私は、こういう面をお願いしたつもりではない、ということです」

同じ台詞を、浅沼は桜の頃にも聞いていた。知り合いの能楽師の紹介で浅沼を訪ねてきた日本舞踊家の市邑緋絽枝《いちむらひろえ》は、新しく自分で振り付ける新作の舞台のために、泥《でい》眼《がん》の面を打って欲しいと依頼してきた。それは、改めて振り返ってみれば既に去年の秋のことだ。

「ひと言で申しますなら、雰囲気としか。こう、違うんですの、面差《おもざ》しから汲《く》み取られる思いの込め方というんでしょうか、研ぎ澄まされ方が」

「ですが、泥眼というのは、こういう面です」

「存じております。けれども、私の描いている泥眼は、もっと思い詰めている、もっと、後悔や自責、郷愁や憐憫《れんびん》をうちに秘めながら、その上で自分の情念に身を任せようとしている顔なんです」

浅沼の中で苛立《いらだ》ちが膨れ上がった。そんなに偉そうなことを言うのなら、能面という、制約の多い表現方法の中で、自分で打ってみるが良い、と言いたかった。

「勿論《もちろん》、きっと、この面を気に入られる方は大勢いらっしゃると思いますわ。浅沼さんのお作の質が悪いと申しているのではございません。ただ、私のお願いしたいものとは違うということですから」

市邑緋絽枝は、見たところ四十そこそこに見えた。だが、彼女を紹介してきた能楽師の話によれば、もう五十に手が届くはずだということだ。この暑さにも汗もかかず、背筋をぴんと伸ばしたまま、ぴたりと姿勢が決まっているところなどは、さすがに舞踊家らしいと思わせる。だが、浅沼の中では、どうも日本舞踊というものを、半ば胡《う》散臭《さんくさ》いもののように感じている部分がある。所詮《しょせん》は能楽の歴史にはかなわない、女子どもの演じる芸事のような感じがして仕方がないのだ。

「――どういう舞台にお使いになるつもりなのか、聞かせていただけませんか。泥眼といえば、能の世界では――」

「今、あなたに能の手ほどきを受けようとは思っておりませんの。よく存じている上でお願いに上がっていると申しましたでしょう」

浅沼自身も、そろそろ不惑の坂が見え隠れする年齢に達している。日舞の世界では有名か知れないが、能に関しては素人《しろうと》であるはずの女に、たとえ自分より一回り年上とはいっても、こんな屈辱的な物言いをされる覚えはない。

──それで、踊りが観《み》られたものじゃなかったら、お笑い草だ。

だが、出来ませんとは口が裂けても言いたくなかった。意地も誇りもある。何より、ここまで自信たっぷりに自分のイメージ通りの面を要求してくる舞踊家の口から、賛嘆の言葉を聞きたいという思いもあった。

「女の妄執と申しますか、そういったものをね、もう少し、お考えいただきたいんです。たとえ、知識や教養があろうとも──いえ、あればなおさら──生霊《いきりょう》にまでならなければいられない女というものを。さらに、この女には、それまでの人生があったのだということも」

女はそれだけ言うと、すっと姿勢を動かし、脇《わき》に置かれたバッグを手に取った。

──何が、女の、妄執だ。

客を玄関まで見送った後、仕事場まで戻った浅沼は、思わずがっくりとうなだれ、熱気の中に深々と溜息《ためいき》を吐き出した。ぽつりと残された泥眼の面を、何とも恨めしい気持ちで眺める。

「おまえの、どこが気に入らないんだろうなあ、あのばあさんは」

こちらの方が、泥眼なみの表情になりそうだ。だが、あいにく浅沼は男だったし、それ程思い詰めるという性格でもなかった。

「冗談じゃ、ねえよなあ。素人に、あそこまで言われて、たまるかよ」

悪態はついてみるものの、落胆は隠しようがない。浅沼は、仕事場の前の縁側に立ち、風鈴の短冊を指で弾《はじ》いた。ちりん、と、涼を呼ぶには力ない音がして、短冊は再び垂れ下がった。

2

長い歴史を経て完成された能楽と共に、能面も一つの形が完成している。後に続く作家は、己の創意工夫のみで新しい面を打つことは出来ない。すべては手本となる能面の大きさや顔の造作を模写するところから、能面は模倣の芸術とも呼ばれる。

「また、やり直しになったの」

その日、夕食のときに、年老いた母に言われて、浅沼は自分でもそうと分かるほど、苦虫を嚙《か》み潰《つぶ》したような顔になった。その顔を見て、母は、薄い肩をわざとらしいほどに上下させて溜息をつく。

「さっき、千都子《ちずこ》さんから電話があったわよ。あんた、彩《あや》ちゃんの予備校の費用、出すって言ったんだって？」

ただでさえ苛立っているときに、母のその報告は余計に浅沼の神経を刺激した。確かに、最初の妻との間に出来た子どもの姉娘の方が、高校受験のために予備校の集中講義を受けたがっていると聞いたとき、自分が受講料を請け負うと、浅沼は約束していた。だが、日々の生活に追われ、しかもその大半を泥眼に集中していたおかげで、すっかり忘れていたのだ。

「嫌味を言われちゃったわ。『おたくの息子さんには、昔からそういうところがありましたものね』って」

「そういうところって」

「安請け合いってことでしょうよ」

浅沼は、あからさまに舌打ちをすると、温《ぬる》くなり始めたビールを一息に飲み干した。母は、そんな浅沼を見てか見ないでか、すいと食卓を離れ、冷蔵庫から麦茶を取り出してきて「こうも暑いと、何も食べたくないわ」などと言いながら、自分の分だけをグラスに注ぐ。

「お料理しているだけで、くたびれ果てるのよ。まさか、この歳《とし》まで息子の食事の世話をすることになろうとは」

母の口からこの台詞が出るときは、決まって話が陰気になる。いくら母子《おやこ》とはいえ、別れた妻たちの話を繰り返されるのは、ことに今の浅沼にはたまらなかった。

「なあ、あのさ——」

「せめて、紘子《ひろこ》さんのときくらい、もう少し我慢が出来なかったものなのかしらねえ。そうすれば、こんな暑い日に、台所に立つことなんかなかったのに——」

「面倒だったら、いいって言ってるじゃないか」

「紘子さんは、よくやってくれてたと思うわよ。お料理だって上手だったし、お母さんは好きだったのに——」

「出来合いを買ってきたっていいんだし、外で食ったっていいんだから」

「誰が買いに行くの。外で食べるっていったって、値段の割に味は不味《まず》いものばっかりで、油だって悪いのを使ってて——そういえば、美枝《みえ》さんは、他は駄目だけど天麩《てんぷ》羅《ら》は上手に揚げたわねえ。あの子がいた頃は、桃も届いたし、葡萄《ぶどう》も——」

――思いの込め方。研ぎ澄まされ方。

「まったく、お父さんに叱《しか》られるのは私なんだから。きっと、お墓の中でやきもきしてるわ。『いったい、うちの墓に入ってくるのは、どの女なんだ』って。まさか、倅《せがれ》が四回も女房をかえるなんて、思ってなかったに決まってるんだから」

――泥眼の、それまでの人生、か。

「それに、誰だった？　美枝さんの前の、ほら――」

「育代《いくよ》――もう、やめてくれよ。今更、そんな名前を次から次へと出してきて、どうなるっていうんだよ」

つい気色《けしき》ばんだ言い方をすると、母は眉《まゆ》をひそめて非難がましい表情に変わり、浅沼を睨《にら》みつける。

「あなたねえ、世間体っていうものも、少しは考えてちょうだいよ。ご近所では、何て言ってると思うの？　私が鬼のような姑《しゅうとめ》だから、嫁がいられなくなるんだって、そう言われてるのよ。まったく、その節操のなさときたら誰に似たのかしら。だいたい、私もお父さんも、そういう育て方をした覚えもないし、私たちはお父さんが亡《な》くなるまでずっと連れ添ってきたっていうのに――」

年老いた母親に本気で怒鳴ることも出来ないから、浅沼は心底うんざりしながら、そそくさと食卓を離れてしまった。自分で焼酎《しょうちゅう》の烏龍《ウーロン》茶割りを作り、さっさとリビングルームに行くと、リモコンでテレビのスイッチを入れる。野球中継の合間を縫って、まだ母の愚痴が続いているのが聞こえてきた。

「――女の恨みなら、さんざん買ってるんだろうにねえ、泥眼一つも満足に打てないなんて。別れた女房たちの顔でも思い浮かべりゃ、いいんだ――」

言われるまでもなく、浅沼だってそういうつもりだった。何の自慢にもなりはしないが、四度の結婚は、いずれも浅沼の浮気が原因で破綻《はたん》した。その都度、家は嵐《あらし》に見舞われたような騒ぎになり、女たちはそれぞれの表情、言葉で浅沼に対する恨みをぶつけた。ときには、そんな険悪な状態が半年以上も続いたこともある。仕事柄とでもいうのか、浅沼はそんな彼女たちの表情を、どこか他人事《ひとごと》のように冷静に、半ば感心して観察していたものだ。だからこそ、泥眼を打って欲しいと依頼されたとき、個人的に好きな面とは言いがたかったにもかかわらず、あっさりと請け負ってしまった。だてに女で苦労はしていないという、自負もあった。

――安請け合い、か。

結局、プロ野球など観ていても、まるで気持ちがほぐれなくて、浅沼は焼酎の入ったグラスを持ったままで仕事場に戻ることにした。台所を抜けるとき、母はまだ「情けなくて涙も出ない。こうも暑くて涸《か》れたのかしらね」などと嫌味を言っていた。

「――涙は涸れても声は嗄《か》れない、か」

仕事場に戻ると、自然にそんな台詞が口をついて出た。とりあえずは、習慣的に仕事場の片隅にしつらえてある漆風呂《ぶろ》を覗《のぞ》く。これは、浅沼の亡父が茶簞笥《だんす》を利用して作ったもので、木彫りを終えた面の裏に漆を塗った後、それを乾燥させるための設備だった。そこには、制作途中の小面《こおもて》が二面、ひっそりと漆の乾くのを待っていた。

「だいたい、俺はこういう若い、美しい女の面が好きなんだ。それを、妄執だの、研ぎ澄まされ方だの、好き勝手なことをぬかしやがって」

漆は埃《ほこり》が大敵だから、異常がないことを確認すると、すぐに戸を閉めてしまう。八畳ほどの仕事場は板張りで、その半分ほどは、面を打つ桂《かつら》の作業台と、ノミや丸刀、木槌《きづち》、鉈《なた》などといった彫るための道具、刷毛《はけ》や筆、乳鉢などの彩色のための用具で埋まっていた。壁面には、父が遺した幾つかの面が掛けられているし、能と能面に関する書物の類《たぐい》が詰め込まれた、古い書棚もある。家そのものは、改築を重ねてきていたが、この仕事場だけは、浅沼の幼い頃とまるで変わっていなかった。

――一体、どこが気に入らないっていうんだ。

壁に寄せられた座り机の上では、引き取られ損ねた泥眼が、相変わらず恨めしそうに宙を見据えている。浅沼は、やはりがっくりと力が抜けるのを感じながら「悪く思うな」と呟《つぶや》いた。そして、そそくさと面《おもて》を面袋にしまい込んでしまった。市邑緋紹枝の言う通り、他に買い手はつくだろうとは思う。だが、差し当たって泥眼の注文を受けてもいなかったし、この類の面が装飾用として売れるとも思えない。

——冗談じゃねえよな、まったく。俺の時間を返してもらいたいよ。

さっき母から聞いた話が思い出された。確かに、娘の予備校の費用を払うと、浅沼は約束したのだ。別れた妻には、どう思われようと仕方がない。それでも、子どもたちには、あまり悪い父親とばかり思われたくはなかった。共に暮らさなくなって十年以上の月日が流れているが、浅沼なりに、子どものことは考えているつもり、いや、考えなければならないと思っている。

——まあ、元々良くは思われてはいないんだろうが。

結局のところ、浅沼は冷めかけた風呂のような、出るに出られない安定した暮らし、深々と息を吸い込んだときに、当然の如《ごと》く自分の内一杯に広がる生活の匂《にお》いというものが嫌いだったのかも知れないと、最近になって思うことがある。だからこそ、小波《さざなみ》程度で済ませられそうな間に女房たちを宥《なだ》める努力よりも、さらに新しい刺激を求め、女たちから違う表情を発見し、また普遍的な表情を摑《つか》むことを望んだ。だが、そんな考えを簡単に受け入れる女は、ついにいなかった。「芸術のためだとでも言いたいの」と、目を血走らせて叫んだ女もいた。

四人の別れた妻のうち、最初と三番目の妻との間には、それぞれ二人と一人ずつ、子どもが生まれていた。その三人の子どもが成人、または希望の学歴を取得するまでは、全面的に養育費を支払うというのが、二人の妻との離婚の条件だった。子どもの出来なかった、あと二人の妻には、それなりの慰謝料を分割で支払っている。それだけの金額を捻出《ねんしゅつ》するのは容易なことではない。その結果、浅沼は演能用ばかりでなく、デパートや画廊を通じて販売される、装飾用の面の創作を増やし、能面教室の講師までも引き受けることになった。

――一両日中には、振り込まなきゃ、ならんだろうな。

つい先週、檜《ひのき》を扱う材木商に、かなりの金額を支払ったばかりだった。能面にもっとも適している尾州檜は、年々その数を減らしており、良材となると値段も高くなり続けている。だが、用材がなければ仕事にならないのだから、仕方がない。結局は向こうの言い値で支払わされるのがいつものことだった。

――教室の月謝が入るのは来月の初めだ。そうなると。

残った道は一つだった。浅沼は、能面教室の生徒たちの技術の向上に合わせて、様々な面の当て型を一人一人に売り与えている。当て型と呼ばれる面型は、面の創作には欠かせないもので、面の造形を、輪郭、横顔、鼻の高さ、目の位置、口の幅など、いろいろな角度から取った型紙のことである。一つの面の当て型を売れば、浅沼の手元には労せずして、数十万の金額が入ってきた。

——今度の教室のときに、切り出してみるか。

頭の中で、老後の趣味として能面作りを選んだ、金と暇を持て余している生徒の顔を二、三思い浮かべ、ようやく少し気が楽になると、浅沼の頭は再び市邑緋絽枝と泥眼に戻った。

確かに面打師として、完璧《かんぺき》に満足のいく作品など、そう滅多に出来るわけではない。だが、若手ではあるものの、プロとして、それなりに評価も得てきている自分の作品の、一体どこが気に入らないのか、浅沼にはどうしても分からないのだ。それなのに、市邑緋絽枝は、木で鼻をくくったような言い方で「違います」の一点張りだ。

「たかだか、創作舞踊に使うんじゃねえかよ」

声に出して言うと、数時間前にこの部屋に座っていた彼女の姿が、いっそう鮮やかに思い出された。人前で踊りを披露するのだから、度胸がすわっているのは当然にしても、憎らしいほどのあの落ち着きは、なんとも浅沼の癪《しゃく》に障《さわ》る。

「――見てろ、あっと言わせてやるから。ちゃらちゃらした踊りになんか使いやがったら、面の方が怒り出すような泥眼を、打ってやるさ」

一人でぶつぶつと言い続け、その日、浅沼は夜も更《ふ》けきるまで焼酎を飲んだ。ふらふらになって、そのまま寝入る頃には、頭の中で泥眼がくるくると回っていた。

3

「へえ、また打ち直しを、ねえ」

数日後、市邑緋紹枝を紹介してきたTという能楽師を訪ねると、彼は驚いた顔になって、しきりに顎《あご》をさすった。本来ならば、面の打ち直しを命じられたなどということは、あまり聞こえの良い話ではない。だが、浅沼は彼女が拒絶した泥眼の面を携えて、Tのもとを訪ねたのだった。

「私は、好きですがねえ、いい顔に出来てるじゃないですか」

浅沼よりも五、六歳年長の能楽師に言われて、浅沼はようやく胸のつかえが下りた気分になった。

「なかなか、不気味に出来てますよ」

泥眼という、目に金泥《きんでい》をほどこされた女の面は、かつては人間を超えた存在の表象、菩薩《ぼさつ》の面であったというが、能の歴史と共に意味合いを変え、いつの頃からか女の生霊を表す面と言われるようになった。能の舞台では、夫に捨てられた女が恨みに思い、お百度を踏んで嫉妬《しっと》の鬼に変わり果てるという筋書きの『鉄輪《かなわ》』や、源氏物語の「葵《あおい》の巻」による、光源氏の寵愛《ちょうあい》を失った六条の御息所《みやすどころ》が恋の未練と妬《ねた》みから生霊となる『葵上《あおいのうえ》』といった演目に使われる面である。

「私なりに、時間もかけましたし、これまで打たせていただいた泥眼の中では、良い出来だと思ったんですが」

Tは「なるほどね」などと言いながら、面の面紐《ひも》を通す部分を両手で持ち、表情ばかりでなく、塗りの具合、仕上げの具合などについても子細に感想を言ってくれた。彼の表情から、浅沼はTがその泥眼に実際に面当てを添え、自分の顔につけるときのことまでも考えているらしいことが見て取れた。

「以前、掘り出し物だという泥眼を見たことがあったんですがね。それは、もっと野性的で、『葵上』には適さないと思ったんだが、これなら、いいかも知れませんなあ」

能面は、直接顔につけるわけではなく、額と両頬の部分に面当てというものを添えて、その上で脇から回した紐によって頭の後ろで固定する。仕上がりがどんなに美しくとも、舞台に上がり、台詞を言ったときに声がこもってしまう面は優れているとは言えない。だが、それればかりは用材の質にもよるので、面打師の力量をはるかに超えたところでの評価、ということでもあった。

「と、いうよりも、いやあ、ぴったりかも知れません」

Tの手の中で、泥眼は虚《むな》しく宙を見つめている。陰険そのものの、思い詰めた表情で、わずかに開かれた口元からは、今にも悔しさのあまりのすすり泣きか、呪詛《じゅそ》の言葉でも洩《も》れ出てきそうだ。嫉妬や怒りの情念が、あまりにも膨らみすぎたために、まさに正気を失おうとしている瞬間の女の顔、理性が感情によって吹き消されようとする表情、それが泥眼だった。この顔が、もっと執念深くなり、理性をかなぐり捨て、感情を昂《たかぶ》らせていくと、髪は乱れ、口は裂けて牙《きば》を剝《む》き、角《つの》さえも生えてきて、生成《なまなり》、般若《はんにゃ》、蛇《じゃ》の面へと変わっていく。泥眼は、目には金泥を施すものの、女が執念の鬼、怨霊《おんりょう》の化身となり果てる寸前の、最後の人間の表情といって良かった。

「不安になりましてね。何というか——自分では、そんなつもりはないんですが、装飾用の面も打ちますもので、そちらの癖が出てしまっているだろうかとも」

思いきって打ち明けると、Tは目を瞬《しばた》かせながら幾度か頷《うなず》き、少しの間、考え込む表情になった。

「泥眼を部屋に飾りたいという人は、そうはいないだろうとは、思いますがねえ」

半ば冗談混じりに言うものの、Ｔの表情は真剣そのもので、行き場を失った泥眼を見つめている。浅沼は不安を抱きつつ、Ｔの顔と泥眼とを見比べていた。誰でも、自分の作品を評価されるときには不安になるものだが、ことに装飾用の面を多く手がけるようになってから、浅沼の不安は以前よりも大きくなっていた。

本来は衣装をつけた能楽師が顔につけ、舞われるためにある能面だが、遠くから見て美しいと感じられ、能楽師の動きと一体になってこそ、その本領を発揮する能面と、壁に掛けられ、一定の位置からのみの照明を浴びて、それだけで美しいと感じられる面とでは、自《おの》ずから雰囲気が異なってくるものだ。能楽師が見て優れていると感じる面は、何よりも舞台に上がったときに、その表情が千変万化し、感情を持つように見える、つまり、作品の完成度に演じる者の入り込む余地を残しているものということになる。

「私は、いいと思うが」

Ｔは、最初の感想を繰り返すと、少しの間、その面を預からせてくれないかと言ってくれた。浅沼は、ほっと胸を撫《な》で下ろし、市邑緋紹枝が帰って以来、ずっと抱えてきた不安をようやく解消させることが出来た。

「それにしても、一体、どういう方なんですか」

自分の腕に間違いがなかったと分かると、俄然《がぜん》、市邑緋紹枝に対する怒りと不信が湧《わ》いてくる。出された茶に手を伸ばす余裕も生まれて、浅沼は改めてTを見た。あんなに厄介な客を紹介してきたのはTではないかという、恨めしい気持ちも手伝った。だが、Tは磊落《らいらく》に笑うと、「ああ、緋紹枝先生ねえ」と頷く。

「難しい方であることは、確かです。浅沼さんはご存じないかも知れないが、あのお師匠さんは、日舞の世界では相当な方でしてね、私たちの世界ともご縁は深いんですな——おや、降るかな」

ちょうど陽が翳《かげ》ってくる時間だった。急に雲行きが怪しくなったと思ったら、雷鳴が轟《とどろ》き始めて、浅沼はTから、ビールでも飲みながら、じきに降り出すに違いない夕立をやり過ごさないかと誘われた。泥眼は面袋に戻り、浅沼の手からTの手へと移った。すっかり気持ちも落ち着いたところで、Tは改めて話し始めた。

「何でも、相当なお家柄のお宅の一人娘だということでしてね、小さな頃から踊りがお好きで、十歳になる前から、先代のお家元についてお稽古《けいこ》なさってたということです。とにかく、芸に厳しい方で有名ですよ。ご自分の美学というのかなあ、そういうものをぴっちりとお持ちでね、少しでも、そこからはみ出るような者がいると、たとえ、何年も教えてきた弟子でも我慢が出来ないらしい。そういう拘《こだわ》りが、踊りだけでなく、小道具にでも何にでも向かわれるんでしょう」

つい今し方、Tに泥眼を預かると言われて、少しばかり上向いた気持ちが、早くも新たな不安に揺れ動き始めている。これは、とんだ厄介なばあさんを紹介されたものだと、そんな気がしてならなかった。

「私どもの方へも、もう何十年も前から、所作のお稽古ですとか、色々なことで、よく足をお運びになられるんですが、お囃子《はやし》方の音色にまで、大変な神経を配られていますねえ。日舞の地方《じかた》さんでも、あのお師匠さんに嫌われて、二度と使ってもらえなくなった人は一人や二人じゃないっていう話です」

「そんなに気難しいんじゃあ、ご家族はさぞかし大変でしょうな」

半ば自棄《やけ》気味にそんな悪態をつくと、Tはわずかに眉をひそめて、その割には愉快そうに「お独《ひと》りなんです」と言った。

「お独り、なんですか。ずっと?」

ただでさえ大きな目を一層大きく見開いて頷き、Tは、「本人から聞いたわけではないが」と前置きをした上で、市邑緋紹枝の過去を聞かせてくれた。ビールを酌《く》み交わしながら、浅沼はただ感心してTの話を聞いていた。

相当な家柄でもあったし、一人娘でもあることから、彼女の親はかなり気を揉《も》んだということだったが、彼女は親の持ってくるどんな縁談も断り続け、結局、独身を通しているという。だが、ことに若い頃の市邑緋紹枝は、それこそ舞台に上がると客席から溜息が洩れるほどに美しかった。彼女に熱を上げた男性の中には、日舞の世界だけでなく、現在の能楽界の重鎮と言われている人物や、政財界の人物の名までも混ざっており、その数も相当なものだったらしい。

「なるほどねえ。それは、すごい」

腹の中では気に食わないと思いながら、浅沼は、さすがに、これはかなわないと思い始めていた。十歳以上も年下の面打師ふぜいが、たやすくかなうような相手ではない、ということだけが、ひしひしと伝わってきた。

「うかがっただけでも、それだけ錚々《そうそう》たる方々から見初《みそ》められて、何でまた、どなたとも一緒になられなかったんですかねえ」

「芸のため、でしょうな。あの方は、踊りが所帯じみるのを、とにかく嫌う方だ。私も結婚した当時、言われたことがありますよ。『男の方も糠味噌《ぬかみそ》臭くなりますから、Tさんも、お気をつけになって』ってね。勿論、男嫌いということもないんです。ただ、日常の生活の匂いを舞台に持ち込むというのが、男女を問わず、我慢出来ないんでしょう」

　Tは半ば苦笑混じりに言った。女でありながら恋愛も結婚もせず、ひたすら芸の道を極めるために孤独な人生を歩み続ける、そこまですさまじい舞踊家だったのかと思うと、浅沼には、数日前の市邑緋紹枝の楚々《そそ》とした出《い》で立ちが再び幻のように思い出された。

　――芸のため、踊りのためには、幸福さえも求めない。それほどまでに踊りに生命《いのち》を賭《か》けているのか。

　浅沼は、次第に背筋が寒くなる思いでTの話を聞いていた。

「潔癖な方なんですよ、何事に関してもね。もしも、気に入った男性が現れたとしても、あの気性では、男性にも完璧を求められるでしょうしな。ご本人も、そのあたりが分かっていらしたんじゃないですかね。ですから、踊り一筋にこられたというのは、正解でしょう」

　それほどの舞踊家から、是非にと請《こ》われて面を打つのは、考えていた以上の名誉かも知れない。しかし、怖いと思う。何度かチャンスを与えられて、それに応《こた》えきれない場合は、あっさりと切られるに違いない。そうなったとき、浅沼は面打師として再起出来ないほどの打撃を受けるのではないか、という気さえした。これは、立場とか誇りとか、そんなことを言っている場合ではない。

「そのお師匠さんが、女の生霊を表した面を使って新作を踊られる、というんですから、これはもう、それだけで、さぞ鬼気迫るものになるだろうとは、思いますねえ。いやあ、楽しみだ」

最後に、そんな言葉を聞いて、浅沼はTの家を辞した。雷鳴は轟いたものの結局、夕立は来ず、外に出ると、まだ陽は斜めに射《さ》していた。微妙に鼓動が速まってくるのは、少しばかりのビールのせいとは思えなかった。頭を空白にしてしまいそうな蟬《せみ》時雨《しぐれ》の下を歩きながら、噴き出す汗さえ冷たく感じられる。

——どうして、俺なんかのところに注文をよこしたんだ。

だがこれは、一つの勝負だ、市邑緋紹枝と、勝つか負けるかの勝負をするようなものだと、そればかりが浅沼の意識を支配した。

自宅に帰り着くと、浅沼は風呂を使い、さっそく仕事場にこもった。母が、またも前妻の何れ《いず》かから電話が入ったと報告したが、取り合うつもりにもなれなかった。

——こうなったら、何度でも打ってやる。あの女が納得する面を、この手で作り上げるまで。

目の前にあるのは、樹皮を剝《む》かれ、白い木肌を見せている尾州檜である。樹齢三百年以上は数えるはずの木片は、既に高さ三十センチ程度の、樹心で四等分された形に切られて、ちょうど大型のケーキのような姿になり、独自の芳香を放っていた。

――泥眼になるまでの、その女の人生。

緋紹枝の言葉が蘇《よみがえ》る。しばらくの間、木目を目で追っているうち、浅沼の中には様々な女たちの表情が思い描かれてきた。四人の前妻たちはいずれも、知り合ったときには実に輝いて見えた。それが、別れる頃には別人のように、目の下に疲れをため、頬の肉は薄くなり、唇さえも色褪《あ》せていったのだ。後から考えると、最後に修羅場を演じたときの彼女たちばかりが思い浮かぶが、彼女たちは、誰も最初からあんな表情をしていたわけではなかった。

――今更、ここまであいつらの思いを理解しようとするなんて。それも泥眼を打つために。

第一、その原因こそ自分の方にあったことを思い出し、少しばかり自嘲《じちよう》的な思いにとらわれながら、浅沼は鉈を手に取った。元来、木の繊維が素直な檜の中でも、良材は繊維が真《ま》っ直《す》ぐに通っているから、木目通りに割ることは困難ではない。まずは、一つの面が十分に取れるほどの大きさを、樹心と白太《しらた》を除いた部分から割り取る。その用材を、面の丈・幅・厚みに大雑把に寸法取りをする。

──女房どもの思いを、無駄にしないで済みそうだ。

かつて縁があって結ばれ、再び他人に戻った女たちの顔と泥眼とをだぶらせながら、浅沼は黙々と作業を進めた。

用材に、目安とする線を縦横に引き、鼻の位置を割り出すと、鼻の高さに相当する深さを鋸《のこぎり》で挽《ひ》く。切り込みが入ったら、ノミで余分な部分を取り除き、さらに、顔側面の傾斜にも見当をつけて、鉈や斧《おの》で取り払うと、檜は既に一つの面に向かって、確かに息づき始めているように感じられる。この段階から、荒彫り、中彫り、小作り、仕上げと、作業はどんどん細かくなっていく。

結局、その日は深夜まで、翌日からもかかりきりになって、浅沼はひたすら、泥眼の顔を追い求め続けた。

4

秋風が立ったと思ったら、間もなく木々の葉は色づき、その年の秋は瞬《また》く間に深まった。霜の便りが聞かれる頃、冷たい雨の降る日に、浅沼はまたも市邑緋紹枝の来訪を受けた。

「お足元は、悪くなかったですか」

玄関先でレインコートを畳む緋紹枝に、浅沼は、前回とは打って変わった笑顔を見せた。意識してのことではなかったが、自然に笑みがこぼれた。彼女は、夏と変わらない落ち着いた物腰でほんのりと笑い、足袋《たび》をかえたいのだが、と言った。その変化のなさが、余計に浅沼を緊張させた。

——無駄足に、なりませんように。彼女が今日来たことを後悔したり、しませんように。

世間話もそこそこに、打ち上がった面を差し出すときの浅沼の手は、思わず震えていた。これまでの二作とは、絶対に違うはずだ。だがそれが、彼女の気に入った仕上がりなのかどうかが問題だった。

「——」

浅沼の目の前で、緋紹枝は小さな白い手を伸ばし、そっと面を持ち上げると、真剣な表情で泥眼と向かい合った。樋《とい》を伝う雨だれの音だけが、薄暗い仕事場に広がっていた。

「——浅沼さん」

やがて、彼女は面を静かに下ろすと、薄い笑みを浮かべて浅沼を見た。浅沼は、自分もつられて笑顔になりながら、「はい」とわずかに身を乗り出した。

「うかがった話では、失礼ですが、何度か奥様をかえられていらっしゃるとか」

「――お恥ずかしい話で」

「こんなお顔を、ずいぶん、ご覧になられた？」

緋絽枝の表情はあくまでも静かで、口調も穏やかなものだった。浅沼は、「いやあ」と、大袈裟《おおげさ》に首の後ろをかいて見せながら、つい饒舌《じょうぜつ》になりそうな自分を感じていた。やはり、この日舞の師匠は、浅沼の今回の泥眼への思い入れを、的確に摑《つか》んだ。それは間違いなかった。

「同じ泥眼でありながら、これほどまでに面差しの異なるものを打たれるのですから、大変なものでいらっしゃいますね」

緋絽枝は、わずかに首を傾《かし》げ、微笑《ほほえ》みの余韻を残した口元から、小さく息を吐き出した。この数カ月間、どれほどの思いで泥眼に向かってきたかを、是非とも聞いて欲しいと思った矢先、だが、浅沼の耳に「ですが」という声が届いた。

「どうやら、他の方にお願いをした方がよろしいのかも知れません」

一瞬のうちに、顔から血の気が退《ひ》く思いだった。とっさに顔を上げると、緋絽枝の顔からは既に笑みも消え、視線は遠くの何かを捉《とら》えているように見えた。浅沼のことを見てはいるのだが、そのずっと向こうの何かを見ている目で、緋紹枝は「残念ですが」と続けた。

「せっかく、Tさんからの御推薦もありましたし、他からも意欲的なお仕事をなさる方だとうかがっておりましたので、お願い出来るかと思ったんですけれど、イメージそのものが、どうも御理解いただけないようですので」

「まっ――」

「前のお作は、Tさんがお使いになられるとのことで、私も少し安心しておりますの。この泥眼も、きっと是非にと仰《おつしや》る方がおいででしょうし――」

「待ってください！」

浅沼は、すがりつきたい思いで緋紹枝の顔を見つめた。すっと、緋紹枝の視線が浅沼の上に戻ってきた。

「もう一度、やらせてください」

「ですが――」

「お願いしますっ」

深々と下げた頭の上から、緋紹枝が小さく溜息を洩らすのが聞こえた。相手は、ただの小柄な、孤独な老いに向かおうとしている女ではないかと思う。なのに、ただ座っているだけで、彼女からは並々ならぬ緊張感と、簡単には近づけないような威厳が伝わってくる。

これまでの日々、夢にまで見た女房たちの顔が思い浮かんだ。恨みの表情で、浅沼を嘲笑《あざわら》うかのように彼女たちの顔が揺れる。

「何度でも打ち直す覚悟でいるんです。もしも、ここで引き下がってしまっては、私は二度と面を打てなくなるような気がします」

「そんなこと。浅沼さんは、浅沼さんなりのお仕事をなされば、よろしいんじゃございません」

「駄目です――もっと、先生のお考えになっていらっしゃることが摑めればいいんですが――ですが、どうしても、打ちたいんです。絶対に、お気持ちに沿った泥眼を打ちますので」

「私の気持ちと仰られても、以前から申しました通りなんですの。この面が、目に金を入れられている意味も、お考えになって。今度の、これは、人間のままですわ」

彼女は真っ直ぐに浅沼を見据えた。

「浅沼さん御自身が、どうして何度も奥様をかえられたのか、その理由もお考えいただきたいんです。私は――こう申しては何ですが、浅沼さんと私とは対照的なところと、とても似ているところがあるのではないかと、そんなふうに思ったものですから。ですから、私の思いもお分かりいただけるのではないかと思ったんです」

そして、緋紹枝は再び傘をさして帰っていった。浅沼は、三十分とかからなかった彼女との対面に、精も根も尽き果て、のろのろと仕事場に戻った。

「また、駄目だったの」

茶をさげに来た母が、さすがに心配そうな表情で顔を覗き込んできたときも、浅沼は満足に返事をすることもできなかった。「人間のまま」という言葉が、頭の中で何度も繰り返されていた。

「まあ、なんてきっちりとなさったお師匠さんなのかしらねえ。一度、舞台を拝見したいものだけど」

母は、それだけ言うと、そそくさと仕事場から出ていった。半ば覚悟していたこととはいえ、幾ばくかの期待はあったのだ。面の出来そのものに関しては、問題はないと確信している。だが、市邑緋紹枝を納得させるだけの顔ではなかった。彼女は、泥眼に対して、もっと神性の高いものを望んでいるということなのだろうか。

――半ば、人間ではなくなっている存在。俺と彼女が似ている？

そろそろストーブの火が恋しくなる季節だった。底冷えのする板張りの仕事場で、浅沼はひたすら何日も同じことを考え続けた。別れた女房たちの顔が頭の中で一つに溶け合い、思い出される台詞《せりふ》さえも誰の言葉だったか分からなくなっていく。望んでいるのは、彼女たちのエッセンスに、もう一つ何かを加えたものに違いない。人間でなくなるための、一線を踏み越えるための、何が必要なのか。

——頼む。おまえの中の、本当のあるべき姿を、俺に彫らせてくれ。

そして、浅沼は再び新しい用材に向かい始めた。鉈で割り取った用材に、大まかな木取りをし、荒彫りに入る。この工程は、面の全体の輪郭を一気に彫り進む、作家の即座の判断がもっとも要求される段階といえる。また、表現力や技量が明確に出るところでもあった。浅沼は精神を集中させてノミを握った。大きな木屑《きくず》が周囲に散るにつれ、浅沼の頭の中の泥眼は、ますます大きく鮮やかになり、今にも浅沼に何かを言い出しそうな気がしてきた。

——もはや人間ではない存在。

能の世界には、天狗《てんぐ》や雷電《らいでん》、いわゆる妖精《ようせい》など、人間以外の存在が数多く現れる。それぞれに特色を摑んだ風貌《ふうぼう》を持ってはいるが、人と物《もの》の怪《け》の中間のような位置にいる生霊《いきりょう》に、これほどまでに悩まされるとは考えてもみなかった。

何故《なぜ》、生霊にまでなったのか。何故、市邑緋紹枝は、ここまで泥眼の面にこだわるのか。古来神聖視され、その白い木肌と芳香を愛されてきた檜は、軽い上に粘り強く、柔らかで、耐久性にも富み、水湿によく耐える。何故、何故と考えながら、浅沼はノミをふるい続けた。

――俺の力量だけでは、もはや、どうなるものでもないのかも知れない。人間をはるかに超えているという点では、むしろ、この檜の方が、よほど泥眼に近い位置にいるのではないか。

荒彫りを終え、中彫りに入ると、今度は徐々に細かい顔型の造形が始まる。顔、顔、と念じ続けながら、浅沼はひたすら、緋紹枝の望む泥眼を思い続けた。恨み、悲しみ、後悔、恋慕――すべての思いが一気に収斂《しゅうれん》するとき。それは、能楽師が面をつけたときの視界に似ているかも知れないと思う。

狭苦しい闇《やみ》に包まれながら、面の瞳《ひとみ》に開けられた小さな穴からの光の点だけを頼りに舞う、それが、舞台に上がった能楽師の世界である。極度の緊張と周囲の状況が把握出来ない不安、その上で舞を舞うという困難に打ち勝つために、彼らはひたすら神経を研ぎ澄まし、光の点に向かって精神を集中させる。

――そのとき、人間としての女の部分はどうなるんだ。

いつの間にか、浅沼は木に語りかけ始めていた。人間など及びもつかないほどの歳月を、一カ所にとどまり、風雪に耐えて生き抜いてきた木の魂と触れ合わないことには、どうしようもない気持ちだった。それは、実に久しぶりのことだった。亡父から「木と語り合え」と言われ続けていた頃、面打師として、少しでも評価を得たいと思っていた頃に戻ったように、浅沼はひたすら念じ続けた。

5

翌年の夏、浅沼は、前年と同様に首から汗拭《ふ》き用タオルを下げながら、やはり泥眼に向かっていた。前回の面も、またもや市邑緋紹枝の眼鏡にはかなわなかった。そして、浅沼はまた新しい泥眼に向かった。その面も、木彫りの段階は既に終わり、裏面の漆塗りも終えて、いよいよ彩色に取りかかろうとしていた。まずは胡粉《ごふん》下地を塗り、面の前面を白一色にする。それまで木肌を見せていた面は、ここで一気に艶《なまめ》かしさを持ち始める。

——さあ、おまえはもう木じゃない。面になったんだ。

真っ白い顔になった泥眼は、一見するとデスマスクのようでもあり、むしろ人間臭くも感じられた。浅沼は、最近では、とにかく市邑緋紹枝が舞台に上がるときのことばかりを考えながら、ひたすら泥眼《でいがん》に向かって語り続け、仕事を進めていた。人づてに聞いたところでは、緋紹枝は自分の新作発表会の日程を、ずっと日延べし続けているという。それは、取りも直さず泥眼の面が出来上がっていないからだ。それほどまでに真剣に待っていてくれるのかと思うと、浅沼の気持ちは自ずから、汗を流しながらふてくされていた昨年の同じ季節とはまるで異なるものになっていた。

——今度こそ、師匠の舞台に上げてもらえると、いいんだがなあ。おまえも、上がりたいだろう?

下地塗りが終われば、今度は胡粉に顔料を加えて色を調整した胡粉上地を塗る工程に入る。この段階で、面には様々な肌合いが生まれる。舞台の強い照明にさらされて、面が白くとんでしまわないように、良質の煤《すす》を使用するなどして色調を落ち着かせる工夫を凝らして、面から木の風合いは完全に失われる。

汗の滴《したた》り落ちる仕事場で、浅沼はひたすら泥眼に向かい続けた。上地塗りが終わると、いよいよ彩色に入る。仕事場に冷房をしないのは、空気が乾燥することによって、彩色に使う筆の穂先が乾いたり、空気の流れで細かい埃や繊維が舞い、筆の毛先につくことを嫌うためでもある。

——おまえをつけて、あの人は舞う。

市邑緋絽枝は、未《いま》だに踊りの内容については何も語っていない。だが、ついに五作目の泥眼を打つに及んで、浅沼はもはや彼女に対して、何の不安も不信も感じなくなっていた。能には欠かせない面ではあっても、日本舞踊では小道具にすぎないはずだ。その小道具の一つに、これほどまでにこだわる緋絽枝の拘りと眼力を信じていた。浅沼が、ついには他の仕事を断ってまで泥眼に向かってきた月日、緋絽枝もまた、一点だけを見つめて過ごしてきている。その緊張が、浅沼には理解出来た。役に立ちたい、彼女の新作の踊りを引き立てたいと、ただそう思うだけだった。

女の面は、プロでも識別が難しい場合がある。同じ小面とはいっても、実際は作者の腕の相違などから、かなりの違いが生まれてくるものだ。そこで、毛描きに一つの約束が生まれる。額の上から顔の両側に流れる毛筋の数や太さによって孫次郎《まごじろう》、万媚《まんび》などといった面の種類を識別することになるわけだが、泥眼の髪は、額から頬にかけて、数本が乱れている。激しく、猛《たけ》り狂うような乱れではなく、わずかにほつれているような細い髪を描くとき、浅沼は息をとめ、全神経を筆の穂先に集中させる。

――この髪が、おまえの情念を語るだろう。いくら表情は静かでも、おまえの中で燃えている思いを語る。

一筋の髪が、これほどまでに女の哀《かな》しさを表す。浅沼は、泥眼が虚《うつ》ろに宙を見つめながら、「何故、何故」と呟くのを聞いているような気がした。悔やんでも悔やみきれない、取り戻そうにもかなわない、ついに捨て去ることの出来ない誇りが、もはや唯一《ゆいいつ》の支えでもあるかも知れない。我を忘れて泣き喚《わめ》けない女の、「どうして……」という呟きを聞きながら、浅沼は息を詰めて仕事を進めた。既に、暑さなどはまるで感じなくなっていた。

翌週の末、浅沼は市邑緋紹枝の来訪を待って、朝から落ち着かない気分だった。何をしていても時計ばかりが気にかかる。手持ち無沙汰《ぶさた》のあまり、庭に水撒《ま》きでもしようと縁側から外へ出るとき、いつの間にか腹の周りの肉もだいぶ落ちて、奇妙なほどに身軽になっている自分に気づいた。以前から運動不足がたたって、足だけは細かったものだが、その膝《ひざ》に負担がかからなくなっていた。

――そりゃあ、体重も減るだろう。

ただでさえ、暑い季節に仕事場にこもるのは体力を消耗するものだ。その上、二年近くも同じ面ばかり打ち続けてきた疲労が、肩から背中にかけて、べったりと貼《は》りついている気がする。それでも、まだ終わったかどうかは分からないのだ。ここで完全に緊張を解いてはならない。そう自分に言い聞かせながらも、ホースから放たれる水を眺めているだけで、頭の芯《しん》がぼんやりと霞《かす》んでくる気がした。

「お座敷へお通ししたわよ」

やがて、母が緋紹枝が来たことを告げに来た。その言葉を聞いて、浅沼は、否応《いやおう》なしに緊張が高まるのを感じた。いずれにしても今日を最後にするつもりで、彼女はやって来たのだろうということが察せられた。これまで、何度すすめても、浅沼の仕事場に来ることを望んだ彼女が、母に従って座敷へ案内されたということに、その決意が感じられた。

——最後、か。

浅沼は、完成以来、机の上でひっそりと息づいていた泥眼を持ち上げ、最後にすべてを点検する目になると、言葉にならない思いで一礼をした。誰に祈るというつもりでもなかったが、思わず「頼みます」と呟いていた。

「——もう、この歳《とし》になりまして、いつまでも息子の世話というのも、だんだん辛《つら》くなりまして——」

座敷に通ずる廊下の手前で、母が話しているのが聞こえた。浅沼は、つい立ち止まって次の声を待った。緋紹枝が世間話に興じている姿というものが想像出来ない。

「およろしいんじゃ、ございませんか」

母の低い声とは異なる、透明感のある明瞭《めいりょう》な声がきっぱりと言った。

「お母様のお気持ちは分からなくはございませんが、ご主人様も面をお打ちでいらしたんでしたら、お分かりだと思います。伝統を守りつつ、ご自分の世界を表現なさらなければならないんですもの、俗事からは遠ざかられていた方がよろしいんじゃ、ございませんか」

母の愚痴など、緋紹枝にはまるで通用しない様子なのが手に取るように分かって、浅沼は思わず笑みを洩らした。

「ですが、先生のお仕事を請け負いましてから、ますます気難しい子になりまして——もう、せめてお嫁さんがいてねえ、ちゃんと世話でもしてくれるんなら——」

「奥様がおいでてでしたら、今のような面は打たれなかったと思いますが」

「そうでしょうか——でもねえ」

母が、なおも食い下がろうとする様子なので、浅沼は歩き始めた。座敷の前に立つと、母は愛想笑いは浮かべているものの、何とも不満そうな、やりきれないといった目つきで浅沼を見上げた。そして、緋紹枝に向かって「ごゆっくり」とだけ言うと、そそくさと立ってしまった。

「つまらない愚痴をお聞かせしていたんじゃないですか」

浅沼が言うと、緋紹枝はいつもと変わらない表情で「いいえ」と首を振る。

「母は、平凡な人ですから」

「当たり前のことしか、仰《おっしゃ》いませんでしたわ。普通は、お母様のようにお考えになって、当然です」

緋紹枝は、すっと背筋を伸ばして、俯《うつむ》きがちに座っていた。浅沼は、彼女が雑談などに応じる気のないことに気づき、さっそく面を差し出した。緋紹枝は、静かな表情のままで、だが、よく見れば食い入るような目つきで、浅沼の手元を見つめていた。

「ありがとうございます」

重苦しい沈黙が流れるかと思ったのに、次の瞬間には緋紹枝が頭を下げていたので、浅沼は拍子抜けした気分にもなり、いささか面食らって彼女を見つめた。

「あの――」

「今日、頂戴《ちょうだい》して帰っても、よろしゅうございますか」

顔を上げた緋紹枝の表情は、かつて見たこともないほどに輝き、ほんの数分前の彼女とは別人のように見えた。

「あ、いや――もう少し、きちんとご覧になられた方が」

「一目見て、分かります。本当に、打ってくださったんですね」

それから、緋紹枝はようやくじっくりと泥眼と向かい合った。浅沼は、こんなにあっけなく、一瞬のうちに仕事の完成を告げられるとは思ってもみなかったので、半ば狐《きつね》にでもつままれたような気分で、そんな緋絽枝を見つめていた。承諾の返事をもらったときには、さぞかし爽快《そうかい》な気分になることだろう、歓声でも上げたいくらいに解放感を味わえるだろうと思っていたのに、やり場のない淋《さび》しさのようなものが胸の底から迫ってくる。

「本当に、これで、よろしいんですか」

「これが、欲しかった泥眼なんです」

「あの――」

生き生きとした瞳を輝かせる緋絽枝は、もはや浅沼の言葉などまるで聞くつもりもない様子だった。彼女は、ひたすら泥眼を見つめ、何事かを考えるように、唇をわずかに噛《か》んで、そのまま動かなくなってしまった。

――かなわないな、この人には。本当に。

浅沼は嘆息を洩らして、そんな緋絽枝を見守っていた。もっと、何かの褒め言葉が聞かれるのではないかと思ったが、それは俗な想像だった。彼女から、そんな平凡な反応を期待したこと自体が間違いだったのだと気づき、内心で苦笑しながら、それからしばらくの間、浅沼は黙って緋絽枝を見つめていた。

「変わった方だわよ、本当に。何を話しても取り澄ました顔で、つっけんどんな答え方しかしないで」

緋絽枝が泥眼を携えて帰っていくと、母は不服そうに呟いた。

「それで、小切手をぽんと置いて帰っていくんだものねえ。まったく、普通じゃない方だわ」

「大金持ちのお嬢様なんだよ」

じわじわと虚脱感が広がっていくのを感じながら、浅沼はぼんやりと答えた。母は、一瞬料理の手をとめて、浅沼の顔をまじまじと見つめると、小馬鹿《こばか》にしたようにふんと鼻を鳴らした。

「何が、お嬢様なものかね。あの歳になって」

浅沼は、なおもぼんやりとした感覚で母を眺めていたが、内心でどきりとなった。そうだ、確かにお嬢様と呼ぶような年齢《とし》ではない。だが、今、浅沼は実に自然にそう呼んでいた。彼女がひたすら泥眼を見つめていたときの様子を思い出すと、当たり前のようにその言葉が出たのだ。まるで宝物でも見つけたかのような表情の輝き、一心に面を見つめていた澄んだ眼差《まなざ》しは、緋絽枝から年齢など消し去っていた。彼女は現実を生きていない。舞台の上でのみ生きているのに違いないと、浅沼は思った。

「いずれにしても、良かったわよ。厄介なお客様の仕事が終わってね。これで、他の仕事に集中して取りかかれるでしょう」

母は、新聞紙にくるんだ枝つきの枝豆と笊《ざる》を持ってきて「今夜のお酒はおいしいでしょうから」と言いながら、それを差し出した。浅沼は、縁側に座り込んで、パチン、パチンと枝豆を切り離し始めた。鋏《はさみ》の音を聞いているうちに、妙に淋しい、心細い気持ちになった。

6

以来、浅沼は全身から力が抜け、神経さえも弛緩《しかん》してしまって、惚《ほう》けたような日々を送った。取りあえずは仕事場にこもり、道具の手入れなどをするのだが、新しい面《おもて》に取りかかる気になれない。あんなにも長い間、一つの面、一つの表情のことだけを追いかけて過ごしたことが、幻のように感じられた。夏は瞬く間に過ぎ、再び秋が巡ってきても、浅沼の仕事場からはノミの音は聞かれなかった。

市邑緋紹枝からは、何も連絡がなかった。果たして、どんな踊りにあの面を使うのか、どんな使い方をするのか、それすら教えられずに、浅沼は取り残されたような気分を味わっていた。

「稽古場を覗《のぞ》いてみればいいじゃないですか」

何かのついでにTと会うと、彼はいとも簡単そうに浅沼に言った。だが、浅沼は曖《あい》昧《まい》に首を傾げて見せただけだった。あれが打ち上がるまで、ひたすら日延べしてきた新作の発表を控えて、あの緋紹枝がどれ程までに神経を張りつめさせているかと考えると、無《む》闇《やみ》に近づいてはならない気がする。

「浅沼さんは、誰よりも緋紹枝先生の怖さをご存じなんでしょうからな」

浅沼が、稽古の邪魔はしたくないのだと言うと、Tは納得したように頷《うなず》いたものだ。

――違うんだ。怖いから、ただそれだけで、そう思うんじゃない。

最初は自分でも面食らった。単に泥眼のことが気がかりなだけだと、何度自分に言い聞かせたか分からない。だが、予想もしていなかった虚脱感に襲われたとき、浅沼はそれまでの日々を、常に緋紹枝のことだけを考えて過ごしてきたことに気づかされた。その発見は、これまでの人生で、それなりの経験を積んできた浅沼を狼《ろう》狽《ばい》させるのに十分だった。結婚と離婚を繰り返し、好《い》い加減に臆《おく》病《びょう》にはなっているものの、女に対して自信がなくなっているわけではない。だが、そんな感覚と、緋紹枝に対する思いとは、まるで別の類《たぐい》のものだった。

ない。

——俺は泥眼を見ていたはずじゃないか。あの人のことを、見つめていたわけじゃない。

それなのに、浅沼の脳裏に浮かぶのは、もはや泥眼の面などではなく、きっちりと髪を結い、寸分の隙《すき》もなく着物を着こなしている、市邑緋紹枝本人なのだ。勿論《もちろん》、緋紹枝とは、一つの面が打ち上がる度に会っただけなのだし、必要以上の大した会話も交わしてはいない。なのに、あの一瞬の対面さえも、もう自分には訪れないのかと思うと、いてもたってもいられない気分にさせられた。気恥ずかしいほど狼狽し、自己嫌悪《けんお》に陥るほどに、緋紹枝に逢《あ》いたくてたまらなかった。逢って、ただ顔を見るだけでも良いとさえ思った。

——それでも、俺には、これ以上、あの人に近づく理由がない。

一体、自分よりも一回りも年上の、既に若さも失い、かつての美貌《びぼう》もなりをひそめてしまったような芸一筋の舞踊家の、どこに惹《ひ》かれたのか、自分でも分からない。考えれば考えるほど混乱する自分の気持ちを持て余しながら、浅沼はそれからしばらくの間、まるで気が乗らないままで、それでも時間に追われ、必要に迫られて数個の面を打った。皮肉なことに、市邑緋紹枝が新作舞踊に使用する面を手がけたという噂《うわさ》が噂を呼び、面そのものはまだ世間に披露されてもいないのに、新しい面の注文ばかりが相次いだ。

市邑緋紹枝・新作舞踊発表会の案内状が届いたのは、樹々《きぎ》が色づき始め、浅沼は浅沼なりに、ある決意を固めた頃だった。封筒には印刷による案内状の他に、緋紹枝の直筆と思われる簡単な手紙が添えられていた。無沙汰を詫《わ》び、是非とも舞台を観《み》に来て欲しいという簡単な手紙を読んだだけで、浅沼の胸は高鳴った。

——その日、俺はあの人に告げる。彼女がどういう反応を示そうと。

同封されていたプログラムによれば、二部構成になっている、前半は長唄《ながうた》からの大がかりな出し物と、弟子らしい人の踊りがあり、後半に新作を舞うことになっている。その新作は、『鏡の間』と題されていた。能舞台から通ずる橋がかりの奥にあり、舞台とは五色の揚げ幕で仕切られた能独特の板の間の名をとった題だった。大きな鏡があり、扮装《ふんそう》を終えた演者が精神を集中させて出を待つ部屋は、能面をつけ、登場人物になりきるための部屋でもある。プログラムの裏表紙に、地方《じかた》、後見《こうけん》、衣装などの名と共に、「能面制作」として自分の名を発見しながら、浅沼は市邑緋紹枝の舞う姿を、幾度となく夢想した。

7

公演の当日、花束を手に会場を訪れた浅沼は、はやる気持ちで、まず楽屋を訪ねようとした。ところが、受付にいた弟子らしい女性が数人で、本番前には会わせられないという。

「申し訳ございません。緋紹枝は、いつもどなたにもお目にかからないんです」

浅沼は、なるほど彼女らしいと納得した気持ちになり、花束だけを渡してもらうことにした。

「やっと、わが子にライトが当たりますな」

ロビーでTに声をかけられ、他に数人の能楽関係者に出逢って、浅沼は彼らと客席に入った。誰もが緋紹枝の踊りと同時に浅沼の面も楽しみだと言ってくれる。本当は一人で緋紹枝の踊りを観たかったのだが、彼女に会えなかったことで気勢をそがれた気分だった浅沼は、観客のほとんどが和服の女性であることもあって、かえって話し相手の出来たことに感謝した。

「数人のお弟子さんの他は誰も観ていないんだそうですよ」

席に着くと、Tが『鏡の間』についての情報を伝えてくれた。

「ただ、あくまでも噂ですが、緋紹枝先生は、一度限りしか踊らないと、そうも仰っておいでのようです」

「一度限り、ですか」

浅沼は意外な思いでTを見た。たった一度だけ踊るために、あれほどの思い入れで泥眼を打たせたのだとすると、ますます興味をそそられる。一体、浅沼の打った面は、どんな形で扱われるのだろうか。舞台に上げたときに、どれほどまでに効果を発揮するものだろうか。客席が埋まってくるにつれ、浅沼の不安は一層大きくなり、人いきれのせいもあって、うっすらと汗ばんでさえくるようだった。

やがて客席のライトが落ち、拍手と共に緞帳《どんちょう》が上がった。華やかな大道具が、能舞台などとはまったく異なる、明るく賑《にぎ》やかな空間を創り出している。現れた緋紹枝は男の格好をしていて、実に軽快にテンポの良い踊りを舞った。浅沼は、小柄で華奢《きゃしゃ》なはずの彼女が、舞台では際立《きわだ》って大きく見えることに息を呑《の》み、全身から伝わる躍動感に驚かされた。続いて、二人の弟子による舞が披露され、前半は明るく、雅《みやび》やかな雰囲気のうちに終わった。

「さて、いよいよだ。どうです、緊張していますか」

三十分ほどの休憩の後で、再び客席に戻るとき、Tはいかにも嬉《うれ》しそうに、また冷やかすような表情で浅沼を見た。

「いや、僕が踊るわけじゃないんですから」

浅沼は笑顔で答えながら、実際には手がじっとりと汗ばんでいた。

やがて、客席の照明が落ち始めると、笛の音が細く、ゆっくりと流れ始めた。緞帳が、ゆるゆると上がっていく。笛は高く低く鳴り渡り、舞台はまだ暗い。前半の踊りとは実に対照的な始まり方だった。笛の音が一際高くなった瞬間、舞台に二つの顔が浮かび上がった。一瞬の静寂があたりに満ちた。

それは、鏡に向かう緋紹枝の姿だった。顔の部分にだけスポットが当たっている。緋紹枝は、腰を落とした姿勢のままで微動だにせず、大きな縁のついた鏡に向かっていた。やがて、嗄《しわが》れた男の声で歌が始まる。緋紹枝がすっと立ち上がった。

――これは。

鏡の向こうの顔が動かない。舞い始めた緋紹枝に置き去りにされたように、縁だけは鏡と思わせる枠の反対側で、白い顔は未だに宙に浮いて見えるのだ。そして、それこそが、浅沼の打った泥眼の面だった。浅沼の鼓動はにわかに速まった。

舞台全体が明るくなった。時が流れて、自分はどんどん年老いていく。それだけの月日をかけて思ったのはただ一人。だが、思っても、思っても、今となっては手遅れなのだろうか、というような意味の歌に合わせて、緋紹枝は静かに舞い続ける。帯だけをかえれば日常でも着られそうな地味な地の着物を着て、髪もひっつめた結い方をしているその顔は、先ほど軽快な男踊りを見せた人間と同一とは思えず、浅沼が見知っている緋紹枝ともまるで別人に見えた。そして、その顔は、浅沼の打った泥眼そのものの顔だった。

——親の持ってくるどんな縁談も断り続け。

——客席から溜息《ためいき》が洩《も》れるほどに美しかった。

Tから、そんな話を聞いたのは、いつのことだったろうか。あのとき、Tは「芸のためでしょうな」と言ったはずだ。

流れた時を悔やんでも、どうなるものでもない。何度も切り捨てようとした思いが、これほどまでに自分の中で育とうとは思わなかった。幾度となく諦《あきら》め、忘れようとしても、年月さえもこの思いは取り払うことが出来ないのだ。だからこそ、人としての幸福をすべて諦め、今こそ私は人の世界から離れてでも思いを晴らしたい。私からあの人を奪ったすべてのものを、私は決して許しはしない。たとえ人の心を捨ててでも、神や仏の意志さえ、許さない——

男の嗄れた声を聞くうちに、浅沼の全身には鳥肌が立っていた。年老いたことを嘆き、自分自身の姿を鏡に映す緋紹枝の姿には、まさしく鬼気迫るものが感じられる。やがて緋紹枝は泥眼の面を手に取り、自らに語りかけるように泥眼を持って舞い始めた。極力落とした照明の下で、昔を懐《なつ》かしんで娘のように舞い、次の瞬間には我に返って泥眼に話しかける。彼女がくるくると回るときには、どちらが本物の泥眼か、区別さえもつかなくなった。虚ろに妖気《ようき》を漂わせる泥眼に、緋紹枝が頬を寄せるとき、悪寒《おかん》にも近い震えが背中を駆け上がった。

——何故、気がつかなかったんだ。彼女の顔そのものだということに。

若い女の面を打つとき、それが、思いを寄せる女の顔に似るのは、珍しいことではない。「孫次郎」などは、先立った美しい妻への断ち難い恋慕の情が映し出されたと言われる、金剛流四代の太夫《たゆう》によるものと言われ、その太夫の名のつけられている若い女の面だ。だが、こともあろうに泥眼にそんなことが起こるとは浅沼自身、考えもしなかった。第一、確かに違っていたのだ。普段の彼女は、決して泥眼のような顔はしていないではないか。それでも、歌を聴くうちに、浅沼にはそれが緋紹枝自身の思いを伝えているものに間違いないと感じられた。間違いなく、今、緋紹枝は観客の目の前で泥眼と化していた。

——泥眼になるまでの、その女の人生。

緋紹枝の言葉が蘇《よみがえ》る。自分と浅沼は、対照的なところと、とても似ているところがあるのではないかと、彼女は言った。一つの恋さえ思いつめられないところ、そして結局は一人になり、仕事に戻るより他に生きようのないところ——そういう意味だったのかと、浅沼は、ただ呆然《ぼうぜん》と舞台を見つめていた。ここへ来るまでの、妙に甘ったるい決心など、とうに吹き飛んでいた。

——たとえ地獄に堕《お》ちてでも、私は恨みを晴らすだろう。今となっては人であることさえ捨てた身なのだから。たった一人の人だったのだから——

踊りは佳境に差し掛かったようだった。歌う男の声は、悲痛なほどの女の叫びを、その嗄れ方で余計に不気味に演出している。狂ったように鳴り響く笛の音は、緋紹枝の心を操る糸のようでもあった。浅沼は、思わずネクタイの結び目を緩め、生唾《なまつば》を飲み込んだ。これこそが、本当の緋紹枝の恐ろしさなのだと、ようやく得心した。もう二度と、泥眼の面は打つまいと思った。

春の香り

1

花曇りと呼ぶには少し早いが、静かで穏やかな日になった。時間つぶしに電車通りを歩いて、県庁前から延びる道までさしかかったところで、そういえば今日は木曜日だったと思い出した。県庁から南に向かって真《ま》っ直《す》ぐに延びる通りの片側に、街路市が軒を連ねている。この道に市が立つのは木曜日と決まっていた。月曜日を除く毎日、市内にはどこかでこうして市が立つのだ。とうに慣れ親しんでいたつもりが、すっかり忘れていた。

——変わってないんだわ。

つい吸い寄せられるように、彼女は立ち並ぶ露店に向かって歩き始めた。そう、今日は木曜日だった。今日と明日で用事を済ませなければ、週末になってしまう上に彼岸に入って何かと忙しくなる。この機会を逃すと、また当分、話が先延ばしになってしまうから、思い切って動いてしまおうということになった。彼女だけでなく弟も、新年度を迎える前の方が都合が良いと言ったし、姉の方もそうだった。結局、昨日になって姉は来られないことになってしまったけれど、弟が来られるのなら問題はない。そのまま、予定通りことをすすめることにした。

——お墓ばあ残しちょいても、ええがやない？　何ゆうたち故郷ながやき。

この話を報告したとき、電話口で聞いた伯母の言葉が蘇《よみがえ》る。口では「そうなんですが」と答えながら、彼女は心の中で、とうに故郷は失ったとため息をついていた。少なくとも彼女の心情としては、母が逝《い》ったときに故郷もまた、なくなった。

彼女が高校に入った頃に父が逝った。以来、女手一つで三人の子どもを育てた母が逝ってから、早いもので今年で七回忌を迎えようとしていた。離れて住んでいたこともあって最初の数年は実感が湧《わ》かず、やがて少しずつ諦《あきら》めがつくにつれ、彼女は故郷というものはその土地ではなく、結局は母のいる場所を指すのに違いないと思うようになった。母のいない高知へ戻っても、頼りなさを感じるばかりなのだ。時と共に表情を変えていく街は、母の思い出さえも消し去っていくようだし、たとえ親戚《しんせき》の家に泊まったとしても、実家のようなわけにいくはずもなく、むしろ、かえって気詰まりになる。だからこそ姉弟で相談して、祖父母と両親の眠る墓を東京郊外の公園墓地に移すことにしたのだった。

ていない。

——この市も、見納めになるのかも知れない。

近所の主婦たちに混ざって、彼女はのんびりと露店の一つ一つを眺めて歩いた。昔は何曜日と何曜日に来る、どのおばさんの店から買う野菜が良い、誰の店のちりめんじゃこが美味《おい》しい、花はどこそこだなどと自然に学んでいたものだが、今はもう覚えていない。

しらす干しばかりを売っている店がある。青汁にする青菜と庭の畑で出来たらしい野菜を売っている店があった。鰹節《かつおぶし》を売っている店、蒸しパンを売る店に餅《もち》菓子を売る店。輝くばかりの真っ赤なトマトばかりを積み上げてある露店があるかと思えば、干物を売る店に続く。焼鳥屋があって、生花店がある。漬物、たい竹輪、豆、コロッケ、土佐ケンピ。彼らは大半が近在の生産者だ。だから新鮮だし安価だし、生産者の顔が分かるだけに安心出来る。こういう環境で暮らしてきた自分が、今は当然のようにスーパーで土のついていない野菜を買い、きっちりパックしてある魚などを買っているのだから、慣れとは不思議なものだ。

ふと、大きな文旦《ボンタン》を売っている店が目についた。大きな黄色い文旦が、山のように積み上げられている。

「今が旬《しゅん》ぜよ！　ちっくと食べてみてや」

陽に焼けた男が、威勢の良い声をかけてきた。すすめられるままに厚い皮をむかれた文旦を一つ、口に放り込む。口一杯に爽《さわ》やかな酸味が広がった。東京では、文旦など見かけた記憶がない。母が健在だった頃は、時折、送ってもらったことがあったものだが、そういえばもう十年近くも、食べたことはなかった。

「これ、東京まで送れます？」

「ええよ！　明後日《あさって》には届くきのぉ」

子どもたちに土産物をねだられてはいたけれど、まさか街路市で最初の土産を選ぶことになろうとは思っていなかった。差し出された伝票に送り先を書き込み、料金を支払って、彼女は文旦の前から離れた。

振り向けば、霞《かすみ》がかった景色の中に高知城がそびえて見える。既に昼を回って、品物をあらかた売り尽くしてしまった店もあるようだ。後は残り物を並べたままで、のんびりと隣の店の人と雑談にふけっている人も多い。その大半が高齢の女性だった。おそらく少しでも家計の助けにするためと、老化防止の意味もあって、こうして市に出ているのに違いない。

母が生きていたら、彼女たちと似たような年代になっていた。今頃はどんなふうになっていたことだろうなどと考えながら、数々の品物を交互に眺めて歩くうち、シキミを売っている店が目にとまった。彼岸が近いせいだろう。大きくて立派なシキミの枝が瑞々《みずみず》しい緑を放ちながら並んでいる。その店番をしているのは、十五、六歳に見える少女だった。何かに腰掛けて、ぼんやりとつまらなそうな顔をしているその少女を見ているうちに、彼女は「おや」と思った。

——知ってる子だわ。

そんなはずがないと思う。だが彼女は、その少女を確かに知っていると思った。突然、胸の奥がざわめき、切ないような気持ちになった時、少女がちらりとこちらを見た。だが少女のほうは、まるで風景の一端でも見かけたように、表情一つも変えずにまた視線を逸《そ》らす。

——気のせい？　でも、会ったことがあるはずなのに。

懸命に思い出そうとしていたとき、一人の女性が少女に近づいた。少女に何事か話しかけ、台の上に並べたシキミの枝を整えようとして、ふとこちらを見る。その途端、彼女と女性の両方が「あっ」と声を上げた。

「何、戻《も》んてきちょったが？」

「あ——あなたこそ！　何で？」

同時に口を開き、次の瞬間、二人で声を揃《そろ》えて歓声を上げていた。隣で少女が不思議そうな顔をしている。見たことがあると思ったはずだ。少女は、かつての彼女の親友にそっくりだった。そして今、軽快な笑い声を上げている人こそが、その親友の二十年後の姿だった。

2

このところ、久しく経験したことのないような心のときめきだった。彼女は普段着にエプロン姿の友人と抱き合うようにして再会を喜んだ。娘だと紹介された少女は、そんな様子をわざと見ないふりでもするように、そっぽを向いている。

「びっくりしたちや、そっくりやねえ。何年生？」

思わずお国言葉になった。

「この春で、中三ながよ。ねえ？」

母親が答える間も、少女ははにかんだように横を向いたままだ。友人は、そんな少女を一瞥《いちべつ》しただけで、別にとがめる様子もなく、「ダンナの家が造園業やき」と続けた。住まいは高知市内から少し外れているが、こうして日曜市と木曜市には、店を出しているのだという。

彼女も、夫や子どもの話を簡単に聞かせた。今回の帰郷の理由を説明すると、友人は彼女の母の死を知って表情を曇らせ、「亡《の》うなったが、おばさん」と呟《つぶや》いた。

「たまで、知らんかったちや。そりゃあ二十何年もたっちゅうがやき、色んなことがあって当然やけど」

「私だって、同じ。もう高知での生活より、都会暮らしの方が長くなっちゃったくらいだもの」

お互いに頷《うなず》きあって、同時にため息をつく。そして二人でまた笑った。こんなに月日が流れたのに、つい先週も会ったかのように、当たり前に会話できることが奇跡のように感じられた。高校は別々になったが、それでも、いつまでもずっと親しくしていられると思っていた友人だ。それが、いつの間に疎遠《そえん》になってしまったのだろう。特別な理由など何もなかったと思うのに、何故《なぜ》、今日まで互いの消息さえ知らなかったのだろうかと、友人の笑顔を眺めながら、彼女は不思議になった。

「今夜は？　親戚のお宅か何かに泊まるが？」

「ホテルをとっちゅうが。かえって気が楽やき」

「じゃあ、一緒に夕御飯食べん？　私、迎えにいくき。ホテル、どこ？　ああ、それとも何か予定が入っちゅう？　そいたら悪いわねえ。ねえ、どう？」

積極的というか決断力の速さというか、すぐにそう切り出すところが、昔とちっとも変わっていなかった。悪戯《いたずら》をするときでも、休日に遊びに行くときでも、友人はいつでも即断即決の人だったことを思い出して、彼女はつい笑ってしまった。

「弟も来ることになってるんだけど、彼は彼で昔のお友だちと飲み歩くに決まってるから」

彼女が答えると、友人はいかにも嬉《うれ》しそうに頷き、そうと決まれば、せっせと働くことにするからと言った。そして早速、娘に何か話しかけている。春休みにはまだ少し早いはずなのに、表情の乏しい少女は、ただ黙って母親の言葉を聞いていた。

「あの子、学校に行かんがよ。今年に入って、もうずっと」

その夜、地元の郷土料理店に案内されて、ビールで乾杯をしたところで、友人は話し始めた。弟と一緒に事務的な用件を無事に済ませて、浮き浮きした気分で友人の迎えを待っていた彼女は、意外な告白に眉《まゆ》をひそめた。

「きっかけは、クラスのいじめやったがやけんどね。だからち家に閉じこもってばっかりいられたち困るきに、ああやって外に連れ出すようにしゆうが」

そんな苦労があったのかと、彼女は静かな表情の友人をただ見つめていた。友人はごく簡単に、学校の対応や夫の反応、娘の変化などについて語った。一時は、死にたいとさえ言っていたと聞かされて、彼女も胸が痛んだ。

「うちの子の学校でもよく聞くわ。今のところ、うちは大丈夫だけど、いつ、そうなるかなんて分からないもの――大変ねえ」

「こんな話、隣近所じゃなかなか出来んがよ。人目も気になるき、市に連れていくがやち、最初は結構、勇気が要ったしね。けんど、家からも出られんようになったら困るやんか。ほんで、ああやって引っぱり出しゆうがよ」

かつて、あの少女と同じ年頃だった頃に、自分たちにこんな未来が待ち受けているなどと考えたことがあっただろうか。妻になり、母になり、そして、子どもの不登校に悩む日が来るなどと、想像したことがあっただろうか。思わず湿っぽい気持ちになってため息をつくと、友人が口調を変えて「やめや、やめや」と言った。

「こんな話、しとうて会ったがやないがやも。今ここで、あれこれ悩んだち、どうなるもんでもないき。ねえ、ほんで、あんた、仕事は？　今、何しゆうが？」

急に話題を変えられて、彼女は目を白黒させた。すると友人は、中学時代の彼女は、将来は絶対に英語を生かせる仕事につくと宣言していたと言った。だが英語など、短大を卒業して以来、ほとんど触れてもいない。彼女は「そうやったろうか」と曖昧《あいまい》に首を傾《かし》げた。

「確かに、短大は英文科に行ったんだけど」

「そうなが？　そいたら、映画は？　やっぱりたくさん観《み》てる？」

また首を傾げなければならなかった。映画など、もう二、三年は観ていない。せいぜい、テレビで放映するのを観るか、子どもが借りてくるビデオを、家事をしながら一緒に眺める程度だ。

友人は、「へえ」とわずかに口を尖《とが》らせ、ビールを一口飲んだ後で、では、普段は何をしているのだと聞いてきた。彼女は一瞬、答えに詰まり、「別に」としか答えられなかった。何しろ育ち盛りの子どもが二人もいるのだし、学校の用事や近所の自治会にも駆り出され、時には夫の実家へも顔を出さなければならないから、後は家事をこなすだけで、特別なことなど何もしなくても、日々は瞬《また》く間に過ぎていってしまうものだ。

「意外やねえ」

今度は、友人が首を傾げる番だった。

「ただの主婦らぁてつまらん、一人じゃち生きていかれるようになるって、あんたの口癖やったに」

「本当？　私、そんなこと言ってた？」

「言いよった、言いよった」

ぴんと来なかった。中学の頃の記憶そのものが、霧の彼方《かなた》に消えてしまっているようだ。確かに、この自分がそんなことを言ったのだろうか。

「それから、ほら、お裁縫が得意やったやんか」

今度は、彼女はようやく大きく頷くことが出来た。

「家庭科でパジャマとかワンピースとか、縫ったりしたわねえ。他の授業中に、こっそりビーズで何か作ったり」

「そうそう。先生にもクラスの子にも褒められて、あんた、大きうなったらハリウッドに行って、映画の衣装らぁを作れるようになったらええのにとか、確かそんなことも言いよったわよ」

頭の芯《しん》が、鈍く震えたような気がした。ハリウッド。映画。衣装——。そんな大それた夢を語っていただろうか。出来もしないのに。家庭科のパジャマくらいで。気恥ずかしいような話だ。だから、忘れてしまったのだろうか。どうせ夢物語だから、いとも簡単に消し去ったのか。

「二十歳過ぎたらただの人よ」

「まあ、人のことは言えんけどね。私じゃち漫画家にならあて、言いよったもんね」

友人がくすくすと笑った。そんなことを言っていただろうか。それさえも、彼女は覚えていなかった。だが、漫画家を夢見ていたかどうか知らないにしても、取りあえず友人だって、結局は週に二度、ああして不登校の娘を連れて街路市に出る、ごく普通の田舎のおばさんになった。お互い様だ。

「人生なんて、そんなものかしらね」

別段、今の暮らしに不満があるわけではない。ただ、そんな夢を見ていた頃の自分とは、まるで別人になってしまったような気がした。後悔はしていない。だが、もう引き返すことは出来ない、やり直しはきかないのだという思いは、実はこのところ、常に彼女の中のどこかで疼《うず》いていた。

「まあ、それはそれとして。で、何か考えゆうが？　これから」

「これから？」

「これからの人生よ」

友人に尋ねられて、彼女はまた答えに詰まった。第一、こういう会話そのものが久しぶりなのだ。最近の話し相手といったら大半は子どもを通しての母親同士だし、彼女「個人」の問題など、ほとんどまったく出てくることはない。

「そうねえ――」

多少の暇が出来たら、何か習い事でもしてみたいとは思っている。だが、特に何をしたいというものがあるわけではなかった。どう答えれば良いだろうかと考えているうちに、友人の方が「私はね」と口を開いた。

「子どもらぁが手を離れたら、勉強し直したいち思いゆうが」

「勉強?」

「大学に行ってね、考古学の勉強、してみたいが。そんで、エジプトに行くが」

友人は表情を輝かせて、聴講生でも良いから、とにかくそうしたいのだと言った。

「いつから、そんなこと考えてるの?」

「何とのう考えるようになったがは、もう何年か前やけど、本気で考え始めたがは、つい最近やき、娘にもね、あんたも焦《あせ》らないでえぇがって、言うようになったが。そうしたら、あの子も少しずつ明るうなってきたみたいやき、何か、ほっとしたがやろうかね」

何という情熱と行動力。しかも、不登校の娘にそんなことを言えるとは、大した度胸だ。

——置いていかれる。

ビールの酔いもあるのだろうか、何だか急に頭の中がぐるぐると渦を巻くような感覚に陥った。久しぶりに会ったというのに、もうすぐに置いていかれるなんて。そんなことを考えているなんて。ただの田舎のおばさんになったとばかり思ったのに。

「すごいのねえ——私には、何もないわ。そういう夢」

我ながら情けない声になった。すると、友人は明るい声で笑いながら「幸せながよえ」と言う。確かに不幸ではないと思う。だが、夢見る力も情熱もなくなった自分が、果たして幸福と言えるのだろうか。もしも今のままならば、少なくとも十年後には、彼女は自分を幸福とは感じなくなるような気がしてならない。それどころか、忍び寄る老いのことばかりを考えて、憂鬱《ゆううつ》になる一方かも知れない。それに対して、友人の方は確実に何かを得、新しい世界に向かって歩み始めていることだろう。

「ところで、今でもクラスの子たちと会うことある？」

「残っちゅう連中とは、たまに会うけど」

わざと話題を変えた。友人は素直にそれに応《こた》えてくれた。それからは、ビールを日本酒に切り換えて、カツオのたたきを肴《さかな》に、二人でかつての級友の噂話《うわさばなし》にふけった。だが、何を話し、何度声を上げて笑っても、頭の中ではさっきの混乱がずっと残っていた。

——十年後の私。

店を出た時には、夜も大分更《ふ》けていた。少し酔った足取りでホテルまで歩く途中、闇《やみ》の中に真っ白いコブシの花が咲いているのが目にとまった。

「もう咲いている。やっぱり暖かいのねえ」

思わず木に近づいて、その幹に手を添えながら、彼女はゆっくり呟いた。ホテルまで送ってくれるつもりらしい友人は、そういえば今日は桜の開花宣言が出されたようだと言った。

「もう？　さすが南国ねえ」

「東京は、まだまだがやろう？」

「下手すれば、まだ雪が降るかも知れないくらい。そういう年も珍しくないのよ」

ずいぶん飲んで、頰を赤く染めている友人は、「いやや、いやや」と、わざと震える真似《まね》をする。

「ようそんなところに住みゆうねえ。こっちはあったこうて、ええのに」

「仕方がないわ。今さら後戻りなんて出来ないもの」

「後戻りせえとはいわんけど、時々、思い出すのはええがやない？　自分が何を忘れちょったか、本当は大切なこともあったがやないがか、思い出すのはええと思うがやけど」

ふう、と煙を吐き出す音がして、彼女の鼻先を煙が流れていく。友人の吸う煙草《たばこ》の煙だ。

「今日は、ほんまに驚いたちゃ。だって、あんた、昔のこと、たかで覚えてないがやも」

「――そう？」

「きっと大変やったがやろうとは思うが。高校に入って、すんぐにお父さんが亡《の》うなったわけやろう？　色んな意味で、夢中で来たがやとは思うが。そうやのうても、ただでさえ十代、二十代の頃らぁて、自分のこと、目の前のことで精一杯やもんね。ほんで、私やち、つい連絡しそびれて、結局、そのままになってしもうたし」

「そう――かも知れないわね」

父が逝って、母と姉弟だけが残されて、確かに彼女の人生は、あの時点で大きく変わった。夢見る力を現実が追い越して、ふわふわとしたシャボン玉のような夢は、簡単に踏み潰《つぶ》されていった。まず堅実に、確実に歩むことが先決だと、いつの間にか思うようになり、やがて自分の可能性の限界を知り、または勝手に決め込んで、安全な道を選ぶ癖がついた。母に心配をかけないためにも、取り返しのつかない失敗をしないためにも、まず安全に、確実に――短大も就職先も、結婚も、彼女はすべてを、そういう基準で選んできた。

「子どもやのうなったき、程度が分かっちゅうき、かえって出来る無茶とか冒険て、きっとあるはずやと思うがよ。そういうことしてみたいち、思わん？」

「思わないことはないけど——でも、急にそんなことを言われたって何を考えたらいいのかなんて——」

「だから、まず思い出してみたらって言いゆうが。ほら、二人で一緒に行った場所やとか、遊んだことやとか。そのうち、どんな話をしよったか、自分がどんな女の子やったか、だんだんに思い出すがやないが？　そういえば、あの頃はあんなことしたかったがや、あんな場所に行きたかったがやって」

穏やかかな、諭すような口調だった。こんなふうに語りかけられたのは何年ぶりだろうか。少し肌寒い夜風の中でひっそりと息づくように咲くコブシの花を見上げながら、彼女は急に泣きたいような気分になった。そういえば中学生の頃も、この即断即決の友人に、彼女はいつも尻《しり》を叩《たた》かれるようにして行動していたように思う。ほら、早く決めやちや、悩むばぁならやってみいや、最初から諦めるらぁて、馬鹿《ばか》みたいやんか——。

二人で田圃《たんぼ》の中を突っ切るようにして自転車を走らせた日が、ふと蘇った。学校の帰りに桂浜《かつらはま》に行って、広々とした太平洋を眺めながら、日没まで語り合った日。夏休みに互いの家を訪ねて、宿題を写し合ったこと——。

「思い出せるがやろうか」

「大丈夫やちや、その気になりゃあ。何やったら、あの頃の私のこと、思い出してみいや。そうすりゃ自然に、自分のことやち思い出すがやない？」

「ほとんど毎日、一緒やったもんねえ」

「よう飽きもせんと、あんなに喋《しゃべ》ることがあったねえ」

「何を喋りよったがやろう」

「それやき、私のことから思い出してみいや」

友人は、わずかに悪戯《いたずら》っぽい笑みを浮かべて、そんな頃の自分を誰よりもよく知っているのは彼女のはずなのだからと言った。

「そのあなたが忘れてしもうたら、私の過去まで消えてしもうたみたいで情けないやんか」

「——それも、そうやねえ」

「ひどい友だちや。私はこんなに覚えちゅうのに」

小さく「ごめんね」と呟いて、彼女は春の香りのする夜気を胸一杯に吸い込んだ。

ああ、会えて良かったと、しみじみと思う。もしかすると、今日一日限りの再会かも知れない。だが、これが本当の友だちとの会話だと、彼女は久しぶりに感じていた。少なくとも、今の彼女の周辺に、このような話をしてくれる相手は一人もいない。知人は多いが、友人と呼べるかどうかは分からない、そんな人たちばかりが年と共に増えていく。

「明日、帰る前に桂浜に行ってみようかな」

「つきあおうか？」

「本当？　お宅の方、大丈夫？」

思わずすがるように友人を見た。相手は、言ってから少し迷う表情になったが、すぐにけろりとした顔で「多分ね」と答えた。

「あんたが、このまま都会の嫌味なおばちゃんになったら嫌やきね。土佐の言葉と一緒に、はちきんやっていうことばあは、ちゃんと思い出してもらわんと」

――土佐のはちきん。

そんな言葉も久しぶりに聞いた。そういえば上京して間もない頃は、彼女はよくおっとりと育ったらしい短大の友人に、「怖い」と言われていたものだ。気が強い、言葉がきつい、可愛《かわい》げがない――あんたらぁが、甘ったるいがよ、などと言い返すことも出来ないまま、たった二年の間に、やがて彼女はそういう都会の娘たちに合わせることを覚え、物静かでおとなしく見える娘になった。人と歩調を合わせること、どこも違って見えないようにすること、それが、都会暮らしを選んだ彼女が常に意識してきたことだったかも知れない。夫でさえ、知り合った当時の印象と、結婚後の彼女とがあまりにも違うことに、ずいぶん驚かされたと言っていたくらいだ。

「変なお土産、買わんとってよ。明日、持ってくるきね」

ホテルの前まで着いたところで、友人が念を押すように言った。彼女は「そんな、ええよ」と答えた。

「お土産なら、もうもろうたから」

「あら、そうなが？　誰から？」

少し目のとろりとしてきている友人を眺めて、くすくすと笑いながら、彼女は答えなかった。目の前にいる友人こそが、今度の旅の土産になったとは、さすがに照れ臭くて言えるはずもない。

「まあ、ええわね。私は私で気の済むようにさせてもらうき」

それだけ言い残すと、友人は大きく手を振って帰っていった。即断即決、でも、意外に鈍感で、とんちんかん。それが、彼女の親友だった。

——お母さん、大丈夫みたいよ。一緒に東京に来ても、ここはまだ、私の故郷でおってくれるみたいやき。

どうやって帰るつもりなのか、すたすたと歩いていく友人の後ろ姿を見送りながら、彼女は久しぶりに母に話しかけていた。あの友人がいてくれたら、ここはまだ故郷と呼べるかも知れない。彼女に会いたいと思えば、またこの土地を目指すことも出来るだろう。

本当は不安だった。勝手に墓地を移すことを、故人が嫌がるのではないかとも思った。だが、それに対する返答が今日の再会だったのではないか、そんな気がしてならない。故郷をなくしたなんて思うことはないと、母が会わせてくれたのに違いない。

ホテルに入ろうとして、ふと見ると、玄関脇《わき》の大きな桜の幹の途中から、小さな花が一輪だけ咲いていた。高知の春は、やはり早かった。

花《はな》盗《ぬす》人《びと》

1

その夜、午後十時を過ぎてから帰宅した祐司《ゆうじ》は、公子《きみこ》の顔を見るなり「もう」と顔をしかめた。口を尖《とが》らせ、眉根《まゆね》を寄せたその表情は、不機嫌というよりも拗《す》ねているように見える。マンションの玄関を入ってすぐのところにある狭い台所で、野菜の炒《いた》めものを作っていた公子は、手の甲で汗を拭《ぬぐ》いながら夫を迎え入れ、「どうしたの」と笑いかけた。

「遅かったのね。今日は早いって、言ってなかった？」

「また、電車が止まってたんだ」

祐司は舌打ちをしながら靴を脱ぎ、「まったく」と呟《つぶや》きながら奥の部屋へ行く。公子は、玄関のドアチェーンをかけ、彼が脱ぎ捨てた靴を揃《そろ》えると、自分も小走りに彼の後を追った。夫は、いかにも苛立《いらだ》った様子で上着を脱ぎ、背後に公子がいるのを計算したように、肩からすとんと下へ落とす。公子は、それを素早く受け取って、自分の腕にかけた。

「またなの？　なに、人身事故かしら」

「線路の上に、自転車か何かが置いてあったんだってさ。まったく、どこの阿呆《あほう》が、そんな暇な真似《まね》ばっかりするのかな」

喋《しゃべ》りながら、祐司はネクタイを外し、ズボンとワイシャツも脱いで、それらのすべてを公子に渡すと、しかめ面《つら》で、改めて舌打ちをした。

「最近、やたらと多いよな」

「迷惑よねえ」

公子も眉をひそめて、ため息をついた。

「何分、止まってる電車の中にいたと思う？　五十分だぜ、五十分、立ちっぱなし。あと十分待たされたら、非常用コックを引いて勝手に降りちゃおうかって、周りの人とも話してたくらいなんだから」

それだけ言い残すと、祐司は大股《おおまた》に浴室に向かう。公子は、夫のスーツをハンガーにかけ、急いで台所に戻った。彼は烏《からす》の行水だ。つまり、あと十分ほどで、夕食の支度を終えていなければならないということだ。止めてあったガスの火をつけ、再びジャアジャアと音をたて始めたフライパンの中身をかき混ぜながら、頭の中で素早く次の手順を考える。

——あと、お漬け物を切って、コロッケをチンして、ああ、レタスを洗わなきゃ。

最後に野菜炒めの味を調えるとガスの火を止め、次いでビールのつまみになるものを冷蔵庫から取り出していると、風呂場《ふろば》から聞こえていたシャワーの音が途絶えた。公子は焦《あせ》りながら夫婦の茶碗《ちゃわん》や箸《はし》、調味料などを盆の上にのせて、1DKのマンションの、台所と居間兼寝室の和室の間を往復した。とにかく、風呂から上がったら、すぐに冷たいビールを飲みたがる、それが祐司だ。

「あれ、おい、着替えは?」

やがて、彼が風呂から上がる音がして、すぐに大きな声が響いてきた。食卓を濡《ぬ》れ布巾《ぶきん》で拭《ふ》いていた公子は「いけない」と呟きながら、即座に立ち上がった。チェストから洗いたての下着を出すと、小走りに浴室に向かって裸の祐司に手渡し、再び台所にとって返して、冷蔵庫から冷えたビールを出す。さらに、何とか間にあった夕食のおかずを皿に盛りつけて、やっと自分も腰を下ろせるという頃には、彼はもうさっぱりとした顔でビールを飲みながら、テレビの画面を眺めていた。

「本当に、こうしょっちゅう止まられちゃ、まいるよな。飯を食うんだって、こんな時間になっちゃうし、もう腹が減って目が回りそうだった。あれ、ビール」

ようやく箸に手を伸ばしかけていた公子は、「はいはい」と言いながら再び立ち上がり、冷蔵庫から二本目のビールを取ってくる。今度こそ食卓に着けたときには、思わず「やれやれ」という言葉が出てしまった。そのひと言を聞いて、祐司はにやにやと笑っている。

「おばさん臭いね」

「だって、帰ってきてから、一度も腰を下ろさなかったんだもの」

公子は、拗ねた表情を作って夫を見ると、「必死で用意したのよ」と続けた。

「なんで遅かったの？」

夫は怪訝《けげん》そうな顔で、こちらをちらりと見ている。公子は口元だけで微笑《ほほえ》みながら、わずかに肩をすくめて、ため息をついた。

「帰る間際《まぎわ》になって、レジのお金が合わなくて、ちょっとごたごたしたの」

公子の言葉に、だが祐司は「ふうん」と頷《うなず》いただけで、またテレビに視線を戻してしまった。

「まあ、働いてれば、色々あって当然さ」

テレビから目を離さずに、そんなことを言う祐司を見ていて、公子はつい笑ってしまった。何も改めてそんなことを言われる筋合いはない、第一、職場で色々なことがあるたびに、すぐに「辞めたい」と言い出す夫に、そんなことを言われたって、説得力などありはしないと思ったのだ。

「なに」

だが祐司は、不思議そうな顔でこちらを見る。公子は「べつに」と微笑みながら、再びテレビに視線を戻す夫を眺めていた。

「――祐ちゃん、明日は？　やっぱり遅いの？」

「普通。なんで？」

「私は、明日は早番だから」

祐司は、「ふうん」と言ったまま、テレビから目を離さなかった。彼は、食べるのが早い。大きな口を開けて、ぱくぱくと勢い良く料理を頬張る姿は、見ていて気持ちの良いものだ。だが、その分、会話は少なくなる。目と耳はほとんどテレビに釘付《くぎづ》けだし、口は食べ物を頬張るのに精一杯で、結局、公子が隣で何を言い、どんな表情をしていても、彼は気付かないことが多かった。

やがて、山盛りのご飯を二杯食べた祐司は、一つ深呼吸をすると、その場にごろりと横になった。彼は、「いただきます」も「ごちそうさま」も言わない。結婚当初は、公子はそれが気になって、「いただきますは？」「ごちそうさまは？」と促していたものだが、やがて馬鹿馬鹿《ばか》しくなって、やめてしまった。腕枕《うでまくら》をして、弛緩《しかん》した表情でテレビを見ている夫を眺めながら、公子は一人でゆっくりと食事を続けた。

「たまには、手の込んだものを食べたいよな」

寝そべったままテレビを眺めている祐司が、ふいに呟くように言った。

「最近、手抜きのものばっかりだもんな」

「あら、そんなこと、ないわよ。この前だって、カレーを作ったばっかりじゃない」

「カレーなんて、いちばん手抜きじゃないか」

「祐ちゃんが食べたいって言うから、作ったんじゃない。どうして手抜きなの？」

公子は、箸を持ちながら膨れ面を作り、最近、腹の周りに肉のつき始めた夫を見つめた。彼は、公子の方をちらりと見て、「分かってるけどさ」と答え、大きな欠伸《あくび》をする。

「たまには、天ぷらとか茶碗蒸しとか、食いたいよなあ」

確かに、公子にも思い当たるところがないではない。材料の下ごしらえから始める食事の支度など、週に一、二日もすれば良い方だ。あとは、仕事の帰りに自分が勤めるデパートの地下の食料品売場に寄って、出来合いのおかずを買ってしまう。とにかく祐司は帰宅して食事の支度が出来ていないと、途端に不機嫌になるし、そうでもしなければ、公子自身が疲れて仕方がなかったからだ。

「ねえ、明日、早いんだったら、たまには外で食べるっていうのは、どう？」

思い切って言ってみたが、祐司は返事をする代わりにしかめ面を作っただけだった。そして、やがて軽い寝息をたて始めた。

「——家でばっかり食べなくたって、いいじゃない」

わざと声に出して言っても、祐司は気付く気配すらみせない。結局、公子はため息をつきながら立ち上がり、汚れた食器を片付けにかかった。洗い物を終えると、アイロン掛けが待っている。汗をかきながら祐司のスーツやワイシャツ、ハンカチなどにアイロンを掛ける間も、祐司はごろ寝のまま、大きな鼾《いびき》をかいていた。

——一日が、長い。

ようやく風呂に入れたのは、午前零時過ぎのことだ。浴室の外では、洗濯機がごうごうと音をたてている。公子は、その音を聞きながら、一人でゆっくりと風呂に浸《つ》かった。以前は、それほどに感じなかったのだが、最近は仕事の忙しかった日など、特に足のむくみが気になる。風呂の中で伸びをすると、背中から腰にかけてが凝っている気がする。そんな身体《からだ》の疲れを癒《いや》し、仕事の不満を解消するには、入浴しか方法がなかった。

風呂から上がると、ごろ寝している祐司をまたぐようにしてベランダに出て、入浴中に洗い上がっていた洗濯物を干す。ベランダから見える他のマンションや家々の、大半が明かりを消して眠りについている時刻だった。それも終わって、ようやく今度こそ深々とため息をつきながら、公子はやっと腰を下ろした。本当は、本を読んだり、ビデオを見たりしたいのだが、それも面倒で、ただ肌の手入れをして、テレビを眺めているのがやっとだ。深夜の番組は、どれもあまり面白いとは思えないけれど、頭を空っぽにして、ぼんやりとしていられることだけでも有り難い。

「ねえったら、もう！」

はっと気が付くと、目の前に祐司の膨れ面があった。公子は重い頭を持ち上げて、すぐには焦点の合わない目で、その顔を見た。

「どうするんだよ、このままで」

祐司は眉をひそめ、じれたような顔をしている。

「あ、ああ――ごめんなさい」

公子はぼんやりとした頭のまま、とにかく畳に両手をつき、這《は》うようにして立ち上がった。

「寝るんだったら、ちゃんと布団《ふとん》を敷いて寝ればいいじゃないか」

祐司は、ぶつぶつと文句を言いながら、洗面所へと向かう。その間に、公子は冬はコタツとして使えるテーブルを立てて部屋の隅に寄せ、よろけるようにして、散らばっている新聞や雑誌、アイロンを掛けたままの服などをどかしてスペースを作ると、押入を開けて布団を敷き始めた。敷き布団を引き出し、枕を置くと、歯を磨いていた祐司が戻ってきて、ごろりと転がる。公子は、その身体の上に、今度は掛け布団を掛けてやった。

「また、二度寝になっちゃうよ」

夫は大きな欠伸をしながら、そんなことを呟いていたが、公子が自分の布団を敷き終える頃には、再び鼾をかき始めていた。祐司は本当に寝付きがいい。だが、公子の方は、寝入りばなを急に起こされて、頭はぼんやりしたままだ。それでも、よろけるようにして歯磨きを済ませ、戸締まりや火の元を確認して、ようやく布団に潜り込む。最後に、目覚まし時計をセットしようとすると、既に午前二時半を回っていた。

2

翌日、仕事の帰りにいつも通り地下の食料品売場を歩き回っていると、食器売場に配属されている江本政子《えもとまさこ》と出くわした。以前は同じ売場にいたこともある彼女は、公子と同期の入社で、公子よりも二年ほど早く結婚した。

「早番だったの？」

彼女に聞かれて、公子は微笑みながら頷いた。お互いに家庭を持ってしまうと、仕事帰りに寄り道をする機会も減って、自然に疎遠《そえん》になってしまう。今は売場も変わって、余計に顔を合わせる機会の減った友人は、「お茶でも飲んでいかない？」と言った。公子は手元の時計を覗《のぞ》き込み、一時間程度ならば構わないと答えた。

「あら、何か用事があるの？」

「そうじゃないんだけどね、たまにはちゃんとした料理を作って食べさせてあげなきゃと思って」

既に買い込んだ食材を袋ごと見せると、政子はなるほどと言うように頷く。

「お宅は？　お子さんは、大丈夫なの？」

公子が聞くと、政子は愉快そうに笑いながら、子どもはもう二人とも小学生になって、心配はいらないのだと答えた。

「二人とも？　下の子も？」

公子は目を丸くした。出産祝いを送ったのは、ついこの間のような気がしていたのに、その子が、もうランドセルを背負って学校に通っているという。

「よその子は、大きくなるのが早いわね」

思わずため息混じりに言うと、政子は、ゆったりと余裕のある笑みを浮かべながら、頷いている。

「彼は？　元気？」

昔から明るくて話し好きな政子は、残りの買い物をするために売場を歩いている間も、ひっきりなしに話しかけてくる。

「もう何年になるんだった？」

「そろそろ、九年」

売場で和風きのこハンバーグを四つ注文していた政子は、さも感心したように「九年！」と繰り返す。

「じゃあ、彼ももう――」

「三十二になったわ」

政子は大きく頷きながら、「あの、持田《もちだ》くんがねぇ」と答えた。

「今でも覚えてるわよ、あの頃、私、さんざん聞かされたのよね。桜が満開の夜に、持田くんがプロポーズしたっていう話」

公子は、何となく面映《おもは》ゆい気持ちになりながら、小さく微笑んでいた。最近の若い店員たちは知らないことだが、公子が持田祐司と結婚すると分かった当時、職場はちょっとした騒ぎになったものだ。

「もう、聞いてる方が照れ臭くなったくらいだもの。二人してすっかりメロドラマしちゃってさ」

学生時代に、アルバイトでこのデパートに来ていた祐司のことは、職場の皆が知っていた。肌の色が白くてまつ毛の長い、実際の年齢よりもさらに幼く見えた彼は、女店員たちの、いわばアイドルのように騒がれ、可愛《かわい》がられてもいた。その彼が、七歳も年上の公子に熱を上げて、見かけによらぬほどの情熱で、押しの一手で迫り続け、ついに大学を卒業すると同時にプロポーズしたという話は、この政子の口から、他の連中に広がったのだ。

「あの頃は、七歳も年下の男と結婚するなんて、すごいと思ったけど、最近じゃあ、そう珍しくもないみたいだものね。それに、ダンナが年下の方が、家の中も若々しくなって、いいんじゃない？」

買い物を済ませて、デパートの傍の喫茶店に入ると、政子は「よいしょ」と言いながら隣の椅子《いす》に荷物を置いて、笑顔で言った。四人分というだけあって、その買い物袋は、公子のものよりもずっと大きく膨らんでいる。

「うちなんか、ダンナはもう四十を越えてるでしょう。もう、嫌あよ、休みの日だって、一日中ごろごろしてるだけだし、覇気ってものがないのよね」

「それは、うちだって一緒だわ。休みの日だけじゃなくて、帰ってきたら、もうずっと、ごろごろしてるもの」

「そう？　へえ、あの持田くんがねえ」

政子は、半ば意外そうな表情でそう言うと、しきりに「なるほどねえ」と頷いている。確かに、以前の祐司を知っている人が聞いたら、意外に感じるのも無理もないと思う。何しろ、学生時代の祐司は、今と違ってひょろひょろと痩《や》せており、いつも笑顔で、何を言いつけられても身軽に動き回る可愛い好青年という印象ばかりが強かった。最近の、少しずつ腹の出始めた、まるで動かない彼を見たら、政子などは、さぞかし驚くに違いない。

「三十二、か。だったら、ねえ」

政子は、少し考える顔をしていたが、やがて公子の機嫌をうかがうような表情で、そろそろ子どもを作ってはどうかと言った。そういえば以前、子どもの話になったときに、公子は政子にこう答えたのを思い出した。今は、出産年齢も上がってきているのだし、焦ってはいない。それよりも、祐司がもう少し落ち着いてくれて、父親になっても大丈夫だと思ったら、その時に考えるつもりだと。あの頃、祐司はせっかく就職した大手の生命保険会社を、体質に合わないとか、息苦しいとか、何かと理由をつけて辞めてしまい、ぶらぶらしていた。

「もうそろそろ、リミットよ。二人目とか三人目ならともかく、いくら医学が発達してきてるからって、せめて四十前には、一人くらい産んでおかなきゃ」

政子が、公子の反応を気遣いながら話しているらしいことは、公子にも感じられた。運ばれてきたミルクティーに口を付けながら、公子は柔らかく「そうねえ」と呟いた。

「産むのは大丈夫になったって、育てるのだって、体力がいるのよ。子どもが欲しくないんならともかく、欲しいんでしょう?」

そこで、公子は初めて首を傾《かし》げて見せた。以前は、そう思わないでもなかったのだが、最近は、もうどうでも良いような気分になっている。

「彼は欲しいって言わないの？　三十二にもなってたら、いくら何でも、もう落ち着いてるでしょう」

「まあ、そうだけど」

「仕事は?」

「そっちは大丈夫よ。ここのところ、ちゃんと続いてる」

そう頻繁に顔を合わせているわけではなかったが、政子は、結局、要所要所で公子の話し相手になっていた。その結果、彼女は祐司がその後も二度転職したことや、その都度、離婚の話が持ち上がっていたことも知っている。それも、公子の方からではない、常に祐司の方から離婚話が出されるのだ。こんな男と暮らしていても、幸せになんかなれないだろう、俺なんか、一人になって死んだ方がましだと言われて、はいそうですかと離婚に応じることなど、公子には出来なかった。祐司には自分が必要だ、彼を一人前の男にしなければならないと、それればかりを思ってきた。

「だったら、問題はないんじゃないの？」

そう言われても、公子は曖昧《あいまい》に笑っているより他なかった。どう言って説明すれば良いのか分からない。だが、とにかく最近の公子は、もう子どもを産みたいとは思わなくなっていたのだ。

――彼の子どもなんて。

政子は知らないことだが、実は六年ほど前に、公子は一度妊娠したことがあった。当然のことながら産むつもりでいたのだが、妊娠を打ち明けようとしたその日に、祐司は会社を辞めてきてしまった。

「俺なんか、駄目なんだ、駄目なヤツなんだ」

膝《ひざ》を抱えて泣いている祐司に、とてもではないが父親になるのよと打ち明けることは出来なかった。しばらくは様子を見るつもりでいたのだが、すぐに新しい仕事を探す様子もなく、ぼんやりとしている夫を見ていて、子どもを産めるような状況ではないと判断した。そして、公子は一人で産院に行った。産んでしまえば何とかなる。自分が父親になると分かれば、祐司にも自覚が生まれるかも知れないとも考えたが、そんな賭《か》けのような真似をすることは出来なかった。

――私は、自分の子どもよりも、あの人を選ぶ。

産院の待合室で、公子は自分にそう言い聞かせた。チャンスは、きっと来る。その時こそ、最初から祝福された雰囲気の中で、子どもを産もうと、あの時の、切ない、申し訳ない、悔しい気持ちを、公子は忘れていない。だが、今でも後悔はしていなかった。取り返しのつかないことをしたという思いはあっても、生まれてくる子に、取り返しのつかない人生を歩ませるよりはましだったと思う。

「まあ、産まなきゃ産まないで、いいとは思うけどね。結婚したからって、必ず子どもを産むっていう時代でもないものね」

公子が黙っているのを見て、政子は慌《あわ》てたように言うと、それにしても、公子の結婚生活が、こんなに長続きをするとは思わなかったと言った。

「だって、何だか少女マンガの世界みたいだったじゃない？　満開の桜の下で、その枝を一つ折って、彼、何て言ったんだった？」

「もう、いいわよ。やめて」

公子が照れて遮ろうとしても、政子はにやにやと笑いながら、当時の公子の話をやめようとしない。確かに、子どもに毛の生えた程度でしかなかった祐司に、恥ずかしくなるほど情熱的に迫られて、既にベテラン店員になっていた公子は、半ば夢心地になっていた。安定も良い、堅実も良いが、どうせ結婚するなら、こんなふうに無限の輝かしい未来を持っている人に寄り添い、その人を見つめていきたいと、そんなことを思ったものだ。

「『この花はすぐに枯れるかも知れないけど、僕の愛は枯れない』だった？」

「『僕の愛と、君と見る夢は』よ」

公子が答えると、政子は吹き出して笑った。公子もつられて笑ってしまった。

「若いとはいえ、すごいこと、言うものよねえ」

「本当よね。何も本気にしてたわけじゃ、ないけど」

嘘《うそ》だった。公子は、あの日の桜の小枝と祐司の言葉を、本気にした。彼と、彼の未来を信じようと決めたのだ。公子の中では、あの時祐司に手渡された、細く黒い小枝についた数輪の桜の花が、今も可憐《かれん》に揺れている。

予定の時間を少しオーバーして話し込んだところで、公子はそろそろ帰らなければならないと言った。政子は、わずかに残念そうな表情で、「もう？」とこちらを見た。

「彼が帰ってくるまでに支度が済んでないと、機嫌が悪くなるのよ」

財布から小銭を出しながら公子が言うと、政子は仕方なさそうに自分も財布を取り出す。

「案外、亭主関白なわけ？」

「そうでもないけどね」

「偉いわねえ、私なんか、毎日どうやって手を抜こうかって、そんなことしか考えてないのに」

「二人だけだもの、大した手間でもないのよ」

最後にそう言って、公子は席を立った。喫茶店を出ると、政子はまだ買いたいものがあるからと言った。

「今度、ゆっくり話そうよ。たまには、夕ご飯でも食べない？」

公子は笑って頷きながら「来週なら、彼が遅くなる日があるわ」と答えた。何か言おうとして、そのまま口を噤《つぐ》んだ政子は、「連絡するわね」と言い残し、公子に手を振って歩き始めた。大きな買い物袋を提げて、尻《しり》を振って歩いていく友人の後ろ姿を見送ってから、公子はゆっくりと駅に向かって歩き始めた。

――まっすぐ帰る。今日は、まっすぐ。

その夜も、祐司は食事を終えるとすぐにその場に寝転がった。

「美味《おい》しかった？」

相変わらず、ぼんやりとテレビを見ている夫に話しかけると、「ああ」という気のない返事が返ってくる。

「今日のは、出来合いじゃないのよ。私が作ったの」

「もっと、広い部屋に住みたいよな」

急に何を言い出すのかと思って夫を見れば、彼は腕枕をしたまま、いかにも不満そうな顔でこちらを見ている。

「なあ、引っ越そうよ。俺らの年まで、こんな狭苦しい部屋に住んでる夫婦なんて、いないよ」

「約束したでしょう？　高い家賃を払ったって、結局は自分のものになるわけじゃないんだから、ここから出るのは、自分たちでマンションを買う時にしようって」

「そりゃあ、そうだけど。もう、頭金くらい貯《た》まってるんじゃないのか？」

そこで、公子は大きくため息をついて見せた。祐司は、そんな公子を見ただけで、がっかりした表情になる。

「どうしてだ？　二人で働いてるんだし、子どもだっていないんだから、どんどん貯まって、いいはずじゃないかよ」

つまらなそうに言う祐司に、公子は「だって」と言った。少し貯まってきたかと思えば、祐司は車を買い換えたり、遊びに使うだけのパソコンや、ブランド物の時計や鞄《かばん》などを買い込んできたりするではないか。気が向けば一人で故郷に帰ってしまうし、そんな時には公子が眉をひそめたくなるほどに見栄《みえ》をはって、大量の土産物を買い込む。その上、祐司が仕事を辞めるたび、再就職するまでの間に、預金は激減するのだとまで言うと、祐司はうんざりした顔になって「もう分かった」と答えた。

「今が買い時だって、皆が言ってるからさ。うちだって、それくらい出来るんじゃないかと思ったんだけどな」

「そりゃあ、買って買えないことはないと思うわよ。でも、その分、ローンは長くなるし、月々の返済だって増えるのよ」

公子の言葉に、祐司は「あーあ」と答えると、寝返りを打ってしまった。そして、やはり腕枕をしたまま、テレビを見ている。公子は、それきり黙って食器を片付けにかかった。しばらくすると、「おおい」という声がする。台所から顔だけをのぞかせると、まだ寝転んだままの祐司は「布団」と言った。

「もう少し、待って。こっちを片付けちゃったら、すぐに敷くから」

「駄目だよ。俺、もう眠くて限界。途中で起こされると、また二度寝になっちゃう」

膨れ面《つら》で答える祐司を、ため息混じりに眺めながら、公子は急いで濡れた手を拭い、テーブルを片付けにかかった。いつもの通り、祐司の上に布団を掛けてやると、彼はにっこりと笑いながら「公子も、早くおいでね」と言った。そんなときの笑顔だけが、昔の祐司と変わらなかった。

3

いつの間にか、道端の植え込みから秋の虫の音が聞こえる季節になっていた。公子の毎日は変わらない。

朝は七時には起きて朝食の支度をしてから祐司を起こし、祐司が洗面をしている間に布団を畳む。

「俺、今日行きたくない」

寝起きの悪い祐司は、月に二、三度はそんなことを言って駄々をこねる。それを、なだめたりすかしたりして、食卓についてもらう。むっつりとテレビを見ている彼を、内心はらはらしながら眺めつつ、二人で食事をとってから、彼のワイシャツからネクタイ、靴下までを並べてやって、早番の日には、自分も慌ただしく身支度を整え、祐司と一緒に家を出る。

遅番の日は、祐司を送り出した後で、天気が良ければ一度畳んだ布団をベランダに干し、狭い部屋に掃除機をかけて、クリーニング屋に寄ったり、銀行に行ったりしてから出勤する。夜は夜で、祐司が帰宅するまでに洗濯物を取り込み、風呂を掃除して沸かして、食事の支度をする。そして、休日ともなれば、日頃出来ない場所の掃除や、洗濯や、買い物に明け暮れるのだ。毎日毎日、その繰り返しだった。

「俺、明日休みだからね」

「あら、明日?」

「今日、代わってくれって言われたんだ」

「今日になって?」

お互いに土日には休めない職場だから、休日も不定期になりがちだった。中でも、祐司から急に休みの日を告げられるのが、公子は何よりも嫌だった。二人一緒に休めることなど、最近は望みもしなくなったけれど、休みといっても何一つしようとしない祐司のために、一日の食事の支度をして出かけなければならないのが大変なのだ。

「困ったわ、冷蔵庫が空っぽ。お昼、適当に済ませられない？　夜は、ちゃんと作るから」

冷蔵庫を覗き込んで言いながら、「しまった」と思った。まさか、祐司が休みになるとは思わなかったから、明日は政子と夕食の約束をしているのだ。彼女は、既に家庭におさまっている旧友などにも声をかけて、ちょっとした同窓会気分でも味わおうと言っていた。そんなときに、夫の仕事が休みだからと、約束をキャンセルするのは、あまりにも子どもじみていると思う。だが、せっかくの休みの日に、夕食まで一人でとらせては、祐司が可哀相《かわいそう》だとも思った。

「適当に？」

いつもの通り、ごろ寝を決め込んでいる祐司は、それだけで、もう憂鬱《ゆううつ》そうな顔になっている。

「適当って、どうすればいいのさ。俺、明日は出かけたくないんだよな。昼過ぎまで、たっぷり寝ていたいんだから」

結局、朝になると、公子は出勤前にコンビニエンス・ストアーに行き、夫のために弁当や菓子などを買ってきて、それを台所に置いてから出かけることにした。

「レンジでチンして食べてね。飲み物は冷蔵庫にあるし、おやつになるものも買っておいたから」

祐司は、布団の中からテレビを見ていて、こちらが何を言っても空返事を繰り返している。公子は、今夜のことを言おうかどうか迷った挙げ句、黙って家を出ることにした。

「信じられない！」

昼食の時間に政子を呼び出し、今夜の約束は守れそうにないと言うと、彼女は目を丸くして公子を見つめた。

「子どもじゃないのよ、夕ご飯くらい、何とでもするわよ」

「――そうだろうけど。お昼ご飯も、コンビニのお弁当で我慢してもらったし」

公子は、わずかに言い淀《よど》みながら、上目遣いに友人を眺めた。だが政子は憮然《ぶぜん》とした表情で腰に両手を置き、「駄目よ」と言った。

「この前も言おうかと思ったんだけど、公ちゃん、亭主を甘やかし過ぎなんじゃないの？」

「――でも、何も出来ない人なんだもの」

「それは、公ちゃんが、何もさせないからじゃないの？　そりゃあね、それで幸せっていうんなら、他人が口を出すことでもないけどね。でも、ちょっとやり過ぎって感じ、するけどなあ。彼だって、学生時代は一人で暮らしてたんでしょう？　その時には、何とか出来てたんじゃないの？」

政子に言われても、公子は微《かす》かにため息をつくより他になかった。確かに、そうも思うのだ。二人とも働いているのだから、家事を分担しろとまでは言わない、せめて、もう少し自分の身の回りのことだけでもしてくれたらと思う。

「試しに、今夜は放っておいてみたら？　大丈夫よ、案外、ちゃんとやってるものだから」

強い口調で言われて、公子の気持ちは揺らいだ。もしも、自分の方が遅く帰って、その時に、祐司がきちんと食事を済ませていてくれたら、どんなに有り難いことだろう。笑顔で「おかえり」と言ってくれ、風呂でも沸いていたら、公子は嬉《うれ》しくて飛び上がるかも知れないと思った。

「皆、楽しみにしてるって言ってたわよ。行こうよ、ねえ？　公ちゃん、息抜きだって全然、してないんじゃないの？」

「――そうよね。たまには、息抜きだって必要よね」

結局、政子に押し切られるような形で、公子は約束通りに皆と食事をすることにした。午後の間中、祐司に電話をすべきかどうか迷ったが、陰気な声で「俺は、どうすればいいの」とでも言われたら、また気持ちが揺らぐと分かっていたから、何も言わないことにした。

「へえ、いまどき、そんな男がいる？」

「一度も、敷いたことがないの？　自分が寝る布団を？」

政子が声をかけていたのは、かつて公子たちと同じ売場で働いていた二人だった。

その夜、公子は実に久しぶりに賑《にぎ》やかな外食のテーブルにつき、座っているだけで料理が出てくる有り難さを感じていた。懐《なつ》かしい顔ぶれが四人集まって、最初のうちは互いの近況報告などをしあっていたが、やがて、わずかながらアルコールも回って、以前の打ち解けた雰囲気が戻ってくると、話題は公子の家庭のことに集中した。

「じゃあ、何をしてくれるの？」

「――何も」

誰もが、かつての祐司のことを知っている仲間だった。彼女たちは、自分たちの記憶の中の、陽気で身軽な祐司と、公子の夫とが一致しないことに驚き、呆《あき》れたような表情をしている。

「何もって——たとえば料理とか、掃除とか洗濯とか、何でもいいわ、何か一つくらい、やってくれないの？」

「ちょっと、公ちゃん、まさか結婚以来、ずっとそんな生活を送ってきてるんじゃないでしょうね」

公子は、まるで若い娘のように自分のことを「公ちゃん」などと呼んでくれる友人たちに、「ずっとよ」と答えた。政子は、ほらね、と言うように周囲に目配せをしている。

「今日だって、夕ご飯を食べさせてあげなきゃとか言って、もう少しで約束をキャンセルするところだったんだから」

「それで、よくもまあ我慢出来るわねえ」

政子以外の友人も、ため息混じりにこちらを見ている。

「だって、子どもがいるわけでもないんだし」

公子が答えると、彼女たちはますます目を丸くして、そんな生活は、子持ちの家庭よりも大変だろうと口々に言った。確かに、子どもが小さなうちは、毎日が戦争のようだったが、その分、夫も家事を分担してくれるし、第一、その子どもも、成長と共に手がかからなくなっているというのだ。

「うちのダンナなんか、今じゃあ、私よりも料理が得意なくらいよ」

「うちも、そうね。どっちか手が空いてる方が、何でもやるようになってるもの。二人で働いてるんだから、それくらい当然でしょう?」

「——でも、うちのは駄目。そういう風には育ってないんでしょうね」

公子が小さく微笑《ほほえ》んで見せると、政子は頰の肉を微かに震わせながら首を振った。

「だから、そういうのはね、女房が教育しなきゃ駄目だって、言ってるでしょう。公ちゃん、もう九年近くも、そんな生活続けてきたんでしょう?」

「九年! もうそんなになるんだった?」

「うちよりも、長いんじゃないの!」

そんなに長い間、夫だけの世話を焼き続けてきたのかと聞かれて、公子はやはり頷くしかなかった。こんな風に他人の家庭生活をじっくり聞くのは、初めてのことだった。子どももおらず、夫婦共稼ぎで、いかにも身軽に、優雅に暮らせていたはずなのに、何故《なぜ》だか、自分がどんどん惨《みじ》めになっていく。

「あの、持田くんがねえ」

「まさか、そんなヤツだとは思わなかったわね」

「そんな男の、どこがいいわけ？」

政子だけでなく、彼女たちは誰もが公子と祐司の馴《な》れ初《そ》めを知っている。そして、まだ少年のようだった祐司に熱を上げられ、徐々に気持ちを動かしていった公子に、当時あれこれ忠告してくれたこともあった。海のものとも山のものともつかないような若造の言うことを真に受けて、情にほだされるなんて、絶対に危険だと、はっきりと言われたこともある。双方の両親にも反対され、ほとんど周囲の全員を敵に回したような格好で、それでも半ば強引に、公子は祐司との結婚に踏み切ったのだ。絶対に幸せになってみせる、反対した連中の鼻を明かしてみせると、意地にもなっていた。

「それだけ歳《とし》が離れてれば、確かに半分、母親みたいなものよね。ただでさえ、男なんか幾つになったって母親が恋しいんだから」

「でも、女房は母親じゃないのよ。その辺を、ちゃんと教えこまなきゃ、駄目なんじゃないの」

「最初が肝心だったのよ。そこで、失敗しちゃったんじゃないの？　亭主の調教に」

酔いが回ってくるにつれ、政子たちはますます興奮していくようだった。彼女たちは、公子の目から見ても、実に生き生きとして見えた。弾《はじ》けるような若さは失っているけれど、老《ふ》けるというほどの年齢でもなく、その表情は明るくて屈託がない。そして何よりも、母親としての落ち着きのようなものを身につけていると思う。公子は、自分だって彼女たちと同じように年齢を重ねていくはずだと思っていた。むしろ、夫が若い分だけ、希望も可能性も大きいに違いないと信じていた。あの頃の、祐司の笑顔、情熱的な言葉、常に逃げ腰だった公子を離すまいと必死だった態度が、それだけの夢を抱かせていたのだ。だが、すべては夢、本当に甘い夢だった。

「子どもがいないから、余計にそうなのよ。どうして作らないのよ」

「子どもが出来たら、彼だって自覚が出来て来るんじゃない？　もう少し、頑張ってみなさいよ」

「でも、別れるんなら、今のうちかもよ。子どももいないんだから、身軽なものじゃない」

彼女たちは好き勝手なことを言い続けている。子ども、子どもと言われるたびに、公子はますます憂鬱になっていった。

「そうだ！　ねえ、パチンコに行かない？」

料理をあらかた食べ終えたところで、ふいに友人の一人が言った。ちらちらと腕時計を眺めながら、いつ頃になったら腰を上げられるだろうかと思っていた公子は、ぎょっとなった。

「ストレス解消！　カラオケもいいけどさ、パチンコやってると、なーんにも考えないで済むのよ。それで、うまくすればお小遣いが稼げるんだから、いいじゃない？」

他の二人が、即座に「やる、やる！」と言い出した。公子は、自分は遠慮したいと言ったのだが、彼女たちは聞く耳を持とうともしなかった。

「諦《あきら》めなさいって。もうこの時間になっちゃったんだから。この際、思い切り羽根を伸ばしなさいよ」

「公ちゃんのために、行くんだからね。少しはすっきりする方法を考えた方が、いいわよ」

「ダンナに頼ってたって、何一つしてくれるわけじゃないんだったら、自分たちで人生を楽しむ方法を考えなきゃ」

公子が何か答えるよりも先に、彼女たちは席を立ち、賑やかな声を上げながらレジに向かっていく。

――ダンナに頼ってたら。

頼っているつもりなど、まるでなかった。むしろ、公子は祐司のすべてを背負い込んでいると思う。だが、それが愛していくこと、夫婦を続けていくことだと、自分に言い聞かせてきた。そういつまでも、こんな日々が続くとは思わない。祐司だって、きっといつかは夫として妻を守り、助け合って生きていくことの必要性に気付くはずだと信じてきた。

「ちょっと、公ちゃん、すごいじゃないの！」

結局、政子たちに引きずられるようにしてパチンコ屋に入った公子は、思いがけず良い台に当たったらしかった。全員で、一万円までと約束して始めたのだが、大して時間もかけないうちに目の前の絵柄が揃《そろ》い、賑やかな音と共にジャラジャラと玉が出てきたのだ。

「ビギナーズ・ラックって、本当ねえ！」

いくらかの金をつぎ込んでは、すぐにスッてしまうらしい友人たちは、入れ替わり立ち替わり、公子の台をのぞきに来ては、うるさい音に負けないほどの声を上げて笑いかけていく。

――確かに、この店は初めてだものね。

規則正しく飛び出してくる玉は、次々に釘に弾かれ、生き物のように跳ね飛んでいく。賑やかな音楽とやかましい電子音に包まれて、その玉の流れを一心に見ているだけで、公子の頭の中は空っぽになっていった。この一瞬だけは、仕事のことも、祐司のことも、何もかもが、公子の中から消し飛んでいくのだ。

やがて、店内に「蛍の光」が流れ始めた。気が付くと、政子や他の友人たちは、全員が公子の周りに集まって、半ば退屈そうな顔をしている。

「あ――ごめんなさい。何だか、夢中になっちゃって」

公子は慌ててハンドルから手を離した。政子はにやにやと笑いながら「面白いでしょう」と言った。

「でも、気を付けた方がいいわよ。いつもいつも、こんな風に出るわけじゃ、ないんだからね」

公子はにっこりと頷きながら、店員や友人に手伝ってもらって、短時間の間に、大きな箱に二つ貯まった玉をカウンターまで運んだ。無邪気な友人たちの、娘のようにきゃっきゃっと騒ぐ声を聞きながら、今頃、祐司はどうしているだろうかと思うと、束《つか》の間《ま》の安息は瞬《また》く間に去り、重苦しさばかりがこみ上げてきた。

4

「腹が減って、死にそうだよっ！」

帰宅するなり、公子を待ち受けていたのは、祐司の怒鳴り声だった。それと同時に、手当たり次第に物を投げつけられ、公子は、飛んできたハンガーを避けようとして腕を切った。思わず「痛いっ」と声を上げて、うずくまっている公子に、夫はなおも物を投げ続けた。

「何だよ、早く帰ってくるって言ったのに！」

ようやく物が飛んでこなくなって、恐る恐る顔を上げてみれば、普段は狭いながらも、それなりに片付けられている和室は、見るも無惨《むざん》なほどに散らかされていた。公子の布団は大きな芋虫のように部屋の片隅に押しやられ、ようやく出来た狭い空間に、いつものテーブルが置かれている。そのテーブルの上には、今朝、公子が買っておいたものに違いないコンビニエンス・ストアーの弁当や、冷蔵庫に入っていたウーロン茶の容器、ビールの缶などが転がっており、公子の布団の上にも、菓子の空き袋や新聞の折り込み広告が散らばっていた。公子は言葉を失い、自分の布団の上で、パジャマのままで仁王立ちになっている夫の顔を見た。

「待ってたんじゃないかっ！　こんな時間まで、何してたんだよっ！」

「――仕事よ」

「仕事で、こんな時間になるのかよっ。嘘言うな！」

「本当だったら！　仕事でちょっと頭にくることがあって、ほら、あなたも知ってるでしょう、政子と会ったの。それで、相談してたのよ」

自分でも不思議なほどに、ぺらぺらと嘘が出た。公子は、血の滲《にじ》み始めている腕を押さえ、涙を浮かべながら祐司を睨《にら》み付けた。

「子どもじゃないんでしょう？　そんなにお腹《なか》がすいたんなら、自分で何とかすればいいじゃないのっ。食べに出るとか、出前を取るとか、方法なんて、いくらでもあるじゃないのっ」

すると、祐司は驚いたように公子を見つめてきた。しばらくは言葉さえ失ったようにロを半開きにして、まじまじとこちらを見ていたが、やがて、公子の腕の傷に気付くと、慌ててこちらに近付いてきた。

「——痛い？」

「当たり前よ。どうして、こんな真似《まね》するの？　祐ちゃんが、こんなことをする人だったなんて、思わなかった」

公子は泣きながら呟《つぶや》いた。祐司は、「ごめんね」を繰り返し、公子の肩を抱き寄せて、帰りが遅いから心配だったのだ、心細かったのだと言った。公子は、狭い台所の片隅で祐司に抱きしめられ、耳元で祐司の声を聞きながら、背中から力が抜けていくような疲労を感じていた。

「だって、こんなこと、今までに一度もなかっただろう？　僕が休みの時は、いつも早く帰ってきてくれるじゃないか。それなのに、今夜に限って電話もないし、いつまでたっても帰ってこないし。事故にでも遭ったのかとか、誰か、よその男と逢《あ》ってるんじゃないかとか、色んなこと考えちゃったんだ。俺、公子を愛してるんだよ。愛してるから、心配だったんだ」

「――ごめんなさい。深刻な話だったから、電話出来る雰囲気じゃ、なかったの」

「もう、済んだの？」

　そこでようやく、公子は祐司から身体《からだ》を離して、夫の瞳《ひとみ》を覗き込んだ。一重瞼《ひとえまぶた》の、わずかに下がり気味の目は、その上の薄い眉《まゆ》と共に、いつも頼りなげで淋《さび》しげに見える。公子は、頬の涙を拭《ぬぐ》いながら、ゆっくりと頷《うなず》いて見せた。すると、彼の目はようやく細められ、「よかった」という呟きが洩《も》れる。

「じゃあ、もう心配いらないんだね？」

「もう、大丈夫よ」

「だったら、飯、食おうよ、ね？」

　公子は、呆気《あっけ》にとられて祐司を見つめた。彼は、無邪気とも思えるほどの笑顔で、

「なに食おうか」と続ける。

「今夜は遅いから、作らなくてもいいからさ。出前でも、取ろう」

「――この時間に？」

「じゃあ、食べに行くか。ラーメン屋か、ファミリーレストランだったら、やってるから」

公子は、一人で行ってという言葉を呑《の》み込みながら、いそいそと立ち上がる夫を眺めていた。彼は、公子の布団を踏みつけ、菓子の袋を蹴散《けち》らしながら、部屋をうろうろと歩き回っている。

「俺、何着ていけばいい？」

「――何でも、いいんじゃない？」

「靴下は」

「――今、出すわ」

結局、公子も立ち上がらないわけにいかなかった。祐司の着替えを出し、それから自分で傷の手当をしていると、身支度の整った彼は、ちらかった室内を片付ける風もなく、「大丈夫、すぐ治るよ」などと言いながら、公子の腕を覗き込んでいた。

「昨日、どうだった？」

翌日、長袖《ながそで》ブラウスの下に包帯を巻いて出勤した公子に、休み時間を利用して訪ねてきた政子が言った。

「お腹を空《す》かせて、待ってたわ」

公子が弱々しく微笑《ほほえ》みながら答えると、政子は呆れたようにため息をつき、「本当に、甘やかしたのねえ」と呟いた。

「あなたのところは、大丈夫だったの？」

公子が聞くと、彼女はころころと笑いながら「平気、平気」と答える。

「うちは、きっちり教育してるもの。子どもたちもね、パパがご飯を食べさせて、お風呂《ふろ》に入れて、もう寝かしつけておいてくれてたわ」

思わず憂鬱そうな顔をしたのを、政子は見逃さなかったらしい。彼女は、すっと真顔に戻ると、改めて公子に「ねえ」と言った。

「持田くんて、公ちゃんに何をしてくれてるの？」

「何って——」

そう言われると、すぐに答えられることがない。公子は、結婚以来の二人の生活のことを考えた。そういえば一度だけ、公子が風邪を引いて寝込んだときには、看病してもらった記憶があるが、それでも三度の食事は、やはり布団から起き出して公子が作っていた。けれど、取りあえず、祐司は公子に優しかった。昨夜のようなことは、これまで一度としてなかったのだ。

「優しくしてくれるとか、愛してくれるとか、そんなこと、言わないでよ」

だが、公子の心を見透かすように、政子は言った。

「いくら、言葉だけ優しかったり、『愛してる』とか何とか、そんな台詞《せりふ》を連発してたとしてもね、現実の生活の中で、具体的に何かしてくれてなきゃ、そんなのは絵に描いた餅《もち》じゃないの。本当に愛してるんなら、態度で示してもらわなきゃ、たまったものじゃないわよ、そうでしょう?」

「――気が付かないんだと、思うのよね」

「また、そうやって庇《かば》うんだから」

いくら政子に言われても、公子には、今さらどうすれば良いのかが分からなかった。夫は家に帰ったら縦のものを横にも動かさない。妻は、夫の身の回りの世話から家事全般にいたるまで、すべてを受け持つ。そういうスタイルが、自分たち夫婦にとっては当たり前になってしまっているのだ。九年近い歳月を、そうして過ごしてきてしまっている。

「もちろん、公ちゃんが、それでいいって言うんだったら、私には関係ないけど。でもねえ、昨日の公ちゃんは本当に楽しそうだったし、笑ってるあなたを見ててね、私、思ったのよ。そうだ、前の公ちゃんは、こんな風によく笑う子だったのにって」

「――老けたんじゃない？」

公子の言葉に、政子は憮然とした表情になって、「やめてよ」と吐き捨てるように言った。

「私や、昨日の連中を見てて、老けたなんて思った？　私たち、まだ四十にもならないのよ。第一、歳をとったからって、陰気になるっていうものでもないでしょう。公ちゃんはね、疲れてる。私たちの中で、いちばん身軽で呑気《のんき》にしていられるはずなのに、誰よりも疲れてるわ。そんな結婚なんて――」

公子は、深々とため息をつきながら友人の言葉を聞いていたが、そこで、彼女の言葉を遮り、改めて政子を見つめた。

「いいんじゃない？　人それぞれなんだから」

すると、政子は鼻白んだ表情になり、切なそうな瞳でこちらを見る。公子は、これ以上彼女の話を聞きたくないと思った。彼女が何を言おうとしているのか、気付いていないわけではない。だが、それを言葉にして聞いてしまったら、自分の中でどんな変化が起きるか分からない気がするのだ。

「心配してくれるのは有り難いけど、うちはうちで、ちゃんとやってるから。そりゃあ、多少は手のかかる夫かも知れないけど、私が好きで選んだ人なんだし、これまで、うまくやってきたんだから」

出来るだけ穏やかな口調で言ったつもりだった。だが政子は、いよいよ哀れみに満ちた顔つきになってきて、ゆっくりと頷く仕草さえも、幼い子どもに対するそれのように感じられ、公子は自分がいかにも半人前の、未熟者として扱われているような気分になった。もちろん、政子にそんなつもりがないことは分かっている。だが、惨めだった。

「息抜きだってね、適当にやってるから。本当よ」

「私はね、ただ、公ちゃんが気の毒だと思って——」

「どこの夫婦だって、多少は何かあるでしょう？　うちは、子どもがいないっていうだけで、あとは別に変わったところなんか、ないわ。そりゃあ、彼は家のことは何もしてくれないし、私も少しは疲れて見えるかも知れないけど、元気なんだし、それほど落ち込んでるっていうわけでもないんだから」

最後にそう言うと、政子は諦めた表情になって「分かったわ」と言い、陳列棚の間をすり抜けて、帰っていった。公子は重苦しい気分で彼女の後ろ姿を見送り、それから、商品を並べ直したりして時間を潰《つぶ》した。

――私が好きで選んだ人なんだから。

けれど、祐司のどこが好きなのだろうかと思う。陳列棚の柔らかいタオルを畳みながら、公子は改めて結婚前の自分のことを思った。あれほど周囲に反対されながら、どうしても祐司と一緒になりたかった理由は、何だっただろうか。彼のどこに、それほど惹《ひ》かれたのだったろうか――。

思い浮かぶのは、あの夜の桜の小枝ばかりだ。それまでにも、それ以降も、祐司からはいくつかの贈り物を受け取っている。人並みに婚約指輪ももらったし、結婚指輪も交換した。その代わりに、公子は、学生だった彼が車の免許を取りたいと言い出したときにも、パソコンが欲しい、就職活動のためのスーツが必要だ、中古でも車があれば、一緒にドライブ出来るのにと言われたときにも、すべて資金を援助してきた。今の狭いマンションを借りるときの敷金や礼金だって、新婚生活に備えて用意した布団や家具類だって、すべては公子の蓄えか、公子の実家からの贈り物なのだ。結局、祐司が、公子に贈ってくれたものは、あの桜の小枝だけ、そして、桜以上に儚《はかな》かった夢物語だけ――。

――子どもさえ、作れなくて。

その日も、公子は家に帰って、いつも通りの家事をこなした。翌日も、翌々日も同様だった。祐司は、公子の腕の怪我《けが》のことなどすっかり忘れている様子で、「大丈夫」と聞くこともなく、帰ってくれば、つまらなそうにテレビの前でごろ寝をするばかりだった。

「祐ちゃん、明日は？」

毎晩、片付けものをしながら公子は夫に質問する。その都度、彼は「いつも通り」と答えたが、数日後に「遅いよ」と言った。

「倉庫の整理するんだってさ。だから、遅くなる」

「何時頃？」

「十時か十一時頃、じゃないかな」

どんなに遅くなっても、必ず家で食事をとる祐司に、「ご飯は」と聞くのは愚問だ。忘年会、新年会や送別会など、よほどのことがない限りは、仕事を終えるとまっすぐに帰ってくる。別に、公子の手料理が好きだとか、倹約しているとか、そんなわけではない。ただ単に、家で楽な格好をしていたいだけのことだと気付いたのは、結婚して何年たった頃だったろうか。そんなことをぼんやりと考えながら食器を洗っていると、いつもの通りに「おおい」という声がした。

「もう、眠い」

公子は黙ってテーブルを片付け、手早く二組の布団《ふとん》を敷いた。食器を拭《ふ》き終える頃には、テレビを点《つ》けっ放しの和室からは、健康そのものの鼾《いびき》が聞こえてきた。

5

その夜、公子は夢を見た。

「私は自分で敷かない限りは、死ぬまで布団では寝られないのよ」

夢の中で、公子は必死で誰かに語りかけていた。目が覚めても、そのひと言だけが鮮明に残っていて、公子は、我ながら情けない思いで仕事に出た。改めて考えてみれば、夢の言葉通りなのだ。今のままの生活を続けていく以上、自分は死ぬまで人に布団を敷いてもらうということはないだろう。どれほど疲れていようと、畳の上で寝ていようと、誰ひとりとして、公子に布団を敷いてはくれない。さあ、おやすみと言ってくれる者はいないのだ。

――一人で生きてるのなら、いざしらず。

仕事が終わると、いつもの通り地下で買い物をして、公子は重い足取りで家路についた。日毎《ひごと》に秋の気配が深まり、吹く風も、空の色も、心細いほどに澄み始めている。もうすぐ、また冬が来るのだろう。そして、一年が過ぎていく。

——布団だけ敷き続けて、何一つとして得るものもなくて。

電車を降りると、既に夕闇《ゆうやみ》に包まれ始めている小さな駅前には、色とりどりのネオンが瞬《またた》き始めていた。その中でも、一際《ひときわ》派手なネオンが明滅している方向へ、公子は吸い寄せられるように歩き始めた。政子たちは、公子を「ビギナーズ・ラック」などと言ったが、それは誤解だ。いつの頃からか、祐司の帰りが遅いと分かっているときには、公子は必ずパチンコ屋に立ち寄るようになっていた。

——九時半まで。九時半になったら、やめるわ。

自動ドアを抜けると、騒音と独特の匂《にお》いが公子を包み込んだ。ちょうど帰宅時間だからだろう、店内は混雑していて、自分の足元に溢《あふ》れるばかりのパチンコ玉の入っている透明のケースを積み上げている客の数も少なくない。片手に買い物袋を提げたまま、公子はゆっくりとパチンコ台を眺めながら歩きまわった。そして、台の片隅に「開放台」というプレートの空いている席を見つけると、足元に買い物袋を置いて腰を下ろす。その頃には、公子はもう何も考えなくなりつつあった。この騒音に紛れ、弾む銀の玉を見ているときだけは、すべてを忘れていられるのだ。

——揃《そろ》って。揃って。揃って。

弾き出される玉と、台の中央にはめ込まれているスロットの絵柄だけを見つめて、公子は一心不乱にパチンコを続けた。五千円、一万円など瞬く間になくなっていく。一枚の紙幣が、実際にどの程度の価値を持っているものかも考えなくなって、公子は惜しげもなく、次々に財布から札を取り出した。五万使っても六万、六万使っても七万円儲《もう》かれば、それで良いのだ。今日は、五万円用意してきた。

——あの人、マンションが欲しいなんて言った。頭金くらい、貯まってるんだろうって。

マンションなんて夢のまた夢、それまでコツコツと貯めてきた金は、すべて銀色の玉に替わり、台に吸い込まれてしまっていたのだ。初めてパチンコをしたときには、ほんの時間潰しのつもりだった。だが、一度始めたら、そのまま病みつきになった。とにかく大当たりして玉が出るときの爽快感《そうかいかん》がたまらない、そして、何よりも、玉を追いかけている間は何も考えずにいられることが嬉しかった。

——何もかも、人に任せっぱなしにしてるからいけないのよ。

不幸せだとは思わない。そんなことは、思ったことすらない。だが、どうにも重かった。少しで良いから、今とは違う暮らし方が出来たら、夕食や布団のことだけでなく、もっと他のこと、夢のあることを考えて暮らせたらと、いつの頃からか、そんなことばかりを思うようになった。政子の言ったことは本当だ。少し順調かと思えば、すぐにつまずく夫をひたすら励まし続けること、彼の世話を焼き、支え続けることに、公子は疲れている。

——あなたが私にくれたものは、あの桜の小枝だけ。あなたが盗《と》っていったものは、私のすべて。

気が付くと、財布の中には一枚の紙幣も残っていなかった。公子はようやく我に返り、同時に、既に九時半を回っていることに気付いた。頭にかっと血が昇った。いけない、このままでは、また祐司に嫌な顔をされる。公子は、足元に置いたままだった買い物袋に手を伸ばし、胸が痛くなるような思いでパチンコ屋を後にした。

秋風に吹かれながら歩いているうちに、瞬く間に失った五万円が、惜しくてならなくなってきた。あと三万円でも、二万円でもあれば、取り返せたかも知れないと思う。せめて時間を気にせずに、好きなだけ台に向かっていられたら良かったのに、気持ちが急《せ》いていたから集中出来なかったのがいけないのだという気もしてくる。

——そうよ。いつもあなたに急かされてばかりいるから。

苛立《いらだ》ちとも後悔ともつかない感情が、公子の中でうねり始めていた。

線路沿いの薄暗い道には、たくさんの自転車が止められていた。そのために、ただでさえ狭い道は余計に歩きにくくなっている。人気《ひとけ》のないその道を歩きながら、公子は自分の動悸《どうき》が速まっていくのを感じていた。少し先に見える小さな踏切がカンカンと音をたて始め、やがて、白々しい明かりを車窓から洩らしながら、電車が通り過ぎていく。公子は、その電車の明かりを頼りに、止められている自転車を順番に見つめた。やがて、反対側からも電車が来た頃、公子は目指す自転車を探し出した。当たり前のように、かごに荷物を入れると、左右の自転車を倒さないように注意しながら、サイドスタンドを外して列から引き出す。それは、どこにでもある黒い自転車だった。

自転車を押してゆっくりと歩き始めると、やがてまた踏切の音がした。遮断機が下り、黒い人影がたくさん詰まった電車が、轟音《ごうおん》と共に通過していく。公子は、ゆっくりと遮断機が上がるのを待った。

——帰ってこないで。せめて、少しでも遅くなって。

踏切を渡りながら、注意深く周囲を見回す。あれだけの自転車が止められていながら、来た道にも、踏切の向こうにも、人影は見あたらなかった。公子は、咄嗟《とっさ》にハンドルの方向を変えると、自転車の前輪を踏切から外して、コンクリート製の枕木《まくらぎ》の上を線路に沿って押し始めた。心臓が高鳴っている。歩きにくい砂利の感触が、靴の底から伝わり、がたがたという振動が、自転車のかごに入れられた買い物袋を震わせた。震える息を何度も吐き出しながら、ようやく五十メートルほども進んだところで、公子は立ち止まり、かごから買い物袋を取り上げると、押してきた自転車をレールの上に横倒しにした。がちゃ、と鈍い音がして、誰のものか分からない自転車は、闇の中でも白っぽく光って見えるレールにまたがるようにして倒れた。

「何、してるんだっ」

その瞬間、背後から強烈なライトで照らされた。振り返った公子は目が眩《くら》んで、何も見ることが出来なくなった。砂利を踏んで走り寄ってくる足音が幾つも聞こえる。視界と同様に頭の中も真っ白になり、ただ砂利を踏む音だけが響いた。

「ここんとこ、線路の上に自転車ばかり置いてるのは、あんたかい」

「見たよ。あんた、自分のやってることが分かってるのか」

男の声が耳元で聞こえて、両腕を摑《つか》まれる。公子は、凍り付いたように動かなくなっていた。早く帰らなければ、祐司に嫌な顔をされる、なまものだって買ってきたのに、傷《いた》んでしまうと、そんなことばかりを考えていた。

微《ほ》笑《ほえ》む女

1

呆《あき》れるほど真《ま》っ直《す》ぐな道が、遥《はる》か彼方《かなた》まで続いていた。その左右には、どこまでも広い空間が続く。グラスロールが点在する草原、定規で引いたように整然と広がる畑。茶の濃淡と緑の濃淡が、計算されたかのようにバランス良く配置され、木立までが一列に行儀良く並んでいる風景を眺めて、彼女は思わず舌打ちをしそうになった。

——いい気になって。自分だけ、こんな景色を楽しんで。

これまで、彼女は一度だってこんな風景を眺めたことはなかった。いつでも女満別《めまんべつ》空港に着いたらタクシーに乗って網走に直行するばかりで、ごくたまに夫が迎えに来てくれた時でさえ、せいぜい網走湖の周辺を見て回る程度、すぐ近くにこれほど雄大な風景が広がっていることさえ知らなかったのだ。

タクシーの運転手が「観光ですか」と話しかけてきた。彼女は曖昧《あいまい》な返事をした。

「じゃあ、斜里《しゃり》は初めてかい」

「――どんな町ですか、斜里というところ」

「どんな町って、ねえ」

ハンドルを握る運転手が困惑した表情で微笑《ほほえ》んだのが、ルームミラー越しに見えた。

「知床の、入り口だよね」

それくらいのことは、教わらなくても知っている。だが、網走ならば十回以上も来ているなどと、わざわざ正直に答える必要はない。

「知ってると思うけど、こっちはほら、もとはアイヌが住んでた辺りだからね」

彼女の思いになど気づくはずもない運転手は、勝手に話し始めた。

「だから、この辺の地名はほとんどが、アイヌの言葉をそのまま使ってるのが多いっしょ」

子どもだって知っていることだ。彼女は、自分が愚かな質問をしたことを悔やみ始めていた。呑気《のんき》な話などしている場合ではない。

「斜里っていうのもさ、その昔は『ちゃる』とかって言ったらしいけど、『さる』と言ったともいうしね」

「斜里も、アイヌの言葉なんですか」

「確かね。葦《あし》の生えてる湿地とか、沼地とか、そんな意味だったんじゃないかな。大昔は海で、それから沼地みたいになったっていうから。字はさ、当て字だよね」

運転手は、観光客のガイドで慣れているのか、意外に博識な様子だった。それから彼は、彼女が尋ねもしないのに、左右に広がる畑の緑色はジャガイモとビートの畑、明るい黄金色は小麦の畑だなどと説明を始めた。さらに、一直線に並ぶ木立は防風林で、雨が少なく風の強いこの地方では欠かせないものなのだとも言った。

「別に観光のために、こうやって植えてるってわけでもないんだね。生きるための知恵だよ、知恵」

だんだん煩《わずら》わしくなってきた。彼女は、返事をする代わりに、窓を開けた。何となく良い香りの清々《すがすが》しい風が顔に当たる。だがそれすらも今の彼女には腹立たしかった。これでも冷静になろうと自分に言い聞かせているのだ。感情的になったら負けだ。

「今の時期は、一番いいよね。色んな花が一斉に咲いて、気持ちもいいしね。ハマナス、エゾカンゾウ、センダイハギに、シャジクソウ、ええ、ハマエンドウにねえ――」

彼女はもう返事もしなかった。いよいよ目的地に近づきつつあると思うだけで、血圧が上がってきた気がする。やがて運転手も、何も言わなくなった。一時間ほども走って、ようやく知床斜里の駅前でタクシーを降りると、彼女は観光案内所を発見して迷わず飛び込んだ。紺色の事務服を着た女性がイラストマップを示しながら、目的の店は歩いても十分程度だと、丁寧に教えてくれた。

――みっともない真似《まね》、するなよ。

案内所を出た時、ふいに長男の言葉を思い出した。長女はアメリカに留学中だし、この上は長男にしか相談出来ないと思ったのに、昨年、高校入学と同時に部活の合宿所に入ってしまった息子は、電話口であからさまに苛立《いらだ》った声を出した。別に、放っとけばいいじゃねえか。親父《おやじ》だって離婚するとは言ってねえんだろう？　大体、一緒に暮らさなくなって五年以上にもなるんだから、親父だって少しは息抜きもするさ。

――ギャンギャンうるさいから、離れたくなるんだよ。

そのひと言を聞いたときの怒りまで蘇《よみがえ》ってきて、彼女は手渡されたばかりのイラストマップをぎゅっと握りしめると、青空の下を歩き始めた。

街路灯に見慣れない花がデザインされていると思ったら、どうやらハマナスらしいと気づくまでに、多少の時間がかかった。ハマナスが咲き、アイヌが名づけたという知床の入り口に位置する町を、今、自分は一人で歩いているのだと思うと不思議な気がする。関東は既に梅雨に入っていて、このところはすっきりと晴れた日さえないのに、やはり遠くへ来たのだという思いが、改めてこみ上げた。

2

目指す店はすぐに見つかった。『北海寿司《ずし》』と染められた藍色《あいいろ》の暖簾《のれん》がはためいている店の前で、彼女は立ち止まり、大きく深呼吸をした。とくと見てやる。人の夫を奪おうとした女の顔。

「いらっしゃい！」

暖簾をくぐるなり、よく通る声が出迎える。彼女は出来るだけ毅然《きぜん》とした表情を崩さずに店に足を踏み入れた。三角巾《きん》をつけた小柄な女性が笑っている。カウンターの中からも、いかにも職人らしく髪を刈り込んだ男が「いらっしゃい」と言った。二人とも五十歳前後というところか。雰囲気からして、店主夫妻らしかった。カウンターにも小上がりにも、客の姿は見えない。

「史絵《ふみえ》さん、おいでになりますか」

女将《おかみ》らしい女性は、いかにも無邪気な表情で「史絵ですか？」と聞き返してくる。

「今、仕事に行ってるんですけど」

「お仕事。では、そちらを教えてください」

ようやく、女将と思われる女は怪訝《けげん》そうな表情になった。主人らしい男の方が「どちらさんで」と言う。

「史絵に、何かご用ですか」

彼女は、主人の顔をぐっと睨《にら》みつけるようにしながら名前を名乗った。それでも男の顔には、彼女が期待したような驚愕《きょうがく》の色は浮かばない。警戒心さえ浮かんでいないのを見て、彼女は余計に苛立った。

「親御さんですわよねえ？　お嬢さんがつきあっていらっしゃる相手の名前も、ご存じないんですか」

初めて、女が慌《あわ》てたように振り返り、「パパ」と囁《ささや》いた。男の方も、その時になってようやく表情を強《こわ》ばらせ、改めてこちらを見つめてくる。

「それじゃあ、あの――」

「私、家内です」

夫婦は再び顔を見合わせている。彼らを見れば娘の年齢も察しがつくというものだ。情けない。こんな小さな町まで来て、恐らく二十代に違いない女を相手に、夫は何をしているのだと、改めて悔しさがこみ上げた。

「ちょ、ちょっと待って下さい、あの――」

「どういう用向きか、お分かりですわね」

「ですから、ちょっと――」

「お仕事先を教えて下さい。私、これからまいりますから」

おろおろとする二人に、彼女は畳みかけるように言った。本当は、口汚く罵《ののし》りたい。あなた方は娘をどんなふうに育ててきたのだ、自分たちの娘が、家庭のある男と間違いを犯して、それでも平気なのか、陰で泣いている家族がいることを、どう思っているのだ――それらを口にしないのが、彼女にとってぎりぎりのプライドだった。こうして、わざわざ飛んで来ただけでも、もう相当に誇りは傷ついている。いや、夫の裏切りを知った時から、彼女の誇りなど、もうずたずたに切り裂かれていた。

「教えます。いや、ご案内しますから、ああ、おい、暖簾――」

そのとき、ちょうど扉が開いた。妻の方が慌てたように「いらっしゃい」と声を張り上げ、哀願するような表情で彼女を見る。こんな場所には一刻もいたくないと思いながら、見知らぬ人の前で声を荒げることも出来ず、彼女は仕方なくカウンターの椅《い》子《す》に腰掛けた。すかさず熱いおしぼりとお茶が出る。彼女は、「結構」と呟《つぶや》いた。

「場所さえ教えていただければ、私、タクシーでも何でも使ってまいりますから――」

主人の方が「待って下さい」と囁く。それから彼は、笑顔を作って馴染《なじみ》らしい客の注文を聞き、手だけはきびきびと動かしながら、客に合わせてプロ野球の話を始めた。その笑顔が癇《かん》に障《さわ》った。

——どういう神経なんだか。

この頃、どこにいても疎外感《そがいかん》ばかりが強くなる。誰も彼もが、彼女の存在など無視して、好き勝手なことをしていると思う。子どもたちも。夫も。一人であの家を守っている彼女を、近所がどんな目で見ているとも思うのだ。なのに、誰一人として彼女の心を推し量ろうともしてくれない。

夫は、「君には関係ない」と言った。

「離婚もしないし、最低限の責任は果たす。それでいいじゃないか。彼女のこととは関係ない。もうとっくに終わってるんだから」

その代わり、もう自由にさせてくれというのが夫の言い分だった。そんな勝手な理屈が通るものか。第一、女と別れていないからこそ、帰ってこようとしないのではないか。暮れにも新年にも帰ってこないと思ったら、ついにこの春、夫は自分から希望を出して、網走勤務を続けることにしたと言った。一人で、この北の地で定年まで暮らしても構わないと。以来、この三カ月、彼女は夫の顔を見ていない。

3

客が帰ると、店は即座に暖簾をしまい、照明を落とした。寿司店の夫婦は揃《そろ》って白衣を脱ぎ、神妙な面もちでカウンターの外に現れた。だが、待ちかねたように席を立とうとした彼女を主人が制した。

「娘の職場へはお連れします。ですが、その前に、こちらからも少しお尋ねしたいことがあるんです」

咄嗟《とっさ》に、身構える姿勢になった。予想していたことではある。彼女の立場からすれば、当然のことながら責められるべきは、夫と関係した女の方だ。だが、家庭がありながら、若い娘に手を出すとは何事かと責められる可能性もあることくらいは考えていた。それでも妻の座が勝つ。そのはずだった。慰謝料を請求したって良いくらいのものだ。

「あの——お宅のご主人様と、うちの史絵がつきあっていたという——その——」

「夫が認めています。お嬢さんにお目にかかれば、分かるはずですけれど」

寿司店の夫婦は絶望的な表情になって、深々とため息をついている。彼女は「勝った」と思った。この、愚かな田舎者の夫婦は、どうやら何も知らなかったらしい。彼らは「申し訳ない」と、平伏《ひれふ》すように頭を下げた。

「申し訳ないで済むことですか？　お宅では、どういう教育をなさったんですか」

「娘は——史絵は、何も言わないものですから。そのう——相手のことは、何も」

「と、仰《おつしや》いますと？　では、娘さんが誰かとおつきあいなさってることくらいは、ご存じだったんですわね？」

夫婦は「はあ」と口ごもるように頷《うなず》く。その顔には明らかな苦悩の色が浮かんでいた。彼女は、ようやく溜飲《りゆういん》を下げる思いで、「まあ、そうかも知れませんわね」とわざとらしく背筋を伸ばして顎《あご》を引いた。

「不倫しているなんていうことを、わざわざ親に話す娘もいませんものねえ」

だが、これは事実だ。そうと分かったからには、親としても、きちんと決着をつけてもらわなければ困る。そのために来たのだ。だが、寿司店の夫婦はまだ動こうとする気配さえ見せない。彼女は「まいりましょうか」と促した。うなだれていた母親の方が、思い切ったように顔を上げた。

「どうしても、お会いになりますか」

「そのためにまいりましたから」

「会って——どうなさるおつもりですか」

決まっているではないか。夫とはきっぱり手を切ってもらう。念書の一枚も書いてもらいたい。だが、彼女が答えるより先に、母親が、史絵はもう彼女の夫とは会っていないはずだと言った。

「お正月明けに、網走からこちらに戻りましてからは、もう家と職場の往復だけですし、どこかと連絡を取り合っている様子もありませんし」

「そんなはず、ないじゃないですか！　だったら、どうして主人は家に帰らないんですっ。定年まで網走で暮らすなんて言い出して！」

思わず声を荒げると、夫婦は驚いた顔になり、それからまた顔を見合わせている。

「第一、主人が認めてるんです！」

「ですが、今はもう——」

「嘘《うそ》つかないでっ。お宅の娘は、とんでもない泥棒猫の、あばずれじゃないのっ！」

頭の片隅では分かっている。みっともない。こんな場所で恥をさらして。だが、仕方がないのだ。これ以上、引きずられるのは真っ平だった。どうしても、今日で決着をつけたいのだ。

「——お会いになれば分かりますから、今のうちにお話ししておきますが」

主人の方が苦しげな表情の顔を上げた。

「娘は——妊娠しています」

まさしく、頭を殴られたような衝撃だった。彼女は、肩をすくめて小さくなっている女房と、両膝《りょうひざ》の上で握り拳《こぶし》を作っている主人を交互に見つめるしかなかった。今、自分は何を聞いただろう。

「——妊娠って」

「相手が誰かも何も言わないもので。ただ、一人で産んで、一人で育てるからの一点張りでして」

「じゃあ、その子の父親——うちの主人ということですか？」

夫婦は共に顔を見合わせて「さあ」と首を傾《かし》げている。その仕草が、あまりにも呑気に、無神経に見えた。

「さあ、で済むことですか？　あなた方、それでも人の親なんですかっ！」

彼女は混乱した気持ちを少しでも静めるために、思わずとうに冷めきった茶を口に含んで、途端に激しく噎《む》せた。噎せて噎せて、涙が出て仕方がなかった。

4

「ああ、気持ちがいい」

柔らかい声につられて顔からハンカチを離し、彼女は車の外に目をやった。午後の陽を浴びてすべてのものが目映《まばゆ》く輝き、心地良い風を受けてそよいでいた。畑のところどころに落ちた雲の影が、ゆっくりと移動している。

「こんな景色が出来るまではね、それは大変だったと思うんですよ。その昔は原野だったんだし、その前はアイヌが暮らした場所だし。アイヌの戦の跡なんかも、あるんです」

咳《せき》がおさまった後も涙は止まらなくて、それどころか、ついに声を上げて泣き始めた彼女は、寿司店の夫婦に車に乗せられ、どこへ行くかも知らされないままに広い大地を走っていた。

「自然の厳しい土地ですからねえ。開拓で入った中にも、冬が越せなくて諦《あきら》めた人は、たくさんいるんです。でも、厳しいからこそ綺麗《きれい》なんですよね」

聞けば、史絵という娘はまだ二十四歳だということだった。そんな若さで、何を好きこのんで夫とつきあう気になどなったのか、その上、一人で子どもを産む決心までしなければならなかったのか、彼女にはまるで理解できなかった。しかも娘の両親までが、父親のいない子どもを産む娘を認めている。冗談ではなかった。常識で考えれば分かることではないか。世間が許すはずがない。第一、腹違いの弟妹が出来ると知ったら、彼女の二人の子どもたちや、実家や親戚《しんせき》一同は何と思うことだろう。これまで、彼女が必死で守り続けてきたすべてが音をたてて崩れ去る。

「子どもには、いつも言い聞かせてきたんです。世界中で何よりも大切なものは、生命なんだよって。人間だけでなく、この自然の中で生きているすべては、理由もなく生まれてきたわけじゃないんだって。自然に逆らっちゃ、私らは生きていかれないんだからねって」

女房の声を聞きながら、泣き腫《は》らして熱っぽい目で、彼女はなだらかに広がる大地を眺めた。頭の芯《しん》がぼんやりしている。この景色の中に、もしも彼女の家を置いてみたら、どれほどちっぽけに見えることだろうかと、ふと思った。隣近所と比べれば決して引けをとる家ではなかったが、この景色の中では、鳥小屋程度にも見えないかも知れない。だが、それでも彼女は、そんな家を守り続けてきたのだ。家こそが、彼女が積み上げてきた年月の証《あかし》、人生の砦《とりで》、そのすべてだと信じてきた。

「あの子は、それを守ったんです。生まれてくる子には、何の罪もありませんから」

彼らの娘は斜里からさらに知床半島に入り込んだウトロという町のホテルに勤めているという。既に妊娠八カ月になるというのに、毎日こんな遠くまで通っているのかと、彼女は初めて妊婦の身を案じた。だが母親は、今からきちんと覚悟しなければ、甘い考えでは一人で子どもを産み育てることなど出来ないのだから、それで良いのだと答えた。

「――私は、どうすればいいんですか。夫がよそに作った子を『そうですか』と認めろって仰るんですか」

また涙が溢《あふ》れてくる。そんなことの出来るはずがない。世間に顔向けが出来ないと思っていると、女は「いいえ」と答えた。

「知らん顔なさってください。あの子は、相手の方には妊娠していることは言わずに帰ってきたって言いました。相手の方には生涯、迷惑をかけるつもりはないって。その時点で、大方こんなことだろうとは思ったんです」

「知らん顔って、だって――」

「よくよく考えて決めたんでしょう。だから私たちは娘を信じて、見守ってやろうって決めたんです。それが、あの子の生き方なんでしょうから」

穏やかに微笑む女を、彼女は半ば呆気《あっけ》に取られて見つめた。

――ママは私を信じてないのよ！

すべてを振り払うようにして海外へ飛び出していった長女とのやりとりが思い出された。ギャンギャン言うな、自由にしてくれ、信じてない――これまで、彼女が家族から投げつけられた言葉の数々が、頭の中で渦を巻いた。その度に彼女は家族の無理解を嘆き、怒りと不満を募らせた。自分がしっかりしていなければ家庭など保てないと思うからこそ、口にしてきたことが、家族を自分から遠ざけたのだろうか。今となっては彼女はたった一人で、することもなく暮らしている。いつ帰ってくるとも知れない夫や子どもを待って。

「第一、そんなことを世間が――」

いつしか車は浜辺を走っていた。オホーツクの海は穏やかで、水面は滑らかに見えた。その青は、これまでに彼女が見た、どの海とも異なる色をしていた。やがて、なだらかに弧を描く砂浜の前で車は止まった。それまで黙ってハンドルを握り続けていた主人が、初めて振り返って口を開いた。

「御迷惑をおかけしたことは百も承知しております。ですが、娘は、世間体のために生きてるわけじゃありません。あれが、そうしたいと真剣に考えて選んだんなら、私らはあれを守ります――親ですから」

車内の空気が息苦しく感じられて、彼女は黙って車から降り、さざ波のうち寄せる波打ち際《ぎわ》に向かって歩き始めた。

そうしたいと、真剣に——。

そんな自由が許されるなら、どんなに良いことだろう。だが、彼女は自分自身もそんな育てられ方はしなかった。恥ずかしくない生き方、人に後ろ指を指されない人生、それが何よりも大切だと教わった。

「気持ちいいでしょう。この海が、冬になると一面の流氷で埋め尽くされるんです」

背後から女房の声がした。彼女は風に吹かれながらぼんやりと海を眺めていた。

「どこまでも真っ白で、お陽様にきらきら輝いて。すごく寒いけど、素敵です」

そんな流氷の海をキャンバスに描きとることが出来たら、どんなに良いだろう。

彼女だって本当は、やりたいことがあったのだ。世界中を飛び回って好きな絵を描きたいと夢見たこともある。子どもさえいなければ、離婚して自由になりたいと思ったことも一度や二度ではない。考えてみれば子どもだって、もちろん愛していないはずはないが、まず立派に産み育てるのが務めだと思ったから、懸命に育てた。そうすべきだからしてきた。そして、子どもはさっさと飛び出していってしまった。

そうしたいと、真剣に——。

今、自分は何を真剣にやりたいのだろう。それを考えると、暗い淵《ふち》に突き落とされたような気分になる。したいことが見つからない。実は、その事実に気づき始めたからこそ、特にこの数年の彼女は、とにかく必死になって小さな問題でもことさらに大きくして、騒いできたような部分がある。そうしなければ、心の空白が埋まらなかったのだ。自分のいる理由が見つからないような気がした。だが結局は、こういうことになった。

「お母様は、楽しみになさってるんですか。その――赤ちゃんを」

今日、出会ったばかりの女を、彼女は改めて振り返った。女は、風に短い髪を散らしながらやはり柔らかい笑顔で頷いた。

「楽しみにだけ出来ないのは分かってるんですけど。それに、いくら可愛《かわい》くても、その子の人生はまた、その子の人生ですしね」

思わず「羨《うらや》ましいわ」と呟いていた。

「そんな割り切った、大らかな考え方が出来たら、どれほどいいでしょうね。こういう景色を見て暮らしていらっしゃるから、そんな気分になれるのかしら」

片手で髪を押さえながら、女はじっとこちらを見ていたが、やがて、今夜は泊まっていかないかと言い始めた。

「疲れておいでなんですよ。少し、ゆっくりしていかれたら、どうですか」

何と不思議なことを言う人なのだろうと思った。少なくとも彼女は、女から見れば娘の恋敵ということにもなるのだ。それに、夜までに網走まで戻らなければならないと考えそうになって、彼女はふと考えを止めた。「ならない」ことなど、ありはしない。夫は憂鬱《ゆううつ》な気持ちで、彼女を待っているだけに過ぎない。彼女だって、そんな夫に会いたいとは思ってはいなかった。いや、何も夫の浮気が発覚してからのことではない。もう何年も前の、まだ一緒に生活していた頃から、彼女は夫の帰りは義務的に待ちつつ、彼自身に会いたいと思ったことはなかった。

「――どうせ、誰が待ってるわけでもないんですものねえ。それに、このまま帰ったら、こんなに素晴らしいのにもう二度と思い出したくもない風景になっちゃうんでしょうし――それは、少し悔しいわね」

自分でも思いもしなかった言葉が口をついて出ていた。だが本当に、この道東の美しさや大らかさを、少しでも自分に取り込めれば、自分の中にも新しい何かが芽生えるかも知れないという気がした。それを信じたい。

信じるなんて――そのことさえ、何年ぶりか分からない。今でも何かを信じることが出来るだろうか。信じて、再び歩み出すことが可能だろうか――。

「本当に、のんびり出来ますから。何だったら二日でも、三日でも」

人なつこく微笑む女に対して、彼女は当惑しつつも、不思議なほどの安堵《あんど》と親しみを覚えていた。こんなふうにさり気なく他人と接することの出来る人に、これまでに出会ったことがあっただろうか。損得も関係なく、大らかに、柔らかに。妊娠した娘というのは、もしかすると、この母親似なのかも知れないと、ふと思う。だとしたら、夫が惹《ひ》かれた理由も分からないではない気がした。こんな柔らかさ、大らかさは、確かに彼女にはないものだ。いや、若い頃は多少なりともあったとは思う。時の流れが、いつの間にかすり減らしてしまった。彼女は深々と深呼吸をした。大らかさ。潔《いさぎよ》さ。希望。それらをここで見つけられるだろうか。今からでも、何とかなるだろうか――。

ずい分長い間、彼女はぼんやりと、オホーツクの海を眺めていた。海は生命の源。絶えず変化して、時に激しく、時に優しく、生命を育て続けてきた――。いずれにせよ、生まれ出ようとしている一つの生命を、今、危険にさらすようなことはしたくないという気がした。生命は生命だ。誰から生まれようと、誰の血を継いでいようと。そして、その子は母親と祖父母に囲まれて、この北の大地で育っていく。父親の顔など知らなくても、きっと立派に育つだろう。そうであってもらいたい。

「あの――ねえ、そうしたらいかがです？　無理にお引き止め出来る立場じゃありませんけど、本当に、いいところですから」

「でしたら——ウトロに向かうより、どこか宿をご紹介いただけません？」

それまで微笑みを絶やさなかった女の顔が、彼女が振り向いた途端、大きく歪《ゆが》んで、その瞳《ひとみ》に初めて涙が浮かんだ。次の瞬間、彼女は実に久しぶりに、人の肌の温《ぬく》もりを感じていた。「すみません」と繰り返しながら彼女の手を捉《とら》えた女の手は小さく、乾いていて、温かかった。

はびこる思い出

1

山積みになったピーマンの中から、色つやの良いものを選《よ》っていると、「なあ」という声がした。美加子《みかこ》は、手元のピーマンから目を離さずに「うん？」と答えた。

「美加子って、料理、習ったことあるの？」

今度は、美加子は振り返って声の主を見た。大きなショッピングカートを押しながら、美加子の隣に立っている聖吾《せいご》は、スーツを脱いで普段着になると、未《いま》だに学生のように見える。

「ないわよ、どうして？」

「この前、課長に聞かれたんだ。『瀬川《せがわ》くんの奥さんは、料理を習っていたことでもあるのかい』って」

美加子は、選り出したピーマンを聖吾の押すカートに移しながら「あら、そう」と微笑《ほほえ》んだ。聖吾の会社の連中が、連れだって美加子たちの新居に押しかけてきたのは、つい先週のことだ。

「なんか、えらく感激してたんだよな。若いのに珍しく手際《てぎわ》はいいし、味はいいし、盛りつけもなかなかのものだとか言って」

「そんなことないと思うけど。普通でしょう？」

美加子は、わずかに顎《あご》を引いて、上目遣いに夫を見た。だが聖吾は肩をすくめて
「そうでもないみたいだ」と言う。

「山下《やました》先輩だって言ってたよ。君の漬け物を食って感激したらしいんだな。あそこのかみさんは美加子より年上だけど、漬け物なんて買ってくるだけだし、晩飯のおかずだって、いつも一品だけなんだって」

夫の言葉に、美加子は「そうなの？」と目を丸くした。

「いくつなの、その人」

「三十二かな。先輩と同い年だっていうから」

「私より四つも上」

「見た目は若いけどね。最初は、俺らと同い年くらいかと思ったくらいだもん」

「二十代に？　へえ、うらやましい」

「若く見えたって、美加子よりオバサンであることは確かだよ。きっと、苦労知らず

で育ったんだろうな」

聖吾は、大して興味もなさそうな表情で、それでも山下という、職場でいちばん親しくしている先輩社員の女房の話をしてくれた。若い女子社員にも、それなりに人気があった先輩だが、結局は学生時代からの恋人との腐れ縁が切れなかったという。

「まあ、見た目と一緒で中身もガキなのかも知れないけどさ。和食なんか好きじゃなくて、魚も焼かないんだと。でかいピザを一枚だけ取り寄せておしまいってことも、珍しくないらしいよ」

「いくら見た目が若くたって、ある程度、一人暮らしの経験でもあれば、それなりにお料理だって上手になるものだと思うけど」

美加子が小首を傾《かし》げて言うと、聖吾は、それは人それぞれで違うのだろうと笑った。

「だからさ、皆にやっかまれたんだ。課長だって、家では、そんなに大切にされてないみたいだしさ。ガキの食べ物ばっかりで、大人の料理が出ないんだって」

「子どもがいれば、どうしても子どもの好みに合わせるようになっちゃうんじゃない？」

「そうかなあ。いつかは、美加子もそうなる？」

「どうかしら」

答えながら、美加子は聖吾と顔を見合わせ、互いに微笑みを交わした。その一方では、これは、最初からサービスしすぎだったろうかと考えていた。

「まあ、俺だって、美加子がこんなに料理が上手だとは、思ってなかったもんな。どっちかっていったら、レトルトのカレーとかスパゲティなんか、出てきそうなタイプかなあなんて、思ってた」

確かに、結婚前の美加子は、聖吾にろくな手料理を食べさせたことがなかった。男の気持ちを摑《つか》みたいと思ったら、手料理を食べさせるのがいちばんだということくらい、知らないわけではなかったが、食べ物などにつられて結婚を決意してもらったのでは困ると確信していたからだ。家政婦ではない。母親代わりでもないのだ。美加子自身を望んでもらうのでなければ困る。

「だから俺なんか、全然期待してなかった分、すげえ得した気分だったんだけどね、会社の連中まで驚かすくらいなんだから、やっぱり美加子の料理の腕って、すごいんだよな」

「私は、自分が食べることが好きなだけなのよ」

「だから、いいんだよ。楽しそうに作ってくれるから。それに、課長みたいな中年の親父《おやじ》が好みそうなものまで、ちゃんと分かってるんだもんな。親父やおふくろが生きてたら、大喜びしたと思うよ」

自分としては不自然ではないつもりだったのだが、まさか、そんな感想まで聞くことになるとは思っていなかった。今度からはもう少し気をつけようか。だが、聖吾は無邪気に喜んでいるのだし、大して気にすることでもないだろうと自分に言い聞かせ、美加子は聖吾の押すカートを食材で満たしていった。

「あれ、本降りになってるな」

山ほどの荷物を提げて店を出ると、ここに着いた頃にはポツポツと落ちている程度だった雨足が強くなっていた。聖吾は、美加子に「待ってろ」と言い残し、自分だけ雨の中を駆け出した。やがて、車のトランクに入れてあった傘をさして戻ってくる。美加子は微笑みながら夫の腕に摑まった。

「あとは、お家《うち》でゆっくりしようね」

聖吾を見上げながら、美加子は甘えた声を出した。彼も、機嫌の良さそうな横顔を見せながら頷《うなず》く。今年の梅雨は、本当に雨が多い。こんな週末は、夫婦水入らずで、家でビデオでも見て過ごすのがいちばんだ。

「でも、少しは動かないと、晩飯まで腹が減らないと困るからなあ」

「じゃあ、お風呂《ふろ》の掃除してくれる？　ほら、シャワーカーテンにカビが生え始めてるでしょう」

「じゃあホームセンターにも寄って、洗剤とか、雑貨も買ってくか」

新居の傍に、あまり充実した店がないせいもあって、美加子たちはこの町に越してきて以来、週末ごとに夫婦で車に乗り、少し離れたバイパス沿いにある大型スーパーやホームセンターに買い物に来る。夫婦二人だけの暮らしだから、週に一度の買い物でも、そう毎回大量に買い込むことはないのだが、それでも夫と連れだってドライブがてらに買い物に来るのは楽しかった。

——こんなのが、夢だった。

走り出した車の中で、左右に雨を散らすワイパーを眺めながら、美加子は深々と息を吐き出した。後ろのシートには買い物の山、ハンドルを握るのは、若々しくて優しく、働き者で、しかも将来を嘱望されている夫。そして、これから美加子たちは、この春に引っ越したばかりのマンションに戻る。新築ではないが、それでもなかなか住み心地のよい、2LDKの我が家だ。

「風呂場に窓がないっていうのが、よくないんだな」

家に戻ると、聖吾はさっそく風呂場の掃除を始めた。タオルを覆面のように顔に巻いて、カビ取り用の洗剤を使いながら、彼は台所にいる美加子に向かって大声で話しかけてくる。

「普段から、換気扇を回しっぱなしにしてた方が、いいよ！」

「ドアは、いつでも開けてるのよ！　換気扇を回しっぱなしにしてたんじゃあ、電気代がもったいないものっ」

枝豆を枝から切り離しながら、美加子も大声で返事をした。すると「倹約家だね」という声が、すぐ後ろから聞こえた。驚いて振り向けば、頭に洗面器を被《かぶ》って、覆面タオルを巻いたままの聖吾が立っている。塩素系の洗剤から身を守るために、完全武装しているのだ。美加子は、その滑稽《こっけい》な姿に思わず声を出して笑った。

「全共闘みたい」

聖吾は、洗面器とタオルの間からのぞかせている目を、一瞬大きく見開き、それから「古いなあ」とその目を細めた。

「それにしても、カビの繁殖力っていうのは、すごいもんだな。壁にも天井にも、黒いのがポツポツと出始めてたし、あのシャワーカーテンだって、俺、確か先々週も掃除したよ」

「これだけ雨が続けばねえ」

再び枝豆に目を戻しながら、美加子もため息をついてみせた。布団《ふとん》も洗濯物も、日の下に干せない日が続いている。乾燥機を使ってはいるものの、やはり、ぱりっとした感触が恋しかった。

「鉄筋の建物っていうのは、案外湿気が強いっていうけど、本当だな！」

再び、浴室と台所とで、大声のやりとりが始まる。

「引っ越してきたときには、気がつかなかったじゃない？」

「あの頃は、季節がよかったからさ！」

「こんなお天気が続いてたら、窓を開けたって、余計に湿気《しけ》るだけだものねえっ」

やがて、美加子は夕食の下拵《したごしら》えを終え、聖吾は浴室に続いてトイレの掃除まで終えて、二人はテレビの前に座った。大して面白い番組もなかったが、取りあえずテレビのスイッチを入れて、今度は、美加子はアイロンをかけ始める。聖吾の方は、買ったままで、ゆっくりと読む暇もなかったアウトドア雑誌のページを開いた。いかにもゆったりとした、雨の休日だった。

2

少しすると、聖吾はコーヒーを淹《い》れてくれた。美加子は、アイロンをかける手を休め、夫との他愛《たわい》ない会話を楽しみながら、熱いコーヒーとともにクッキーを二、三枚食べた。

「梅雨が明けて夏になったら、どこかに行きたいわね」

「どこかって？」

「どこでもいいけど——のんびり出来るようなところ」

何しろ、聖吾の仕事の都合と、少しでも多くの頭金を支払ってローンの返済を楽にするために、美加子たちは二人きりのささやかな結婚式を挙げた他には新婚旅行もしていなかった。

「五月の連休だって、結局はどこにも行かなかったし」

それは、人混みの嫌いな美加子も納得してのことだったが、春にこの町に来て以来、どこへも連れていってもらっていないというのもやはり淋《さび》しい気がすると言うと、聖吾はようやく読みかけの雑誌から目を離した。

「キャンプに行こうか」

「どこへ？」

「どこだっていいさ。海だって、山だって。気持ちいいぜ。空の下で料理をして、星を眺めながら眠って」

「でも、道具を揃《そろ》えるのが大変じゃない？　結局は、普通の旅行よりも高くつくようになるんじゃないかしら」

それに、家から離れてまで料理をするのは、どうも気が進まないと言おうとすると、だが夫は、膝《ひざ》の上に広げていた雑誌を脇《わき》に押しやり、まるで子どものように瞳《ひとみ》を輝かせて、身を乗り出してきた。

「道具だったら、大体は揃ってるんだって。俺、今みたいに忙しくなる前は、結構、行ってたんだから」

言うが早いか、彼は勢いよく立ち上がった。美加子がぽかんと見上げている間に、彼は、ゆくゆくは子ども部屋になるねと話し合っている洋間に向かった。現在のところは客間として使用している部屋の、押し入れや作りつけのクローゼットには、引っ越したときのまま、まだ梱包《こんぽう》も解いていない荷物がいくつか詰め込んである。そういえば、確かにテントや寝袋らしい物が、その荷物の中に混ざっていたような気もする。美加子は少しの間、コーヒーを飲みながら、聖吾が何か言ってくるのを待ったが、やがて再びアイロンをかけ始めた。

「あった？」

いつまでも戻ってこないから、美加子はまた大きな声を上げた。

「あった、あった！」

「使えそう？」

「ばっちりだ！」

声だけは返ってくるが、本人は一向に戻ってこない。美加子は、面白くないテレビを眺めながら、黙々とアイロンをかけ続けた。飲んだばかりのコーヒーが、もう汗になって出てくる気がする。まったく、これから暑い季節になると、アイロンがけはひと仕事だ。しかも、最近では前屈《まえかが》みの姿勢を続けていると、腰や背中が疲れてくる。

「ねえ、どうしたの？」

「まだ、他の箱も探してるんだよ！」

美加子は「そう！」と答え、またアイロンを動かした。十分たっても二十分たっても、聖吾は戻ってこない。美加子は、最後のハンカチにアイロンをかけ終え、ようやく、ゆっくりと背を伸ばした。振り返って耳を澄ませてみるが、何か探しているにしては、妙に静かだ。「よいしょ」と小さくかけ声をかけて立ち上がり、美加子は客間に向かった。そっと覗《のぞ》いてみると、この天気のせいで、夕方でもないのに薄暗く、何となく陰気臭く感じられる部屋の中ほどで、梱包を解いた荷物に囲まれてうずくまる夫の背中が見えた。

「――どうしたの？　見つからない？」

美加子が声をかけると、聖吾は慌《あわ》てたように振り返り「ああ、いや」と言った。その顔は、さっきまでの上機嫌な表情とは打って変わって、何とも沈鬱《ちんうつ》なものになっている。彼の脇には、確かに寝袋らしい物が転がっていた。

「あることは、あったんだけどさ――」

言いながら、聖吾は再び姿勢を戻してしまった。

「何よ、どうしたの？」

美加子は、散らばった荷物を踏み越えて夫に近付き、彼の後ろから前を覗き込んだ。その途端、一個の段ボール箱が彼の前に広げられているのが目に入った。美加子が横に回り込むと、夫は、床の上に広げている物を、すっと差し出した。

「――それ――」

アルバムらしいことは、見て分かる。だが、厚手の台紙を透明のシートで覆《おお》うタイプのアルバムは、そのシートがぶかぶかに浮き上がり、表面は白く曇ってしまって、挟まっている写真も判別出来ないほどに変質していた。

「ひどいもんだ。この中身、全部」

聖吾は、いかにも痛ましげな表情で、段ボール箱を顎で示した。アルバムが入っていた段ボール箱の中の荷物は、何もかもが所々に薄黄色や薄緑の混ざった、白い粉のようなものに覆われていた。それでも、それらの輪郭から、美加子の荷物であることは一目で分かった。

「カビに、やられたんだ――」

美加子は、手を触れるのも躊躇《ためら》われるような荷物を覗き込み、再び聖吾の手元のアルバムを見つめた。聖吾が、台紙の角に指をあて、ゆっくりと台紙をめくってくれる。どのページも同様に、見事なほどにシートが波打ち、浮き上がり、そのシートに挟み込んだ写真の表面だけが部分的に貼《は》りついている。無理にシートをめくっても、そこに見えるのは表面の剝《は》がれた哀れな四角い紙切ればかりという具合だった。

「――こんなものに、カビが生えるの」

「俺も、初めて見た。箱全体が、持ったときに何となく湿っぽい感じだったから、何かと思って開けてみたら、こうなってた」

「――――」

美加子は、聖吾のめくるアルバムを虚《むな》しく見つめ、それからカビだらけの段ボール箱を改めて眺めた。

「これ、思い出の物ばかりを入れてある箱だったの。すぐに使う必要もない物ばかりだから、そのうち、懐《なつ》かしくなったら開こうかと思ってたのに」

「これも、大切な、アルバムなんだろう？」

聖吾が何とも言えないという表情でこちらを見る。美加子は、夫とアルバムとを見比べて「そりゃあね」と頷いた。

小さな宝石箱や、革細工の小物、古い腕時計やブリキの玩具《おもちゃ》、それに昔使っていたベルトやビニール製の小銭入れなど、他の人にはがらくたでも、美加子にとっては一つ一つが思い出につながる品物ばかりが、見るも無惨《むざん》な有り様になっている。

「他の物は、何とかなると思うんだ。だけど、このアルバムは――」

いかにも痛ましげに言われて、美加子は深々とため息をつくことしか出来なかった。

「――仕方がないわ」

そして、聖吾を見て、弱々しく微笑んだ。

「悲しいけど、諦《あきら》めるより他に、ないものね」

聖吾は、美加子以上に傷ついたような表情で、黙って美加子を見つめている。美加子は、もう一度ため息をついた。

「残念だけど――もう、こんなになっちゃってたら、どうしようもないもの。大切なアルバムを、箱の中に入れっぱなしにしていた私が、いけないのよね」

天気の良い日ならば、午後から陽が入り込む部屋だった。だが、こんな天気では、いかにも陰気臭くて、目の前の箱を開けた瞬間から、カビの胞子が無数に舞い飛んでいるような気にさせられる。

「他の物は、大丈夫だったかしら」

「ああ、開けてみたけど、他は、何ともないみたいだった」

それだけを聞くと、美加子はゆっくりと頷いて立ち上がった。

「さて、じゃあ、そろそろ夕御飯の支度を始めなきゃ。今日はね、串《くし》カツよ、好きでしょう?」

背中で聖吾の返事を聞き、キッチンに戻ると、美加子は枝豆を茹《ゆ》でるために鍋《なべ》を火にかけ、しばらくの間、ぼんやりとしていた。沸騰《ふっとう》した湯に、枝から切り離した枝豆を落とす頃、聖吾が隣に立った。美加子は、片手にザルを持ったまま、諦めた微笑みを浮かべて、夫を見上げた。

「あのアルバムに貼ってあったはずの写真がね、何枚も、頭の中にくるくると浮かんでくるの」

「――――」

「何かを失ったと知ったときには、いつでもこんな気分になるものね」

「いつでも?」

「何となく、時間が逆流しちゃって、それこそ、このお湯の中で躍ってる枝豆みたい。悲しいとか、悔しいとか、そんな言葉じゃ言い表せない、やるせない気持ち、切ない気持ちになるのよね。私、あなたと結婚して、もう二度と、こんな気持ちになんかならないと思ってた——ちょっと、びっくりしちゃった」

「美加子——」

枝豆の茹で上がりを確かめると、美加子は気を取り直すように「よいしょ」と声をかけ、流しに用意したザルに向けて、勢いよく鍋を傾けた。鮮やかな色合いの枝豆がごとごととザルに落ち、もうもうと湯気が立ち昇った。

「平気よ、いいの。さあ、枝豆が茹で上がった。ビールでも飲む?」

見上げれば、やはりそこには、打ちひしがれた表情の聖吾の顔があった。美加子は、そんな夫の腕を軽く叩《たた》いてやり、冷蔵庫からビールを取り出した。栓を抜き、グラスに注ぐ間も、聖吾は黙ったままだった。

3

今年の梅雨は、文字通り、梅雨らしい梅雨だった。満足に傘を干す暇もないほどに、しとしとと雨が降り続き、あまりにも何の変化もない、すっかり沈滞した雰囲気の毎日に、七月に入る頃には、さすがの美加子も退屈し始めた。

——それも、贅沢《ぜいたく》か。

ついこの前の春、結婚前までは毎日、疲れ果てて布団に倒れ込むような生活を続けていたのだ。聖吾と知り合わなければ、今だって同じ日々が続いていたことだろう。そう考えれば、退屈などと言っては罰が当たる。同じ忍耐でも、多少の退屈に耐えるのと、働き詰めに働くのとでは雲泥《うんでい》の差がある。少なくとも美加子は、退屈な方がずっと好きだった。第一これは、美加子自身が望んだ生活なのだ。

それでも時々は、暇に飽かせて余計なことまで考えてしまう。ことに、あのアルバムの一件があってからは、いくら平静を保とうとしても、思い出すその度に、美加子は胸をかきむしられるような気持ちになった。取り返しのつかないことをしてしまったと思う。後悔しても仕方がない、また、後悔しているわけでもなかったが、何ともやるせない気持ちになるのだ。

「美加子、美加子！」

七月に入って間もなくだった。いつもよりもかなり早い時間に、聖吾が息せききって帰ってきた。鞄《かばん》の他に紙袋を提げて、額から汗を滴《したた》らせている。

「すごい汗。先に、お風呂に入ったら？　すぐ、御飯の用意も出来るから」

エアコンの風を「強」に切り替えながら美加子が言うと、彼はもどかしげに上着を脱ぎ捨て、ネクタイを緩めながら美加子の手を摑んだ。

「それより、ちょっと」

彼は、いつになく表情を輝かせて、美加子をソファーに座らせようとする。鍋を火にかけてあるのだと言うと、夫は慌てたようにキッチンに行き、自分でガスの火を止めて、急いで戻ってきた。美加子は、そんな彼を目で追いながら「どうしたのよ」と言った。

「これ」

ようやく自分もソファーに腰掛けた聖吾は、提げてきた紙袋から、四センチほどの厚さの、正方形に近い箱を取り出した。開けてみろと言われて、素直に箱を開けると、中には見かけない表紙のアルバムが入っている。美加子は小首を傾げながら、ハンカチで汗を拭《ぬぐ》っている聖吾とアルバムを見比べた。

「見てみて」

笑顔で言われて、アルバムを開いた美加子は、思わず息を呑んだ。そこに、見覚えのある写真が貼られていたのだ。あの、カビだらけになってしまったアルバムに貼られていたはずの写真が、新品同様になって、見事に再生されていた。

「──捨ててくれたんじゃ、なかったの」

「そんなに簡単に捨てられるはずがないだろう？　美加子の大切な思い出を」

美加子は信じられない思いで、すべてのページをめくった。確かに間違いなく、一枚一枚の写真が、あのアルバムに貼られていたものだ。

「傷《いた》みの激しいのは、さすがに無理だった。だけど、何もかもがなくなるより、いいと思ってさ」

聖吾は、あのアルバムを見つけた翌週、さっそく方々の写真店を回ったのだと話してくれた。一枚でもいいから、修理か、再生か、可能な限り、写真を蘇《よみがえ》らせてくれるところを探して、ようやく一軒の写真店が「駄目でもともと」という条件で、引き受けてくれたのだという。

「カビの生え方だって、むらがあるだろう？　美加子は、気味も悪かっただろうし、ショックを受けてたから、ちゃんと見なかっただろうけど、案外、何とかなりそうなやつも混ざってたんだよ。それでね」

　夫の説明を、美加子は目を潤《うる》ませながら聞いた。やはり、思った通りの人だった。彼は、美加子の心の痛みを、自分のことのように感じられる人なのだ。写真が再生されたことよりも、その実感が美加子の心を打った。

「諦めてたのよ、本当に。これからまた、あなたと一緒に、たくさんの写真を残していかれれば、それでいいって」

「俺にはまだ兄弟が生きてるからいいけど、美加子は、俺以外には誰もいないんじゃないか。ただでさえ、前に住んでたアパートが火事になったときに、大部分のものはなくしてるんだろう？　自分の写真だって、ほとんどないくせに」

「それでも、少しはあるわ。もう一冊、アルバムは他にもあるんだし、あれは、仕方がなかったんだって思えば――」

「血を分けた両親や、身内の人の写真が、そう簡単に諦められるはずがないっていうことは、俺がいちばんよく分かるんだよ」

　聖吾の言葉に、美加子は思わず涙を流した。お互い、既に両親も喪《うしな》って、似たような境遇だというのが、二人を結びつけた大きなきっかけだった。年齢の割にはしっかりしているというのが、お互いが相手に抱いた第一印象だったし、その理由が分かったときに、聖吾は二人の間に運命を感じたのだと言っていたことがある。

「俺だって、君の思い出には興味があるからね。でも、勝手にプライバシーを覗いちゃ悪いと思って、ちゃんと見てはいないんだ」

「じゃあ、一緒に見てくれる？　ああ、先にお風呂に入ってきて。私、急いで支度しちゃうから。とにかくひと息ついて、それから」

汗を吸って湿っているワイシャツの背を押しながら、美加子は「大好き」と囁《ささや》いた。聖吾は、くるりと振り向いて、心から嬉《うれ》しそうな笑顔になり、「俺も」と美加子に軽くキスをした。彼を浴室まで見送ると、美加子は急いでアルバムの前に戻り、改めて写真をぱらぱらと見た上で、キッチンに行った。

――こうでなくっちゃ。そうよ、私は信じる。自分の運を。

浴室からは、呑気《のんき》な鼻歌が聞こえてくる。それに合わせて、美加子もキッチンで小さくハミングをした。ふと、そういえば最近はカラオケにも行っていないなと思ったが、そんなことは、もうどうでもよかった。どうせ、大していい思い出には行き当たらないのだ。

向かい合って夕食をとり終えた後、美加子たちはさっそくアルバムを開いた。再生されたものは、元の量の三分の一程度だと思う。その一枚一枚について、美加子は丁寧に説明をし、その頃の思い出を語った。幼い頃のこと、両親のことなどを話して聞かせる間、聖吾はいちいち「へえ」と満足そうに頷いた。

「美加子が写ってるのは、ないんだね」

「あれは、家族のアルバムだったのよ。この辺の写真は全部、祖父のカメラで撮ったはずなの。古い、こう上から覗くような」

「ああ、二眼レフのカメラだ。なるほど、それでか」

ビールに続いて、珍しく水割りまで飲み始めた聖吾は、赤くなった顔で機嫌良さそうに写真を眺めている。美加子は、夫の顔とアルバムを見比べながら、熱心に様々な思い出を語った。やがて、一枚の写真にたどり着くと、聖吾が「あれ」と言った。

「これ、美加子？」

それは、小太りで色白の男の横で、真顔で赤ん坊を抱いている女の写真だった。

「――じゃ、ないよなあ」

「叔母なの。母の、いちばん下の妹」

「そうだよなあ、赤ん坊なんか抱いてるし、まあ第一、ずいぶん前の写真ていう感じだもんなあ」

美加子は微《かす》かに声をたてて笑った。

「似てるでしょう？　私、母よりもこの叔母に似てるって、よく言われたわ。歳《とし》も十歳くらいしか離れてなかったから、よく姉妹と間違われたのよ」

　美加子が説明している間、聖吾は「へえ」と身を乗り出して、しげしげと写真を眺めている。美加子も、しみじみとその写真を眺めた。まるまると太って、ふっくらとした頬の赤ん坊は、表情のない母親とは対照的に、いかにも幸せそうに笑っている。

「今は？　どうしてるの」

　聖吾の、わずかに酔った目に見つめられて、美加子は思わず視線を外しながら「さあ」と首を傾げた。

「今は、まるで連絡してないわ。この、叔母のご主人ていう人が、難しい人みたいで。向こうの親と同居してるし、色々と苦労してるらしくて、そういう姿を人に見せたくないみたいなのね」

「それで、結婚式にも呼ばなかったのか。叔母さんがいるんなら、せめて――」

「だって、もう何年もお付き合いしてないし、そんなところに呼んだら、かえって迷惑だと思って。あなたのお兄さんだって来られなかったし、あのときは、とにかく二人だけでって決めたじゃない？　私は――大好きな叔母だったんだけどね。この写真は、私が小学校の五、六年生の頃だったと思うけど」

ふんふんと頷きながら、聖吾はアルバムのページをめくる。今度は、四、五歳に成長した娘を抱いている叔母が写っていた。さっきの写真と違って、わずかに笑っているが、目のあたりに疲れがたまっていて、決して自然な笑顔とは言いがたいものだ。

「この頃で、そうねえ——二十五か六、くらいだったんじゃないかしら」

「それにしちゃあ、老《ふ》けてるな」

「——苦労、してたんじゃない？　たまに送ってくる写真が、そんなだったから、皆、結構心配してたんだけど。結局、よその家に嫁いだ人に、あれこれ言うことも出来なくて、かえって悲しい思いをさせるだろうし」

アルバムの中で、叔母は瞬《またた》く間に老けていった。写真が減ったせいもあるが、そればかりではないらしい雰囲気が伝わってくる。実際、早く老けたのだ。どう見ても、満ち足りた生活を送っているとは思えない、常に不満を抱えて見える女が、徐々に髪型を変え、化粧を濃くしていくのを見るのは、嫌なものだった。

「この子も、美加子に似てるね。母親が似てるんだから、当たり前だろうけど」

アルバムの最後に貼られているのが、叔母の娘の、中学の入学式の記念写真だった。よかった、この写真は無事だったのかと思いながら、美加子は切ない気持ちで写真を眺めた。

「明日香《あすか》っていうの。この頃に私、一度だけ会ったことがあるわ。あの子も、私が叔母と似てるんで、びっくりしてた。すぐに打ち解けたんだけど、やっぱり母親の苦労は見てるみたいで、お父さんは嫌いだって言ってた――」

ため息をつきながら話す隣で、聖吾は早くも大きな欠伸《あくび》をし始めている。人が一生懸命に話しているのにと思ったが、美加子は「眠くなっちゃった？」と微笑んだ。喧《けん》嘩《か》は好きではない。第一、こんな風に写真を再生させてくれた優しい夫に、少々のことで突っかかるのは、申し訳ない。

「残った身内は、大切にしなきゃ、な」

目をとろりとさせながら、聖吾はゆっくりと呟《つぶや》き、ソファーの上にごろりと転がる。

「でも、安心したよ。美加子にも、肉親がいるんじゃないか。その気になれば、付き合うことだって――出来るさ」

美加子は、早くも目をつぶっている聖吾の腕に手を触れながら「そうかしら」と囁いた。聖吾は、黙ったまま頷いている。手を握ると、暖かい手がしっかりと握り返してきた。だが、すぐに力が抜けていく。

「連絡、してみようかな」

「ああ――分かってるんだろう？　住所とか」

「——昔と変わってなかったらね」

「してみると、いいよ。連絡、な」

やがて、軽い鼾《いびき》が聞こえ始める。子どものような寝顔で、軽く唇を開いたまま、聖吾は眠ってしまった。美加子は、彼の腹にそっとタオルケットをかけてやると、今度は一人でアルバムに見入り始めた。いくら眺めていても、見飽きるということがない。それどころか、すっかり忘れていた光景までが、実に鮮明に思い出されてくるのだ。これまで、自分の内に無理に閉じ込めておいた様々な感情が、一気に止めどもなく溢《あふ》れ出てくるようだった。

——後戻りは出来ない。前進することだけ、考えるのよ。

そう自分に言い聞かせながら、美加子はその夜、いつまでも寝つかれなかった。

4

翌週の末、例によって夫婦でスーパーへ買い物に行く途中の車の中で、美加子は叔母の消息を尋ねてみたと報告した。聖吾は「何だ」と言い、美加子が何も言わないから、まだ捜していないのかと思っていたと続けた。

「捜すのに、少し時間がかかったの。それに、あなた今週は、ずっと帰りが遅かったでしょう？　疲れて帰ってきて、あまり楽しくない話を聞かされるのも、どうかなあと思って」

助手席から覗き込むと、夫はわずかに眉《まゆ》をひそめて、ちらちらとこちらを見た。

「楽しくない話って？　どうだったんだよ」

「――昔、教えられてた番号に電話したらね、最初は『いません』としか言ってもらえなかったのよ。もう、その段階で嫌な予感がしたわ」

車窓の外には、すっかり見慣れた感のある風景が流れていく。最近、いつも行くスーパーよりも少し手前に、新しい大型店舗を建てているのを発見した。何の店になるのかは分からないが、開店したら一度は行ってみようねと、夫婦で話し合っている。だが今日は、そういう話をしている場合ではなかった。

「電話に出たのは、老人の声だったの。多分、叔母のお姑《しゆうとめ》さんあたりじゃないかと思うんだけど、私が『姪《めい》の美加子です』って言っても、空とぼけた声で『姪？　誰のですか』なんて言うんだから」

「惚《ぼ》けてるんじゃないのか」

「まさか。しっかりしたものだったわ。そういう人たちなのよ。前に叔母が言ってたもの」

それでも食い下がって、何とか叔母と話がしたいのだがと頼むと、電話は代わったものの、今度は男の声が聞こえてきた。口振りからして、叔母の夫だろうと察しをつけて挨拶《あいさつ》をすると、相手はようやく思い出した様子で、「ああ」と答えた。ところが、やはり叔母はいないと言う。よくよく聞いてみると、三年ほど前に、出ていってもらったという話だった――美加子がそれらの説明をする間、聖吾は眉をひそめたままで、ハンドルを握りながら、重々しい相槌《あいづち》を打ち続けていた。

「私が、今さらあれこれと理由を聞いても仕方がないから、とにかく叔母の連絡先を聞き出したんだけど。そうしたら、教わった場所にも、もういなくて、次々に連絡先が変わってってね――」

結局のところ、叔母の行方は途絶えてしまっていた。

「何で言わなかったんだよ。要するに、叔母さんが行方不明になってるっていうことだろう？」

聖吾は、いよいよ深刻な表情になって、半ば責めるような口調になっている。美加子は、続きがあるのよ、と出来るだけ穏やかな口調で言い、夫の太股《ふともも》に手を置いた。

「だから私、もう一度電話をしたの。叔母の嫁ぎ先にね。だって、明日香っていう子がいるのよ。あの子にとっては、たった一人の母親なのに、まったく消息が摑《つか》めていないはずがないと思って」

結局、叔母は再婚したのだと、電話口に出た叔父は、諦めたような声で語ってくれたと、美加子は続けた。確かに舅《しゅうと》や姑との折り合いが悪かったから出ていってもらったのだが、離婚して何年もたたないというのに、さっさと再婚する叔母の神経が分からない、しかも、娘は母を慕って一緒に家を出たのに、叔母は自分の再婚が決まったら、娘を返してきたのだそうだと報告すると、聖吾は「へえ」と、今度は呆《あき》れたような声を出した。

「新しい人生を始めようと思ったら、娘はいない方がいいっていうことかな」

「そんなに単純なことじゃないと思うわ。たとえば、再婚相手が継子《ままこ》を気に入らなかったのかも知れないし、明日香がなつかなかったのかも知れない。母親が子どもを手放すんだから、それなりの覚悟が要ったんだとは、思うのよ。だって、とても可愛《かわい》がってたんだから。自分だけの都合で、返したわけじゃないと思うわ」

聖吾は、考え深げに相槌を繰り返していたが、やがて、「なるほどなあ」と、重苦しいため息をついた。雨こそ降ってはいないが、今日も好天とは言いがたい天気だった。エアコンの効いているところにいればいいが、一歩でも外に出れば、むっとする不快な湿気がまとわりついてくる。

「それで叔母は、これまでに付き合いのあった人たちとは、一切関係を絶ったらしいの。きっと、すべてをやり直したかったんじゃないかしら。だから、私にも連絡をくれなかったのね」

「そういうものかなあ」

そうこうするうちに、車はスーパーに着いてしまった。聖吾は器用なハンドルさばきで車を駐車場に入れると、「よしっ」とかけ声をかけて車から降りた。美加子も、それに従った。まだ大切な話が残っている。だが、夫の頭が混乱しないように、少しずつ、丁寧に話さなければならない。

——落ち着いて。自分の運を信じるのよ。そして、彼の優しさを。

涼しそうな白いパンツに、チェックのシャツを着た聖吾は、美加子よりも数歩先を歩いて、いかにも手慣れた様子でショッピングカートを取りに行く。美加子は、少し動いただけでもじっとりと汗ばみそうな空気の中を、悠々と歩いていく夫の若々しい背中を見つめていた。

「まあ、しょうがないのかもな。叔母さんなりに苦労したんだろうし、きっと、ずいぶん悩んだ末のことなんだろうから」

必要以上に冷房の効いた店内に入ると、今度は聖吾の方から口を開いた。美加子は、普段通りに野菜売り場からゆっくりと歩き始めながら、「そうねえ」と頷いた。

「だけど、明日香ちゃんか？　その子が可哀想《かわいそう》だよな。自分の母親に、裏切られた気分だろう」

　キャベツ、キュウリ、トマトなどを、それぞれ選りながら、美加子は「そう、それがねえ」と呟いた。

「結局、一度は母親を選んだわけじゃない？　父親のところに戻ってからも、やっぱり、ぎくしゃくしちゃって、うまくいってないみたいなのね」

「だって、自分の娘だろう？」

「そういう叔父だから、叔母が幸せになれなかったんだもの。それに、よくよく聞いてみれば、叔父だって叔母を追い出してからすぐに再婚してるみたいだし、口振りからすると、やっぱり明日香を邪魔にしてるっていう感じだったわ。高校だけは、何とか出させてやるけど、あとは知らないとまで、言ってたもの」

「幾つなんだ」

「十七、ですって」

　今日はかぼちゃが安い。それに、ピーマンも買っていこう。話が深刻なだけに、美加子は出来るだけ暗くならないように気をつけながら、ゆっくりと穏やかに話した。だが、それでも聖吾はいつになく憂鬱《ゆううつ》そうな顔をしている。

「十七っていったら、いちばん多感な年頃じゃないか」

「そうねえ」

「そういう子が、非行に走ったりするんだよな。結局は親の都合で、人生が狂っちまうんだ」

ゆっくりと売り場を巡り、いつものように聖吾の押すショッピングカートを満たしながら、美加子は、「可哀想だなあ」と呟き続ける夫を、ちらちらと見ていた。

「私も、小さい頃に会っただけだから、今頃はどんな子になってるか分からないんだけど。でも、勉強が好きでね、成績もいいんだっていう話は、叔母から聞いたことがあるの」

「じゃあ、大学にも行きたいだろうに。そういう子が、挫折《ざせつ》するのは哀れだよなあ」

「私が会った頃は、明るくて素直で、可愛い子だったんだけどねえ」

いつものように店内を歩き回りながら、美加子は、明日香という娘の話を、ぽつり、ぽつりと聞かせた。聖吾は、わずかに口を尖《とが》らせたまま、黙って美加子の話を聞いていた。そして、揃ってレジに向かい、支払いを済ませて、再び車に乗って帰途につく。

昨日までは、週末は晴れたらテントと寝袋を干そうと話していたのだが、相変わらずの曇り空が広がっていて、全身が気怠《けだる》くなりそうな日になった。

「私に、もっと力があったらって、思うわ」

窓から入り込む湿った風に吹かれながら、美加子はぽつりと呟いた。

「叔母のことは、もう、いいの。叔母なりに、新しい人生を歩き始めてるんだものね。でも、明日香のことを考えると、何もできないって分かっていながら、やっぱり可哀想になる」

「――――」

「私はあなたと知り合って、結婚して、こんなに幸せにしてもらってるでしょう？　何だか、申し訳ないような気がしちゃって」

「――そんなことは、ないよ」

聖吾の横顔は、風に前髪を散らしながら、いかにも厳しく、また苦しげに見えた。美加子は、大きく深呼吸をして「そうね」と呟いた。

「たった一人の従妹《いとこ》だと思うから、気になるだけね。それでも、あの子はあの子なりの人生を歩むのよね――仕方が、ないわよね」

建築中の建物が、視界を横切っていく。全体の雰囲気からすると、郊外型のレストランかも知れない。美加子は気を取り直すように、「いつ頃のオープンかしらね」と言ってみた。それに対する聖吾の返答は、何とも気の抜けたもので、明らかに美加子の話を真剣に聞いていないらしかった。

「ごめんなさいね、つまらない話で。あなたが、せっかくあのアルバムの写真を再生してくれて、私は本当に嬉しくて、まさか、こんな話を聞かせなきゃならなくなるなんて、思ってなかったの」

「いいさ」

「だから――」

そこで、美加子は口を噤《つぐ》んだ。不覚にも、胸の奥から熱い塊がこみ上げてきそうになったのだ。こんなことで、動揺するつもりはなかった。冷静に、淡々と話すつもりだった。

「美加子？」

聖吾のわずかに汗ばんだ手が、美加子の手の上に重ねられた。美加子は涙を呑み下し、精一杯に笑ってみせたつもりだった。だが、顔が強《こわ》ばってしまって、ただ歪《ゆが》んだだけにしか見えなかったかも知れない。

「だから、思い出って嫌ね。おとなしく収まってくれていればいいけど、何かのきっかけで、こんな風に、心の中にも頭の中にも、一杯に広がっちゃって——すっかり振り回されて、動揺して、あなたにも迷惑をかけて」

言いながら、思わず涙がこぼれた。車の柔らかい振動に身を委《ゆだ》ね、湿気を含んだ風に吹かれながら、美加子はしばらくの間、鼻をすすっていた。

5

ゴム手袋をした手で、バケツを持ち上げながら、美加子は「大丈夫?」と大きな声を出した。うん、と張りのある声が聞こえたから、美加子は満足して微笑《ほほえ》み、いそいそと洋間に向かった。

「この部屋ねえ、案外湿気が強いのよ。ちょっと油断すると、すぐにカビが生えるから、気をつけなきゃならないの」

「分かってるって」

運び込まれた机の上に教科書などを並べていた明日香は、振り返ってにっこりと笑っている。久しぶりに会った彼女は、すっかり娘らしくなって、手も足もすらりと伸び、背中まで垂らしている髪も、いかにも若々しく美しい艶《つや》を放っている。美加子は、思わずその髪に触れたい衝動に駆られ、自分が手袋をしていることを思い出すと、未練がましく手を引っ込めて、バケツの中の雑巾《ぞうきん》を絞った。

「固く絞った雑巾でね、お掃除はしてあげるから、ちゃんと風を通して、よく乾いてるのを確かめてから、荷物を入れるのよ」

「はいはい」

大して気もない返事が聞こえたから、美加子は苛立《いらだ》って振り向いた。

「大丈夫ね？　出来るわね？」

「大丈夫だったら。子どもじゃないんだから」

明日香は半分面倒臭そうに、美加子の方を振り返った。そんな顔を見ただけで、もう、この上もなく嬉しくなってしまって、美加子はつい鼻歌を歌いながら、雑巾掛けを始めた。その途端、明日香が「あ」と言った。

「その歌、覚えてる」

美加子は、笑顔で彼女を見た。

「お母さん、前にもよく歌ってたもんね、それ」

彼女の言葉に美加子は急いで顔をしかめてみせた。反射的に、明日香は「しまった」という顔になり、小さく肩をすくめる。

「お母さんじゃなくて、美加子さん、ね。従姉妹《いとこ》同士なのよね」

美加子は、雑巾掛けの手を休めて、改めて明日香を見つめた。

「ちょっと、頼むわよ。そこだけは絶対に、失敗しないでちょうだいよ。ここで本当のことがばれちゃったら、お母さんの人生も、明日香の将来も、何もかも台無しになるんだからね」

念を押すように言うと、明日香は上目遣いに美加子を見て、ゆっくりと頷《うなず》いた。

「大丈夫だよ。大体、前のお母さんとは別人みたいになってるもん。今の顔を見たら、お母さんなんて呼べないよ」

少女は、その口元に、わずかに皮肉っぽい笑みを浮かべて、微かにため息をついている。そんな表情を見ると、美加子は途端に不安になる。娘に軽蔑《けいべつ》されているのではないか、こんな母親を、この娘はどんな目で見ているのだろうかと思うと、穏やかな気持ちではいられなくなる。

「――明日香だって、覚えてるでしょう？　あんなお父さんや、おばあちゃんたちに何年間も虐《いじ》められて、こき使われて、お母さん――私があの家でどんな毎日を過ごしていたか」

幼い頃のこの子は、美加子が姑に叱《しか》られ、夫からなじられるのを、いつも怯《おび》えた目で見つめていたものだ。だから四年前、ついに婚家から出ていかざるを得なくなったときにも、明日香は美加子を止めようとはしなかった。

「分かって欲しいのよ。私は自分の人生をやり直したかった。何もかも、新しくしたかったの」

「——美加子さん、他の子のお母さんより、ずっと年上に見えたよね。本当は、皆のお母さんの中で、いちばん若かったのに」

娘の言葉に、美加子は、ため息混じりに宙を見つめた。結婚したのは二十歳のとき、明日香を産んだのは二十一歳だった。つまり美加子は、実際には今年で三十八歳になる。だが四年前に離婚して、その後、美容整形手術を繰り返し受け、こうして若返った。顔の皺《しわ》を伸ばし、シミをとり除き、脂肪を吸引してたるみをとったその間の痛みと不安は、たとえようもないものだった。そして、その結果として、美加子は実年齢よりも十歳若い、二十八歳と人に言えるだけの肉体を手に入れた。

聖吾に語った話は、大方は嘘《うそ》ではなかった。ただ、美加子自身が、その叔母と呼んだ女本人だということだけが、口が裂けても言えない秘密だった。

せっかく離婚して自由にはなったものの、当時の美加子は情けないほどに老けて、疲れた顔をした、ただ中年にさしかかるだけの女になってしまっていた。学歴も資格も、若さもない女に、世間の風がどれほど冷たく、厳しいものか、美加子は身をもって経験させられた。結局、人生をやり直すためには、時間を逆戻りさせるしかなかったのだ。大した苦労などしていないかのように、若々しく、美しかった頃に戻らなければ、とても生きていく意味などないと、自分に結論を下した。どぶに捨てたとしか思えなかった過去を消し去り、それまでのしがらみのすべてを捨てる決心をした。唯《ゆい》一《いつ》、気がかりだったのは、最愛の一人娘である明日香の存在だった。我が子のことまでも、なかったことにするつもりには、美加子はどうしてもなれなかった。

「覚えてる？　どんなことをしてでも、明日香との約束は守るからって、お母さん——私が言ったの」

「うん——覚えてる。家を出る前の晩ね」

「あんな家にいたら、明日香は大学にも行かせてもらえない。私は自分の幸せだけじゃなくて、何とかして明日香を進学させられる方法を考えるからねって」

「でも、まさか、こんな方法を考えつくなんて思わなかったな。そんなにしたたかで女っぽい人だったなんて、知らなかった」

　美加子はゴム手袋を外して、明日香の肩を抱き寄せた。美加子よりも背が伸びてしまって、どこから見ても、立派な娘になった明日香は、抵抗もせずに美加子に身体《からだ》を寄せてきた。その温《ぬく》もりを感じた瞬間、美加子は「大丈夫だ」と確信した。この子なりに、美加子の生き方を理解してくれている。

「聖吾さんて、いい人よ。私のことを心から信頼して、私の幸せを考えてくれてる。だから、明日香を引き取ろうって、自分から言い出してくれたんだからね」

明日香の話をしてから、彼なりに、ずっと考えていたらしい。あれから十日ほどして、「その子が大学を卒業するまで」という条件で、明日香を引き取ろうかと彼が言い出したときには、美加子は手で顔を覆《おお》い、声を上げて泣いた。何と礼を言ったらよいのか分からない、だましている申し訳なさがないはずもない。だが聖吾は、美加子のたった一人の従妹である少女に、少しでも明るい未来を授けたいではないかと言ってくれた。

「――美加子さんを見ていれば、分かるよ。整形のせいじゃなくて、すごく生き生きとしてるもん。ああ、お母さんは幸せなんだって、すぐに分かった」

学校が夏休みに入るのを待って、美加子はさっそく明日香を呼び寄せた。今、その娘は複雑な表情で、かつて母だった女を見つめている。まるで、かつてはその顔に刻まれていた皺とともに、様々な母子《おやこ》の思い出までも探そうとしているような目だった。

「明日香にとっては、みっともない、馬鹿《ばか》な母親かも知れないけど、そのために、昼も夜も働いたのよ。そのお蔭《かげ》で、彼とも知り合えた。新しい人生を歩むことが出来るようになったの。だから、整形して本当によかったと思ってる」

「分かってる。私だって割り切ってる。絶対に大学に行きたいし、あんな継母《ままはは》のいる陰気な家になんか、いたくなかったんだから。現に、こんなにあっさり、私を家から出したんだよ」

　吐き捨てるようにそう言うと、明日香は、諦《あきら》めたように皮肉っぽく笑った。そして、美加子を従姉《いとこ》と呼び通してみせると約束をした。聖吾にも、素直な良い娘として、可愛がってもらえるように努力をする。それくらいのことは何でもないと、彼女は胸をはった。

「要するに、女は頭を使わなきゃ駄目ってことだよね」

「そういうこと。あくまでもしたたかに、可愛く、ね。私が、聖吾さんをどういう風に操縦してるか、よく見てるといいわ」

「せいぜい、お手本にさせてもらうよ、美、加、子、さん。気にすることなんか、ないよ。今どき、ひと回り近く年下の男と結婚するのも、美容整形も、べつに、どうってことないんだから」

　そして、二人は互いに微笑みを交わした。今夜は、聖吾も早く帰ってくることだろう。そして、新しい三人家族での生活が始まる。

大丈夫だ。きっと、笑いの絶えない明るい家庭にしてみせる。これまで以上に聖吾を大切にして、決して後悔などさせないように、彼を満足させてみせる。世の中には、知らない方が幸せということもあるのだ。

「もうすぐ、梅雨も明けるわね」

従妹という役割の娘と、若くて働き者の夫のために、せっせと夕食の支度をしながら、美加子はやはり鼻歌を口ずさんでいた。からりとした、気持ちのよい夏を迎えられそうだ。そんな予感が、美加子の中で大きく育ち始めていた。

湯飲み茶《ぢや》碗《わん》

1

伊部《いんべ》の駅前は人通りもなく、ひっそりと霧雨に沈んで見えた。山陰が霞《かす》んでいる。

「着いたわねえ、やっと！」

友人がはしゃいだ声を上げる。それに応《こた》えて、あとの二人も口々に、初めて降り立った町の印象を述べた。

「宿は、海まですぐのところよ。静かね。海は遠いのかしら。」

「でも、入り江の奥だから波がなくて、海っていう感じがしないけど」

ここまで来たからには、もう彼女の独壇場だった。何しろ、彼女以外は初めての備前だ。

「あら、ここが美術館」

駅前の建物に目をとめて、友人の一人が言った。備前陶芸美術館には、古備前の名品から人間国宝の作品までが展示されている。備前焼を知るにはもってこいの美術館だが、彼女にとっては、特に目新しいわけではない。

「明日、見られるわ。とにかく今日は、さっさと動かないと、ね」

リーダー格の彼女に逆らう友人はいない。三人は素直に頷《うなず》き、彼女に従ってタクシー乗り場に向かい始めた。とにかく、今日のうちに日本最古の庶民の学校といわれている閑谷《しずたに》学校を見学し、鑑真《がんじん》和上が開いたと伝えられる大滝山の福生寺《ふくしょうじ》にも行って、さらに、屋根瓦《がわら》から狛犬《こまいぬ》、参道までが備前焼という天津《あまつ》神社も見てみたいと思っている。その上で、土ひねりに挑戦しようということになっていた。

「緋襷《ひだすき》なんかも出せるのかしら。あれが入ってると備前焼っていう感じ、するじゃない？」

釉薬《うわぐすり》を一切使わず、陶土のままで焼き上げる備前焼は、日頃、彼女たちが陶芸教室で学んでいるものとは焼き上がりも風合いも、まるで異なっている。それだけに、備前に行ってみないかという提案に、友人たちは即座に賛成した。炎や灰の具合によって、二つと同じ表情のものが出来ない備前焼には、誰もが興味と憧《あこが》れを抱いていたからだ。

「私、お菓子皿を作ってみたいと思ってるんだけど、焼いていただくとき、牡丹餅《ぼたもち》って注文できるかしらねえ」

緋襷、牡丹餅などという、備前焼の景色を語る時に欠かせない窯変《ようへん》については、旅の前に多少の予習をしてきたらしかった。他にも胡麻《ごま》、桟切《さんぎ》りなどがあり、どれも備前焼に独特の味わいを持たせるものだ。

「牡丹餅って？　ぼた餅用のお皿にするの？」

もっとも陶芸歴の浅い友人が、無知を露呈する発言をした。彼女は軽やかに笑いながら、その実、内心で舌打ちをしていた。だから素人《しろうと》は面倒なのだと思う。どうせ何を見たって「素敵」「綺麗《きれい》」などという言葉を連発するのが関の山に決まっているのだ。だが、仕方がない。備前に行くと言っただけで、この頃は何となく不機嫌そうで疑い深い表情になる夫を納得させるには、他に方法がなかった。

彼女にとっての今回の旅は、何も焼き物を探すことが目的ではなかった。本当なら、今すぐにだって飛んで行きたい場所がある。夫も、それを感じ取っているのかも知れなかった。それだけに、カモフラージュに使った友人たちに疑われないようにすることが、まず大切だ。

――でも、明日には会える。

ちょうど窯出《かまだ》しの季節だった。タクシーの窓からも、ぽつぽつと見える煉瓦《れんが》造りの煙突のいくつかから、煙が立ち上っているのが見える。今度の週末には年に一度の備前焼まつりが開かれるはずだった。普段より安価で、しかも、あらゆる窯がテントを並べるために、大変な賑《にぎ》わいになる。元はといえば数年前、その備前焼まつりに足を運んだのが、彼の作品に触れるきっかけだった。その結果、彼女は自分も陶芸を習い始めたのだ。あの日から今日まで、もう何回、備前を訪ねたことだろう。

「夜、お魚がいただけると思う?」

「そりゃあ、瀬戸内の海の幸が、たっぷりなんじゃない?」

「期待しちゃうわねえ」

友人たちのお喋《しゃべ》りは途切れるということがない。自分はタクシーの助手席に座り、背後からの賑やかな声を聞きながら、彼女は、密《ひそ》かにため息をついていた。何となく、仲間だと思われたくなかった。

2

備前に来た時には必ず泊まることにしている、落ち着いた佇《たたず》まいの古い旅館は、食器のすべてに備前焼を使っている。予定通りの見学を終えて、箸置《はしお》きから醬油《しょうゆ》さしまで、すべて備前焼という食卓についた途端、仲間たちのお喋りは、ビールの助けも借りて、さらに賑やかになった。

「こういう食卓を見ちゃうと、自分の家の食卓が、いかにうるさいかって、感じちゃうわ」

「本当よねえ。ご飯一膳《ぜん》だって、感謝していただこうっていう気になるもの。うちも全部、備前で統一してみようかしら」

備前にも、陶土によって実に様々な色がある。極めて黒っぽい、鉄のような印象の重々しい備前から、柔らかい肌色が、ほんのり赤く染まったような色まで、景色とともに、その色彩は様々だ。どうせ統一するのなら、そのあたりのことまで考えなければいけないだろうと彼女が言うと、三人の友人は「さすがねえ」と感心した表情になった。

「私なんて、未《いま》だに何焼きか分からないの、正直言うとね」

「あら、私、備前は分かるようになったわ」

「まあ、好きならいいんじゃない？」

同じ主婦である陶芸仲間を眺めながら、彼女はある種、別世界の人を見るような、不思議な気持ちになっていた。

——幸せな人たち。

無邪気で、あっけらかんとしていて。彼女だって、少し前までは同じだったと思う。だが今は、そんな友人たちが哀れに見えてならないのだ。女であることも、恋も愛も忘れ果て、探求心もなく、雑で、無神経。ほんの暇つぶし程度に陶芸を選んだ人たち。安心しきって日々を送り、下手くそなマグカップの一つも作っただけで、きゃあきゃあとはしゃぐ素人たち。そんな愚か者と一緒にされてはたまらないという気がしてならない。

「ねえ、明日、本当に自由行動にするの？」

友人の一人がこちらを見た。彼女は出来るだけ穏やかに微笑《ほほえ》み、その方が良いだろうと答えた。

「じっくりと眺めたいときに人に気を遣うのは嫌じゃない。それぞれに好みも違うはずだしね」

だが、友人たちはわずかに不服そうな表情になっている。確かに、彼女と違って、焼き物を見る目などほとんどない友人たちにしてみれば、心細い気にもなるだろう。そこで彼女は一計を案じた。

「皆、きっとお買い物するでしょう？　後で、どういう物を買ったか、見せあわない？　色々と見て回れば、ある程度の相場も分かるから、お値段の当てっこも面白くない？」

仲良しが大好きな人たちだが、密かな対抗意識も忘れてはいない。自分が何を選び、どんな器を買い求めるか、後から比べあうとなると、俄然《がぜん》、張り切るものだった。

「でも、あなたには、かなわないもの。もう、行きつけの窯があるような方には」

内心、ひやりとした。確かに、一度でも彼女の家に来た人なら知っている。彼女の家にある備前の器はすべて、彼が焼いたものだった。大鉢も、水盤も一輪挿しも、小皿からビアマグに至るまで。だが彼女は、自分もすべての窯元を回っているわけではないので、明日はまた新しい窯元を開拓してみるつもりだと、出来るだけさりげない表情で言った。

「とにかくたくさん見ること。そうするうちに、自然に感じてくるものがあるわよ。ほら、お教室の先生も仰《おっしゃ》ってるじゃない、要は出会いだって。それに、一人旅に見えれば、窯元の人も意外に親切にしてくれるものだし、ああ、そうそう、最初に駅前の美術館に行くといいわ。勉強になるから」

友人たちはようやく納得した様子だった。床の間の掛け軸は、人間国宝の故藤原啓《ふじわらけい》が書き残したものを表装したものだった。どうやらこの宿は、故人とも縁があった宿らしい。だが、賑やかに喋り続ける友人たちにそれを説明するのも面倒で、彼女は一人密かに友人たちを軽蔑《けいべつ》し、明日へ思いを馳《は》せていた。

3

翌日も天気はすぐれず、肌寒い日になった。早々に旅館を後にして、駅のコインロッカーに荷物を預けると、彼女たちは予定通り、待ち合わせの時間だけを決めて解散することにした。だが、一人でさっさと歩き始めたのは彼女だけで、恐らくあとの三人は、一緒に行動するのではないかと彼女は考えていた。一人で動くのが嫌いな人たち。そんな勇気も、必要もない人たち。だが、自分は違う。今、彼女は主婦でも母親でもなく、一人の陶芸を愛する女に戻って、彼に会いにいくのだ。

伊部駅から国道を渡って突き当たりまで行くと、そこから東西にのびる道の両脇《りょうわき》には、古く落ち着いた町並みが続く。多くの窯元が並び、連なる屋根の向こうには、窯の煙突が見え隠れしていた。

橋を渡ったところに、既に見慣れた感のある、古い藁《わら》葺き屋根の家があった。屋根全体に厚く苔《こけ》がむしていて、静かに流れた年月そのものを象徴するかのようだ。今日、その家の脇にも、「窯出し中」の札が下がっていた。

道なりにずい分歩いて、そこから途中で右に折れる時、彼女は一度、後ろを振り返った。まさかとは思うが、ここから先は、友人たちにつけられては困る。だが、まつりを控えている上に、冷たい雨まで降り出して、町は昨日以上に静まり返り、旅行者らしい人影さえも見えなかった。すぐに急な上り坂になる道を、彼女は黙々と歩いた。息が弾んでくるのは、この坂道のせいだけではない、彼女を待っているに違いない彼を思って、鼓動が速まっているのだ。電話は昨夜のうちに入れてある。

「また、来たわ」

あれこれと台詞《せりふ》を考えていたのに、目の前に現れた彼に言えたのは、そのひと言だけだった。無精ひげを生やして、心持ち面やつれして見える彼は、無言のまま小さく頷いて、彼女を招き入れた。

「お友だちが、備前に行ってみたいって言うから、案内してきたの。ちょうど窯出しの頃だし、いいかなと思って」

「その、友だちは」

「今日は自由行動。あの人たちの相手じゃあ、疲れて仕方がないんだもの」

母屋《おもや》を抜けて工房に入り、彼女は片隅の、素朴な椅子《いす》に腰掛けた。ああ、やっと来られた。この空気、この風景を何回思い描いていたことだろう。

数分後、薄いインスタントコーヒーを運んでくると、彼は、静かに彼女の前に座った。独り者なのは承知している。以前は結婚していたらしいが、何年もたずに別れたらしい。彼女よりも十歳近く年下の男は、まだ三十代の半ばのはずだった。

「今年は、どうだった？　成果は？」

「別に、いつもの年と変わりませんがね」

もともと無愛想な男だった。彼女は悪戯《いたずら》っぽい思いで彼を見つめた。こちらの気持ちにはとうに気づいているはずなのに、わざと人を遠ざけるようにする、そんな彼の構え方が憎らしくもあり、また、愛《いと》おしい。もう少し時間が過ぎて、やがてぎこちなさが取れてくると、二人の間には微笑みが生まれ、甘く、柔らかい時が流れるはずだった。彼女はその時を待った。

「――何だか、もう冬の気配ね」

「この時期はね」

だが、彼女の予想に反して、二人の間には無言の時ばかりが流れた。何を話しかけても、会話はすぐに途切れてしまう。

「少し、お痩《や》せになったんじゃない？」

「窯に火が入ってる間は、ほとんど徹夜ですから」

想像していたのと違っていた。彼は、どこか苛立《いらだ》った表情で、彼女をまともに見ようともしない。前は、そんなことはなかった。思いのすべてを込めたような瞳《ひとみ》で、じっとこちらを見たはずだ。彼女は苛立ち、そして焦《あせ》った。このままでは、何をしに来たのか分からない。密かに夢想していた何か一つでも、実現させたいと思って来たのだ。せめて、手のひらの感触を知るだけでも。だが、前触れもなく、ここで急にすがりつくわけにもいかない。まだ、そんな段階ではなかったし、彼女のプライドが、そんな行為を許さなかった。

「見てみようかしら。今年の作品」

「——見ますか」

「だって、そのために来たんじゃないの」

男の口の端がわずかに歪《ゆが》んだ。

「そのために、ね」

今度こそ、彼女は冷水を浴びせかけられたような気持ちになった。まるで、こちらの気持ちを見透かしたような言い方。弄《もてあそ》んでいるような、下品な響き。

「いいですよ。見せましょう」

何を偉そうに。憎らしい。確かに、最初に惹《ひ》かれたのは彼女の方だ。だが、彼にそんな言われ方をするいわれはないはずだった。

好景気の頃は、備前焼に群がる人も多かったと聞く。だが、世の中が不景気になって、余裕がなくなった人々は、あっさりと備前から遠ざかった。備前に限らず、趣味人の間でもてはやされた世界の人たちは、今、等しく悪戦苦闘しているという話を、彼女は陶芸の先生から聞いていた。特に、彼のような若い陶芸家にとって、彼女が貴重な存在であることは間違いがない。上得意として。

「見せたくない？　自信がないとか？」

つい、挑戦的な口調になる。だが彼は、やはり口の端を歪めたまま、素っ気なく「どうぞ」と言うばかりだった。

この恋が成就《じょうじゅ》しないことくらい、十分に承知している。彼女は家庭を捨てるつもりも、この町で暮らすつもりも毛頭なかった。だが少なくとも、彼の力になることは出来るはずだ。現に、彼女は彼の作品を進物にも使い、親戚《しんせき》にも配って、これまでに支払ってきた金額は馬鹿《ばか》にならない。それなのに、この冷ややかな態度は何なのだ。腹が立つ。

「怖いわよ。こう見えても、私も大分、目が肥えてきてるから」

敢然と睨《にら》みつけて、言ってみた。彼は、そんな彼女からすっと視線を外してしまった。ざらりとした嫌な感覚。多分、今年はあまり良い作品が出来なかったのだ。きっと自信がないのに違いない。作品を並べてある部屋に向かう途中、彼女は様々に思いを巡らせた。それなら、まず褒めてやることだ。一度くらい、彼の笑顔を見るために。

「あら、これなんか、いいじゃない？」

生まれたての陶器が並ぶ棚の前をゆっくりと歩いて、彼女は一つの壺《つぼ》を指さした。白っぽい肌に、鮮やかな緋襷が叩《たた》きつけたような勢いで走っている。かなり大きな壺だから、値段も相当なものだろうと思って彼を振り返ると、彼は、やはり口の端を歪めていた。

「そう、思いますか」

「ええ、なかなか結構だと思うわ。いい景色が出てるし、緋襷の具合も――」

彼女が言い終わらないうちに、彼は棚からその壺を取り上げた。そして、あっと思う間もなく頭上から地面に叩きつけてしまった。鈍い、嫌な音がした。

「――何、するの」

千二百度以上の高温で、二週間もかけて焼かれる備前は、耐久性にも定評があるはずだ。それなのに今、彼女の目の前には、無惨《むざん》に砕け散った破片が散らばるばかりだった。

4

彼女は全身が硬直したまま、視線だけを動かした。彼の口が「何様のつもりなんだ」と動いた。彼女は耳を疑った。

「何様なんて——私はただ、あなたの作品が好きで、こうしてわざわざ——」

「わざわざなんていう、そこからして、おかしいと思わないのか。本当に、気がつかないのかい」

彼女は恐怖のあまり、涙さえこみ上げそうになりながら、彼の顔を見つめていた。今、彼は何を言っているのだろうか。こんな言葉が聞きたくて、わざわざ来たのではない。わざわざ、それのどこが悪いのだろう。

「都会で、暇に飽かせてお教室だ何だって言ってるような奥様の相手は、しきれないって言ってるんだ」

「失礼じゃない？　私は私なりに、少しでもあなたに近づきたくて、だからこそお教室で、実際に土に触れて、親しんで——」

「親しんで？」

彼は、かっと目を見開いた。

「俺は戦い続けてきてるんですよっ。十九の年からずっと、ひたすら土と戦って！　俺は、遊びでやってるんじゃない。これは、お稽古《けいこ》ごとじゃないんだ！」

「分かってるわ。生活がかかってるんでしょう？　だから、少しでも力になってあげようって思ってるんじゃないの」

彼の表情がすっと変わった。瞳が絶望的に暗く揺れて、殺気は消えた代わりに、泣き出しそうなほど、悲しげに見えた。彼女は一瞬、彼が叫び出すのではないかと思って、思わず身を固くした。

「生活のためだけに、俺がろくろを回してるとでも、思ってるんですか。力になるって、施しでもしてるつもりだったんですか」

「まさか、そうは言ってないわ」

「だから、ろくに見もしないで『なかなか結構』なんていう言葉が出るんですか。いつからそんなに偉くなったんです」

そして彼は、さっきの壺は、窯出しの直後から割るつもりだったのだと言った。

「俺が思ってたのと違ってた。だけど、あんな出来損ないでも、あなたは俺が気に入ってると言えば、きっと買うだろうとも思った。俺は、クズみたいな出来損ないで、ちょっとした小金を儲《もう》けられる」

「——失礼じゃない？　私だって、それなりに——」

「それなりに、何です。見る目がある？」

彼女は唇を噛《か》んだまま、彼を睨みつけた。だが、彼の瞳の力には及ばなかった。

「あなたと関わってると、俺、どんどんつまらない職人になりそうなんですよ。金のために素人の主婦をたぶらかす、そんな男に成り下がりそうなんです」

「たぶらかすって、あなた——」

「だって、そうでしょう。あなたは、俺がすすめれば何だって買う。高く売れりゃあ、俺だって商売だと思うから、つい自分に甘くなる。でも、そんなことを続けてたら、自分が駄目になるんだ」

「私が——私が悪いっていうの？」

「最初、うちの窯に来た頃のあなたは、そんな人じゃなかった。もっと謙虚で、自分の勘を信じて、土や炎の神秘を知ろうとしてた。手触りを味わって、慈《いつく》しむように見てたじゃないか。勢いがある、生命《いのち》がある、そういう陶器が好きだって言ってたでしょう」

「あの頃は、何も分からなくて、ただ——」

「今よりも分かってたさ。どうしちゃったっていうんです。この頃じゃあ電話でも、誰それに贈りたい、どこそこの社長が気に入ったらしい、そんな話ばっかりじゃないですか。俺の器がどう変化してきてるか、どんな使い心地か、そんなことも言わなくなって」

「そんな——」

いつも家にいて、毎日のように器を眺めながら、彼のことを思ってきた。滅多に会えなくても、作品が手元にあればと思ってきた。だが彼は、彼女を「分かってない」と決めつけた。彼女の切なさなど、まるで察しようともしなかった。

「何よ——そんなこと言うんなら、もう、あなたの作品、買わないわ」

「ほら、本性が出たね」

彼は、ぞっとするほど冷ややかに笑った。

「奥さん、何でも自分の思い通りになると思わないことです。焼き物をするんなら、まずそれを学ぶべきだ。思い通りにならないから、素晴らしいことがあるって」

そんなこと、年下の陶工に言われるまでもないことだ。いっそ、焼き上がったばかりの器のすべてを、今ここで割ってやりたいくらい腹立たしかった。彼女は唇を嚙みしめ、手を震わせながら、彼を睨みつけていた。

「――おいとま、するわ」

もう二度と来るものかと言い残そうとした時、彼はすっと後ろを向いて、棚に並べられていた小さな湯飲み茶碗《ぢゃわん》を取り上げ、彼女に差し出した。

「この景色が、今回の俺の作品の中では一番、いいと思ってる。今年は、これ、持って帰ってくれませんか」

彼女は、唇を嚙みしめたまま、その湯飲み茶碗を受け取った。

「思い通りにならないから、祈りもする。あとは無心で土をいじる。祈りが通じたときだけ、結果が生まれます」

渡された茶碗をろくに眺めもせず、きちんと包むからというのも断って、ハンカチでくるんだだけでバッグに入れると、彼女は「お邪魔様」とだけ言い残して、彼の工房を後にした。こんなにも毎日、彼を思い続けてきたのに。夫に疑われるほど、彼の話をし続けたというのに。

こんなことなら、友人たちと一緒に行動すれば良かったと思いながら、とにかく目についた喫茶店に飛び込んだ。コーヒーを注文して、彼女はようやくバッグから湯飲み茶碗を取り出した。

――これは。

角度によって、まるで異なる景色が広がる器だった。内側にも、まるで偶然とは思えない景色が見えている。胡麻の手触り、こげの具合、何と複雑で、そして、すべてが溶けあい、一つの世界が出来ていることだろう。彼女は、思わず吸い寄せられるように、その湯飲み茶碗を見つめ続けた。形そのものは、シンプルな湯飲み茶碗に過ぎない。だから、この景色のすべては、窯の中に降る灰と、炎のなめ具合や、熾《おき》が生み出したものだ。

両手ですっぽりと包み込める大きさの湯飲み茶碗に、土と炎の生み出した、無限の宇宙が広がっていると思った。第一、このエネルギーは何なのだろう。人の目を惹きつけて離さず、饒舌《じようぜつ》に何かを語ろうとする、この存在感は。

急に、心が静けさを取り戻した。こんなふうに感じたのは、久しぶりだった。これを作り出している人間を、自分は容易に支配できると、いや、既に支配していると思っていたことに、彼女は初めて気がついた。

——人間の力の及ばないこと。

彼の日常は、その感覚との戦いであり、挑戦なのに違いなかった。

「あら、それ、どこでお求めになりました？」

コーヒーを運んできた女性が、笑顔で話しかけてきた。

「お目が高いわ、いい品ですよ」

彼女は思わず赤面した。その時になって、初めて感じた。彼女は、ただ人の力を借りて、自分の評価を高めようとしてきただけだ。夫の力。少し成績の良い子どもの力。彼の力。

ちょっと拝見、と言われて、彼女は店主らしい女性に湯飲み茶碗を差し出した。彼女は、あらゆる方向から眺め、最後に湯飲みの底に記された陶印を確かめて、「ああ」と頷いた。

「最近、とみにいい作品を出すようになった窯ですよ。若手の作家で。ああ、行っていらしたんですものね、こんなのをお選びになったら、喜んでましたでしょう」

ギャラリーも併設している喫茶店だった。店主が立ち去った後、彼女はぼんやりと湯飲み茶碗を眺め続け、それから、店内に陳列してある器の数々も眺めた。備前焼には本当に色々な味わいがある。だが、彼から渡されたこの湯飲み茶碗をしのぐ物はないように思われた。このエネルギーこそ、真剣に土と戦い、炎と戦って、祈りと共に込められたものかも知れない。

――それを、私に渡してくれた。

初めて、そのことに思いが至った。彼女は、背筋を震えるような感覚が走るのを感じた。どうして気がつかなかったのだろう。嫌われたわけではない。彼は、伝えたかったのだ。力の及ばない先で、実を結ぶものがある。ひたすら、ひたむきに取り組んだ後には、何かに委ねる必要がある。そんなひたむきさも忘れて、頭でばかり考えていても、目は曇る一方だ。彼のことだって、いや、もしかすると夫のことだって、彼女は何も分かっていなかったのかも知れない。

秋が深まる備前の町は、霧雨に煙っていた。友人との待ち合わせまでには、まだまだ時間がある。彼女はもう一度、彼を訪ねようと思った。果たして今度はいつ、この町に来られるか分からない。いや、もう来ないかも知れない。せめて礼を言ってから、夫の待つ家に戻るつもりだった。

愛情弁当

おかあさんが亡《な》くなられてからというもの、店の表向きはどこも変わりはしなかったけれど奥は随分変わってしまった。

もともと、私がこの店に来るずっと前は小さな魚屋だったのだそうだ。刃物を持たせては危ないくらい、常に酒びたりだった旦那《だんな》さんが亡くなってから、おかあさんは女手ひとつで今の「四季亭」を築き上げた。最初は小さな仕出しの弁当だけだったのが、盛り付けの細やかさとネタの新鮮さで受けて、今ではこの辺りでは一番の料亭になった。

おかあさんが亡くなった時、葬儀に参列した人たちは「四季亭」には立派な息子が二人もいるのだからおかあさんは何の心配もなく成仏《じょうぶつ》出来るに違いないと噂《うわさ》していた。店で働いている私たちだって、おかあさんが亡くなったのは淋《さび》しいことだけれど店のことはまるで心配していなかった。

「なあ、今日から若奥さんをおかあさんと呼べばいいのかな」

「なんだか、恥ずかしいねえ」

私達は案外のんきにそんな話をしていた。

「奥さんで構わないわ。おかあさんは、亡くなったおかあさん一人だけなんだから」

お葬式が一通り済んで、お帳場でぽつりと座っていた若奥さんに板前のヤマさんが聞くと、若奥さんはそう答えたそうだ。

実際、おかあさんが亡くなったのを一番哀《かな》しんでいたのは二人の息子さんよりも若奥さんだった。おかあさんと若奥さんは、とても嫁と姑《しゅうとめ》には見えないくらいに仲が良かった。

「二人の息子よりも何よりも私には嫁が財産だ」

おかあさんは会う人ごとにそう言っていたという。

私も一度、おかあさんがお客さまとそんな話をしているのを聞いたことがある。その時そばにいた旦那さんが、何とも言えない嫌な顔をしていたこともよく覚えている。その旦那さんと、まだ中学生だった和久《かずひさ》さんがおかあさんの二人の息子だった。

扉がばたんと音をたてて、それまで騒《ざわ》めいていた教室はしんと静かになった。レオタードの上にスウェットをはおった先生がトレードマークのバンダナを頭に巻いて入ってきた。

「全員揃《そろ》ってる？」

　希望者だけを募ってのモダンバレエの教室だったから、カリキュラムに組み込まれている授業よりもリラックスした雰囲気が流れている。

「先生、和久がまだです」

　生徒の一人が答えると、先生は大きな目をぎょろりとさせてその生徒を見た。

「またなの？」

「さっき、便所にいましたけど」

　森下靖夫《もりしたやすお》が答える。先生は小さくため息をついて、それでもにこりと笑顔を作って靖夫を見た。

「毎度のことでご苦労だけど、探してきてくれないかな」

　靖夫は「はい」と返事してから、走りながら「まいったな」と呟《つぶや》いていた。教室を出る時に、女子がささやいているのが聞こえた。

「どうしてこんなにグズなわけ、あいつ」

　階段を二段抜かしで駆け上がって男子の便所に行くと、扉の外からじゃあじゃあと水のはじけ飛ぶ音が聞こえる。靖夫は小さく舌打ちをして一つ息をしてから便所の扉を開けた。

「和久」

洗面台に向かっている細い影に向かって声をかけても、影はゆらりとも動かない。

「何やってんだよ。もう始まってるよ」

だが、和久は返事もせずに水を流し続けている。靖夫は中学生くらいにしか見えない細くて華奢《きやしゃ》な和久の後ろ姿に近付いて洗面台を覗《のぞ》き込んだ。

「またかよ」

和久は、身体《からだ》に水が跳ね返るのも構わず、ひたすら手を洗っていた。

「授業が始まってるんだぜ。何をそんなに汚いものを持ったんだ？」

「いいんだ。洗いたいんだ」

和久は小さな声で呟くと、激しい勢いで落ちてくる水の下で手を開いた。指先からすっかりふやけて白くなってしまっている小さな手が水を受け止めながら小さく上下に動く。

「冗談じゃないぜ、皆待ってるんだから。お前が来ないと始まらないんだってば」

靖夫は和久の小さな身体を押し退《の》けて蛇口を捻《ひね》る。ざあざあと聞こえていた水の音が瞬間に消えて、残ったのは宙に浮いたような和久の細く白い手だけだった。

「ほら、手を拭《ふ》けよ」

身体の前半分全部が濡《ぬ》れているのだから、手くらい拭いても仕方がないと思ったが、靖夫はジョギングパンツのポケットから自分のハンカチを取り出して和久の手を拭いてやる。和久はおとなしくされるままになって立っている。

「あのなあ、俺はお前のおふくろさんでもなければ姉さんでもないんだぜ。どうして毎回毎回、俺がお前の面倒見なきゃならないんだよ」

「――――」

廊下を走る靴音がして、茂男《しげお》と修一《しゅういち》が顔を出した。

「いたか？」

靖夫は手を前に出したままおとなしく立っている和久から視線を外して二人を見た。

「まただよ。手洗ってた」

「先生、待ってるぜ」

二人は便所に入ってくると両脇《わき》から抱えるみたいにして和久をはさんだ。大柄な二人に挟まれると和久はますます幼い子に見える。足が宙に浮きそうなくらいに抱えられて、それでも和久は何も言わずにおとなしくされるままになっている。

「さあ和久、授業だ、行くぞ」

茂男が和久を見下ろして言った。靖夫は、少し湿ったハンカチを丸めてポケットにつっこみながら三人に従って便所を出た。

「はいはい、三人ともご苦労さん」

教室に戻ると先生はいつもの笑顔で待っている。けれど、男子はそうでもないが女子の生徒の顔には明らかに軽蔑《けいべつ》しきった表情が浮かんでいた。靖夫は同性として恥ずかしいやら決まりが悪いやらで、そんな女子の顔をまともに見ることが出来なかった。別に靖夫が軽蔑されているわけではないし、気にしなければ良いのだが、こう度重なっては友達としてもフォローのしようがなくなるというものだ。

「百万回でも手を洗うのは和久の自由だけど、遅刻は駄目よ」

先生が和久に近付いて頭を軽く叩《たた》く。その時だけ和久は耳から首筋まで赤くなって「はい」と返事をする。だが、その「はい」はこれまでにも一度として守られたことはなかった。

靖夫は内心でうんざりしながら和久を眺めた。こうして無理遣《や》り授業に出させても、和久というヤツはまともにリズムに乗ることも出来なければ手足を動かすのものろのろとしていて、とてもモダンバレエなど出来るタイプではないのだ。本人がやりたいと言う以上、断ることは出来ないが、誰がどう見ても筋肉のかけらもないみたいな体格の和久は、クラス全体のお荷物としか言いようがなかった。

「仏の顔も三度って言うけど、俺たちは仏以上だ」

隣で修一が呟く。その後の茂男も肩をすくめていた。なぜ和久みたいなタイプのヤツが俳優養成所になど入ってきたのか、それすらが謎《なぞ》だった。けれど放っておいたらからからに干《ひ》涸《から》びて、この東京の片隅で風化してしまいそうな気がする。自分の身近にいるヤツがそんな形で消えちまうのはかなわないと思うから、なぜだか皆で面倒を見るハメに陥ってしまっている。それに気づいていないのは、おそらく和久本人だけだろう。

「違う違う。先生の、よく見て」

先生が和久の前でまた立ち止まっている。リズムに乗って流れている生徒の中で、和久の場所だけが女のストッキングの引っつれみたいに見えた。

先代の旦那さんは相当な酒好きだったと聞いていたが、今の旦那さんはその血を見事に受け継いでいた。

おかあさんが亡くなって間もなく、私達は旦那さんと奥さんが言い争っている声をひっきりなしに聞くようになった。奥さんはおかあさんの眼鏡にかなった人だから、そんな素振りを決して店の表には見せまいとしていたが、旦那さんはそんなことはお構いなしだった。

「だから、あんたが好きにすればいいじゃないか。どうせおふくろはあんたにこの店を残したつもりなんだからよ」

多少ろれつの回らなくなった口調で大きな声を張り上げているのが使用人のいるところまで聞こえてきて、奥さんの声は聞こえなかったけれど、私達は「四季亭」が変わってしまったと感じないわけにはいかなかった。この店に怒声など響いたことは、それまで一度もありはしなかったのだ。

「旦那さんの、あれは僻《ひが》みだよ」

私達は陰でそう囁《ささや》きあっていた。私達は皆旦那さんが好きではなかった。

「あのおかあさんから、どうして旦那さんみたいな息子が出来たんだろうか」

「先代にそっくりなんだってさ」

「じゃあ、和久さんはどっちに似たんだろう」

「あの子は特別だから。何たって、おかあさんが四十を過ぎてからの恥かきっ子だからさ」

「おかあさんだって産みたくはなかったんだろうしね」

「どうせ、先代が酒に酔った勢いか何かでこしらえた子どもなんじゃないかね」

「さて、そこだけど。どうやら和久さんの父親は先代じゃなかったって話もあるんだってさ」

「どっちにしても、和久さんでもこの店は心配だねえ」

「奥さんが怒って出ていきでもしたら、それまでだね」

私達は奥さんが怒鳴られているのをうかがいながら、いつもそんな噂をしていた。使用人が主人を慰めることなど出来るはずがないし、奥さんは気の毒だと思うけれど、私達に出来ることはそのくらいしかなかったのだと思う。

おかあさんが亡くなった時、旦那さんの弟の和久さんはまだ十三歳の中学生だった。もともと未熟児で生まれたのだそうだが、やたらと白い肌をしていて、おまけにとても痩《や》せて貧弱なくらいに小さかった。

はかない、とでも言ったらいいのか、そんな雰囲気のある和久さんが、おかあさんの葬儀の時にも一粒の涙もこぼさなかったのが、私にはとても印象的だった。

靖夫は修一と連れ立って歩きながら、しきりに片方の手でもう片方の手のひらを殴っている。これがイライラしているときの靖夫の癖だった。

「何なんだよ、あいつはさあ！」

「――――」

「どうして俺たちがここまであいつの心配してやらなきゃいけないわけさ」

「しょうがねえよ。別に誰に頼まれたわけでもないしな」

そうだった。だからこそ靖夫はこんなにも苛立《いらだ》っている。誰に対してでもなく、お人好《ひとよ》し丸出しの自分に腹が立っていた。

「和久みたいなタイプの奴《やつ》は東京に出てくるべきじゃないんだ」

靖夫はため息混じりにつぶやいた。バイトを休んでまでこうして修一と歩いている自分も三年前までは東京の人間ではなかった。

「アパートでひからびてるんじゃねえのかな」

和久が来なくなって四日が過ぎていた。大学でもない、専門学校でもない。ただやりたい者たちが集まっている、そして多少は夢と野心のある連中が集まっている、それが養成所なのだ。途中で来なくなる奴が出たとしても誰も心配などする環境ではない。それなのに和久に関してだけは男子は全員で心配した。誰もが和久の姿に「もしかしたら」の自分を見ていた。

事務所で聞いた住所を頼りに、靖夫は修一とともに和久のアパートを捜した。線路沿いの道を歩いていくと、ついこの間満開だったと思った桜が、もう濃い色の葉を繁《しげ》らせていた。こうして来年の春までは、これが桜だなんて誰も考えもしなくなる。花が咲いている時だけなんだ、ちやほやされるのは。靖夫はそんなことにも苛立って歩いた。

捜し当てた和久の部屋は新築らしいコーポの一階の一番奥だった。

「俺のアパートより百倍いいよ」

靖夫はぶつぶつと文句を言いながら道路側からも脇からも、アパートを一通り眺めてから玄関のある通路に回った。なんとなく友情めいた行動が恥ずかしかったし、扉を開けたときに和久がどんな反応を示すかと思うと不安でもあったから、何気なく修一に先に行って欲しかったのだ。先に和久の部屋の前にたどりついた修一が何度もチャイムを鳴らして、それからドアをノックしているところだった。

「いないのかな」

修一は靖夫を振り返って口をとがらせた。

「あいつ、働いてたっけ」

「何もしてないって言ってたぜ」

何だか足元からうすら寒い感じが昇ってきて、このまま帰りたい気分になった。けれど修一は扉に耳をつけて中の様子をうかがったり、扉の脇にある小さな窓を引っ張ったりしている。

「どうしよう」

「――――」

ドラマのワンシーンが思い出される。そしてドアノブに手をかけると、鍵《かぎ》はかかっておらず、そっと開いた扉の陰には血塗《ちまみ》れの死体が転がっているという、よくあるパターン。

「鍵は？」

多少腰の引けた状態で靖夫が言うと、修一の喉仏《のどぼとけ》が大きく上下に動いた。いつでも逃げられる体勢を作っておいた方が良いものだろうか、でも、これはドラマじゃないんだ。靖夫は自分がこんなにも恐《こわ》がっているのを修一に知られないように祈りながら、修一の手元を見つめた。

修一の手がドアノブにかかる。ほんの少し右に捻ったただけで、ドアはパシャリという音をたてて開いた。さすがの修一も半分泣きそうな顔で靖夫を見ている。だが、もうこうなったらヤケクソみたいなものだった。靖夫は唾《つば》を飲み込み、ドアノブを握ったままの修一の手首を握って、つよく引っ張った。

「和久、いるか！」

大声を出すまでもなく、和久は部屋の中央にぽつりと座っていた。その瞬間靖夫の額からも脇の下からもいっきに汗が吹き出した。振り返ると修一も腕で額の汗を拭《ぬぐ》っている。

だが、その部屋の異様な雰囲気に靖夫は再び息を呑《の》まなければならなかった。わけの分からない悪臭と、そしておびただしい量の発泡スチロールの箱が山積みになった部屋だったのだ。

まさか和久さんが東京に行きたがるとは親戚《しんせき》の人たちも従業員の誰も考えていないことだった。何しろ和久さんは身体も小さいままで貧相だったたし、病弱だったたし、第一奥さんが傍にいなければ何も出来ないに違いないと周囲の誰もが思っていた。

おかあさんのお葬式でも泣かなかった和久さんが、いつの間にそんなに奥さんに心を開いたのか、私たち従業員にはよく分からなかった。けれど、旦那さんが外に女を作ったという噂が流れだして、だんだん留守が多くなってきた頃だから、おかあさんが亡くなってからそんなにたっていない頃だと思う。

「和久さん。和久さん」

奥さんが名前を呼んで廊下を歩く姿が増えたかと思うと、時には和久さんの笑い声さえ聞かれるようになった。

「和久さんも淋しかったんだろうよ」

「おかあさんは立派だったけど情のこわい人だったから」

「初めて甘えられる人が見つかったってわけだ」

「奥さんも和久さんに救われてるんじゃないかね」

「旦那さんが駄目なら、行く行くは和久さんにしっかりしてもらわなきゃならなくなるからね」

私達は噂しあった。時には板場の連中ともそんな話になると、板前の中には、「あっちの方は慰められないだろうけどな」などと言って、花板のヤマさんにこっぴどく叱《しか》られる者もいた。

私は自分の弟のことを思い浮かべて、十四、五歳になる男の子が義姉とは言いながらあんなふうに女の人に甘えられるものかと、時々不思議になったものだ。

「和久さんは特別なんだろうよ。きっと十年くらいどっかに落っことして来ちまってるんだよ」

年嵩《としかさ》の仲居仲間は一人で納得したようにうなずいていた。そう言われればそうかも知れない。もともと和久さんという人は子どもらしいところがなかった。心の奥底でずっと求めていた母親の愛情を亡くなったおかあさんから獲ることは出来ずに、淋しさを淋しさと感じることもなく育ってしまったのかも知れなかった。だからこそ、和久さんの奥さんに対する甘え方は、見ている方が恥ずかしくなるくらいのものだった。

奥さんも周囲が驚くくらいに和久さんを可愛《かわい》がっていた。奥さんは何に対しても常識をわきまえた冷静な人だけれど、こと和久さんに関してだけは並みの母親以上の愛情を注いでいた。

「日那さんへの嫌がらせかも知れないさ」

「息子と弟の中間くらいのものだからね、和久さんは」

「水谷《みずたに》の血を引く味方が欲しいんじゃないかねえ」

「欲得だけで可愛がれる相手じゃないよ、和久さんは」

私達はやはり陰口を叩きながら、奥さんが一回り年下の義弟の手を引いて出掛ける姿を見送ったりしていた。

やがて和久さんは高校生になった。けれど、和久さんはほとんど高校には行かなかったように思う。家にいる時にはいつでも「義姉《ねえ》さん、義姉さん」と奥さんを呼んでついて歩いているくせに、一人ではどこにも出掛けられない坊ちゃんになっていた。奥さんは時々学校から来た先生と話したりしていたが、それほど厳しく和久さんを叱っている様子もなかった。むしろ、一日じゅう奥さんの後をついて歩く和久さんがますます可愛らしく見えるらしかった。

いくら子どもっぽく見える、少年のままだと言っても和久さんは少しずつ大人になっていく。真っ白い肌はにきびの一つも出来はしなかったけれど、よく見ればやはり産毛《うぶげ》みたいな髭《ひげ》が生えて来たし、いつのまにか喉仏も大きくなっていた。いつの間にか声だって、もうあどけない少年の声とは言えなくなっている。それなのに奥さんはやはり和久さんの手を引いてどこへでも連れて歩いた。

「あれはさあ、和久さんと、この店の将来を考えてのことさ」

「知らないうちに取引先が和久さんを覚えて、和久さんも商売を覚えてくれればさ、もう旦那さんは要らないってえことだろう」

旦那さんはその当時から、もういないも同然だった。いや、いない方がよほどましだった。酒浸りの生活は旦那さんを前よりも一層悪い人にしてしまった。おまけにどこかの悪い女に引っ掛かったとか引っ掛からないとかの話で、お金のもめごとも絶えなかったらしいし、最初のうちこそ週に一度程度だった外泊も、最近ではせいぜい一ヵ月に一度か、または二ヵ月に一度、店に顔を出せば上等というくらいになってしまっていた。旦那さんがこの「四季亭」に戻ってくる時はかならずお金のトラブルが起きた時と相場が決まっていた。

「おまえはおふくろの亡霊だ」

「おふくろの回し者がこの店を乗っ取る」

「お前のどこに女の情があるんだ」

「お前が欲しいのは俺の子種だけじゃないのか。だったら試験管でも何でも用意するんだな!」

旦那さんがたまに店に戻ると決まって、そんな怒鳴り声が聞こえてくる。私達は聞いてはいけないとは思っても、やはり耳がそばだってしまう。最後には力ずくみたいな形で旦那さんが奥さんからお金をもぎ取って再びどこかへ消えてしまうのがいつものことだった。

おかあさんの仕込みが良かったのか奥さんの才能か、旦那さんがある程度の借金を持ち込んでも、もう「四季亭」はびくりともしないほどの老舗《しにせ》と言って良い料亭になっていたから、私達はあまり心配はしなかったけれど、それでも泣き腫《は》らした目をした奥さんを見るのはつらかった。

ある時、どすん、ばたんと物凄《ものすご》い音がしたので私達はおそるおそる奥の茶の間の様子をうかがったことがある。

「そんなにおふくろが良けりゃあ、一緒に墓場に入ったらどうなんだ！」

いつの間に戻ってきたのか、旦那さんの怒鳴り声が続いていた。そして、部屋の外には和久さんがぼんやりと立っていた。

「あなたのお店じゃないの。あなたがしっかりして下さらなきゃ、どうするのよ」

奥さんの絶叫に近い声が聞こえた。

「うるさいっ。お前のおかげで、お前とおふくろのおかげで俺の人生はメチャクチャになったんだ！」

びしっ、びしっと旦那さんが殴る音が聞こえた。人の肌を叩いてあんなに大きな音が出るものだろうかと思うくらいに大きな音だった。

私達は和久さんがいつ茶の間に入って旦那さんを止めるだろうかと思って物陰から様子をうかがっていた。けれど、和久さんの細く頼りない後ろ姿はとうとう動かなかった。

「和久さんが東京に行くと言い出したのよ」

目の下に隈《くま》を作って奥さんがため息混じりにヤマさんにそう言ったのは、その三日後のことだった。

早いもので和久さんはもう二十歳になっていた。

靖夫はあまりの悪臭に鼻を抑えながら、ぼんやりと座っている和久を押し退けて窓に近付き、すっかり埃《ほこり》のたまったアルミサッシを開けた。

「お前って奴は、何なんだよ！」

和久が死体になっていなかった安心が怒りに変わって、座布団《ざぶとん》にちんまりと座っている和久のむなぐらを摑《つか》むと、和久は予想していたよりもなお一層軽くて、ふわふわと靖夫の握り拳《こぶし》に身体を揺すられてしまう。

「大体なあ、戸締まりが悪いんだよっ！」

靖夫がいくら怒鳴っても和久は相変わらずただされるままになっていた。

「どうして四日も休んだんだよ。え、和久」

修一が出来るだけ柔らかい口調で、靖夫の手を制しながら和久の顔を覗きこんだ。

「四日――？　四日も過ぎたなんて、誰も教えてくれなかったな」

和久は昨日の天気を思い出すみたいなすっとんきょうな口調で答えた。その途端、靖夫は握り拳の力が抜けるのを感じた。俺たちがいくら腹を立てて、いくら心配して、いくらこいつのためと思っても、こいつには何も通用しないのかも知れない。こいつは根本的に俺たちと違う世界に生きているのかも知れない――。

「建物はいいのに、お前の部屋は最低だな」

修一は、本当はまだ十八なのに二十歳の和久よりよほど年上みたいな口調で、とうもろこしの毛みたいな和久の髪の毛を撫《な》でている。彼も、和久が自分たちとは違う世界に生きていると気付いたのに違いなかった。

それは、本当に見れば見るほど不思議な印象の部屋だった。今和久が座っているのは綿が入ってる大きな座布団。そして、壁際《かべぎわ》に大きな電子レンジ。それ以外はすべて、発泡スチロールの箱が埋め尽くしているという具合だ。

「第一、この箱とこの臭《にお》いは何なんだ？」

開け放った窓から一般社会の匂いと、新鮮とは言えないまでもこの部屋とは比べものにならないくらい健康的な空気が入ってくる。

落ち着きを取り戻して、靖夫は再び和久の顔を覗きこんだ。和久の表情は、靖夫がここに来るまでに思い描いていたどの表情とも違っていた。と、いうよりも、彼は、表情を作っていなかった。

「ありがとうくらい言えよ。俺たち心配して来てやったんだからよ」

「——ありがとう」

「病気か、飢え死にしてるんじゃねえかって心配してたんだぜ、みんな」

「——飢え死にはしないんだ、僕」

「お前見てれば、いつ飢え死にしたって不思議じゃないと思うぜ！」

「でも、飢え死にはしないんだ、僕」

和久は靖夫を見上げてうっすらと微笑《ほほえ》んだ。

「ご飯が届くんだよ」

「——え？」

遠くで踏み切りの音が聞こえる。入梅の季節特有の、湿り気を含んだわずらわしい匂いが風に乗って和久の部屋にも流れ込んでくる。

「靖夫、見てみろ。これ」

そのとき修一が乱雑に積み上げられた発泡スチロールの箱の一つを取って靖夫に見せた。靖夫が覗き込むと中には容物《いれもの》とは不釣り合いなくらいに小さくて、真っ青に黴《かび》が生えて何が何だか分からなくなっている長方形の容器が入っていた。

「何だよぉ、これ！」

見えはしなかったけれど、部屋中に黴の胞子が舞い上がったに違いないと靖夫は思った。修一が投げ出した箱の蓋《ふた》には「クール宅配便」のシートが貼《は》られていた。

「宅配便か？」

修一がたずねると、和久は細い首に乗っかった逆三角の頭をこっくりと動かした。

「ご飯が、届くんだよ」

「いつ」

「いつも」

「いつもって――。どこから」

「家から」

和久は養成所に来ているときと変わらない表情で、座布団の上に正座したまま部屋の大半を占拠している空き箱を見回す。靖夫も修一もそれにつられて、テレビの一つもない部屋に山積みになっている空き箱を見回した。

「毎日の飯が届くわけ？」

「お前のおふくろが作ってくれてるわけ？」

「義姉さんだよ」

「ねえさんが、毎日食物を宅配便で送ってくるのか！」

靖夫は次の言葉も見つからず、ただ和久の表情のない顔を覗き込んでいた。どういう環境で育った奴なのか、どういう家族とどういう背景を背負っているのか、いちいち聞いたって仕方がないと思うから誰に対しても興味を抱かないことにしてきたが、和久の場合は聞いておくべきだったのかも知れない。

「ねえさんが送ってくれる飯をこんなに黴だらけにして置いとくのか？」

修一は乱雑に積み上げられた発泡スチロールを少しだけ丁寧に積み直そうとして、それがいかに馬鹿《ばか》げたことか気づいたらしく、あとはつまらなそうな顔で煙草《たばこ》に火をつけた。

「食べたくないんだ」

「食わなかったら捨てるとか、冷蔵庫にしまうとか、普通は考えるだろうが」

「捨ててるんだけどな」

「全部捨ててたら、こんなに臭くなるはずがないだろう」

「——うん」

「第一、どうして箱をこんなに積み上げとかなきゃならないんだよ」

靖夫が聞くと和久は哀しそうな顔になってうつむいた。

「僕は捨てようと思ってるんだ。でも、ゴミに出したらどこかのオバサンに出すなって言われて——」

「出すなって、か？」

靖夫がきょとんとしていると修一が再び和久の頭を撫でた。

「普通のゴミと一緒に出したんじゃないのか？」

修一の言葉に和久はこっくりとうなずく。

「だからだよっ。この馬鹿！」

「――どうして」

「燃えるゴミと燃えないゴミは出す日が違うんだ！」

「箱は、燃えないゴミの日に出さなきゃいけないんだよ、和久。分かるか？」

修一が噛《か》んで含めるように言うと和久はあいかわらず哀しげな情けない顔で部屋中の箱を見回している。

「中身はなま物なんだから、燃えるゴミの日に出せよ。でも、この箱は燃えないゴミの日に出すんだ」

靖夫は呆《あき》れてしまって自分までぽかんと口を開けていた。

今の日本でこれだけズレた奴を探そうと思ってもそう簡単に見つかるものではない。奴は分別ゴミの存在すら知らないというのだろうか。

「お前ねえ、和久。そういうこと、今まで何も知らなかったわけ？」

「だって、誰もそんなこと言わなかった」

「普通は自然に知ってるものだぜ。普通に生活してればガキの頃から何となく」

修一が靖夫に目配せをした。修一が言いたいことは靖夫にもよくわかった。東京に出てきている者のために毎日弁当を宅配便で送る身内など、そういるものではない。靖夫は東京に出て俳優になりたいと親に言った時、NHKに出るまでは帰って来るなと言われた。修一もおなじようなものに違いない。違わないまでも、親なのだから心配しているに違いなくても、毎日宅配便で食事を届けるなど、そう出来ることではないに決まっている。

「わかったよ、お前のことが。少しだけどな」

靖夫はため息をついて座布団に座ったままの和久を見た。こいつは、とんでもないお坊ちゃんなんだ。どういう家なのかは知らないが、息子なり弟なりを東京に出すこと自体、心配で心配でたまらない。そういう家のお坊ちゃんなんだ。だからこいつは靖夫たちみたいに必死でアルバイトをする必要もないし、世間の波に揉《も》まれることもない。そうに違いない。

「取りあえずさあ、この臭いを何とかしようぜ」

修一が顔をしかめて言った。

「和久、中身、全部入ったままなんじゃないだろうな」

「違うよ、違うよ。必ず捨ててる」

「じゃあ、和久、いいか。今度からは、捨てる時は全部捨てるんだ。どうせ毎日新しい弁当が届くんだろう？」

靖夫は和久の隣にしゃがんで和久の肩に手をかけた。うっすらと汗の臭いがする。

「いいか？　ここは東京で、お前は一人暮らししてるんだから。ゴミを出すのも、風《ふ》呂《ろ》も、一人でやらなきゃいけないんだ」

「――うん」

「お前の場合は飯だけは届くんだから、それくらいは出来るだろう？」

「――うん」

普段手ばかり洗っている奴が、よくみれば真っ白い首筋にも耳の後ろにも垢《あか》がこびりついていた。

「取りあえず、今日は俺たちがだいたい片付けてってやるから。今度からは自分でちゃんとやるんだぞ」

修一が言うと、和久はおとなしくうなずいた。

「しっかし、臭えなあ！」

ひょっとしたら風呂まで入れてやらなきゃいけないんだろうか。まさか、そこまで出来るはずがない。靖夫は乱雑に積み上げてある箱を改めて見回し、ヤケクソみたいに蹴《けり》を入れた。

和久さんが東京に行く少し前のことだった。雨の降る夜中に、突然旦那さんが帰ってきたことがある。

「和久さんまで出ていったら、奥さんには頼るものがなくなっちまうねえ」

「せめて子どもでも出来てたら良かったんだろうに」

「まさか。とても子どもが出来る状態なんかじゃないじゃないか」

「おかあさんを思い出すから嫌だって、怒鳴ってたことがあるんだよ」

奥の茶の間では相変わらず何か言い争っている声が聞こえていた。やがて怒鳴り声が聞こえてきて、どすん、ばたん、という音がし始める。もう何年も続いていることだったから慣れっこにはなっていたけれど、それでもやはり聞きたくない、恐ろしい音だった。

けれど、その日は少し様子が違っていた。旦那さんの声はあまり聞こえなくて、やがて奥さんの悲痛な声ばかりが大きく聞こえ出した。

「だって、今のままでいいって言ってるじゃないの！」

「今だって、この家に主人はいないのも同然だわ！」

「だから、待ってくださいって――！」

「待って、待って、あなた！」

乱暴な音が聞こえたかと思うと勝手口に向かって足音がして、そのあとを追う奥さんの足音が聞こえた。

私達は全身を耳にして更衣室に潜んでいた。

勝手口の閉まる音がしたと思うと、あとは外の雨の音だけになった。

「どういうことだろう」

「旦那さん、出てったんだろうか」

私達は声を潜めて話し合い、それからそっと更衣室の扉を開けて外に出た。廊下を曲がって、もう一つ先の角を曲がると奥の茶の間が見える。角からそっと顔を出すと、茶の間から黄色い明かりが廊下いっぱいに広がっていて、扉が開いていることがわかった。

その明かりの中に奥さんと和久さんが立っていた。やがて、奥さんの膝《ひざ》から力が抜けて奥さんよりも背の低い和久さんの肩に手をかけたかと思うとずるずると廊下に崩れてしまった。

「義姉さん」

消え入りそうな和久さんの声が聞こえ、それから奥さんの嗚咽《おえつ》が聞こえた。私達は互いに腕を引っ張りあいながら、そっと顔を引っ込めた。泣いている奥さんを直接見たのは、それが初めてだった。渡り廊下の屋根を叩く雨の音ばかりが激しく続いていた。

旦那《だんな》さんが本当に出ていってしまったのかどうか、私達には分からない。もともと滅多に戻ってこない人だったから、出ていったのと留守が長いのとの違いはそんなにないと思ったし、店はすべて奥さんが切り盛りしていたのだから、毎日の生活に何の支障もありはしなかった。

翌日になって、どんな顔をして奥さんに会ったら良いのかと悩んでいたら、奥さんは案外さっぱりとした顔をしていたから、私達は「厄介払いが出来てほっとしているに違いない」と話し合った。

「昌代《まさよ》さん、昌代さん」

夕方になって、私は奥さんに呼び出された。

「和久さんが東京に行ったら、毎日ご飯を届けようと思うんだけど」

「どうやってお届けするんですか？」

「宅配便で届けます。運送屋さんが来るのは毎日何時ごろになるのかしら」

「夕方の四時ごろです」

店では漬け物などの販売もしている。野菜の漬け物は勿論《もちろん》、肉の味噌《みそ》漬けや魚の粕《かす》漬け、どれも「四季亭」の味を家庭で楽しめるというふれこみで地方発送もしていた。

「和久さんが東京に行ったら、私が毎日用意しますから、運送屋さんが来る前に母屋《おもや》の台所に取りに来てくれるかしら」

「奥さんが自分で作るんですか？」

「離れてしまったら他にしてあげられることもないじゃないの」

「板場に言い付けておきましょうか」

「いいの。私が作りたいのよ」

「毎日、ですか？」

奥さんは小さくため息をついて私を見た。

「あの和久さんが東京みたいなところに一人で住んで、ちゃんと食事をしてくれるかどうか分からないじゃない。行きたいって言うものを止めることも出来ないし、せめて食べるものさえ食べてくれればと思うのよ」

そんなに心配な和久さんを手放さなければならない奥さんの気持ちが痛いほど伝わってきて、私は思わず目頭が熱くなった。義理の仲とはいえ、他に頼るもののない二人が肩を寄せあって何とか支えあっている。子ども出来ずにひたすら「四季亭」のために生きている奥さんにしてみれば、私達から見てどんなに頼りない和久さんでもたった一人の身内ということになるのだ。

「電子レンジは持たせるから、お刺身も届けられると思うの。だからクール宅配便で送りたいのよ」

「奥さん」

私は少し考えたあとで思い切って奥さんの顔を見た。

「旦那《だんな》さんは本当に出ていってしまったんですか？」

奥さんは少しだけ私を見たが、あとは視線を逸《そ》らしてうつむいてしまった。

「聞こえていたの？」

「――すみません。つい」

「今度こそ本当かも知れないわ。あの人は亡《な》くなったおかあさんも私も、そしてこの店も憎くて憎くてたまらないんでしょうね」

「――」

「私さえいなかったら良かったのかも知れないけど」

「そんな。奥さんがいらしたからこの店はやっていかれてるんですから」

私は一生懸命に奥さんを慰めた。使用人にそんなことを言われたって奥さんには何の慰めにもならないかも知れないけれど、それでも私とたった二つしか違わない奥さんが気の毒で、いじらしくてたまらない。

「和久さんが東京に行くの、少し延ばしてはもらえないんですか」

こんなときに奥さんを一人にしてしまうのは心配だった。それに和久さんだって片時も離れないくらいに奥さんになついているのだ。大好きな義姉さんから離れて一人で東京で暮らすなんて、信じられないことだった。

「そうはいかないわ。和久さんには和久さんの人生があるんだから。私が和久さんを束縛することなんか出来やしないのよ」

「せめて旦那さんの消息が分かるまで、延ばしてはもらえないんでしょうか」

「あの人の消息が分かったって、どうなるものでもないでしょう」

「そりゃあ、そうですけど――」

「和久さんは、東京で暮らしてみたいだけなんだと思うわ。嫌になったらすぐに戻ってくるわよ。あんな恐ろしい都会で一人で暮らせるほどの神経はしていないもの」

「――はい」

「私はせいぜい、和久さんが健康なままでこの店に戻ってきてくれる日を待つことにするわ」

少し遠くを見る目つきになって呟《つぶや》く奥さんは、やはり淋《さび》しそうだった。私は奥さんが「四季亭」に嫁いできた時から、ずっと見ている。おかあさんが亡くなって、旦那さんに苦労させられて、今、たった一人の義弟を東京に送り出そうとしている奥さんは今年で三十二になるはずだった。

バイトと養成所に追いまくられて、季節がどう変わろうと知ったことではないという気分だった。けれど、靖夫が知らん顔していても夏は秋になるし、街路樹が散れば冬になる。

「さぶいなあ！」

見栄《みえ》を張っているつもりでも何でもなく、とにかく今度のバイト料が入るまでは仕方がないのでジージャンだけで過ごしている靖夫は、養成所に着くなり思わず独り言を言った。

「こうさぶいと便所ばっかり行きたくなるぜ」

階段をかけ上がって男子の便所に向かうと水を流す音が聞こえてくる。

「またかよ」

扉を開けると案の定、和久が流しに向かって手を洗っていた。激しく落ちる水は夏場はうらやましい感じにさえ見えたが、今の季節になっても相変わらず水を流し続ける和久の姿はどれほど見慣れた靖夫にとっても異様にうつる。

「汗かく季節でもないだろうが」

用をたして洗面台に向かうと和久はちらりと靖夫を見てから「そうだけど」と口の中で呟く。この一年近くの付き合いで、靖夫は和久という男が決して馬鹿ではないことを知っている。かなり変わった行動をとるが、知能に問題があるわけではない。引っ込み思案で、自分の意見を口にすることすらなかったが、心の中には頑固な自分自身があるらしい。心を開こうとしないから無理に探ることは出来なかったが、靖夫は芝居の世界特有の自己顕示欲ばかり強い仲間よりも和久の方が好きだと思うこともあった。

「お前みたいなタイプはさ、役者よりも制作の側に回った方がいいんじゃないかな」

靖夫は出来るだけ親身になったつもりで、そんなことを言ったこともある。けれど和久は曖昧《あいまい》に笑うだけで自分の気持ちを明かさなかった。

「義姉さんの弁当は相変わらずか？」

手を洗いながら和久を見ると、和久の白い手の動きが一瞬止まった。

「最初のうちだけかと思ってたら、ずっと続いてるんだもんなあ、たいしたもんだ」

「でも、もうすぐ届かなくなると思う」

水道の水も冷たくなり始めている。靖夫は簡単に手を洗って手早く水道の蛇口をしめた。タイル張りの便所には和久が流す水の音だけがざあざあと響いている。

和久は、毎日宅配便なんかで結構な食生活を送っているはずなのに、前よりもさらに瘦《や》せて顔色も悪かった。

「食わないんなら、俺たちに食わせろよ」

あるとき靖夫と修一がそんなことを言ったことがあったが、その時和久は珍しく顔色を変えて、絶対に駄目だと吃《ども》りながら答えた。

「ケチだなあ、どうせ捨てちまうんなら、いいじゃないかよ」

本気で和久に届けられている弁当が欲しかったわけではないが、電話一つかかってこない自分の親に比べて、やはり和久が羨《うらや》ましかったから、あの時の靖夫は子どもじみた意地の悪い気持ちになっていたかも知れない。

「駄目だ！」

和久が大声を出したのは後にも先にもあの時だけだった。そんなに大切な弁当が届かなくなる——。それがどういう意味なのか、靖夫には分からなかった。

「届かなくなるって——?」

「届ける必要がなくなるんだ」

「どういうことだよ」

「花がさ——」

「花?」

和久は流しっ放しになっていた水道の水をようやく止めて、ため息をついて遠くを見た。

「弁当に椿《つばき》の花が入ってたら、それが合図なんだ」

「何の」

「終わったって——」

「何が」

いつまでたっても中学生みたいな和久は、本当は靖夫よりも年上のはずだった。何も言わない和久は、もしかしたら靖夫には測り知れない世界の人間なのかも知れない。

靖夫は風邪でも引きそうな気分になって、薄ら寒い便所から出た。

和久がいつの間にか養成所に来なくなったのは、それから十日ほどたってからのことだった。事務局に問い合せたら、もう養成所をやめていて、やはり田舎に帰ると言っていたそうだ。

「何のための一年間だったのかな」

あんな奴《やつ》でもいなくなると淋しいなと修一らと話しながら、靖夫は首を傾《かし》げた。何だか弁当を受け取るためだけに暮らしていたみたいな、そんな印象があった。

母屋の厨房《ちゅうぼう》に入って、いつもの通りに板場から払下げになった大きな冷蔵庫を開けると、その日は和久さんに送る食事が入っていなかった。いつもならば経木《きょうぎ》の弁当箱らしいものの他に果物だのおかずだの、数種類がひとまとめになって青いビニール袋に入っている。私の仕事は毎日三時を過ぎたらそのビニール袋ごと宅配便用の発泡スチロールの箱に入れて送り出すことだった。あの和久さんがこんなに毎日食べきれるものかと時々首を傾げたくなるくらい、毎日の食事は量が多かった。

けれど、東京でお友達も出来たかも知れないし「足りないよりは良いでしょう」と奥さんは笑っていた。店のこととは違うから、私は中身まで確かめたことはないけれど、奥さんの和久さんへの愛情は毎日ずっしりと感じていた。

毎日の習慣になっていることを奥さんが忘れるはずがないし、いったいこれはどういうことだろうと思って奥さんを探すと、奥さんはお座敷から見える庭に立っていた。ちょうど椿の花が盛りで赤、白、ピンク、それに紅白のだんだら模様のと、ありとあらゆる種類の椿が咲いている。奥さんは、その中で「黒椿」という名のついた深紅の椿を一輪、二輪、鋏《はさみ》で切っていた。

「奥さん、冷蔵庫に荷物が入っていないんですが」

私が声をかけると奥さんはゆっくりと振り返って小さく微笑み、また椿に視線を戻してしまう。

「昌代さん。私ねえ、夢を見たのよ」

「夢、ですか？」

「和久さんが帰ってくる夢」

奥さんは心なしか表情も明るくさっぱりとしている。考えてみれば、いくら毎日弁当を作って届けていたとしても淋しさは隠しきれない。旦那さんは本当に出ていったまま、未《いま》だに行方は分からないし、奥さんは丸一年の間、たった一人で「四季亭」をささえてきた。

「だからお弁当はもういらないと思って」

奥さんは嬉《うれ》しそうに、本当に心の底から嬉しそうに微笑んだ。夢なんか当たるものかと私は少し心配だったが、奥さんにそんなことを言えるものではないし、出来ることならばその夢が正夢であって欲しいと願っていた。そして、和久さんは本当にその日の夜に戻ってきた。

和久はこの一年間毎晩思い描いた美智枝《みちえ》の顔を見て、思わず涙がこぼれた。

「皆が寝るまで待ってね」

ちょうど店が一番忙しい時間だった。

美智枝は和久の肩に優しい手を置くと、和久の瞳《ひとみ》を覗《のぞ》きこんで和久だけに見せる笑顔を浮かべ、それから慌《あわ》ただしく店に戻ってしまった。茶の間に一人残されて和久は肩に残る美智枝の手のひらの感触を味わいながら、改めて室内を見回した。

一年が過ぎたのだ。やっと、全部が終わった。ようやく熟睡できる晩が訪れたのだと思うと和久はひとりでに大きなため息をついていた。

「和久さん、お風呂に入りますか」

十年以上も店にいる昌代が人の好《よ》さそうな丸い顔を覗かせた。

「あとでいい」

「お痩《や》せになったんじゃないですか」

昌代は眉《まゆ》をひそめて和久を見る。

「お食事は毎日受け取っていたんでしょう?」

「――うん」

「ちゃんと召し上がってなかったんですか」

「――食べてたよ」

「そうでしょう。毎日奥さんが心をこめて作ってらしたんだから」

昌代はそう言うと一人でうなずいている。

「ただでさえお忙しいのに、毎日あんなことをするのは大変なことですから」

「――――」

「あれっきり旦那さんも戻って来ないし、私達も心配してたんですよ」

「――――」

「和久さんはこの店にいらっしゃるのが、やっぱり一番なんですね」

おしゃべりが過ぎたことに気づいたのか、昌代は和久がずっと黙っているので少し気まずい顔になって引っ込んでしまう。和久は再び大きなため息をついた。

兄貴など戻って来るはずがない。何しろ兄貴は東京に行ったのだ。一年もの歳月をかけて。

あの夜の激しい雨の音と、毎日手を洗い続けていた時の水道の音が重なり合って和久の中によみがえる。和久はひたすら義姉のことだけを考えて、ただ義姉の願いを聞き、言う通りにしただけだった。

「和久さん。お願いよ、一年の辛抱だから」

美智枝は瞳をうるませて和久の手をとった。その時に和久の心は決まった。すべて美智枝の言う通りにすれば心配はいらないはずだった。

「心配しないで。和久さんはとにかく毎日ゴミを出し続ければいいの、それだけでいいのよ」

いつも弱々しく見えていた義姉は、あの時は気丈な顔でそう言った。来る日も来る日も届けられる宅配便を見るたびに和久は美智枝の「心配しないで」という言葉だけを思い出して暮らした。

兄貴は雨の晩にいなくなった。皆が美智枝と兄貴の言い争う声と、勝手口に向かう乱暴な足音を聞いている。まさか、細かく刻まれて少しずつ東京に運ばれていたなんて誰も気づくはずがない。

美智枝は店の者の目を考えてのこととは言うものの、小憎らしくなるくらいにきれいに盛り付けた料理やら、新鮮な魚やらを入れ続けてきた。和久は冷凍されていた兄貴の一部分の隣に入っている料理を無理遣《や》り口に押しこんで、何度吐き戻したことだろう。吐き戻しては食べ、涙を浮かべては食べながら、和久はひたすら美智枝のことを思っていた。美智枝が作ったものを手付かずで捨てることが、和久にはどうしても出来なかったからだ。冷たく凍った料理には美智枝の温《ぬく》もりさえも一緒に入っているのだと思った。

東京は好きも嫌いもなかった。和久は何も見なかったし、何も感じなかった。ひたすら美智枝を思ってゴミを出し、手を洗い続けたのが和久にとっての東京のすべてだった。誰とも打ち解けず、誰とも付き合わず、和久は毎日宅配便の箱を開くために一日を過ごした。そうして一年が過ぎたのだ。

店のお座敷の方からは賑《にぎ》やかな客の声が聞こえてくる。渡り廊下の外に、去年と同じ椿の花が咲いていた。

悪魔の羽根

岬 に て

1

お陽様の匂《にお》いのする布団《ふとん》をぱんぱんと叩《たた》いていると、真っ青な空の遥《はる》か上空に、飛行機雲が出来ていくのが見えた。

「きれい――」

あれだけ高い位置を飛んでいるのなら、恐らく外国へ行く飛行機に違いない。陽射《ひざ》しを浴びて、きらきらと光りながら二筋の白い線を引いて飛ぶ姿は、まるで昼間に見える銀のほうき星のようだ。

「どこまで、行くんだろう」

細田《ほそだ》マイラは竹製の布団叩きを握ったまま、秋の陽射しを浴びて、飛行機雲を見上げていた。飛行機雲は、南の方角へ伸びていく。もしかすると、あの飛行機は故郷のマニラへ向かっているのかも知れない。そう考えると、無理だと分かっていながら、馬鹿《ばか》馬鹿しい想像だと知りながら、今すぐにでも、あの飛行機に飛び乗りたい衝動が起こる。

——ママ、私は元気よ。この国で、幸せに暮らしてる。

「ママ！」

ふいに高く澄んだ声が聞こえた。反射的に声の方を見下ろすと、小さな背中が隠れるほどのランドセルを背負った譲《ゆずる》が、街路樹の向こうから、ぱたぱたと走ってくるのが見えた。

「おかえりぃ！」

マイラは、息子に負けないほどの大きな声を出して、笑顔で手を振ってみせた。譲はランドセルを揺らして、社宅の入り口に向かって一目散に走ってくる。マイラは、大急ぎで布団を取り込み、部屋中に積み上げられている段ボール箱をかき分けて、小走りで玄関に向かった。リビングでおとなしくビデオを見ていたマリアが、「お兄ちゃん？」と振り返った。マイラは「そうよ！」と答えながら、サンダルを引っかけ、鉄製の玄関の扉を開いた。

「ゴールイン！」

運動会の練習が始まって以来、譲はこのひと言が気に入っているらしい。先週の本番ではビリっけつだったのだが、本人は一向に気になっていない様子で、とにかく

「ヨーイドン」と「ゴールイン」さえ言ってやれば、張り切った顔になるのだ。だが、今日の譲の表情は、いつもほど晴れやかとは言えなかった。

「――皆に、ちゃんとサヨナラ言えた？」

抱きしめた息子の小さな両肩に手をおいて、マイラは腰を屈《かが》め、正面から彼の瞳《ひとみ》を見つめた。まだ息を切らしている譲は、今にも泣き出しそうに口元を歪《ゆが》めた。

「偉かったね――さ、入ろうか。おやつがあるよ。マリア、お兄ちゃんを待ってたんだよ」

マイラは、涙をこらえているらしい息子の髪を撫《な》でながら、出来るだけ優しく彼のランドセルを下ろしてやり、その小さな背中を押した。譲が洗面所に行く間に、「ドーナツ、ドーナツ」と飛び跳ねているマリアの待つキッチンに戻り、さっき揚げたドーナツと、冷たいミルクを用意する。洗面所からは、からからとうがいをする音が聞こえてきた。

「ほら、マリア、ちゃんと座ろうね」

幼児用の小さな椅子《いす》にマリアを抱き上げて座らせている間に、譲が戻ってきた。やはり、相変わらず憂鬱《ゆううつ》そうな顔をしている。マイラは二人の子どもとともに自分もテーブルに向かい、両手を合わせた。二人の子どもは、母を真似《まね》て自分たちも小さな手を合わせる。

「主よ、感謝します」

言うが早いかドーナツに手を伸ばす妹を横目でちらりと見、譲は一人前の大人のようにため息をついた。

「どうしたの。食べないの？」

マイラは、わざと明るく息子に聞いた。

「――どうしても、お引っ越ししなきゃ、いけないの？　高橋《たかはし》くん家《ち》は、お父さんだけが遠くに行ってるんだって」

一人でぱくぱくとドーナツを頬張っているマリアの横で、口を尖《とが》らせたままで俯《うつむ》いている譲を、マイラはじっと見た。確かに、親の都合で、大好きな学校や友達から離れなければならないのは、辛《つら》いことに違いない。マイラだって胸が痛む。だが、もう決めたことだ。引っ越しは、明後日《あさって》に迫っている。

「パパを独りぼっちにするの？　今頃、早く譲やマリアに会いたいなあって、待ってるのに」

「マリア、パパに会いたい！」

マリアは、まだ幼稚園の年少組だった。自分の環境が変わることについて、譲ほどの不安も何も抱いてはいない。だが、二年生になった譲は、身体《からだ》は平均よりも小さいが、何事にも慎重で、すぐに考え込むところがあった。

「いい？　家族は、いつも一緒にいるものなの。パパとママと、譲とマリアが、うちの家族でしょう？　パパは皆のために働いてるんだから、パパがお仕事で遠くに行くときには、皆も行くの。そう、話したでしょう？」

「じゃあ、どうして高橋くんのお父さんは一人で遠くに行ったの？」

マイラは、大きな丸いドーナツを半分に割り、その一方を譲に渡して、自分も半分を口に運びながら、「ううん」と考える顔をしてみせた。そんな母親を見守る譲は、大きな丸い目をした少年だった。その瞳は、マイラに似ている。そして、その肌もマイラと同じ色だった。

「高橋くんのお家《うち》のことは、そのお家の人にしか分からないでしょう」

「――そうだけど」

小さな口を開けて、譲はやっとドーナツをかじり始めた。

「ママも、フィリピンから日本に来るときには、淋《さび》しかったよ。お祖父《じい》ちゃんやお祖《ば》母《あ》ちゃんと離れて暮らすのは、とても心配だった」

マイラは微笑《ほほえ》みながら譲の頭を撫でた。

「でも、パパと結婚して、譲やマリアが生まれたから、ママは淋しくなくなったの。家族が一緒にいるから、平気なの」

ドーナツを頰張りながら、譲は懸命に何かを考えている様子だった。そして、マイラが手渡した半分のドーナツを食べ終える頃には、諦《あきら》めた表情になっていた。

「――僕、約束したんだ。転校しても、皆にお手紙書くって」

言いながら、再び泣きそうな顔になる。マイラは、息子の小さな頭を撫で、心の中で「ごめんね」と言っていた。

「すぐに、新しいお友達が出来るよ」

「――本当？」

「大丈夫！　すぐに、皆の人気者になるに決まってる」

「ママ、ママ、マリアは？」

「マリアも、人気者だよね」

これから先にも、子どもたちには何度か転校の悲しさを経験させなければならないことだろう。夫の卓也《たくや》が銀行を辞めない限りは、そういう生活が続いていくはずだ。

だが、マイラは、どこまでも卓也についていく決心をしていた。

「新潟はねえ、美味《おい》しいものがいっぱいあってね、遊ぶ場所もたくさんあるんだって。

冬になったら、そのお砂糖みたいにね、真っ白い雪がいっぱい降るんだって」

雪と聞くと、次のドーナツに手を伸ばしかけていた譲の表情は途端に明るくなった。

「僕、スキーしたい！」

「マリアも！」

子どもたちは、まだ本物の雪を見たことがない。それは、マイラも同様だった。

2

マイラが日本に興味を持ったのは、考えてみれば当然の成りゆきだったと思う。マイラの父は日系の企業に勤めていて、家族の生活は安定していたし、近所の友達にも日本人の子どもが多かった。彼らを通して、マイラは日本が経済的に豊かなばかりでなく、四季の移り変わりがあり、豊かな自然に恵まれている国であることを知った。だからこそ、マイラは大学で日本語と日本の歴史を学び、その上で、この国に来たのだった。最初は福岡に着いた。そこから長崎に行き、英語とフィリピン語の通訳をしているうちに卓也と知り合ったのだ。

「ママ、雪も甘い？」

「どうだろう。降ったら、食べてみようか」

「ねえ、ママ、クラスの皆に雪を送ってあげられるかな」

「難しいと思うよ。雪はもともとはお水なんだもの。溶けちゃうでしょう？」

目の大きな譲と、茶色い巻き毛のマリアは、マイラが日本で得た最高の宝だった。

二人の子どもを産んで、マイラはこの日本に骨を埋める覚悟を決めた。見知らぬ国で生きていくためには、ある程度の覚悟と決心が必要だ。不自由や不満があるとしても、フィリピンは遠く、簡単に泣いて帰れる距離ではなかった。だから、マイラは決心していた。卓也と子どもたちのためにも、もっと日本を知り、もっと日本を好きになりたかった。

翌日、運送屋が荷物のすべてを運び出していった。さらにその翌日、マイラは二人の子どもを連れて、三年間過ごした宮崎を後にすることになった。

「同じ銀行にいるんだもの、きっとまた、会えるときが来るわよね」

「うちの子、譲くんがいなくなったら、がっかりするわ」

「今度から、英語を教えてくれる人がいなくなるわねえ」

見送りに来てくれた人たちは、いかにも名残惜しそうに、口々に別れの言葉を言ってくれた。マイラは彼女たちに感謝し、再会を誓い合った。

まず福岡まで飛行機で出て、さらに新潟行きの飛行機に乗り継ぐ。マイラは、数年ぶりに訪れた福岡空港を懐《なつ》かしく感じ、乗る便さえ違っていれば、このままマニラに戻ることも可能なのだなと考えた。だが、行く方向がまるで逆だ。これからマイラは二人の子どもを連れて、夫の待つ北へと向かう。

――サヨナラ、宮崎、サヨナラ、九州。

離陸のとき、マイラはそっと呟《つぶや》いた。想像もしていなかった心細さが、ふいに襲いかかってきた。考えてみれば、十年近く暮らした九州は、日本の故郷のようなものだった。今、その土地から離れて、マイラは再び見知らぬところへ向かっている。これから先、一体幾つの土地に別れを告げるのだろう、一生、こうして移動を繰り返すのだろうかと考えると、情けない気分にもなる。

――でも、大丈夫。私には卓也と、二人の子どもがいる。だから、大丈夫。

「ママ、ママ、海が見える」

「あ、マリアにも見せて」

飛行機に乗って、すっかりはしゃいでいる子どもたちに微笑みかけながら、マイラは、ほうっと息を吐き出した。今はとにかく、二週間も会っていない夫に会えるだけで、胸が高鳴る思いだった。

新潟空港に着いたのは、午後三時にもならない時刻だった。いつもならば、日当たりの良い部屋で、子どもたちとおやつを食べている時刻だ。あまりにもあっけない旅に、少しばかり拍子抜けしたような気分で、マイラは迎えに来てくれた卓也との再会を果たした。

「荷物は、ちゃんと着いた？」

「今朝、着いたよ。もうすっかり、片付いてるさ」

卓也は案外元気そうだった。彼は、子どもたちを順番に抱きしめ、「さあ、行こう」とマイラに微笑みかけた。

「新しいお家が、待ってるよ」

それは、マイラの大好きな笑顔だった。優しく、温かく、何よりもマイラを安心させてくれる笑顔だ。たとえ喧嘩《けんか》をしても、他で嫌なことがあったときも、マイラは卓也の笑顔さえあれば、すぐに元気になることが出来た。

「新しい家はここからどれくらい？」

「車で、二時間くらいかな。新幹線も使えるけど、それでも途中までだ」

ハンドルを握りながら、卓也はマイラと離れていた間の話をしてくれた。さすがに米の飯が旨《うま》いと言って、彼は目を細めた。マイラは、窓の外を流れる風景を眺めながら、何となく色彩のない土地だという印象を抱いていた。

「そりゃあ、宮崎に比べれば陽射しも何も違うからな。だけど、これが日本の演歌の世界なんだ」

「演歌の、世界」

分かったような分からないような説明だった。

「パパ、雪は？」

「雪は、まだだよ。今は、紅葉の季節なんだ」

「パパ、マリアのクマさんもお引っ越ししてきた？」

「マリアのクマさんは、もうマリアを待ってるよ」

少しでも父親と話したがる二人の子どもに邪魔をされながら、マイラたちは新居に向かった。おんぼろだから覚悟しておけと言われて、「古いのくらい、平気よ」と答えたときには、まだまだマイラの胸は希望で膨らんでいた。

3

鼻先を流れる微《かす》かな冷気が浅い眠りを妨げた。薄く目を開き、ぼんやりと室内を見回すと、マリアが部屋の窓を開けて立っている。

「寒いよ、マリア！」

驚いたように振り向いた娘は、「閉めてっ」というマイラのひと言に、大急ぎで窓を閉めた。そして、おそるおそる母親に歩み寄り、自分もそっとコタツに足を入れる。

マイラは、また怒鳴ってしまったと思いながら、ため息をついた。

「ママ――病気なの？」

テーブルに布団をかけて身体を温める暖房器具は、部屋を狭くするから、最初は嫌いだった。だが今は、マイラは一日の大半を、このコタツに足を入れて過ごしている。

娘の質問に答える気にもなれず、ただ首を横に振ると、頭の芯《しん》が鈍く痛んだ。

「でも、ママ、寝てばっかり」

娘に言われるまでもなく、マイラもそれは分かっていた。以前はそんなことはなかったのだが、とにかく何をする気にもなれないのだ。いつでも頭の中に霞《かすみ》がかかっているようで、まるではっきりしない。

「――ママ、おやつは？」

すっかり怯《おび》えた表情のマリアは、か細い声でなおも聞いてきた。マイラは、うんざりしたようにため息をつき、「おやつね」と答えた。のろのろとコタツから出て、ひんやりとするキッチンへ向かう。その、わずか数歩の間に、もう苛立《いらだ》ち始める。幾つもの小物掛けが、そこかしこにぶら下がっていて、行く手を阻《はば》むのだ。とにかく、部屋中のあらゆるところに乾かない洗濯物を干している。そうでもしなければ、一家四人の洗濯物が、まるで乾かないからだった。

——何とかしろよ、この洗濯物。家の中が余計に陰気臭いじゃないか。

今朝も、卓也は出がけに吐き捨てるように言っていった。何とか出来るものなら、こっちだってしたいのだ。だが、何でもかんでも乾燥機を使うというわけにはいかない。洗濯をしないというわけにもいかないのだから、こうするより他に、しょうがなかった。

——だったら、乾燥室でもある部屋にしてよね。

どう見ても築二十年以上はたっていると思われるマンションは、マンションとは名ばかりの、ただの鉄筋アパートだった。最初に「古いのくらい、平気よ」などと言ったことが、今更ながらに悔やまれる。社宅として借り受けるならば、どうしてもっとまともな建物を探してくれないのかと、マイラは幾度となく卓也に文句を言った。だが、本来の家族寮が一杯で、空きがないのだから仕方がないではないかと言われれば、それまでだった。

——凍え死にしろとでも、いうのかしら。

台所にたどり着くと、マイラはのろのろと電気をつけ、またもやため息をついた。息が白く見えて、冷え冷えとした空間に溶けていく。

「今日のおやつ、なあに？」

後ろから、マリアがぱたぱたとついてきた。小さなときから、いつでもスカートをはかせてきた娘は、今はピンク色の長ズボンに、赤いセーターを着ている。まるで、よその子どものような印象を受ける娘を振り返りもせず、マイラはぼんやりと答えた。

「——ポテトチップス」

「またあ？　マリア、ママのクッキーが食べたい」

「——今度ね」

足元からしんしんと冷気が押し寄せてくる。湿気が強い上、昼間でも電気をつけなければならないような台所になって以来、マイラは以前のようにドーナツを揚げたり、ケーキやクッキーを焼くこともなくなった。とてもではないが、そんな気になれない。天井の四隅には黒黴《くろかび》の痕《あと》が残っているし、調理台も狭くて、とても料理を楽しめるような雰囲気の台所ではないのだ。

「お祈り、してね」

居間に戻り、コタツに入って、小さな手を合わせた後、ポテトチップスを食べ始める娘をぼんやりと眺めながら、マイラはまたため息をついた。本当は、ベッドに潜り込みたい。何もせず、ただ眠っていたい。だが、まだ布団乾燥機をかけている最中だし、病気でもないのにごろごろするなと、それは昨日、卓也に言われたことだった。このところ、卓也は一日に一度は何かの文句を言う。

「おやつ食べたら、お外で遊んでもいい？」

「少しならね」

やはり、日本人の血を引いているからだろうか、それとも単に幼いからか、子どもたちは、この寒さを何とも感じていないらしい。最初は新しい環境に馴染《なじ》めるだろうかと心配していた譲は、冬休みに入ってからも毎日元気に学校のスキー教室に行っているし、マリアも風邪ひとつひかずに、雪の上で遊ぶのを楽しみにしているのだ。マイラは、そんな子どもたちを羨《うらや》ましく思い、その一方で、自分一人が置いてけぼりを食っている気分にもなった。ここの寒さは、フィリピンにいる両親などには、想像もつかないに違いない。

「ねえ、ママ。今度、本当にスキーに行く？」

ミルクで鼻の下に白髭《しらひげ》を作りながら、マリアが言った。そういえば今朝、卓也が子どもたちに約束していたのだ。今度の休みには、一家で山までスキーに行こうと。子どもたちは大はしゃぎだったが、マイラは話を聞いただけで身体を震わせた。どうしてわざわざ雪の降る中に出ていかなければならないのだ、買い物に出るだけでも、いつも滑って転びそうになるというのに、どうしてこれ以上滑る必要があるのだと言いたかった。

「マリアね、パパとソリするの」

「——そう」

「サンタさんがくれたソリでね、遊ぶんだ」

「——」

「あとね、大っきい、大っきい雪だるまもね、作るんだよ」

うんざりだ。返事をする気にもなれない。マイラは大きな欠伸《あくび》をし、水滴がびっしょりついている窓を見た。その向こうは灰色一色だ。これが空かと思うような、薄汚れた灰色が、来る日も来る日も広がっている。その空から、ゴミ屑《くず》のような雪が、ただ音もなく、後から後から舞い降りてくる。

——雪なんか。

こんなものを、どうして美しいなどと思っていたのだろう。今となっては、初めて雪を見たときに、あんなに喜んだ自分が愚かにさえ思えてくる。あのときは確か、マイラは卓也にこんな感想を洩《も》らしたものだ。小さな天使が、大勢で舞い降りてくるみたいね――。

――冗談じゃない。雪は、清らかでも美しくもない、ただの恐ろしい悪魔の羽根じゃないの。

目をつぶると、宮崎の社宅から見えた風景が蘇《よみがえ》る。冬になっても気候は温暖で、いたるところにフェニックスの木が植わっていた。少し行けば、青く澄んだ海があったし、広々と広がる平野は、いつも緑色だった。それらのすべてが懐かしい。今すぐにでも、飛んで帰りたいと思う。だが、社宅には新しい住人が入っているだろうし、もともと仮住まいだった土地には、頼れる親戚《しんせき》なども、ありはしない。

「マぁマぁ。だるまさん、一緒に作るんでしょう？」

勿論《もちろん》マイラだって、九州から着いた当初は、この新しい土地に一日も早く馴染み、好きになろうと懸命だった。宮崎とは異なるけれど、連なる山々の表情も広がる田畑も、荒々しい波が打ち寄せる日本海も、そこには独特の風情《ふぜい》があった。強烈な色彩を放つのではなく、すべてのエネルギーを内に秘めたような、そんな神秘的な印象さえ受けたものだ。この環境に、自分が同化できるとは思えないが、馴染むことならば可能だと思った。溶け込むことは無理でも、調和をとることは出来るはずだと、そんなことばかり考えていた。

だが、十一月に入った頃から、マイラはかつて経験したことのない寒さを感じるようになった。特に朝晩の冷え込みには驚かされた。さらに、天気の悪い日が続くようになった。来る日も来る日も、どんよりとした雲が低く立ちこめる。一体どういうことなのだろう、地球全体が厚い雲に閉ざされてしまったのだろうかと、そんなことさえ考えたくなる天気だった。陽射しがなくなり、気温が低くなるにつれて、マイラは鬱々とした気分で日々を過ごすようになった。そんなある日、音もなく雪が降り始めたのだ。灰色の雲から、ひらり、ひらりと降りてきて、やがて、美しい水墨画のような世界が出来上がった。

「卓也、見て、雪よ！」

初めて雪を見た朝、マイラは窓を開け放ち、まだ眠っている夫を揺り起こしてはしゃいだ。子どもたちも起こし、全員で白い刷毛《はけ》で掃いたような景色を眺めたのは、つい二カ月ほど前のことだ。

縮みあがるような寒さの中で、マイラは、これだけ美しい雪を眺めて暮らせるのならば、こんな寒さにも耐えられるとさえ思ったものだ。あの時は。

すべては甘かった。降ってはやみ、やんでは降っていた時期が過ぎて、やがて雪は来る日も来る日も降り続くようになった。あんなに細かい、掌《てのひら》にのせれば瞬《また》く間に溶けて消えてしまうような儚《はかな》い雪は、一見しただけでは分からないふてぶてしさで、マイラの周囲の何もかもを被《おお》いつくし、占領し、そして居座った。もう十分ではないかと思うのに、さらに見る間に積もっていく様を眺めるうち、マイラは少しずつ息苦しさを覚え始めたのだ。

「ねえ、マぁマぁ」

色のない世界は、人の気持ちさえ呑《の》み込もうとするのだろうか。マイラは日に日に何をするのも億劫《おっくう》になり、苛立ち、どうしようもなく憂鬱になっていった。布団は干せない、洗濯物は乾かない、買い物ひとつするのでも、相当な決心をしなければならない。ちょっとサンダルを引っかけ、自転車にまたがって、というわけにはいかないのだ。乾いた風に吹かれて笑いたい、お陽様の匂いのする布団で眠りたい、素足で外を歩きたい――そんなことは夢の夢だった。朝、起きると、昨日と変わらない白い世界が広がっている。奇妙に静かな、まるで動かない世界。雪は、景色ばかりでなく、生活の音までも消してしまうものらしかった。もう、それだけで、マイラは泣き出したいほどに憂鬱になる。

「ママってばぁ」

一日は、まず雪かきから始まる。ひと晩で積もってしまった雪を、卓也を手伝ってかき出さなければ、車さえも出すことが出来ないのだ。真綿のように見える雪が、実際にはこんなにも重く、生活に深刻な影響を及ぼすものだということも、マイラは初めて学んだ。

「――なあに」

「今日、お買い物に行く？」

「――行かない」

「今日も？　どうして？」

「――――」

「ママ、どっこも行かないねえ」

娘の言う通りだった。クリスマスが過ぎ、年が明けてから、マイラはまったく外へ出なくなっていた。正月くらいまでは、何とか元気でいられたのだが、寝ても覚めても、とにかく憂鬱でどうすることも出来ないのだ。第一、この寒さがたまらない。意味もなく涙さえ浮かぶこともあり、やたらとマニラの両親、兄弟のことや、幼い日々のことなどが思い出された。

——全部、雪のせい。

まるで雪をスクリーンにしているかのように、昔のことばかりが蘇った。それから今の自分に気付き、もしかしたらもう二度と、この雪の中から逃れ出られないのではないかと、今にも死んでしまいそうな気持ちになった。これが自分かと思うほど、陰気な性格に変わってしまったと思う。だが、どうすることも出来なかった。とにかく、一面の雪景色を見るだけで、何もかも投げ出したくなるのだ。

「お兄ちゃんがスキー滑れるようになったらね、マリアね、お兄ちゃんとね——」

「ちょっと、黙ってて！」

いけない、また怒鳴ってしまったと思ったときには、目の前のマリアはすっかり怯えた表情になって、目を潤《うる》ませていた。マイラは、何も言うことも出来ずに、つい娘から目をそらしてしまった。とにかく、一人になりたくてたまらない。

「——ごちそ、さま」

か細い声で、それだけ言うと、マリアはコタツから抜け出し、マイラのことを何度も振り返りながら子ども部屋に行ってしまった。きっと、またベッドに潜り込んで泣いているのだろう。可哀想《かわいそう》に、寒い部屋で、ママを怖がって泣いている。このところ、そんなことは珍しくなかったのだ。

——でも、一人にさせて。お願い。

申し訳ないと思いながら、どうすることもできなかった。マイラは、コタツに突っ伏し、ほうっと息を吐き出した。一体、一日に何回ため息をつけばよいのだろう。何回ため息をついたら、雪を溶かし、この世界から抜け出すことが出来るのだろう。宮崎の、いや、フィリピンの青い空、輝く太陽が懐かしくてたまらなかった。

4

マイラにとって、雪の空は、白い悪魔が羽ばたいているようにしか思えなかった。翼から抜け落ちた彼らの羽根が、音もなく降り注いでくる。すべての生命《いのち》を封じ込め、押しつぶし、身動きも出来なくさせるために。

——決して、天使なんかじゃない。

来る日も来る日も、窓の外を眺めながら、マイラは呟いていた。雪は、今日も音もなく降り続けていた。それは、悲しみ、憎しみ、恨み、後悔——そんな感情と似ていた。喜びは、すぐに弾《はじ》け飛び、周囲にきらきらと散らばっていく。だが、雪は、寒々と、ただ降り積もっていくのだ。決して消えることなく、どこまでも、どこまでも積み重なっていく。やがて、くたびれ果てた人を押しつぶし、息の根を止めるまで、悪魔は羽ばたき続けることだろう。

——何も、見えない。何も、聞こえない。

ただ、白い世界だけが広がっている。まるで、子どもが絵を描くときに使う、真っ白い画用紙のような世界。時の流れさえも吸い込んでしまいそうな、無の世界。そればかりではない。この世界は、あまりにも冷たかった。どれほど歩み寄ろうとしても、とても近付くことなど許されないほど、冷えきっていた。

——ここから出して。ここから、出たい。

マイラは、窓ガラスに白い息を吹きかけながら、ひたすら心の中で呟いていた。あの世界は、マイラの心の世界そのものだった。まだ生きている、息もしているはずなのに、マイラ自身が、悪魔の羽根に降り込められようとしていた。頭の芯が、ぼんやりと霞んでいる。もうすぐ息も出来なくなりそうだ。生命が、ぽつりと画用紙に滴《したた》り落ちて、そのまま吸い込まれていきそうだった。

卓也から「痩《や》せたんじゃないか」と言われたのは、それから二、三日たった夜のことだった。

「そんなこと、ないと思うけど」

「そうだよなあ。具合が悪くなるわけが、ないよな。ほとんど出かけないで、ずっとごろごろしてるだけなんだから」

転勤して以来、卓也は以前よりもかなり多忙な日々を過ごすようになっていた。帰宅も遅い日が続き、出張も多くて、家族で食卓を囲む機会もずっと減っている。だが、その日は珍しく早く帰ってきて、久しぶりに四人で夕食をとることが出来た。マイラは、マリアが卓也に何かの告げ口をするのではないかと、内心で冷や冷やしていた。だが、どうでも良いことだ。どうせ都合の良いときだけ子どもたちと遊ぶ程度の卓也に、マイラの気持ちなど分かるはずがない。

「何だか、先週早かったときも、こんなおかずだったな」

冷凍のコロッケとマカロニサラダを眺めながら、マイラは、そうだったかも知れないと思った。だが、昨日と同じというわけではないではないか。たまにしか早く帰ってこないからメニューが重なるのだ。

「こっちは魚が旨いんだぞ。市場に行けば、活《い》きのいいのがたくさんあるだろう」

「——そう」

「不精しないで、少しは歩けよ。雪がひどくたって、バスは動いてるんだから」

「——そうね」

元はといえば、彼が銀行員だからいけないのだ。過ごしやすく、暮らしやすかった宮崎から離れて、こんな寒い土地で暮らさなければならないのも、彼のせいだという考えが、マイラの中で少しずつ育っていた。

「そうしたら、パパ、スキーは銀行の人たちも一緒に行くの？」

「そうだよ。大きい車を借りて、皆で行こうっていうことになったんだ」

卓也は、すぐにマイラから興味をそらし、子どもたちと今度のスキー行きの話を続ける。マイラ一人が、ぼんやりとして、美味しいとも思えない食事を、ぼそぼそとつまんでいた。

「ママはごろごろするのが好きらしいから、雪の上を転がしたら、ママの雪だるまになるな」

卓也の言葉に、マリアがきゃっきゃと笑った。さりげなく見たつもりだったのに、だが、娘はマイラと目が合うと、慌《あわ》てたように口を噤《つぐ》んだ。

――何よ、人を馬鹿にして。

卓也が、おや、という顔でマリアを見、次いで、少しばかり険悪な表情でマイラを見る。だが、マイラは知らん顔をしていた。

「――何か、あったのかな？」

「べつに」

彼には分からないのだ。寒さに対しても雪に対しても、卓也は、マイラとは違う感覚を持っているに違いなかった。

「マリア、どうした？　ママに、叱《しか》られたのかな」

「――家にいない人には、分からないわ」

ぴしゃりと言うと、さすがの卓也もむっとした顔になった。

「そういう言い方は、ないだろう。昼間、いないから、聞いてるんじゃないか。どうしたんだよ、マイラ。最近、おかしいよ」

「べつに」

この頃、マイラは卓也が憎らしく思えることがあった。家族をこんな土地まで呼び寄せて、平気で毎朝の雪かきを手伝わせる夫、夜にしても、身体が冷たくて眠れないマイラの隣で、すぐに健康そのものの寝息をたてる彼が、マイラにはひどく無神経な存在に思われてならなかったのだ。たまに早く帰ってきて、「どうした」と聞かれたところで、簡単に答えられるはずがない。一日中、息も詰まりそうな冷たい世界に閉じこもっているマイラの気持ちなど、彼に分かろうはずがない。

「退屈すぎるんじゃないのか？　今日だって、家から一歩も出てないんだろう」

「――だって、雪だもの」

「そんなこと言ってたら、春まで一歩も出られないっていうことだぞ。それなりの環境を、楽しむんじゃなかったのか？」

卓也は「ママは本当に寒がりだねえ」と子どもたちに笑いかけ、怯えた表情のマリアを、何とか励まそうとしている。

「とにかくママも、スキーウェアを買わなきゃな」

「私――行きたくない」

マイラは、卓也を見もせず、「家に、いる」と呟いた。子どもたちには可哀想だとは思うのだが、自分でもどうすることも出来なかった。

「それが、いけないんだよ。身体を動かしてれば、寒くなんかないさ。それに、少しは雪も好きになるかも知れないじゃないか」

これまでマイラは、卓也に何の不満も抱いたことはなかった。だが最近になって、「どうして？」と思うことばかりが増えている。どうして、この寒さが平気？　どうして雪を楽しめる？　どうして青空がなくても大丈夫？　どうして、暖かい国から来た私の辛さが分からない？　どうして、どうして？

「せっかく雪国にいるんだからさ、楽しめることを見つけなきゃ、損だろう？」

「行きたくない。雪なんか、大嫌い」

卓也は困ったような笑顔になり、子どもたちの手前、何とかしてこの場を取り繕おうとしている様子だった。だが、そんな笑顔さえ、マイラには無神経で底意地の悪いものに思われた。何を笑うことがあるのだ、こちらは深刻なのにと言いたかった。

「変なママだなあ。スキーは面白いのになあ。なあ、譲」

おどけたような口調で言う卓也に、そのとき初めて、譲が「ねえ」と口を開いた。そういえば、スキー教室から戻ってきて、今日は譲は遊びに行かなかった。だが、マイラには、そんな息子を案じる気持ちの余裕がなかった。「ゴールイン」も、もう何カ月もしてやっていない。

「じゃぱゆきさんて、何?」

あまりに唐突な質問に、一瞬、眠気が覚めたような感じがした。目の前の卓也も、少しばかり驚いた顔になって「え?」と息子を見ている。譲は少しばかり口ごもりながら、「聞かれたんだ」と呟いた。

「『細田くんのお母さんは、じゃぱゆきさんなの?』って」

「誰に」

「スキー教室の友達に」

以前にも、マイラは同様の噂《うわさ》をたてられたり、質問を受けたことがある。フィリピンから来たというだけで、皆が自分を哀れな出稼ぎ労働者とみなすことに、大きな抵抗と怒りを感じた。その一方で、同じ国から来た貧しい娘たちの報道に接する度に、複雑な気持ちにもなり、悲しみも感じてきた。

「じゃぱゆきさん、か」

卓也自身、家族や親戚、職場の人たちから、同様の誤解を受けてずいぶん苦労してきた。だが、そんな問題が起きたのは、常にマイラが姿を見せた直後のことだ。彼らはマイラに会い、話をすることで、すぐに理解してくれた。この町に越してきて、既に三カ月以上が過ぎている。それだけの間も、誰もが陰で何かを噂し合っていたということなのだろうか。マイラは、目の前が真っ暗になる思いだった。「道理で」という言葉が思い浮かんだ。

マイラが外に出なくなった理由の一つには、いつまでたっても親しい人が出来ない、ということもあったのだ。引っ越しの挨拶《あいさつ》に回ったときから、近所の人たちは、誰もがマイラを避けているような素振りを見せた。挨拶しようとしても、すっと横を向かれてしまう、何かを聞きに行っても「さあ」などと言って、逃げられる。だから、マイラはますます孤立していった。

「じゃぱゆきさんっていうのはなあ――」

「大っ嫌い！　大っ嫌いよ、こんなところ！」

言い終わる前に、もうマイラは立ち上がっていた。正面で、卓也が驚いた顔でこちらを見上げている。二人の子どもは、怯えたように全身を硬直させていた。

「陰険！　どして、どして、すぐに聞かないの？　この町の人たちは、フィリピン人なら誰でもじゃぱゆきさんだと思うの？」

そのまま、マイラは寝室に飛び込んでしまった。温めていない部屋は、凍えるように寒かった。服を着たままベッドに入り、マイラは声を上げて泣いた。

――子どもたちの前で喧嘩はしないこと、子どもたちに涙は見せないこと。

いつも、夫婦で約束し合ってきたことだ。それをついに破ってしまった。だが、もう限界だった。こんな町に、来なければよかった。悪魔が羽根を散らすような土地に来たのが間違いなのだと、そう思えてならなかった。

それ以来、マイラはますます話をしなくなった。次の休日のスキーも、もちろん行かなかった。子どもたちもいない、しんと静まり返った薄暗いマンションで、マイラは一日中、ベッドから出もしなかった。

じゃぱゆきさんの噂に関しては、あの夜のうちに、卓也がきちんと説明してくれたようだった。譲も、その友達に、自分の母親はじゃぱゆきさんなどではないと、はっきりと言ったと報告した。だが、それでもマイラの気持ちは一向に晴れることがなかった。問題は、そんなことではない。とにかく、この雪、真っ白い悪魔の羽根が耐えられないのだ。

「春になれば消えるんだし、どうせ一生暮らす町でもないんだから、少しの間くらい、我慢してくれよ」

そう言ってマイラをなだめようとする卓也さえ、今となっては、信じられなくなりそうだった。他の人は、どうだか知らない、だがとにかく、マイラはこの白い世界がいやなのだ、苦しくてたまらないと、何度説明しても、彼は分かろうとしてはくれなかった。寒いのが好きな者などいるはずがないではないか。雪が辛くない人間など、いはしない。すべてはマイラの我儘《わがまま》だと、そのひと言で片付けられてしまった。

――どうせ、同じ日本人なんだもの。彼もああいう人たちの仲間なんだ。

日に日に、そんな思いが育っていった。マイラは、子どもたちからも恐れられ、卓也からも敬遠されたまま、心の底まで冷えきっていった。

5

外から、微かに子どもたちの歓声が聞こえてくる。コタツに入ったまま、つけっぱなしにしているテレビも見ず、ただごろりとしていたマイラは、寝返りを打つと同時に、窓辺を見た。日曜日の今日、天気は比較的安定しているようで、珍しく薄日が射《さ》した。だがそれは、マイラが知っている陽の光とは、似ても似つかないものだ。弱々しく、輪郭もなく、あまりにも頼りない。

「ほら、行くぞっ」

卓也の溌剌《はつらつ》とした声が聞こえてくる。それに続いて、子どもたちの弾けるような笑い声が響いた。二人の子どもを連れて、一週間分の食料を買いに行ったはずだったのに、荷物を家に運び込む前に、彼らはもう遊び始めたようだった。

——どうせ、私を避けてるんでしょう。

「あっ、冷たいっ、やったなぁ」

「あ、ずるいよ、パパっ」

声だけを聞いていれば、この上もなく穏やかな休日の午後だった。マイラは、のろのろと窓辺に立ち、曇っている窓ガラスを、そっと手で拭《ぬぐ》った。薄日の中で、卓也と子どもたちが、雪の上で転げ回りながら遊んでいるのが見える。

――誰が洗濯すると思ってるの。乾かなければ、文句ばかり言うくせに。

怒るようなことではないと分かっていながら、そんなことまでが憂鬱《ゆううつ》を通り越して苛立ちの種になる。

「チビたちが、怖がってるぞ。何とかならないのかよ、その顔」

最近、卓也は汚いものでも見るような目つきで、そんなことまで言うようにさえなっていた。確かに、たかだか数カ月の間に、夜も眠れず、体重も減ってきたマイラは、自分でもぞっとするほどに、老婆《ろうば》のように顔つきが変わっていた。

――一体、誰のせいで、こんな顔になったと思ってるの。

こんなことならば、譲が望んだ通りに、卓也には一人で来てもらえばよかったのだ。月に一度程度、会いに来るくらいならば、マイラだってその都度、新鮮な気持ちでこの憎々しい雪を眺めることが出来たかも知れない。

――何もかも、あの人のせいじゃないの。それなのに、子どもたちまで私から引き離して。

小やみになっていた雪が、再び舞い降りてきている。上空で、何をそんなに喜んで羽ばたいているのだろう。悪魔の奴《やつ》、マイラを押しつぶそうとすることが、そんなにも嬉《うれ》しいのか。マイラには、灰色に塗りつぶされていく視界の中で、耳まで裂けた大きな口を開けて笑っている悪魔の顔が見える気がしてならなかった。悪魔が、マイラから家族を奪い去ろうとしているのだ。その顔が、卓也とだぶっていく。

「おっ、うまいうまい！　さすがだなあ、譲」

「ああん、パパ、マリアも！」

子どもたちのはしゃぐ声を聞いたその瞬間、マイラは雷に打たれたような衝撃を受けた。すべては、卓也の計画だったのではないだろうかという思いが、突然ひらめいたのだ。そう、最初から、マイラを寒い土地に連れてきて、辛い思いをさせるつもりだったのに違いない。雪も、氷も経験したことのないマイラのことを、日本人とは異なる妻を、卓也は内心で邪魔だと感じていた、結婚したことを悔やんでいた。だからこそ、こうしてマイラを追い詰めて、精神的に痛めつけ、マイラ一人をフィリピンへでも、どこへでも追いやろうと考えた。これは、卓也の陰謀だったのだ。

——そういう、ことだったの。

マイラの中で怒りが膨れ上がった。よくも、そんなひどいことを考えついたものだ。これまで、卓也一人を信じて生きてきたのに、子どもたちの成長だけを楽しみに、毎日懸命に暮らしてきたのに。こんな形で裏切るなんて、絶対に許せないと思った。

「ほら、気をつけて、そおっと！」

はっと我に返ると、玄関口が騒がしい。居間との境のガラス戸を通して、卓也たちが戻ってきた影が見えた。また、雪と汗とでびしょ濡《ぬ》れになった服で、廊下に雫《しずく》を垂らしながら歩くに決まっている。お蔭《かげ》で、家の中が余計に湿っぽくなるというのに。

「ママ、ママ！」

譲が、大きな声を張り上げた。その声は、宮崎にいた当時のマイラと子どもたちの関係を思い出させた。あの頃は、いつでも今と同じように、子どもたちは溌剌とした声でマイラを呼んだのだ。その声に誘われて、ついガラス戸に近寄ったマイラは、戸を開けて息を呑んだ。譲が、丸い大きな雪の塊を持っている。よく見ると、それは人間の頭部を象《かたど》ったものだった。一瞬のうちに、マイラの両腕を、ぞくぞくとするものが駆け上がった。

「見て、見て、これ、ママだよ」

真っ赤な顔をして、譲がマイラを見上げた瞬間だった。何を考えるよりも先に、マイラの手は、その首を払いのけていた。ぱん、と微かな音がして、玄関に白い雪が飛び散った。

「あっ！」

「何をするんだっ！」

今度は、卓也が大声を上げた。マイラは、肩で息をしながら卓也と子どもたちを睨《にら》みつけた。

「ひどいよっ！」

「せっかく作ったんだぞ。三人で、ママの顔を彫刻しようっていって！」

マリアが、火がついたように泣き出した。譲も、唇を噛《か》みしめて震えている。だが、マイラの勢いは止まらなかった。

「私の首を切り落とそうとするなんて、信じられない！ そんなに私のことが嫌なのっ、そんなに私の首を取りたいのっ」

「――何を、言ってるんだよ」

卓也は、一瞬呆気《あっけ》にとられた表情でマイラを見上げ、それから思い出したように子どもたちを家に入らせた。ついさっきまで、マイラの顔とやらを形作っていた雪の塊を踏んで、二人の子どもは逃げるように自分たちの部屋に駆け込んでいった。

「――ママを元気づけようとして、作ったんじゃないか。ママが笑っている顔を作ろうって、チビたちが一生懸命に」

卓也の言葉は、耳に届いていた。だが、何語で、どういう意味なのかも、分からなかった。マイラは、卓也に激しく殴りかかり、大声で泣きわめいた。私をここから出して、フィリピンに帰して、雪のないところに行かせて、悪魔の羽根なんか見たくないと、ひたすら、それればかりを叫び続けていた。

「そうでなかったら、私、卓也を殺してでも、ここから逃げるよ――」

最後に、泣き崩れながら、マイラは言った。冗談ではない、本気だった。

6

まったく、あれは悪魔の羽根だったとしか、言いようがない。それが証拠に、雪のない土地に来ると、マイラは憑《つ》き物が落ちたように、しごく平静な元通りのマイラに戻ったのだ。

「マイラにとっては、そうだったんだろう」

最初は半信半疑だった卓也も、ついにそう納得せざるを得ないほど、その変化は劇的なものだった。何しろ、東京行きの新幹線に乗り、長いトンネルを幾つか抜けて、窓の外の景色が雪一色から、乾いた地面をむき出しにしたものに変わった途端に、ぐったりと座席に身を沈めていたマイラは、思わず身を乗り出して窓の外を見たのだ。

——お陽様が照ってる。青空が、見える。

つい今し方まで、自分を取り囲んでいた世界が、まるで夢か幻のようだった。逃げ場所さえないほどに、あんなに雪が舞い狂っている世界から、何キロも離れていないというのに、同じ時刻に同じ日本の本州で、トンネルのこちら側は、こんなにもからりと晴れ渡り、うらうらと、柔らかい陽射《ひざ》しに満ちている。

「卓也——土が、見えるよ」

それが、発作を起こしたように卓也に殴りかかった日から、マイラが初めて口にした言葉だった。たまりかねた卓也が、再び転勤を願い出たのは、あの日の二週間後だった。ちょうど、静岡の方に良い療養施設があると聞いて、彼は静岡への転勤を決めたのだ。子どもたちは、卓也一人では面倒を見きれないからと、一時的に卓也の実家に引き取られていた。

「ちょっと、疲れてるだけだよ。静岡に行って、ゆっくり休めば、きっと治る」

惚《ほう》けたように黙りこくっているマイラに向かって、卓也は何度もそんなことを言ったと思う。だが、静岡と言われても、どんな場所かも分からなかったマイラは、卓也が何を話しかけても、その意味を聞き取ろうとはしなかった。不思議なもので、十年もの歳月をかけて、すっかり馴染んだつもりの日本語は、聞かないつもりになると、すべて耳を素通りしてしまった。

「マイラ――」

子どものように窓にかじりついたまま、夫を振り返ると、疲れた顔で雑誌を読んでいたはずの卓也が、驚いた顔でマイラを見つめていた。マイラは、半分照れたように、そっと微笑《ほほえ》んでみせた。すると、卓也も微笑む。マイラの大好きだった、あの優しい笑顔だった。列車の窓を通して、柔らかな陽射しが顔に降り注いでくる。実に久しぶりに、マイラの中で凍りついていた生命《いのち》が、とくとくと脈打ち始めていた。全身が、春を迎えたように柔らかくほぐれていくのを感じる。マイラの中で、雪解けを待っていたせせらぎのように、あらゆる感情や生きる力、世の中のすべてに対する好奇心のようなものが駆け巡り始めた。

「私、悪魔の羽根に埋まってた」

マイラは、まだ信じられないような顔をしている夫に、以前と同じように語りかけた。そして、今更のように、雪に包まれていたときの息苦しさ、憂鬱な気分、不安などを、今度は整理してきちんと言うことが出来た。

「やっぱり、南国育ちのせいなのかなあ」

卓也は不思議そうに、半ば感心したように首を傾《かし》げている。本当のところは、卓也にも理解出来ないのかも知れない。だが、あの白だけの世界というものは、確かに人の気持ちをおかしくさせると、マイラは信じていた。

「いずれにせよ、雪から離れた途端に治ってくれて、よかったよ。チビたちも、喜んで飛んでくるだろう」

拍子抜けしたような顔で、それでも安堵《あんど》の色を隠せない夫を眺めながら、マイラは、静岡に着いたら、また子どもたちのためにドーナツを作ろうと考えていた。その代わり、もう二度と、パウダーシュガーは使わないつもりだった。

解説

堀井憲一郎

人はいつ文庫の解説を読むのか。

文庫本の巻末の解説文は（つまりこの文章ですけど）、どのタイミングで読みたくなるものだろうか。

考えられるのは三つである。

読む前。読んでいる途中。読んだあと。

私は、読んでいる途中派、である。

半ばまで読んだときに、ふと、巻末の解説に目を通してしまう。そういう人はそこそこいるはずである。そんな人を悲しませないよう心がけて、何とか解説してみたいとおもいます。

乃南アサ作品の魅力は、すっと世界に案内してくれるところにある。

入口の敷居が低く入りやすい。物語が落ち着く地点まで、あっという間に運ばれていく。

それが乃南ワールドの大きな特徴である。『凍える牙《きば》』や『ボクの町』『いつか陽のあたる場所で』などの代表的な長編小説はそういうふうに作られている。

何気なく読み始めると、何時間も読み続け、気づくとただひたすら乃南アサ世界にひたって休日が終わってしまう、というようなことが起こる。気をつけたほうがいい。何かやらなければならないことがあるときに、きまぐれに乃南作品を手に取らないほうがいい。

短編小説も同じ魅力に満ちている。

でも、短編小説の場合は、一篇を読み切るのに一日かかったりしない。そこそこの時間で一篇を読み切ったときに、ああ、こんなことをしている場合じゃないだろう、と我に返ることはできる。短編小説は、仕事の合間の気分転換に読んでも大丈夫です。安心してください。

乃南アサ小説世界の多くは、心地良い描写で始まる。

「夏の虫が、じい、じい、と鳴いている」（「今夜も笑ってる」）
「コーヒー・カップから立ち昇る湯気が、柔らかな午後の陽射《ひざ》しに溶けていく」（「マ
マは何でも知っている」）
「空の色、吹き抜ける風が、もう秋だった」（「母の家出」）
　空気は何だか穏やかだ。
　何気ない会話から入ることもある。
「ワインの酔いが回ってきたのか、わずかに頰を上気させて、心持ち眠たげな目つき
になった奈帆《なほ》が「ねえ」とこちらを見た。」（「岬にて」）
「この柄を、ですか」
目の前に広げられた図案を一瞥《いちべつ》して、塚原《つかはら》は一瞬眼鏡の奥の目を瞬《しばた》かせた。（「鈍色《にびいろ》
の春」）
「山積みになったピーマンの中から、色つやの良いものを選《よ》っていると、「なあ」と
いう声がした。」（「はびこる思い出」）
　最初に人物紹介をしない。余計な説明もない。〝少しだけ動いてる世界〟の描写か
ら始まる。世界全体の説明がないから、最初は戸惑うこともある。でもそれは初めて
の店に入ったときの新鮮な戸惑いと同じで、やがて必ず、くっきりとした世界が現れ

てくる。

季節や風景の描写も、心地いい。きちんと構築された世界が待っているのだと、安心して読み進められる。

入っていったその先の世界は。

これは作品によってずいぶんと違う。

本文庫『岬にて　乃南アサ短編傑作選』は、過去に新潮文庫から出された短編集より選ばれた作品によって構成されている。

最初の一篇「岬にて」のみ文庫本初収録です。

いままでに新潮文庫で出されている〝乃南アサ短編小説集〟は以下の十冊です。

『家族趣味』一九九七年（のち廣済堂文庫）

『トゥインクル・ボーイ』一九九七年
『花盗人』一九九八年
『団欒《だんらん》』一九九八年

『行きつ戻りつ』二〇〇二年
『氷雨心中《ひさめ》』二〇〇四年
『悪魔の羽根』二〇〇四年
『夜離《よが》れ』二〇〇五年
『犯意』二〇一一年
『禁猟区』二〇一三年

このなかでは『犯意』が少し趣向が違っている。まず、乃南アサの犯罪小説があり、そのあとに弁護士の解説がついている。十二の犯罪が描かれており、それはどういう罪になり、どれぐらいの量刑が科されるのかを弁護士が解説してくれているのだ。裁判員裁判が始まったことを受け、「犯罪の現場」と「その犯罪は裁判所では実際はどう裁かれるのか」の両方を見せてくれる構成になっている。少し変わった構成であるが、乃南アサの小説はとてもスリリングである。きちんとした乃南アサ短編小説集だとおもいます。

十冊で七十四の短編が収録されている。

もう一冊、短編傑作選の第一集『最後の花束』がある。冒頭の「くらわんか」という一篇のみが文庫初収録となる（本書は短編傑作選の第二集です）。

新潮文庫以外からも乃南アサ短編集は出ている。
『幸せになりたい』祥伝社文庫、一九九九年
『来なけりゃいいのに』祥伝社文庫、二〇〇〇年
『冷たい誘惑』文春文庫、二〇〇一年
『不発弾』講談社文庫、二〇〇二年
『軀（からだ）』文春文庫、二〇〇二年
五文庫。作品数でいえば三十篇ある。
十五文庫あわせて百四篇。
短編傑作選の第一集と第二集に載った「くらわんか」と「岬にて」を入れて百六となる。文庫本に収録された乃南アサ短編の合計数は百六だということになります。覚えておいてください。いや、意味はないけど（二〇一六年二月時点。音道貴子《たかこ》や高木聖大《せいだい》などのシリーズ連作短編集はのぞきます）。
ミステリー系短編集の文庫解説といえば………。
そう。

ふつう、個々の作品について触れるものである。べつだんミステリーに限らず短編集の解説は、一つずつの作品について触れていく。そういうものです。

ただ。

「本文を読んでる途中にときどき解説を見てしまう派」としては、いつも少し警戒しつつ解説を覗《のぞ》き見してます。ちょっとどきどきする。だって作品内容について触れてますからね。

もちろん結末は書いてない。

犯人はエラリー・クイーン本人だ、なんてことは解説には書いてないです。あたりまえですね。

解説の暗黙の了解として「結末を書かない」ということになっている。でもまあ暗黙ですからね。どっかで誰かが破ってるかもしれない。まだ出会ったことはないです。出会いたくないです。

とりあえず「結末を書かない」のは当然の配慮です。

でも、小説の楽しみというのは、べつだん、結末だけにあるわけではない。結末での大どんでん返しによって人気を博している作品というのは、さほど多いわけではない。作家も結末だけに力を注いで作品を仕上げるわけではない。

小説のおもしろさは、その過程にあり、細部にあり、ストーリーと関係ない部分にあります。

だから、解説によっては「途中でわかる謎《なぞ》」をばらしてたりする。「最初は秘密になっているが途中でわかる意外な設定」についても、得々と書いてたりする。「最後の結末はばらさない」というポイントは守ってます。でも、本を読んでく途中で読者が発見するいろんな楽しみを、もう、気軽にどんどんばらしちゃってくれちゃったりしている解説が、世にはあまた存在しまする。

ううっ。

かんべんして、と、ときどきおもいます。

やめて、と静かにおもうことも多い。

そんな解説なんて、ほんとにあるの、なんておもわれたかた、それは、かなり幸せな読書人生を歩んでおられますね。

かなりあります。文庫の途中まで読んで解説を盗み見る派の私は、ときに操作を誤って、未読作品の設定をせっせと読んでしまうことがあります。読んでから、うっ、とおもってしまう。うわあああというのも、ごくたまにあります。ほんと、どきどきします。そう、犯人はアガサ・クリスティ本人だ！　うわああ。

だから、とりあえず、乃南アサの短編をいくつかの類型に分けて、この文庫に含まれてない作品を紹介しつつ、解説していきたいとおもいます。それだと、余計な情報を知らせてしまう悲劇を少しは避けられるかな、とおもうので。

乃南アサ短編ジャンルのひとつに「旅もの」がある。

私が大好きなジャンルです。

冒頭の一作「岬にて」がそれです。

愛媛への旅のお話になっています。いや、愛媛へ、くらいは書いていいでしょう。うん。いいです。

短編集『行きつ戻りつ』には、十二篇の短編が収められていて、すべて「女性の旅もの」となっている。主人公は主婦。基本、ひとりで旅をする。

「母の家出」「春の香り」「微笑《ほほえ》む女」「湯飲み茶碗」はこの『行きつ戻りつ』に入っていた作品である。同じく冒頭の「岬にて」も同じタイプの作品ですね。

このシリーズは、基本、ミステリーではない。人が死なない。刑事に追い詰められて断崖絶壁に立ったりしない。死体を運びつつ旅をしたりもしない。

何らかの事情で、家庭を持つ女性が旅に出る。主婦の旅は、常に「家庭での日常生活」と対比されながら続く。この「家庭を持つ主婦の旅」への作者のまなざしがとても温かい。

『行きつ戻りつ』は大好きな短編集です。

もとの文庫では目次の横に日本地図が載っていて、それぞれの作品舞台を示してくれている。何も知らずにみると、旅エッセイかな、とおもってしまいそうです。各小説の扉には著者自身が撮った写真が載っていて、とても素敵です。

あらためて記すまでもないが、それぞれの舞台は以下のとおり。

「母の家出」　山梨・上九一色村

「春の香り」　高知・高知市

「微笑む女」　北海道・斜里町

「湯飲み茶碗」　岡山・備前

そして、その文庫には含まれてなかった冒頭の一篇。

「岬にて」　愛媛・宇和島市

こうなります。

旅先にて、人と人の関係、家族というものを常に考えさせられる。

あらためて乃南アサをミステリーだけの作家だと捉《とら》えていてはいけない、ということを強く感じさせてくれる。

凄惨《せいさん》な事件を描いていても、乃南アサの小説には、季節や自然が描写されている。ときに事件の陰惨な印象を深めるものだったりする。でもいつも、人は自然の中にいる、都会にも四季の移り変わりがある、と感じさせる描写があるのが乃南作品です。

旅ものでは、その自然描写力が見事な効果を上げる。季節と風景が、心地いい。『行きつ戻りつ』の作品は比較的短いものが多いが、でも、印象に残る。

大好きな数編が入っている。

この文庫には収録されていないが新潟・佐渡の風景とともに描かれた「青年のお礼」や、福井・越前町の厳しい冬の風景とともに描かれる「越前海岸」、三重・熊野の梅林と坂道が印象に残る「泣き虫」。すべて、親と子の切ないドラマが描かれている。胸つかれる話と、とても心温まる話がある。ああそうだ、親子ものではないけど山口・柳井の「Eメール」も、すごく心に残る作品でした。どれも大好きです。

さほど大きな事件が起こるわけではない。でもそれぞれの人生にとってはとても大事な出来事が起こっている。それを静かに作者が見守っている。私たちも一緒になって眺めさせてもらっている。

とても心地いい。

上九一色村の母も、高知の友人も、斜里町の寿司屋夫婦も、備前の職人も、そして宇和島の岬の釣り人も、みんな静かで、力強い。「自然存在としての人間」として立ち現れる。読者である私たちにも迫ってくる。何かを刻んでいってくれる。小説っていいよなあ、とおもえる瞬間です。

北海道の知床というのは、何となく小説で馴染みがあるぞ、とぼんやりおもいつつ読んでましたが、考えてみればそれは「地のはてから」「ニサッタ、ニサッタ」という乃南アサ作品によるものでした。

こんなペースの解説でいいのかしら。なんて、書きながら不安におもってはいけませんね。進みます。


旅もの以外では「職人もの」ジャンルがある。

「鈍色の春」「泥眼《でいがん》」の二作品がそうです。

これは『氷雨心中』という短編集に収録されていた作品です。

「鈍色の春」は東京染小紋の職人。「泥眼」は能面師のお話。

『氷雨心中』という作品集は、職人世界を舞台にした小説が並んでいます。

「青い手」は線香（お香）の職人、「こころとかして」は歯科技工士、「おし津提灯《ちょうちん》」は提灯の職人の世界を描いている。それぞれの仕事内容を描き、また家庭の問題が浮かび上がる。注文にくる女性が大きく職人の人生と交差していく。なかでも「青い手」はミステリーとしても秀逸である。読後、しばし絶句しました。

　事件のようなものが描かれているが、純粋なミステリーではない。事件ではなく、人間を描いてます。

　人間の業《ごう》と性《さが》、生きていくうえで引き受けざるを得ないさまざまなものを、きちんと描いています。

　その業と性が、読み終わったあとも迫ってきて、心に残る。そういう作品世界です。

　ここに収録された二作品も同じ系譜にあります。事件が起ころうと起こるまいと、乃南アサが描きたかったのは「人間の業」なのだな、とあらためて強く感じさせる作品です。

　乃南アサ短編によく扱われているのが「一見何気ない家族のお話」です。

「一般家庭もの」ジャンルと呼べるでしょう。

「今夜も笑ってる」の紗子《さえこ》の家族。

「ママは何でも知っている」の漆原《うるしばら》家。

「花盗人」の公子《きみこ》と祐司《ゆうじ》夫妻。

「はびこる思い出」の美加子と聖吾夫妻。

少し変わっているけど「愛情弁当」での美智枝と和久の義理の姉弟。

おそらくご近所から見れば、「ちょっと羨《うらや》ましいくらいの、ごくふつうの家族レベル」の人たちである。

「今夜も笑ってる」「花盗人」「愛情弁当」は短編集『花盗人』に収録されていた作品で、「はびこる思い出」は短編集『悪魔の羽根』、「ママは何でも知っている」は短編集『団欒』に入っていた作品です。

家庭を舞台にした小説では、女性の冷徹な視線から物語が描かれます。

男と女の違いについて、女性からの的確な提言のようなお話が展開します。男から眺めていると、そう感じます。

短編集『花盗人』に入っていた初期の掌編「薬缶《やかん》」などにその傾向は顕著にでていますね。男性は何も考えずに家庭の「主人」として生きているけれど、何も言わずに従っている女性でも、じつはいろんなことを考えている。ぼんやりしている男にはまったく想像できないレベルの思考が渦巻いていて、ときに突然、その思いが表出する。

突然の表出はだいたい事件になるわけですが「薬缶」はその事件の起こるシーンで終わっている。

とても怖い作品です（前の短編傑作選『最後の花束』に収録されてます）。「何気ない家族もの」は、だいたい人間の怖さ、悲しさを描いてます。丁寧に築き上げてきた家族の風景がどこかで変わってしまう。その瞬間が描かれている。怖い。悲しい。そういう作品です。

男性は、家庭内においては怠惰であり、家庭内では使いものにならず、家庭を大事にしている女性にとって好ましい存在ではない、と明確に提示されているようで、男性としては恐縮してしまいます。まあ、そのとおりなんですけどね。

男性にとって、似たようなことがあったなあ、同じことを言われたなあとおもいいたるシーンがそこかしこにあります。平穏に過ごせているのは、たまたま緩く見逃してくれているからではないか、と小説を読みつつ、少し慄然《りつぜん》としたりします。いや、まったくの他人事《ひとごと》とおもって読んでるのんきなお父さんも多いと思いますが。平穏な日常と、修羅の現場は、女性の心ひとつで簡単に越えてしまうくらいの薄い隔たりしかないのだ、とあらためて気づかされる作品たちです。

「悪魔の羽根」はあまり似たようなジャンルがない短編です。季節と地方の風景がくっきり描かれている部分は、やや旅ものに近い空気を出していますが、ここでは実際に引っ越して住んでいるので、旅ものとはいえない。日本海側と太平洋側の風景の大きな違いと、日本にいる部外者（外国育ちのマイラ）にとってその風景がもたらす違いのお話となっています。

「脱出」も少し変わった作品で、これは短編集『花盗人』に収録されてました。乃南アサには、ミステリー色を出しながらも、そのジャンルから少し抜け出ているような作品があります。

たとえば祥伝社文庫『来なけりゃいいのに』に収録されている「ばら色マニュアル」や「来なけりゃいいのに」という作品。ごくふつうの設定だとおもって読み進めていくと、信じていた設定そのものがひっくり返されてしまう。ふつうにお話は進んでいくんだけど、大きな転換があり、意外な結末にいたる。ややSFぽい短編です。まんまと騙《だま》されちゃった、とおもわせるタイプの作品です。一九九〇年代にそういう作品がいくつか書かれています。作者自身の遊び心が垣間見えて、楽しいです。読んでるとふつうに怖いんですけど。

乃南アサの短編世界は、穏やかに始まるものが多い。もちろん最初から修羅の世界を描いてるものもないではないが、多くの冒頭は穏やかに描かれている。ふつうの人たちの、ふつうの世界が描かれている。

そのふつうの「登場人物たち」の名前にも注目してみた。

旅もの『行きつ戻りつ』からの四篇「母の家出」「春の香り」「微笑む女」「湯飲み茶碗」は、主人公たちには名前が与えられていない。ほぼ主婦である彼女たちに名前が与えられてないのは、暗示的である。

それ以外の作品の女性の名前は以下のとおりです。

「岬にて」は、枚子《すぎこ》。

「今夜も笑ってる」は紗子。

「ママは何でも知っている」、彼女が加奈、ママが智恵子《ちえこ》。

「鈍色の春」は有子。

「脱出」はやはり作品の性質上、名前はないですね。

「花盗人」は公子。

「はびこる思い出」は美加子。

「愛情弁当」美智枝。
「悪魔の羽根」は、マイラ。
マイラはともかくとして、全体に古風な名前が多い。平凡な文字ではないが、でも特別に主張しているキラキラさはない。

前の短編傑作選『最後の花束』からも女性名を抜き出してみます。
「くらわんか」季莉《きり》。「祝辞」朋子《ともこ》と摩美。「留守番電話」中根さん。「青空」早苗。
「はなの便り」優香子《ゆかこ》。「薬缶」瑞恵《みずえ》。「髪」芙沙子《ふさこ》。「おし津提灯」静恵と久仁子。
「枕香《まくらが》」恭子。「ハイビスカスの森」萌木《もえぎ》。「最後の花束」絵梨佳《えりか》と希《のぞみ》。

やはり、ふつうな感じがする名前が多いですね。

ついでにざっくり百六篇の短編の名前を見ましたが、子がついてる女性が多い。重複はほとんどありません。少しだけあるけどまあ、気にするほどのことはないです。寛子、宏子くらいでした。

百六の短編をみんな読むと、その世界の多様さに驚きます。

なかでも、特殊な設定の短編集がおもしろい。

何かしらの制約があるほうが、作家としての力量がより出てくる、ということなのでしょう。

私が個人的にとても好きな短編集は最初に書いた『行きつ戻りつ』の旅もの、です。こういう人情ものにはてっきり弱いです。

『犯意』も、背景と人物と犯罪の現場をしっかり描く作品群が並んでいて、これは不思議な魅力に満ちています。読み出すと、あっという間に読みました。

文春文庫『冷たい誘惑』はひとつの拳銃《けんじゅう》をめぐっての連作小説になっています。拳銃そのものでの犯罪は起こらない。周辺の人間をめぐっていくつかの事件や事故は起こっていくが、拳銃はあくまで狂言回し的な素材です。この連作小説も秀作ぞろいだとおもいます。

この三つの短編集には、とても惹《ひ》かれました。

百六の短編全部を読んだので、百六作品を好きな順に並べてみたい衝動に駆られますが、まあ百六篇並べてもしかたないので、とりあえず好きな三作だけをあげます。いや、ふつうにあげると「青年のお礼」「Eメール」「泣き虫」になってしまいそうなので、人情ものを除くことにします。

この短編集の作品も除きます。

すると、「青い手」(『氷雨心中』所収)、「かくし味」(『不発弾』)、「顎」(『軀』)、

「降りそうで降らなかった水曜日のこと」（『来なけりゃいいのに』）、「ハイビスカスの森」（『最後の花束』）「くらわんか」（『最後の花束』）あたりになります。はい。いきなり、そんなものを選んで発表してもしかたないんだけど（それに三作以上選んでしまっているし）、でも、このへんが個人的にはとても心に残っています。つまり、ほかにもおもしろい短編がいろいろあるぞ、ということです。

文庫本を読んでいるとき、なぜ、途中で解説を読みたくなるんだろうか。

何というか、少し助けを求めたくなって、ついつい解説を読んでしまう、という感じですね。助けというのも変だけど、本文をじっくり読み続けていて、ふっと息を抜いたときに、同じこの本を読んだはずの人の意見を聞きたくなる。解説文を書いてる人は、おそらく中身を読んでから書いてるはずなので、そういう先達のご意見を見たくなる。

でも、なんかちょっと、いけないことをしている気になる。

おそらく、本は最初のページから読んで、そのまま順に最後のページまで読み切るのが正しいのだ、というおもいこみがあるからでしょう。それを、手順を飛ばして、最後だけを読むのはズルしてる感じになってしまう。

「答えが巻末に載っているドリルの答えだけを先に見る」みたいな感じですね。がんばって答えを見ずに問題を解いていくんだけど、どっかで何かに引っ掛かって進めなくなったときに「この一問だけだから」と妙な弁解をしつつ、巻末の答えを覗《のぞ》き見てるときのあの感覚。あれにちょっと近いです。

途中で巻末の解説を読みたいとおもうヒマもなかった、という小説などには滅多に出会えるものではない。小説はふつう「ダレ場」があるもので、緊張が解ける部分でついつい、気が散ってしまう。だから、何かの助けを求めるように、巻末の解説を見てしまいます。そしてそこに読みたくない設定まで書いてあったりするんです。「犯人は江戸川乱歩本人だ！」。ええええっ。

短編集なんかは、特にそうですね。

一気に十篇の短編を休みなく読み続ける、ということはあまりしない。一つ読み切ると、少し大きく息をして、休む。つい、そのとき、巻末の解説が読みたくなる。そういうものだとおもいます。

現に、この文庫の解説を書くために、「ゲラ」と呼ばれる本文を印刷した分厚い紙束を渡され、それを机に広げつつ読むんだけど、一篇読み終わると、ふっと、解説ではどう触れてるのかな、と紙束をめくり始めてから「おいおいおいおい、それはいまから私が書くんでしょうが」ということが繰り返しありました。いやはや。冗談ではなくて何回も同じことをやってしまって、自分で自分の愚かさが情けないです。

ただ、文庫の解説を書く側からすると、「読んでいる途中の人が、息抜きのように読めるように」なんてなかなか書けません。どのタイミングで読みにくるかわからないしね。解説を書く人は、基本、本文をぜんぶ読んでから書く（なかにはまったく読まないで書くという猛者もいるらしいが、ほとんどの場合は、きちんと全部読んでから書いてるとおもいます。おもいたいです）。だから、読み終わった者として、読み終わった人に向けて書きたい。でも、何割かは解説から読むだろう。途中で読む人もいるはずだ。だから、結末を知ってる人だけに向けて書くわけにはいかない。

多くの文庫解説が、中途半端になるのは、そこに原因があります。

特にミステリーものがね。

「共に一緒に読んだものについて語りかけたい」というのが根本的な執筆の気分ですが、「まったく読んでない人」や「途中までは読んでいるが結末までは知らない人」に向けても語りかけないといけない。文章を書くときに、そういうブレがあると、とても弱い文章になっていきます。だいたいの文庫解説がそうです。

ときに、強く書き続け、べつだん少々の内容を明かすことになってもかまわない、という解説がありますが、やっぱ、それは困りますからね。

「毛利小五郎の推理は、ほとんど江戸川コナンによるものだ!」

えっと、それはべつにばらされてもいいかな。

なかなかむずかしいです。

不思議な文庫解説をときどき見かけますが、悪気はないとおもいます。見逃してあげてください。そもそもこの解説じたいがかなり奇妙な出来上がりになってしまっている気がするけど、うーん、まあ、それも気にしないでください。人生は私たちがおもっているよりも短いみたいだから、気にせず、次いきましょう。ぢゃ、また。

(平成二十八年一月、コラムニスト)

底本一覧

岬にて	「yom yom」二〇一六年冬号（第三十九号）、新潮社
今夜も笑ってる	『花盗人』一九九八年、新潮文庫
ママは何でも知っている	『団欒』一九九八年、新潮文庫
母の家出	『行きつ戻りつ』二〇〇二年、新潮文庫
鈍色の春	『氷雨心中』二〇〇四年、新潮文庫
脱出	『花盗人』一九九八年、新潮文庫
泥眼	『氷雨心中』二〇〇四年、新潮文庫
春の香り	『行きつ戻りつ』二〇〇二年、新潮文庫
花盗人	『花盗人』一九九八年、新潮文庫
微笑む女	『行きつ戻りつ』二〇〇二年、新潮文庫
はびこる思い出	『悪魔の羽根』二〇〇四年、新潮文庫
湯飲み茶碗	『行きつ戻りつ』二〇〇二年、新潮文庫
愛情弁当	『花盗人』一九九八年、新潮文庫
悪魔の羽根	『悪魔の羽根』二〇〇四年、新潮文庫

乃南アサ著

最後の花束
—乃南アサ短編傑作選—

愛は怖い。恋も怖い。狂気は女たちを少しずつ蝕み、壊していった——。サスペンスの名手の短編を単行本未収録作品を加えて精選！

乃南アサ著

いつか陽のあたる場所で

あのことは知られてはならない——。過去を隠して生きる女二人の健気な姿を通して友情を描く心理サスペンスの快作。聖大も登場。

乃南アサ著

すれ違う背中を

福引きで当たった大阪旅行。初めての土地で解放感に浸る二人の前に、なんと綾香の過去を知る男が現れた！　人気シリーズ第二弾。

乃南アサ著

いちばん長い夜に

前科《マエ》持ちの刑務所《ムショ》仲間——。二人の女性の人生を、あの大きな出来事が静かに変えていく。人気シリーズ感動の完結編。

乃南アサ著

女刑事音道貴子
凍える牙
直木賞受賞

凶悪な獣の牙——。警視庁機動捜査隊員・音道貴子が連続殺人事件に挑む。女性刑事の孤独な闘いが圧倒的共感を集めた超ベストセラー。

乃南アサ著

女刑事音道貴子
花散る頃の殺人

32歳、バツイチの独身、趣味はバイク。かっこいいけど悩みも多い女性刑事・貴子さんの短編集。滝沢刑事と著者の架空対談付き！

しゃぼん玉　乃南アサ著

通り魔を繰り返す卑劣な青年が山村に逃げ込んだ。正体を知らぬ村人達は彼を歓待するが。涙なくしては読めぬ心理サスペンスの傑作。

禁猟区　乃南アサ著

犯罪を犯した警官を捜査・検挙する組織——警務部人事一課調査二係。女性監察官沼尻いくみの胸のすく活躍を描く傑作警察小説四編。

5年目の魔女　乃南アサ著

魔性を秘めたOL、貴世美。彼女を抱いた男は人生を狂わせ、彼女に関わった女は……。女という性の深い闇を抉る長編サスペンス。

夜《よ》離《が》れ　乃南アサ著

結婚に憧れる女性たちが、ふと思いついた企みとは？ ホントだったら怖いけど、どこか痛快！ 微妙な女心を描く6つのサスペンス。

悪魔の羽根　乃南アサ著

きっかけは季節の香りに刺激されたからか…。男女の心に秘められた憎悪や殺意を、四季の移ろいの中で浮かび上がらせた7つの物語。

氷雨心中　乃南アサ著

能面、線香、染物——静かに技を磨く職人たち。が、孤独な世界ゆえに人々の愛憎も肥大する。怨念や殺意を織り込んだ6つの物語。

新潮文庫最新刊

熊谷達也著

海峡の鎮魂歌《レクイエム》

海が最愛の人を奪ってゆく――。港湾の町・函館に暮らす潜水夫・敬介は、未曾有の悲劇に三度、襲われる。心ゆさぶる感涙巨編。

船戸与一著

大地の牙
―満州国演義六―

中国での「事変」は泥沼化の一途。そしてノモンハンで日本陸軍は大国ソ連と砲火を交える。未曾有の戦時下を生きる、敷島四兄弟。

玄侑宗久著

光の山
芸術選奨文部科学大臣賞受賞

津波、震災、放射能……苦難の日々の中で、不思議な光を放つ七編の短編小説が生まれた。福島在住の作家が描く、祈りと鎮魂の物語。

笠井信輔著

増補版
僕はしゃべるためにここ(被災地)へ来た

震災発生翌日から被災地入りした笠井。目の前のご遺体、怯える被災者たち。そのとき報道人は何ができるのか――渾身の被災地ルポ。

柳田邦男著

終わらない原発事故と「日本病」

東京電力福島第一原発事故を、政府事故調の一員として徹底検証。血の通った人間観を失いつつある社会に警鐘を鳴らす渾身の一冊。

NHK ETV特集取材班著

原子力政策研究会100時間の極秘音源
―メルトダウンへの道―

原発大国・日本はこうして作られた。「原子力ムラ」の極秘テープに残された証言から繙く半世紀の歩み。衝撃のノンフィクション。

岬《みさき》にて

乃南アサ短編傑作選

新潮文庫　の－9－42

平成二十八年三月一日発行
平成二十八年三月十五日二刷

著者　乃《の》南《なみ》アサ

発行者　佐藤隆信

発行所　株式会社　新潮社

郵便番号　一六二—八七一一
東京都新宿区矢来町七一
電話　編集部(〇三)三二六六—五四四〇
　　　読者係(〇三)三二六六—五一一一
http://www.shinchosha.co.jp

価格はカバーに表示してあります。

乱丁・落丁本は、ご面倒ですが小社読者係宛ご送付ください。送料小社負担にてお取替えいたします。

印刷・錦明印刷株式会社　製本・錦明印刷株式会社

ISBN978-4-10-142555-9 C0193